U0010636

WARRIORS

貓戰士

外傳之VI

高星的復仇

Tallstar's Revenge

艾琳・杭特(Erin Hunter) 著
高子梅 譯

晨星出版

特別感謝凱特・卡里

貓后　（正在懷孕或照顧幼貓的母貓）
淺鳥：毛色黑白相間的母貓。
蕨翅：淺黃色母貓。
草滑：灰色母貓

長老　（以前是戰士、貓后，現在已經退休）
白莓：體型很小的純白色公貓。
啖皮：暗黃色公貓。
百合鬚：淺棕色母貓。
亂足：黑色公貓。

影族 *shadowclan*

族長　杉星：深灰色的白腹公貓。
副手　石齒：牙齒很長的灰色虎斑公貓。
巫醫　賢鬚：白色母貓，鬍鬚很長。

戰士
鴉尾：黑色的虎斑母貓。
蕨足：淺薑黃色公貓，但腿部是深薑黃色。
拱眼：深色條紋的灰色虎斑公貓，眼睛處有很密的條紋。
所指導的見習生，蛙掌
冬青花：深灰白色的母貓。
所指導的見習生，蠑螈掌
泥爪：灰色公貓，但腿是棕色。
蟾蜍躍：深棕色虎斑公貓，身上有白色斑點，腿也是白的。
所指導的見習生，灰掌
蕁斑：有黃色斑點的白色母貓。

各族成員

風族 *windclan*

族長　楠星：淺桃色帶灰的母貓，藍色眼珠。
副手　蘆葦羽：淺棕色虎斑公貓。
巫醫　鷹心：灰棕相間的雜色公貓，黃色眼珠。

戰士　（公貓，以及沒有子女的母貓）

高地跑者　（負責地面狩獵和邊界巡邏工作的貓兒）
紅爪：深黃色公貓。
兔飛：淺棕色公貓。
楊秋：毛色灰白相間的公貓。
所指導的見習生，母鹿掌
雲跑：淺灰色公貓。
所指導的見習生，雄鹿掌
曙紋：淺金色虎斑母貓，身上有乳白色條紋。
雲雀點：玳瑁色和白色相間的母貓。
所指導的見習生，麥掌
蘋果曙：毛色玫瑰白的母貓。

地道工　（專門在地底下負責狩獵和挖掘地道的貓兒）
沙雀：薑黃色公貓。
羊毛尾：毛色灰白相間的公貓。
胡桃鼻：棕色公貓。
霧鼠：淺棕色的虎斑母貓。
梅爪：深灰色母貓。

見習生　（六個月大以上的貓，正在接受戰士訓練）
母鹿掌：淺棕色母貓。
雄鹿掌：深棕色公貓。
麥掌：灰色虎斑母貓。

小耳：耳朵很小的灰色公貓，琥珀色眼珠。
知更翅：體型嬌小、活力十足的棕色母貓，胸前有薑黃色的斑塊，眼珠是琥珀色。
所指導的見習生，豹掌
絨皮：毛髮老是倒豎的黑色公貓，眼珠是黃色。
所指導的見習生，斑掌
風翔：淺綠色眼珠的灰色虎斑公貓。

貓后

月花：淺黃色眼珠的銀灰色母貓。
瞿曙：深棕色的長毛母貓。

長老

草鬚：黃色眼珠的淺橘色公貓。
糊足：琥珀色眼珠的棕色公貓。
雀歌：淺綠色眼珠的玳瑁色母貓。

河族 *riverclan*

族長 **霰星**：毛髮豐厚的灰色公貓。
副手 **貝心**：灰色花貓。
巫醫 **棘莓**：藍色眼睛、鼻頭粉紅，有黑色斑點的白色母貓。

戰士

波爪：毛色銀黑相間的虎斑公貓。
木毛：棕色公貓。
所指導的見習生，白掌
泥毛：淺棕色長毛公貓。
鴞毛：毛色棕白相間的公貓。
獺潑：淺薑黃色和白色相間的母貓。

鼠翅：毛髮濃密的黑色公貓。
鹿躍：灰色虎斑母貓，但腿是白的。
琥珀葉：深橘色母貓，有棕色的腿和耳朵。
雀飛：黑白相間的公貓。
暴翅：身上有斑點的白色公貓。
蜥蜴紋：腹部白色的淺棕色虎斑母貓。

貓后

羽暴：棕色的虎斑母貓。
亮花：橘色虎斑貓。
池雲：毛色灰白相間的母貓。

長老

微鳥：體型嬌小的薑黃色虎斑母貓。
蜥蜴牙：有一根鉤狀牙齒的淺棕色公貓。
銀燚：毛色橘灰相間的母貓。

雷族 *thunderclan*

族長 **松星**：綠色眼珠的紅棕色公貓。
副手 **陽落**：黃色眼珠的亮黃色公貓。
巫醫 **鵝羽**：淺藍色眼珠的斑點灰色公貓。
所指導的見習生，羽掌

戰士

暴尾：藍色眼珠的藍灰色公貓。
花尾：玳瑁色母貓。
蛇牙：黃色眼珠的雜棕色虎斑公貓。
褐斑：淺灰色虎斑公貓。
半尾：體型很大的深棕色虎斑公貓，尾巴斷了一截，眼珠黃色。

薔薇：灰色母貓。

小傑：黑白相間的母貓。

琵希：毛髮蓬鬆的白色母貓。

橘子醬：個頭兒很大的薑黃色公貓。

小紅：橘色母貓。

豆蔻：玳瑁色和白色相間的母貓。

沼雲：棕色虎斑公貓，體型矮胖，短尾。
泥荊：黑色耳朵的棕色公貓。
亮天：身手敏捷的黃白色母貓。
狗魚牙：窄臉、犬牙突出、瘦骨嶙峋的棕色虎斑公貓。
湖亮：灰白相間的長毛母貓。
閃皮：毛色光滑的夜黑色母貓。
憩尾：藍色眼珠的淺棕色母貓。
所指導的見習生，軟掌

貓后

迴霧：灰色的長毛母貓，鬆尾是白色，看起來像雲一樣柔軟蓬鬆。
白莖：淺灰色貓后。

長老

鱒爪：灰色虎斑公貓。
糾毛：毛髮糾結凌亂的長毛虎斑貓。
鳥歌：虎斑毛和白毛相間的母貓，口鼻上有白色斑塊，身上有灰色斑點。

其他族的貓 *cats outside clans*

麻雀：深棕色公貓。
貝絲：黑色母貓，腳爪是白色。
鼴鼠：深灰色公貓。
阿傑倫：乳白色和棕色相間的公貓。
雷娜：薑黃色母貓。
傑克：薑黃色公貓。

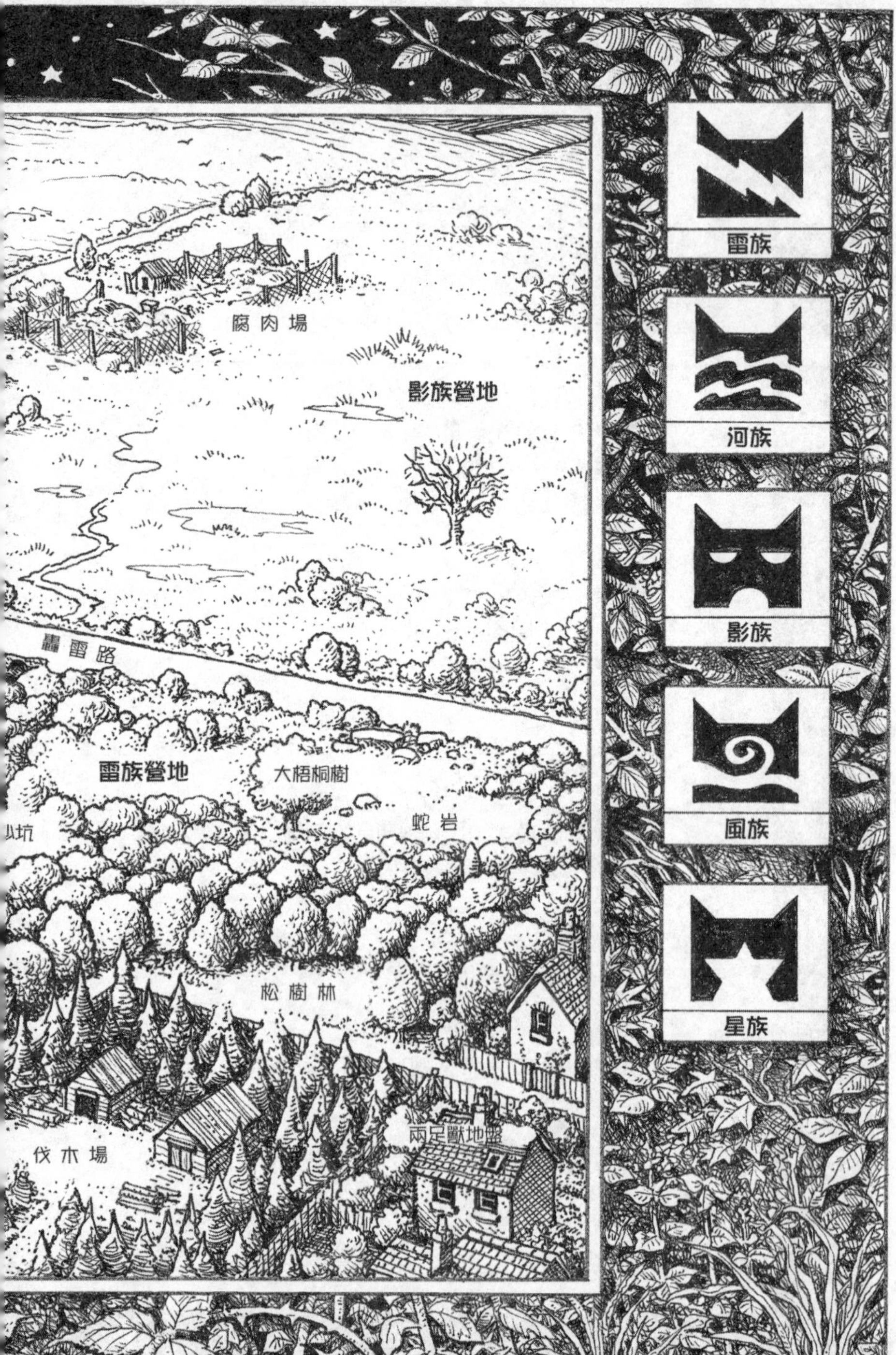
腐肉場
影族營地
轟雷路
雷族營地
大梧桐樹
蛇岩
坑
松樹林
兩足獸地盤
伐木場
雷族
河族
影族
風族
星族

高聳岩
大麥的
農場
風族營地
四喬木
瀑布
貓頭鷹
樹
河流
陽光岩
河族營地

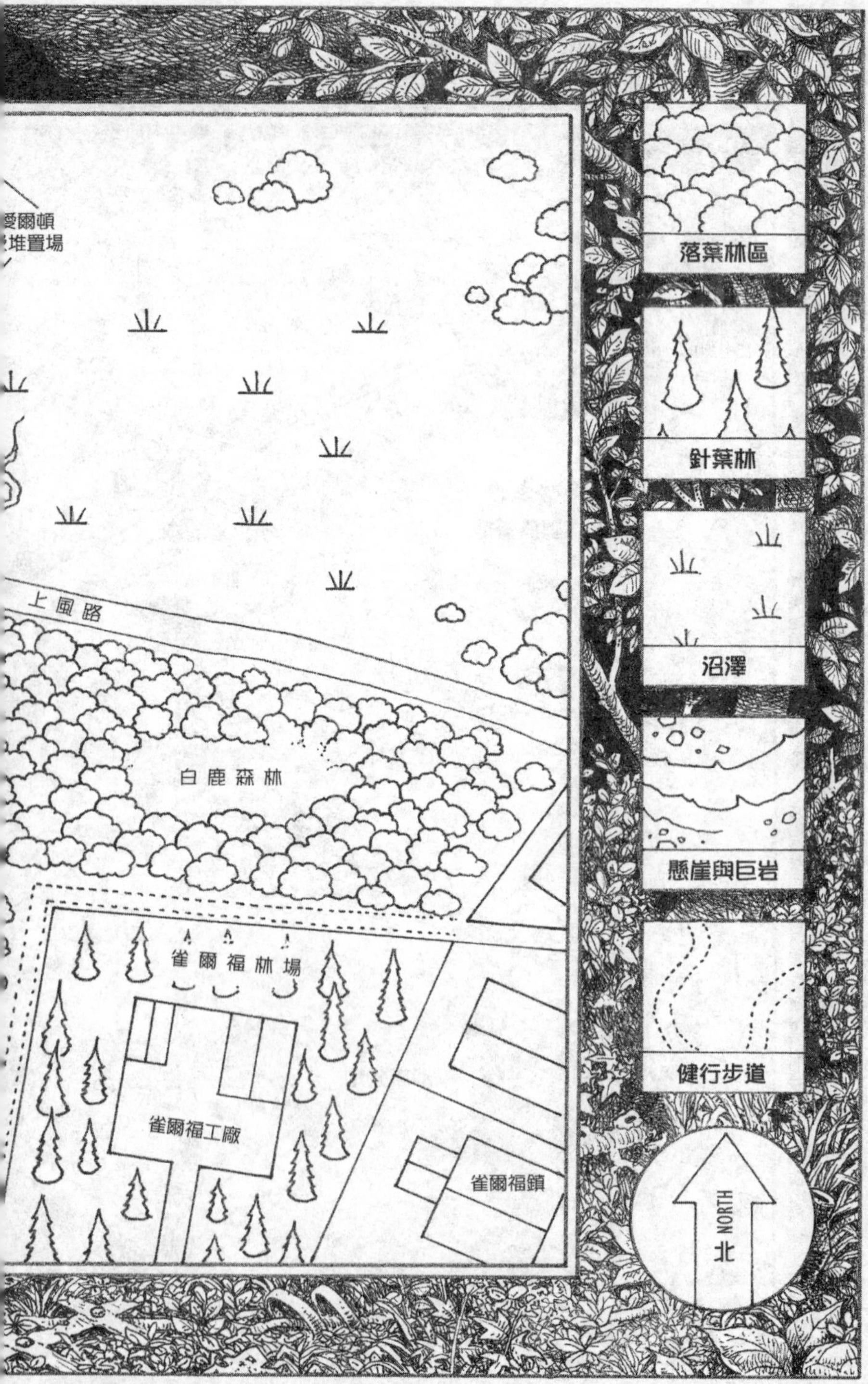

愛爾頓
堆置場
上風路
白鹿森林
雀爾福林場
雀爾福工廠
雀爾福鎮
落葉林區
針葉林
沼澤
懸崖與巨岩
健行步道
NORTH
北

惡魔指山
[廢棄礦坑]
上風農場
上風高地
督依德谷
督依德急流
雀爾河
摩根農場
露營地
摩根農場
摩根路

序章

暗色高地向上隆起，接合夜空，微顫的石楠叢間有多個綴滿星光的身影，如火石般閃爍不定。風族戰士祖靈坐定不動，茵茵綠草在祂們的腳爪間流動，鬍鬚被狂風吹得筆直。

「楠星，歡迎來到星族。」一隻毛色光滑、身上泛著星光的公貓正視年輕的風族族長，「自妳擔任風族副族長以來，我便注意到妳一直赤膽忠心地服侍族貓，在此我很感榮幸地多賜一條命給晉升為族長的妳。」

楠星垂首，「謝謝祢，鶇皮。」

「我死時是巫醫，」公貓提醒她，「在那之前，曾是戰士。只要我認定對的事，無論任務多艱鉅，都會毫不猶豫地為它而戰。我將賜予妳第八條命，賜你勇氣相信自己的直覺。請注意聽妳的心對妳說了什麼。」祂傾身向前，以鼻頭輕觸楠星的前額。

新的生命在灰貓全身流竄，她緊咬下顎，呻吟出聲。

鶇皮退後一步，回頭喊道：「黛尾？」

一隻淺棕色的黃斑母貓從族貓裡緩緩步出，毛色銀光閃閃，「妳認得我嗎？」她輕聲問。

楠星抬頭吸了口氣，渾身顫慄，「我認得，我不只一次聽過祢的大名。祢拒絕讓祢的小貓上戰場對抗影族，祢的執著最後促成了族規。」

黛尾點點頭，「自那時起，小貓六個月大以前，不准接受格鬥訓練。我情願自己上戰場單挑影族每位戰士，也不願讓我的小貓上場受到任何一點傷害。楠星，雖然妳自己沒有小貓，但我要妳分享我的信念。我要賜給妳充滿母愛的第九條命，請利用它保護妳的部族。」祂以口鼻抵住楠星的額頭，「這種愛比風還要強勁、比生命還要綿長。」

楠星一陣痙攣，搖搖晃晃地往前屈身，膝蓋跪倒在地。

一隻棕灰色斑點貓上前一步，「楠星？」他朝風族的新任族長低身探問，「妳還好嗎？」

黛尾彈彈尾巴，「鷹心，她夠強壯，我感覺得出來。」

楠星直起身，「我很好。」她渾身顫抖地面對星族，「我保證讓風族受到各族尊重，發誓用我的九條命帶領他們。等有一天我成為星族一員時，將會讓祢們為我的成就感到驕傲。」

語帶肯定的喵嗚聲在數排綴滿星光的身影間響起。

「記住，」黛尾喊道，「愛的力量勝過一切！」祂說話的同時，星族的身影也慢慢消失，如慧星尾巴般往上盤旋，遁入午夜星空。

「我們該回月亮石了。」鷹心在楠星耳邊低聲說道。

楠星搖搖頭，「我還沒打算離開星族。」

鷹心眼見眾多發亮的身影消失無蹤，「可是祂們都走了。」

「祂們的味道還在。」楠星固執地揮著尾巴。

「那麼等妳醒來後，我們在慈母口見，」鷹心轉身，緩步走下坡道，身影沒入黑暗，消失在石楠叢間，「族貓們都在營裡等我們回去。」

「我不會耽擱太久。」楠星看著巫醫貓的身影在眼前消失，步履仍有些不穩的她緩緩爬上高地。起初行動緩慢，但新生的九條命在她體內不停流竄，體力隨著她踏出的每一步逐漸恢復，感覺身體愈來愈強壯。她索性拔腿急奔，穿越狂風遍掃的草原，鬍鬚平貼面頰，直抵高地盡頭才緊急煞住腳步，身體在布滿沙石的斷崖前微微搖晃，舉目遠望沒入夜色的樹林與荒原。

腳步聲自她身後響起，「妳為什麼還在這裡逗留？」那喵聲很輕柔。

楠星倏地轉身，眨眨眼睛，一位戰士祖靈的模糊身影在眼前發出微光，「我想再多呼吸一點星族的空氣，」她坦言道，「祢……祢是誰？」

「我是蛾飛。」母貓的綠色眼睛熠熠閃爍，但卻可以透過身體，直接看見她後面的石楠，曾經雪白的毛髮如今微黯，只剩點點星光。

「蛾飛？」楠星眼睛一亮，「祢是風族的第一任巫醫。」

蛾飛點頭。

「是祢找到了月亮石，」楠星低聲說道，「祢是特地來找我的嗎？」

「我參加妳的命名大典，」蛾飛告訴她，「是為了能與妳單獨說話。」

「祢有預言要給我嗎？」楠星在泥煤地上興奮地縮起爪子。

「不，不是預言，也許是警告。不管發生什麼事，都別太苛求族貓的忠誠。」

楠星驚愕抬頭，「我必須要求這一點，這也是我應該要求的。」

「戰士要對誰忠誠得由他們自己決定。」

「他們當然得對我和部族忠誠。」楠星嘶聲道。

「但妳不可以試探。」

楠星豎起毛髮，「我是他們的領袖。」

蛾飛抽抽尾巴，「妳還年輕，經驗會幫妳長智慧。屆時，請務必聽我的勸。」

楠星哼了一聲，「我會自己作出定奪。」

「那是當然，」蛾飛讓步，「只是妳還不明白有些時候戰士得先離棄所愛，才會明白自己真正在乎的是什麼。」

「離棄所愛？」楠星重複道，「祢是說部族嗎？」

蛾飛靜靜地看著她。

「離棄部族的戰士等同於背叛，」楠星啐道，「我的族貓都是心向部族的。」

「未來有位戰士的忠誠度將受到動搖，」蛾飛告訴她，「必須跨出妳的領地，才能為自己的心找到歸屬。」

楠星齜牙咧嘴，「祢是在告訴我，有隻族貓將會淪為無賴貓？」

蛾飛眨眨眼，祂的眼睛宛若綠色星子，「他將步入歧途，即便妳擔心他再也回不來，也別攔阻他。因為這是他能為自己的心找到歸屬的唯一方法。」

第一章

「小心點，小高！」

小高聽見淺鳥焦急的呼叫聲，於是停下腳步，「我不會有事的！」他喵道，同時回頭瞥了育兒室一眼，他母親溫暖的奶香味正從育兒室入口飄送出來。

在濃密的金雀花叢窩穴裡，蕨翅正安慰著淺鳥，「我保證小吠和小尖鼠會看著他的。」

小高打了個哆嗦，這是他第二次溜出育兒室，他的腳爪興奮到微微刺痛。薄雪將營地染成銀白色，草叢和石楠圍籬都結了霜，冰冷空氣刺痛他的鼻頭，他抖抖身上的毛髮。

小吠一腳踩住小高那條黑色尾巴的白色末端，「你看起來好像快結冰了。」

小高抽出尾巴，開心地喵嗚，他的白色口鼻和腳爪讓他很容易隱身在雪地裡。

小尖鼠跳過他身邊，「小吠，我們帶他去看狩獵石！」

小高看著他的室友，後者三個月大，體型

是他的兩倍，但他下定決心不輸給他們。「我還以為我們要再去爬高岩石呢。」他反嗆，「我知道我這次一定爬得上去。」他的眼睛因為光線和冷空氣而微微刺痛著，幾個日出前他才首度睜開眼睛，在習慣了育兒室的陰暗後，他的眼睛現在還在適應外頭的光線。

他眨眨眼，望向那座高聳的花崗岩，小吠告訴過他，楠星都是站在上頭向全族的貓兒說話。它看上去巍峨森然、形如鋸齒、顏色暗沉，聳立在一座宛若乾涸池塘的沙坑中央。**會議坑**。小高瞪大眼睛。楠星、鷹心和蘆葦羽正蜷縮在坑裡的岩石底部，空氣冷到他們交談時，嘴裡不時冒出裊裊白煙。

鷹心抬頭，目光越過沙坑邊緣，看見小貓，「那隻年紀最小的貓又跑出來探險了。」

小高的四隻腳侷促地踩動著，巫醫貓陰黯的眼神令他不安。淺鳥警告過他離這隻灰棕色公貓遠一點，他對小貓沒什麼耐性。

「找個地方躲一下吧，小高。」鷹心瞇起眼睛，「我們可不希望你把禿鷹引到營地來。

「禿鷹？」小高驚了一下。

「小貓是牠們最喜歡的獵物，」鷹心警告，「牠們可以從高岩山那裡就看到你。」

蘆葦羽的鬍鬚抽了抽，「別去嚇那隻可憐的小貓了，」他忍著笑，朝突然竄到小高旁邊的小尖鼠點點頭，「你們今天要帶他去哪裡？」

小尖鼠彈彈尾巴，「狩獵石。」

滿身厚重灰色毛髮的楠星用力甩掉身上的霜，「小心點，」她警告，「石頭都結冰了。」

「如果你們扭傷了腳，別來找我哭訴。」鷹心喊道。

「來吧，」風族族長提醒副族長和巫醫回到正事上，「這裡太冷了，到我窩裡去吧。」

楠星跳出會議坑，鷹心和蘆葦羽也跟著跳出去。他們鑽進空地盡頭金雀花叢下方的族長窩，尾巴在洞口不停地抽動。

「我們到坑裡玩溜滑梯吧。」小吠喵道。

「我想去狩獵石。」小尖鼠很堅持。他挖起一爪子的雪，朝小吠丟過去，結果被一陣強風吹了回來，反倒砸在自己的鬍鬚上。

他打個噴嚏。小吠樂得喵嗚出聲，「哇，你看起來好可怕哦！」

「我要讓你見識一下什麼叫做可怕！」小尖鼠撲向他弟弟，兩個兄弟在草地上翻滾。

小高退後幾步，看著兩個深色身影在雪地裡翻來滾去。**有兄弟姐妹一起打鬧，應該很好玩吧。要是小雀沒死就好了。**

小尖鼠甩開弟弟，「你看小高！他眨眼的樣子活像才剛睜開眼睛似的。」

小高豎起毛髮，「我已經快要半個月大了，而且沙雀說我睜開眼睛的時間比育兒室裡的其他小貓都早。」他瞪著他的室友，「我只是還不習慣雪地的光線。」營地四周的石楠圍籬昨天在天空的映襯下仍顯漆黑，如今卻結了一層白亮亮的霜正閃耀著。不知道當大雪來臨，整個世界轉成銀白色時，高地會變成什麼樣子？淺鳥曾警告過小高，在所有部族中，禿葉季對風族是最不假以顏色的。因為高地離天空最近，但這也是他們之所以獨特和更受到保護的原因。

「和其他部族比起來，我們離銀毛星群更近，」她在青苔臥鋪偎著他時，曾這樣告訴他，「意思是星族更仔細地看著我們。」

小高聽出她話裡的憂慮，「所以我們才要在高地底下挖地道？」他問道，「不讓從其他部族升天的星族戰士看到我們？」

「別傻了，」淺鳥舔著他的耳朵，「我們挖地道是因為我們比其他部族更強壯、更聰明。」她更用力地舔，要他別再出聲。

「我要去狩獵石那裡！」小尖鼠穿過草地，衝了過去。

小吠跟在後面跑，「在沙坑裡玩溜滑梯好不好？」

「那裡的雪不夠厚，不能溜滑梯啦。」小尖鼠閃過小高。

「你只是害怕而已。」小吠跟著他哥哥猛地轉向，腳下雪花四濺。

「我才沒有呢！」小尖鼠回頭喊道。

小高跟著跑，他不在乎他們要玩什麼，只要能到外頭玩就很棒了。他跑在草地上，感覺到肉墊下的草葉冷冰冰的。

「小心！」

小高一聽見雲跑的喝斥，趕緊煞住打滑的腳步。這隻淺灰色公貓和楊秋正從他面前經過，兩位戰士帶著新鮮獵物朝獵物堆走去，他們為部族帶回了食物，毛髮被高地的狂風吹得凌亂不堪。小高看著他們，很羨慕他們的長腿和瘦長的尾巴。他們是高地跑者，意思是在風族裡，他們的工作是負責狩獵和巡邏邊界。小高聞得到他們身上的石楠味。

風族的地道工都把臥鋪安置在乾硬酥脆的蕨葉坑裡，羊毛尾躺在上頭舔洗他的斑紋肚皮。他抬起頭來張望，毛髮就像那些幫忙挖新地道以及在地底下打樁固定舊地道的貓兒一樣，總是沾滿了沙塵和泥土。他朝雲跑叼在嘴上的那隻兔子點點頭，「你在高荒原抓到的嗎？」

「是啊，」站在獵物堆前的雲跑踢開昨天吃剩的一隻死老鼠，放下嘴裡的獵物，「羊毛尾，你從來不會猜錯。」

小高驚訝地看著羊毛尾，「你怎麼知道？」

「我聞得到牠毛裡的砂土味。」羊毛尾彈彈尾巴，又回去舔洗自己的肚皮。

他的工作夥伴胡桃鼻在他旁邊的蕨葉坑裡動了動，「只有在高荒原上才有沙質地道，」棕色公貓抬起前腳，搓掉耳朵上的泥巴，「不像峽谷地道裡全是泥巴和沙礫，不過它可以通到河邊，捕捉新鮮的獵物。」

雲跑哼了一聲，「不過得等你先找到方法阻止地道坍塌才行。」

楊秋把一隻田鼠放在兔子旁邊，「砂礫這東西很容易坍塌，在那裡挖地道很危險。」

羊毛尾瞇起眼睛，「如果你清楚自己在做什麼，就不會有危險。」

小高看看地道工，又看看高地跑者，他們之間陷入某種尷尬的沉默。

這片沉默被楠星打破，她從族長窩裡緩步出來，循著會議坑邊緣走了一圈，穿過高地跑者的草叢臥鋪，經過雲跑身邊，停在蕨葉坑旁。「羊毛尾，新葉季之前，新地道能夠完工嗎？」

羊毛尾抽抽鼻子，「要把坑頂撐起來，得花點時間。」

楠星彈彈尾巴，「我相信你會找到方法。」她轉身走回獵物堆，嗅嗅雲跑帶回來的兔子。

楠星曾到地底下巡邏過嗎？小高好奇地看著風族族長，她受過高地跑者的訓練，不過身為族長的她也應該瞭解地道工的工作才對。

「快一點，小高！」小吠喊道。

小高回過神，急忙跟上他的玩伴。小吠和小尖鼠已經抵達狩獵石。這座低矮光滑的岩石狀似多隻兔子偎在長老窩附近的草地上，幼嫩的石楠從岩縫裡冒出來，底部爬滿青苔。小尖鼠跳上最高的岩石，對著下方的小吠洋洋得意地誇口：「我是狩獵石的族長！」

小吠爬上圓石，站在他旁邊，「我是副族長！」

小高終於走到狩獵石，他越過岩底厚重的青苔，伸長前爪，蹬著後腿，試圖跳上去，站在小吠旁邊。但結霜的岩面太滑，爪子抓不住，整隻貓又滑回冰冷的青苔上。

「嘿，小蟲！」小尖鼠往下方喊，「你乾脆去挖地道，你不像我們可以當高地跑者！」

小高豎直毛髮，表情不解，「我不叫小蟲，我叫小高！」

「我看你這輩子只能像蟲子一樣在地底下鑽來鑽去了，不是嗎？」小尖鼠奚落，「所以你才會爬不上來——只能待在岩石底下，沒辦法站到上面來。」

小高皺眉，他知道他的父母都是地道工，難道這就表示他不能在狩獵石上玩耍嗎？

小吠往下伸出前爪，「小高，別理他，再試一次！」他喵道。

小高跳起來搆室友的腳爪，後者一把勾住他，將他慢慢抬起，他不斷踢著後腿，在岩壁上一陣亂扒，終於蹬了上去。「謝了！」他在小吠旁邊坐下來，岩面凍得他腳掌微微刺痛。

他掃視營地。陽光從蔚藍的天空灑下，照在綠草茵茵的山崗上，宛若一大片毛髮長在結霜的空地上。地道工的蕨葉坑閃著橘光，高地跑者臥鋪四周的長草低垂，白霜漸褪。

一張白臉出現在長老窩的洞口，「你們這些小鬼起得可真早，」白莓從窩裡悄聲溜了出來，小心翼翼地坐在冰涼的草地上，離狩獵石約一條尾巴遠。

百合鬚跛行跟在後面，然後站定不動地嗅聞空氣。她是長老窩裡最年輕的長老，比白莓、鋑皮和亂足都年輕許多。她是因為地道坍塌壓碎了一條後腿，才提前退休。「你想去高地嗎？」她問白莓。

白色長老看著她，「只要你別勉強我去探什麼兔子洞，我就去。」

「自從上次以後我就不敢了，」百合鬚喵嗚道，「我從來沒見過貓被兔子追出地道。」

白莓不安地踩動著腳，「我以為那是狐狸。」

「你的嗅覺八成退化了。」百合鬚彈彈尾巴調侃道，然後朝營地入口一蹬一蹬地跳過去，那條廢腿在淺淺的雪地上拖出一條痕跡。

白莓撐起身體站起來，跟在後面，「等妳和亂足住久了，妳的嗅覺也會退化的，他的口臭跟狐狸味道沒什麼兩樣。」

「沒那麼糟吧。」百合鬚回頭說道。

「妳想換臥鋪嗎？」白莓趕上她，「昨晚他就在我的鼻子前打呼，害我在夢裡還以為自己掉進了狐狸窩。」

他們消失在石楠縫的同時，一隻淺薑黃色的公貓低頭從他們中間擠了進來。**沙雀**！小高抬起尾巴，看見他的父親快步走進營地。

薑黃色戰士的毛髮沾滿泥巴，「我剛在地道入口放了一堆棍子。」他朝羊毛尾喊道。

毛色灰白相間的地道工抬起鼻子，「太好了，」他喵聲道，「今天下午，我們可以開始動手撐起坑頂了。」

「那就看你們的囉，」沙雀朝狩獵石走來，「小高，我要給你看樣東西。」

小高對著他的父親興奮地眨著眼睛，「什麼東西？」沙雀要帶他去看高地嗎？小高從岩石上滑下來，跌跌撞撞地快步穿過草地，在沙雀腳前煞住腳步。

沙雀舔掉小高耳朵上的青苔，吐在草地上，「你該學習怎麼挖地道了。」失望像大石頭般沉入小高的肚子裡。他不想學挖地道，他只想去看高地，感受風的呼嘯。

「小高要去學蟲挖洞囉！」小尖鼠在狩獵石上揶揄他。

小高氣呼呼地轉過身，「蟲不會挖洞！」

「別理小尖鼠！」小吠擋在他哥哥前面，「他只是跟你開玩笑。」

沙雀哼了一聲，「典型的高地小貓，就怕沙子跑進眼睛裡。」他朝地道工的蕨葉坑走去，停在羊毛尾的睡舖旁。急忙跟上的小高，鑽進他父親肚子底下往外窺看，背脊貼著他父親溫暖的腹毛。

「你覺得棍子可以撐住坑頂嗎？」沙雀懷疑地問道。

羊毛尾皺眉，「等我們把石頭滾到定點，應該就撐得住了。」

「也許我們應該改挖另一條地道通往峽谷。」沙雀的肚子就在小高的頭頂上方微微抽動。

羊毛尾搖搖頭，「我們離黏土層可能不遠，它比較難挖，不過不容易坍塌。」

沙雀朝長老窩瞥了一眼，小高猜他一定是想到百合鬚那條被壓壞的腿。「也許我們應該去探勘位置較高的兔子洞，搞不好那裡也有我們可以開挖的黏土層。」

「可是整個禿葉季下來，我們已經有很大的進展，」羊毛尾反駁，「如果再重新開挖，太丟臉了。」公貓結實的肩膀不時抖動，沙雀的肩膀也一樣又寬又結實。

等我當了地道工，我的肩膀也會跟他們的一樣嗎？小高的目光掃過營地，停在雲跑和楊秋身上，他們的身形修長光滑，有利於速度而不是力量。小高很好奇在高地上奔跑，任風吹在身上是什麼感覺。一定比窩在地底下好嗎？他想像自己的耳朵和鼻子都是泥巴，忍不住抖了抖。

「來吧，小高。」沙雀的喵聲打斷他的思緒，他父親正往高地跑者的臥鋪走去。小高蹦蹦跳跳地跟在後面，經過窸窣作響的叢生草梗，來到高岩石後面一片光裸的泥地上。

「這裡很適合挖掘，」沙雀腳爪刨著地面，「這裡也是我第一次學挖地道的地方。」

小高低頭看著這堆被翻過的泥土，好奇這裡究竟被新來的地道工練習挖掘和回填過幾次，「你不覺得挖久了很無聊嗎？」

「地道工不是只會挖土而已，」沙雀駁斥，「雖然在地底下挖出新通道是我們的責任之一，但我們也會在裡面巡邏，因為那裡是狩獵的好地方，尤其是禿葉季。別忘了破冰為什麼會首開先例地去挖兔子洞。」

小高早就聽說過破冰的傳奇，那是淺鳥在育兒室裡告訴他的第一個故事。很久以前，高地遭逢有史以來最嚴寒的禿葉季，石楠叢和金雀花叢全被積雪掩埋，完全沒有獵物的蹤跡。於是風族一位最勇敢的戰士決定去挖兔子洞，他不斷地往下挖，幫部族尋找食物。

「他不顧自身安危，一心只為部族著想，」沙雀嚴肅地說，「而且他沒有任何經驗也沒接受過我們現在所受過的訓練。」

他靠的只是他的勇氣和毅力，小高強忍住呵欠。

「他靠的只是他的勇氣和毅力，」沙雀繼續說，「從此以後，風族開始挖掘地道，代代傳承經驗，累積新知。」他昂首說道，「要是沒有地道工，風族恐怕有好幾個月都會因為找不到獵物而挨餓。」

小高愧疚地豎起毛髮，他怎麼能妄想自己像雲跑和楊秋一樣在高地上奔跑？總有一天他的部族會倚重他。他應該自豪地承襲父親的衣缽。他伸出爪子，開始抓刨地面，不斷把鏟出的土往後面丟。

「等一下，」沙雀的尾巴掃過小高的背脊，「你是挖洞要拉屎嗎？」

小高坐下來搖搖頭，甩掉一些泥屑。難道還有別的挖法嗎？

沙雀將一隻腳爪伸進柔軟的土裡，挖一坨出來，小心地放到一旁，然後再挖一坨。沒多久，就挖出一個洞，但爪子沒有停過，旁邊則是堆得紮實整齊的小土丘。小高突然很自豪，他父親好厲害，身強體壯、工作認真，在他腳下沒有挖不了的洞、堆不起來的陸地。

「讓我試試看，」小高從父親旁邊探身下去，挖出一爪細碎的泥土。沙雀坐了下來。

小高知道父親的目光放在他身上，感覺比陽光還溫暖。於是他挖得更賣力，腳下的洞正快速擴大，他把挖出來的土全撥到旁邊，形成一個鬆土堆。「我在挖地道了！」他吱聲尖叫。

「小心！」沙雀剛開口警告，小高就不小心撞上自己堆起來的土堆。鬆軟的沙土宛若瀑布從他耳邊長洩而下，撒向口鼻，害他噴嚏連連。他坐起來，甩甩毛髮，懊惱地瞪看著還在往洞裡傾洩的沙土。

沙雀伸爪擋住土堆，以防它再繼續坍塌，「堆在旁邊的土堆跟你挖的坑一樣重要。你要讓它很緊實，所以得把它壓緊，不然又得重新挖一遍。」

小高皺眉，這比他想像的難多了。他跳回洞裡，全神貫注地挖出一爪子的土，再小心翼翼地拍打進土堆裡，這一次，土堆真的乖乖地待在他指定的位置。他將兩隻腳爪伸進洞裡，開始專心挖掘，他一爪接一爪地挖，還刻意花了點時間將挖出來的每一坨泥土緊實地壓進土堆，與他父親的做法如出一轍。

「做得很好，小高。」沙雀的喵聲裡充滿驕傲。

小高忍住得意的喵嗚，繼續挖。現在這個洞已經深到每次他彎身下去，後腿就會很痠。

「慢慢來。」沙雀警告。

「我可以的……」小高才開口，兩隻後爪突然撐不住身體，頭下腳上地栽進洞裡。腳爪猛地扭到，一陣劇痛，他想抓牢地面上的土石，爪子卻折彎。泥沙迎面撲來，他差點窒息，嗆得喘不過氣來，他只能往洞裡退。**救命啊，我要被活埋了！**

這時他的尾巴突然被咬住，身體被拖了出來。「你還好吧？」沙雀鬆開他，緊緊地盯著小高的臉。

「不好！」小高的口鼻隱隱作痛，爪子像燒焦了一樣，「我沒辦法做這種工作，我討厭挖洞，我不要當地道工！」沙石刺痛他的眼，他索性放聲大哭，「淺鳥！」他哭得上氣不接下氣，轉身跑回育兒室。

第二章

沙雀追在他後面。「你真的做得很好。」

「我沒有！」他的眼睛因為沙子而流淚不止，怒火在他全身竄燒，「我跌進洞裡，爪子也受傷了！」他跌跌撞撞地停在育兒室外面，舉起一隻腳爪。

「你只是爪子磨到而已，沒事的。」

小高淚眼汪汪地眨著眼睛，「你不懂！」在模糊的淚眼中，他隱約看見淺鳥的黑白相間身影出現在育兒室入口。

「小高！」她鑽到草地，「怎麼了？」

小高立刻衝過去，倚著她柔軟的毛髮，「我掉下去了，眼睛進沙子了。」淺鳥輕輕幫他舔出來，他的臉皺成一團。

「好一點了嗎？」她停下動作，等他小心翼翼地睜開眼睛。刺痛的感覺不見了，他甩甩頭，把耳朵裡的沙石全甩掉。

「我的腳爪也受傷了。」

淺鳥低身嗅聞，「爪子沒事，」她喵聲

道，「我們進去吧。」

「小高，」沙雀近身說，「你不能就這樣放棄！」

「別逼他了，」淺鳥低聲道，「他嚇壞了。」

小高回頭瞥了一眼。沙雀那雙綠色眼睛滿布焦慮，瞪得斗大，「我晚一點再試試看，」他心不甘情不願地喵聲回答。

「再說吧。」淺鳥輕輕推他走進窩裡。

「他得學會……」

小高沒聽見他父親後面的話，因為淺鳥帶他進臥鋪時，毛髮一直在他耳邊刷拂。他蜷伏在柔軟的羊毛墊上，「蕨翅呢？」小吠的母親不見了，「霧鼠呢？」那隻薑黃色母貓的臥鋪也是空的，就連小麥、小母鹿和小雄鹿也都不見了。

「蕨翅在獵物堆那裡，」淺鳥安坐在他旁邊的臥鋪裡，「霧鼠去狩獵了。」

「狩獵？」貓后是不用狩獵的，她們只要負責照顧自己的小貓。

淺鳥嘆氣，「她有好幾個月沒外出去高地了，她想念那裡，而且她的小貓也不再需要她。」

育兒室的入口一陣窸窣，蕨翅鑽了進來，身上還有新鮮的兔子味，「誰在想念高地？」她坐進臥鋪裡，石楠葉跟著沙沙作響。

「霧鼠。」淺鳥告訴她。

蕨翅伸舌舔舔嘴巴，「我也好久沒享受那種風吹在身上的快感了。」她傷感地說。

小高緊偎著淺鳥，「那妳想念地底下的感覺嗎？」淺鳥生下他之前也是地道工。

「當然想啊。」

小高不相信，誰會想一整天都待在那麼暗的地方。

蕨翅用尾巴彈彈她的腳，「淺鳥，妳應該有一陣子不會再去挖地道了吧。」薑黃色母貓的喵聲聽起來不妙。

小高焦急地把目光轉向母親，「為什麼不去？」

「我生小貓時難產，失去了小雀，」淺鳥在他旁邊挪動了一下身子，「我得花很長時間才能完全復元。」

小高搜尋她的目光，他永遠分不清楚他的母親究竟是太傷心還是太累，「為什麼小雀會死掉？妳生產時出了問題？」

「噓！」

蕨翅尖銳的喵聲嚇了他一跳，他說錯了什麼嗎？淺鳥喜歡把小雀掛在嘴上。「星族會收留她嗎？」他追問。

淺鳥嘆氣，「我想應該會吧。」

但不會收留我。為什麼星族要把他留給淺鳥？也許祂們是要他逗她開心。「小雀的毛色是什麼顏色？」小高問。

淺鳥的目光黯了下來，「薑黃色，跟你父親一樣。」

「我不懂你為什麼要給小雀一個名字。」蕨翅咕噥道。

「她需要一個名字。」淺鳥答道。

「她的生命太短了。」蕨翅皺眉，「星族會幫她取名字的。」

小高感覺到他母親在發抖，談論小雀的事似乎無法讓她打起精神。他用腳掌輕碰她面頰，試圖轉移她的注意，「我耳朵裡有沙子。」

「是嗎？親愛的？」淺鳥傾身舔洗他的耳毛。

小高感覺到她放鬆了，於是更緊緊地偎著她，甚至不想記住小雀是誰。**我應該記住嗎？**

育兒室入口有黑影出現，「你把他安撫好了嗎？」沙雀的頭從金雀花叢的縫隙鑽進來，「我希望他再回去挖，愈快愈好。」

「我才剛幫他清理乾淨。」淺鳥反對。

「這次我們可以練習別的技巧。」沙雀開口保證。

小高從他母親的下巴底下探出頭來，「你覺得可以嗎？」他喵道，眼睛眨呀眨地看著她。如果淺鳥心情還是不好，他情願留下來陪她，可是聽沙雀的語氣好像很希望他去。

「親愛的，你想做什麼就去吧。」她移開目光。

小高覺得失望。難道她不想要他留下來？他站起身。**她希望我接受訓練，好變得跟沙雀一樣強壯**。他從臥鋪邊緣爬出來，「待會兒見囉。」

淺鳥沒有回答，她眼神茫然地望著育兒室的牆面。

「來吧，小高。」沙雀擠出育兒室的入口。

小高跟著鑽出入口，步上覆雪的草地，他很高興看到父親眼睛發亮的樣子。

「我就知道一點小挫折難不倒你。」沙雀用尾巴將小高往前推，「我們來練習搬石頭吧，地道工必須學會如何搬運比自己重的石頭。」

「真的假的？」小高在他旁邊一路跑跳，穿越營地。

「這是很重要的技術。」沙雀朝長老窩旁成排的石頭點頭示意，「我們先試這些，先從小石頭開始。」

小石頭？小高瞪著石頭，每顆小石頭都跟麻雀差不多大。

沙雀停在最近的一顆石頭旁，抽抽尾巴，示意小高靠近點，「用你的前爪抓住它，再利用你的重量讓它滾向你。」

小高吞吞口水，「這樣我不就被壓扁了？」

「地道挖掘的第一條守則是，你絕對比自己想像的還要強壯。」沙雀告訴他。

小高的眼角餘光有棕色身影一閃而過。

「我碰到你的尾巴了，現在該你當兔子了。」

「沒有！」

「有！」

小尖鼠和小吠正在狩獵石上方追逐，細嫩的石楠枝葉在他們身後微微晃動。

沙雀將石頭推到小高面前，「滾滾看。」

小高看著石頭。

「為什麼每次都是我當兔子？」

第 2 章

「你沒有！」

小高貼平耳朵，不想聽見室友們的玩鬧聲。他抬起身體，將兩隻前掌擱在石頭上，試著一鼓作氣地將它移近。他縮起肚子，使盡力氣，但石頭紋風不動。

「我們試小顆的。」沙雀推了另一顆石頭過來。

小高伸出腳爪，這時亂足從長老窩緩步走出，黑色身影宛若陰影在結霜的金雀花叢間移動，「現在就在學搬石頭，年紀會不會太小了點。」

沙雀嗤之以鼻，「這種技術的學習是永遠不嫌早的。」

亂足坐了下來，「我是當上了見習生後，才開始搬第一塊石頭呢。」

小高咬牙。**我一定能搬動它！**他使盡力量想挪動它，但腳爪一滑，後腿沒撐好，就一屁股跌坐在自己的尾巴上。

「搬得好，小蟲！」小尖鼠在狩獵石上大聲喊道。

小高朝他轉身，耳朵貼平，「我還在學！」

「別理他，」沙雀勸他，「小尖鼠的想法跟高地跑者一樣，不懂耐心的重要。」

小高的心一沉，難道他一整天都得在這裡搬動這顆無聊的石頭？小尖鼠和小吠卻能在狩獵石上玩抓兔子的遊戲？

楠星的喵聲在冷冽的空氣裡響起，「請所有會狩獵的成年貓都到高岩石底下集合。」

小高聞言轉身，風族族長站在會議坑中央深色岩石的最高點。

「你在這裡等我，」沙雀命令道，隨即快步穿過營地，跳進會議坑裡。

亂足刷過小高身邊，「先從小一點的石頭開始。」他給了建議同時朝沙雀的方向走去。

小高一屁股坐在地上，看著族貓魚貫地走向高岩石。楊秋和雲跑身形輕巧地跳進雪白的沙坑裡，紅爪和曙紋跟在後面，滑草和雲雀點早已滿臉期待地仰望著楠星，他們移動位置，讓其他高地跑者坐進來。

沙雀朝沙坑的另一頭走去，地道工都坐在那裡，最後他在羊毛尾和胡桃鼻旁邊坐下。亂足動作僵硬地跳下來，坐在他們旁邊，這位老地道工抬高尾巴，朝蘆葦羽點個頭，坐在高岩石下方的風族副族長也點頭回應。

小吠蹦蹦跳跳地朝小高一路跑來，「你不去參加嗎？」小尖鼠已經穿過草叢跑走了。

小高眨眨眼睛，「可是我們又還沒成年，也不會抓獵物。」

「你怎麼知道？」小吠聳聳肩，「你又沒試過。再說我們又不和戰士們坐在一起，我們可以從那裡看啊。」他用鼻子指著小尖鼠，後者正在高地跑者臥鋪外圍的長草叢裡穿梭，「來吧。」

小高跟在小吠後面跑，這時營地入口一陣窸窣，百合鬚和白莓匆忙走了進來。

「他們開始了嗎？」百合鬚一跛一跛地穿過營地，同時朝亂足喊道。

「還沒。」亂足緩步走到沙坑邊緣，伸長腳爪幫忙只有三條腿可使喚的百合鬚慢慢走下來。她加入地道工的行列，白莓則朝沙坑另一頭的高地跑者那裡走去。

霧鼠在沙坑邊緣來回踱步，毛髮不時輕輕地刷過她的伴侶貓兔飛。這隻棕色公貓的坐姿挺直得像是金雀花的樹幹，彷彿連爪子都生了根。小高在高地跑者的臥鋪旁停下腳步，好奇地看著他們，霧鼠的小貓，小麥、小雄鹿和小母鹿就站在兩位戰士旁邊。

「這裡啦。」小吠把小高推進小尖鼠旁邊的草堆裡。

小高從長草叢裡擠了過去，「他們在沙坑裡做什麼？」他把鼻頭轉向兔飛的小貓。

「我不知道。」小吠鑽進草堆深處，往外窺看。

「噓！」小尖鼠在旁邊示意他們安靜，「我正在聽。」他的黃色眼睛緊緊盯著會議坑。

楠星從高岩石上一躍而下，從她的族貓之間穿過去，直抵中央位置。霧鼠正用力舔平小雄鹿兩耳間的毛髮，兔飛則將小母鹿和小麥往邊緣推去。

「小麥、小母鹿和小雄鹿！」楠星喊道。

小高覺察到他旁邊的小吠身體一僵，「這是他們的見習生命名大典！」

小高往前傾身。

「其中一個導師會是羊毛尾。」小尖鼠猜道。

「可是兔飛是高地跑者。」小吠提醒他。

「那又怎樣？」小尖鼠低聲道，「羊毛尾一直在抱怨風族的地道工不夠，更何況霧鼠至少得讓其中一隻小貓繼承她的事業。」他瞥小高一眼，「真抱歉，當地道工的感覺一定很糟。」

小高怒目瞪他，「沙雀說這是很高尚的工作。」

「沙雀當然會這麼說，」小尖鼠嘲笑，「他耳朵裡裝太多泥巴了，搞不好連腦袋也塞滿了泥巴。」

小高伸出爪子，怒火中燒，「你胡說。」

小吠輕輕按住他，「我們要看的是命名大典。」他低聲道。

小雄鹿帶著他的兩個妹妹走進沙坑，小麥一不小心腳爪一滑，就從邊坡滑了下去，但仍直起身體，甩甩柔軟的灰毛，全場為她發出溫暖的喵嗚聲。

「麥掌，」楠星迎視她的目光，新見習生的眼睛瞪得斗大，「你的導師是雲雀點。」麥掌大聲喵嗚，這時雲雀點從高地跑者當中走出來，口鼻輕觸她的前額。

楠星彈彈尾巴，「雲雀點，請將你的速度和好眼力傳授給麥掌，使她也能成為風族倍感驕傲的戰士。」風族族長轉向小母鹿，「母鹿掌，」她喵聲道，「妳的導師將是楊秋。」

楊秋豎起耳朵，眨眨眼睛，好像很驚訝。

母鹿掌興奮得淺棕色毛髮全豎了起來，她挺起胸膛，楊秋穿過沙坑，上前恭賀她。「楊秋，」楠星喵道，「請將你的膽識和實力與她分享。」楊秋垂首以鼻頭輕觸母鹿掌的耳朵。

排在他們後面的小雄鹿注視著族貓。

他一定是在猜他的導師是誰。小高屏住呼吸，興奮到彷彿這就是自己的命名大典一樣。

「看來可憐的小雄鹿要拜羊毛尾為師了。」小尖鼠咕噥道。

「雄鹿掌，」楠星開口道，「你的導師是雲跑。」

小尖鼠倒抽口氣，「雲跑？」

「他不是地道工。」小吠大口喘氣。

小高為他的前任室友鬆了口氣，**雄鹿掌不用接受地道訓練了**。但罪惡感戳了他一下，他應該為雄鹿掌感到惋惜，惋惜他當不成最高尚的戰士。

楠星繼續說道，「雲跑，請將你的狩獵技巧和敏捷的身手，傳授給你的見習生，使他有能力餵飽自己的部族。」

所有高地跑者同時發出歡呼聲。

「雄鹿掌！」

「麥掌！」

「母鹿掌！」

空地邊緣的霧鼠和兔飛雙尾交纏，眼裡閃著驕傲的淚光。

「雲跑？」羊毛尾的喵聲在歡呼聲裡響起，黃色眼睛充滿疑惑。

胡桃鼻瞇起眼睛，「為什麼地道工沒有見習生？」他質問。

「怎麼了？」營地入口傳來喵聲，一隻灰色母貓瞪看著族貓們，身上滿布塵土。

霧鼠轉身，「嗨，梅爪。」她看見她挖地道的前室友，不安地踩動著腳爪，「你錯過了命名大典。」

「羊毛尾有見習生了嗎？」母貓的眼裡閃過一絲希望。

羊毛尾搖搖頭，「他們都要接受高地跑者的訓練。」

「全部？」梅爪的眼睛瞪得斗大。

楠星上前一步，「楊秋、雲跑和雲雀點會當霧鼠小貓的導師。」

梅爪瞪著霧鼠，「你難道不想讓其中一隻小貓繼承你的衣缽嗎？」

霧鼠垂下目光，兔飛緊靠著他的伴侶，「我們決定讓他們全都成為高地跑者。」

「挖地道太危險了，」霧鼠直言，「我們的小貓都跑得很快，像他們的父親一樣，他們擅長的是高地狩獵，而不是挖地道。」

胡桃鼻上前一步，毛髮豎得筆直，「可是我們缺少地道見習生。」

沙雀在他身後甩著尾巴，「至少幾個月後，我們就有小高了。」

小高的胃頓時抽緊。

「小高真幸運啊。」小尖鼠揶揄道。

小高瞪著他，「閉嘴。」

楠星朝地道工走去，「我知道你們很失望，可是霧鼠和兔飛都希望他們的小貓接受高地跑者的訓練。」

胡桃鼻迎視她的目光，「楠星，這個部族也需要有地道工。」

「我瞭解你失望的心情，」楠星溫柔地回道，「但大家對葉亮的死仍記憶猶新。」

小高聽淺鳥和蕨翅談過害百合鬚跛腳的那次坍塌事件，當時有另一個地道工命喪黃泉。

「我必須尊重霧鼠和兔飛的意見。」風族族長繼續說道。

胡桃鼻垂下頭，「我猜也是。」

楠星接口道：「等新葉季來臨、地表乾燥了，地道訓練就會比較安全。」

羊毛尾推開胡桃鼻擠了上來，「妳們為什麼不早點告訴我們，沒有見習生給我們。」

蘆葦羽上前一步，「如果提早告訴你們，你們會比較願意接受嗎？」

梅爪從沙坑的頂端喊道：「但這至少表示你們尊重我們。」

楠星抬起下巴，「風族當然尊重地道工，」她堅持，「當禿葉季的雪季來臨時，我們的地道工總是能為我們找到獵物。我們重視你們的技術，我們需要你們幫忙養活整個部族。」

羊毛尾清清喉嚨，「怎麼養活？你又不給我們見習生。」

「你們會有更多見習生的，」楠星彈彈尾巴，「儀式結束了。」她轉身對雲跑說，「你帶見習生去看看我們的領地，」她朝楊秋和雲雀點頷首，「好好訓練他們。」

雲跑跳出沙坑，領著雄鹿掌走向營地入口，小高總覺得有點不安。雲雀點、楊秋、麥掌和母鹿掌也跟在他們後面蹦蹦跳跳地出去。**地道工以後怎麼可能有更多見習生？**小高納悶。小尖鼠和小吠將來都要當高地跑者，難道以後得要由小高一手包辦所有的地道技術嗎？

小吠挨近他，「等輪到你參加命名儀式時，沙雀一定會要求楠星幫你選一位最厲害的地道導師。」

「是啊。」小高試圖表現出熱衷的語氣，他真的想這輩子都在挖洞和搬石頭嗎？

「紅爪、蘋果曙、兔飛！」蘆葦羽向高地跑者喊道，「獵物快吃完了，我們去狩獵吧。」

紅爪的鼻子抽動了幾下，「今天這種天氣，很容易聞到兔子的味道。」

蘋果曙跳出沙坑，往入口走去，灰乳白色的毛髮在清亮的陽光裡散發出玫瑰般的光澤。

兔飛跑在她後面，「我們一起去高突岩那裡狩獵。」

小高看見淺棕色公貓兔飛輕鬆蹬了三下，便抵達營地入口，毛髮下結實的肌肉不斷起伏。一種渴望在他心裡升起，**我也想在高地上奔馳，我也想迎著風在蔚藍的天空下追逐兔子。**如果是在幽暗的地道裡奔馳，會有一樣的感覺嗎？

第三章

厚重的白雪覆蓋住整片高荒原，但營地裡用來遮風擋雨的坑穴卻冒出了石楠和青草的嫩芽，宣告新葉季即將到來。小高穿過草叢時，腳爪常會被剛冒出頭的草莖刺到。這時小吠跑在他前面，尾巴一揮，跳進會議坑裡。

小高也跑到會議坑邊緣，縱身一躍劃出優美弧線，完美落地後繼續往前奔跑。小吠衝在最前面，沙土被他蹬得漫天飛舞。小高快追上他時，亢奮的快感流竄四隻腳爪。**他已經兩個月大，但我跑得比他還快！**小吠抵達沙坑盡頭的邊坡，正準備往上爬，小高趁機加速。

小高輕鬆跳上邊坡時，小吠趁機躲進上方的金雀花叢裡。差點兒就撞上荊棘叢的小高趕忙減速，煞住腳步，他氣喘吁吁地沿著金雀花叢邊緣，邊踱步邊甩著尾巴，「臭老鼠，我知道你在裡面，我會揪出你的尾巴！」

「休想！」小吠喵嗚道。

「出來跟我單挑，膽小兔！」

「進來抓我啊，醜八怪！」小吠爬進更深處，弄得金雀花叢窸窣作響。

小高低身鑽進枝葉裡，「我來了。」

但尾巴被一隻腳踩住，「你在挖地道嗎，小蟲？」小尖鼠不屑地說道。

小高霍地轉身，豎直毛髮，「不要給我亂取綽號。」他挺起肩膀。

「可是這名字很適合你，」小尖鼠兩眼發亮，「反正你這輩子都得在地底下挖洞。」

「別理他，小高！」小吠從金雀花叢底下喊，「我們玩我們的。」

小高迎向小尖鼠的目光，「你為什麼不跟我們一起玩，這總比吵架鬥嘴好吧。」

「我不玩那種幼稚的遊戲。」

小高氣不過，「那你為什麼不跟紅爪去狩獵？」他挨近小尖鼠，「哦，我忘了，你年紀太小，根本不能離開營地。」

金雀花叢一陣抖動，小吠鑽了出來，「小尖鼠，別再裝模作樣地自以為是見習生，你還要等三個月才能當上見習生。」

小尖鼠蓬起全身毛髮，「我不懂為什麼還要等，我的個子幾乎跟母鹿掌一樣大。」

「小貓一定要六個月大才能當見習生，」小高提醒他，「難道你不懂戰士守則嗎？」

小尖鼠彈彈尾巴，「地道工有戰士守則嗎？」

小高收緊爪子，「我們也是戰士。」他厲聲回答，「我們也要接受狩獵和格鬥訓練，再加上額外的地道技術訓練。」

「你是說挖土哦？」小尖鼠冷笑，「兔子也會挖洞啊，那根本不是什麼通天本領。」

「它是，」小高頓時發怒，「沙雀正在挖一條直通峽谷下方的地道，這是兔子不會的本領，兔子根本不知道可以這樣挖。」他蓬起全身毛髮，希望能藉憤怒掩飾自己的恐懼，因為他不斷地想到將來他得蹲伏在一條長不見底的地道裡。

「挖地道根本是在浪費時間，」小尖鼠嘲笑，「他們只是把自己藏起來而已。」

「不，他們不是！」小尖鼠竟敢暗示地道工是膽小鬼？待在地底下比在高地上奔跑更可怕。「多了一條新地道就代表我們多了一個地方追蹤獵物，必要時，可以成為我們進出領地的祕密通道。」

「真正的戰士不需要祕密通道。他們不用躲在暗處，他們正大光明地作戰。」

小高甩甩尾巴，「地道工也可以在地底下作戰。」

「我只是說，我很高興自己不必當地道工的見習生。難不成你要告訴我，你等不及要讓自己一輩子都在黑暗裡度過。」

「我很自豪我能繼承沙雀的工作。」小高口是心非，腳不安地踩動著。**我只希望自己不要對這份工作那麼恐懼。**

小吠低頭從他們中間擠過去，「我不懂你們為什麼要吵架，」他喵聲道，「不一樣也很好啊。如果我們全都想當高地跑者，我們不就跟雷族、影族與河族沒什麼兩樣了。可是我們不同，我們是風族，我們可以作戰、可以狩獵，也可以挖地道。」

小高的沮喪頓時煙消雲散。小吠說得對，風族貓與眾不同，在這裡脣槍舌戰實在很兔腦袋。他甩甩尾巴，轉身大步離開，但腳掌突然一陣劇痛。「噢！」他抬起腳掌，不停地跳，腳底刺痛不已。

小吠跳了過來，「怎麼了？」

「我踩到刺刺的東西了。」小高抬起腳爪。

小吠蹲下，輕輕提起小高的腳爪，想看仔細，「是金雀花的刺。」他喵聲道。

小高緊張地看向巫醫窩，「我應該去找鷹心，請他幫我拔出來嗎？」如果鷹心很忙，恐怕不想被打擾……尤其是被禿鷹的獵物打擾。

「不用。」小吠挨近，口鼻抵著小高腳爪上的肉墊。小高感覺到他室友的鼻息徐徐吐在他的腳爪間，突然那痛點像被叮了一下，痛楚消失了。小吠坐了下來，齒間咬著一根很長的刺，頂端還有晶亮的血滴。他吐掉嘴裡的刺，「用力舔你腳掌上的傷口，這樣傷口才不會惡化。」

小高抬起腳掌檢查肉墊，血從拔掉刺後留下的孔洞流了出來。他舔一舔，驚訝地發現傷口立刻不痛了，舌尖的血感覺鹹鹹的，「謝謝你，小吠。」他看著他的朋友，「你怎麼知道要這樣處理？」

小吠聳聳肩，「這又不難。」

小尖鼠翻翻白眼，「有什麼了不起，」他不屑地說，「這對抓兔子和擊退入侵者來說根本沒幫助。」

小吠偏著頭，「生命裡除了狩獵和作戰之外，還有其它許多事情。」

「有嗎？」小尖鼠驚訝地眨眨眼，「不要告訴我，你也想當地道工。」

「我沒有這樣說。」小吠喵聲道。

「又來一個想挖土的！」小尖鼠轉身背對弟弟，他顯然沒聽懂。「風族怎麼這麼倒楣？」

小吠看著他的哥哥走遠。

小高瞇起眼睛，一臉迷惑，「小吠，你不想當高地跑者嗎？」

「不想，我想成為巫醫。」小吠承認。

小高瞪著他看，「真的？」

「我會去問鷹心可不可以讓我當他的見習生。」

「鷹心？」小高一臉驚訝地重複問道。**那我情願去當地道工。**「你確定？」

「沒錯，」小吠雙眼一亮，「我想學會所有藥草的功效，還有如何處理各種傷口。」

「我沒辦法想像鷹心會有見習生。」

「你認為他會拒絕收我為徒？」小吠面有憂色，「也許這就是為什麼他一直沒有見習生的原因。」

「誰敢自告奮勇啊？」小高咕噥道，但隨即改口，「搞不好他很敬佩你的勇氣哦。」

「鷹心其實還不錯，」小吠一臉焦慮地望著巫醫窩，「他只是不喜歡被問一些蠢問題。」

「那你要怎麼跟他學呢？」小高直言。

「我會從旁觀摩，除非我確定自己真的不懂，才會開口請教他。」

小高眨眨眼睛，很訝異小吠的語氣如此篤定，他一定計畫很久了。小高突然一陣傷感，「我們再也不能一起受訓了。」

「反正你接受的是地道工的訓練。」小吠提醒他。

「我也得學習狩獵和作戰技巧啊，你一樣也要學挖地道的基本技巧。」小高瞥了小尖鼠一眼，後者從獵物堆那裡便一路跟著雄鹿掌，「我現在更擺脫不了他了。」

「你別理會他的嘲笑，」小吠鼓勵，「如果你不理他，久了他就會覺得自討沒趣。」

「大概吧。」小高沒被說服，「走吧，我們去看看百合鬚需不需要幫忙抓跳蚤。」他轉向長老窩。

「我等一下就來，」小吠喵聲道，「我想先去問楠星，怎麼樣才能當鷹心的見習生。」

小吠朝楠星的窩走去，小高則緩步走向空地盡頭的金雀花叢。啖皮倚著長老窩外頭一座低矮的小丘，百合鬚坐在他旁邊，小心翼翼地舔洗著那條瘸腿。

母鹿掌和麥掌蹲伏在他們旁邊的草皮上，兩眼盯著啖皮，這位長老正在講故事：「我在地道裡決定走右邊的岔路，」他厲聲道，「那兒比岩洞裡頭還要暗，不過我聽到兔子的聲音，牠只離我幾條尾巴遠。牠跑得很快，一路留下的恐懼氣味強烈到連高地跑者都追蹤得到。」

「在地道裡狩獵不是很簡單嗎？」母鹿掌打斷，「反正獵物只有一條路可逃。」

啖皮迎視她的目光，「你覺得在黑漆漆的洞裡奔跑很簡單嗎？」

母鹿掌瞪大眼睛，白莓從金雀花叢的窩裡緩步走出，雪白的毛髮在陽光下閃閃發亮，「你只能靠自己的耳朵、鼻子和鬍鬚來引導，」他解釋，「只要不小心踏錯一步，就會撞牆。」

啖皮傾身向前，「死胡同的回音不同於一般通道，有經驗的地道工只靠耳邊的風聲，便能聽出眼前的地道有沒有出口。」

「我以前只要聽我腳步的回音，就知道是不是已經在高地中央的洞穴。」百合鬚自誇道。

白莓躺在她旁邊，疲倦地伸個懶腰，「我以前可以隔著一條尾巴深的土聞到獵物的味道。」

小高眨眨眼，有一天他也會學會所有技術。他理當興奮才對，但他想到的只有黑暗和泥巴。他渾身發抖，彷彿正身處地底下。

鵎皮又回到他的故事，「那隻兔子跑到影族領地的地底下。」

「你還在追它？」麥掌倒抽口氣，「可是只要過了邊界，就屬於影族的獵物了。」

「但地道是屬於風族的。」鵎皮厲色回答。

小高緩步靠近，「你在地底下，怎麼知道那是影族的領地？」

「因為土裡聞得到水晶蘭的味道，」鵎皮輕鬆回答，又回到故事上，「那隻兔子繼續往前跑，我就快要追上，這時突然聽見上方林地有腳步聲，這表示我快接近地表了。」

母鹿掌的尾巴不停抽動，「他們聽得到你在地底下嗎？」

白莓不耐地插話：「在地上行走，是沒辦法隔著地下的土層聞到味道。」

「不過他們可能聽見我的腳步聲，」鵎皮壓低聲音，「要是被他們誤以為我是兔子，可能會開始挖洞。我擔心他們發現地道，只好停住不動。」鵎皮停頓一下，「我聽見兔子愈跑愈遠，地道裡飄著新鮮空氣。獵物衝向出口，我只能祈求牠被影族發現，又被趕回洞裡。」

「他們發現了嗎？」麥掌屏息問道。

「我聽見影族狂奔的腳步聲，」鵎皮告訴她，「我聽見他們在喊：**『有兔子！有兔子！』**」他的目光從母鹿掌掃視到麥掌和小高身上。

小高背上的毛全豎了起來，「然後呢？」

「他們在我頭頂上跑的時候，沙土像雨一樣撒在我身上。我必須快速判斷，要是他們為了追兔子也鑽進地道，就會發現我以及這條地道，所以我必須堵住地道。」

「堵住地道？」麥掌吱聲尖叫，「怎麼堵？」

「製造坍塌啊！」燄皮大聲說，「土是很輕很軟的東西，如果我可以刨鬆它，讓土掉下來擋住入口，又不會讓整個坑頂坍下來，我就能全身而退。」

小高的心跳開始加速，「要是整個坑頂都坍下來，那怎麼辦？」

「我會被活埋。」燄皮深吸口氣。

「不！」麥掌的喵聲小到幾乎聽不見。

「我聽到影族的聲音在地道盡頭響起，兔子的腳步聲也愈來愈近，後面還跟著更沉重的腳步聲，等於整支巡邏隊直接朝我衝來。」燄皮舉起一隻前爪，「我開始刮我頭頂上的砂土，用最大的力氣和最快的速度挖。腳步聲如雷貫耳地逼近，在穴壁間迴盪。再過幾分鐘，他們就會聞到我的味道，然後開始追我。我的兩隻腳爪狂鑿坑頂，鑿到地道出現崩裂的聲音，沙土坍了下來，我及時往後彈開，然後就聽見土堆後方的兔子被影族巡邏隊追上的慘叫聲。」

「他們不知道你在那裡？」母鹿掌問。

「太暗了，而且泥土的味道掩蓋了我的氣味。」燄皮聳聳肩，「對他們來說，那只是一個沒有其他出口的兔子洞，然後我就轉身回家了。」

百合鬚嘆氣，「真懷念那些日子。」

毿皮點點頭，「我好想再回到地道奔跑哦！」

白莓的尾巴拂過自己的腳爪，「後來就有夠多的地道工去巡邏每條地道了。」「我們把它們維護得很好。」毿皮附和，「現在要是再出現坍方，風族只會覺得少了一條巡邏路線而已。」

母鹿掌瞇起眼睛，「不要派這麼多貓到地底下，不是很好嗎？」她朝百合鬚的腿點頭示意，「那裡太危險了。」

「高地跑者也並非絕對安全，」毿皮反駁，「地面上方禿鷹，還有狗和狐狸，牠們跟地道坍塌一樣危險。我們受的訓練愈完整，風險就愈少。這也是為什麼我們得不斷地訓練新手去挖地道，總有一天我們會需要用到那些地道。」

麥掌偏著頭，「可是最近兔子很多，而且現在整座高地都是我們的領地，就算是嚴寒的雪季，也能找到足夠的食物餵飽整個部族。」

毿皮坐起來，「要是別的部族決定入侵我們的領地呢？」

母鹿掌豎起毛髮，「我們會擊退他們。」

毿皮的尾巴抽了抽，「打仗時，地道給了我們很大的優勢。」

小高看看長老又看看見習生。在這件事情上，高地跑者和地道工總是意見不合嗎？如果雙方的感受如此不同，風族為什麼還能團結迄今？

第四章

營地入口颯颯作響，沙雀緩步走進營地，梅爪和霧鼠跟在後面。沙雀雙肩下垂，毛髮上布滿條狀的泥巴，小高匆匆趕來迎接他。

「嗨，」沙雀喵聲道，「你今天好嗎？」

「很好啊，欲皮跟我們說他以前追兔子，一路追到影族領地下面的地道。」

「哦，那個故事很精采。」沙雀用尾巴滑過小高的背脊，尾尖感覺是濕的，而且有泥土味，「我們一直在努力修建那條峽谷地道。」

「沙雀！」楠星從會議坑裡跳出來，穿過營地，蘆葦羽也跟在後面。「工程進行得怎麼樣？」楠星追問，族長的目光掃過渾身泥巴的梅爪和霧鼠，眼角餘光閃過一絲憂色。

「很順利，」沙雀回報，「我們已經撐起了泥煤山脊另一頭的坑頂。那裡很陡，不過我們由下往上地在壁面上敷滿黏土，加以強化。」

蘆葦羽瞇起眼睛，「聽起來很費功夫。」

梅爪甩甩身上的毛髮，「等完工時，一切努力就都值得了。」

「什麼時候可以完工？」楠星問。

霧鼠和沙雀互看一眼，「很難預估，」她喵聲道，「我們是在不曾作業過的領地裡進行地道挖掘，所以很難預測接下來碰到的是沙石層、黏土層還是岩層。」

蘆葦羽移近楠星，「聽起來很危險。」

「這是一種挑戰，」沙雀挺起胸膛，「但我們學到了很多經驗，等它完工後，風族就有一條祕密通道可以從高地頂端直通河邊。」

「若是遇到崖壁怎麼處理？」楠星抽動耳朵，「你不可能鑿穿岩石。」

「我們已經做好萬全準備，」梅爪解釋道，「黏土層有道裂縫，河水都是從那裡滲進峽谷深處。我們計畫從那裡開挖，接通下面的地道。」

「河族從峽谷底部看不到嗎？」蘆葦羽問。

「那裡有荊棘叢，」沙雀告訴他，「把入口隱藏了起來。我等不及想帶你去看。」

小高突然覺得好驕傲，沙雀能辦到連河族族長都辦不到的事情。「我也等不及想看！」

「也許你來得及當上見習生，幫忙我們一起完工。」沙雀喵嗚道。

小高愣住。他突然想像自己站在暗無天日、又深又長的地道裡面，挖鑿汙穢的黏土，想盡辦法打通，渴望呼吸到新鮮空氣。他吞吞口水，胸口一緊，「是啊！」他用顫抖聲小聲回答。

楠星蓬起全身毛髮，「你快弄乾，」她向地道工建議，「風這麼冷，小心得了綠咳症。」

沙雀點頭離開，「來吧，小高，」他喊，「幫我舔掉耳朵裡的沙礫。」

沙雀走到地道工的蕨葉坑，小高急忙地追了上來。沙雀停下腳步、甩甩毛髮，小高連忙撇頭，免得被泥沙噴到。沙雀喉間發出快樂的喵嗚聲，「你以後就會習慣全身髒兮兮了。」

小高渾身發抖。

「你把他弄髒了！」淺鳥的喵聲穿過營地而來。小高轉身看見他的母親疾步朝他們走來。

「他在幫我清理，」沙雀反駁，「他想幫我把耳後的沙礫舔乾淨，對吧，小高？」

小高注視著他父親那顆沾滿乾泥巴的頭，**也不盡然啦。**

「他得開始學了，」淺鳥用口鼻輕觸小高的頭，「總有一天他得清理自己耳朵裡的沙土。」

沙雀眼睛發亮，「我真等不及我們一家三口一起去巡邏。」他看看淺鳥，又看看小高，「在地道裡奔馳，就我們三個。」

淺鳥嘆氣，「可能還得等好一陣子我才能加入你們。」

「這話什麼意思？」沙雀的眼神黯了下來，「等小高當上見習生，妳就可以加入我們了。」

淺鳥搖搖頭，「我不認為我那時候會復元。」

「你當然可以。」沙雀傾身向前，面頰與她相偎，「等新葉季來臨，就會有更肥美的獵物，到時候妳的體力馬上可以恢復。」

小高緊張地看著他母親，「妳會好起來的，對不對？」

「我希望可以。」淺鳥喃喃地說完後，轉身往育兒室走去。

「小高，你去陪她，」沙雀低聲道，「我想她需要打打氣。」

小高有點遲疑，「那你的耳朵怎麼辦？」

「我自己清理。」

小高快步跟在母親後面，跌跌撞撞地爬過草叢，追上她。他們一走進育兒室，怡人的羊毛氣味和奶香味便迎面襲來。淺鳥才蜷進自己的臥鋪，蕨翅便立刻坐起來，才剛睡醒的她淺黃色毛髮顯得蓬鬆凌亂，「小吠和小尖鼠到哪兒去了？」她喵聲道。

她知不知道小吠打算問楠星他可不可以當鷹心的徒弟？小高有點納悶。他在想要是她不知道這件事，那他最好先別說，「他們在外面玩。」他攀過臥鋪邊緣，滑了進去，躺在淺鳥的肚皮旁，他肚子餓了。

他正想鑽進懷裡吃奶，淺鳥竟抽開身，「小高，不行。」

小高愣住。**不行？**他扭動身體朝她靠近，閉上眼睛嗅聞母親身上誘人的奶香味。

淺鳥用腳爪撥開他，「小高，我說不行。」

「不可以吃奶嗎？」他不可置信地瞪著她。

「我的奶快乾了，」她告訴他，「你現在已經大到可以去獵物堆進食了。」

「可是……」他想改變她的心意，但淺鳥只是茫然地看著他。

蕨翅的臥鋪一陣窸窣，「沒關係，小高。」她爬出石楠臥鋪，傾身舔他的耳朵，「小尖鼠和小吠已經吃獵物一個月了，他們現在變得比較喜歡吃獵物。」

完全不吃奶？小高不敢相信淺鳥以前從沒告訴過他。

他的母親半閉著眼睛，「你會喜歡和年紀大一點的小貓一起進食的。」她喃喃地說。

小高感覺到蕨翅正用牙齒叼住他的頸背，臥鋪裡的他爪子一陣亂扒，勾住了羊毛，但身體還是被她叼了出來。他豎直毛髮。**不公平！**

蕨翅將他輕輕放在地上，「讓淺鳥休息吧。」她把他推向入口。小高呆呆地跌跌撞撞往前走。後面的蕨翅忙著把羊毛塞進他母親的身體下，「親愛的，妳睡一下吧。」她低聲說道，淺鳥將鼻頭塞進腳底下，閉上眼睛。

小高傷感地鑽出窩，站在潮溼的草地上，他蓬起毛髮，抵禦寒氣。羊毛仍勾在爪縫間，他懊惱地甩掉。目光掃過營地，獵物堆得很高，他看見底層有隻死兔子，再上面則是一小隻棕色的死老鼠。肚子咕嚕嚕叫的他踱著腳往獵物堆走去，他一走到那裡，便小心地嗅聞，濃烈的氣味漫上他的舌尖。他縮起身體、皺皺鼻子。

「第一次吃嗎？」梅爪的喵聲嚇了他一跳。深灰色母貓一路嗅聞，走到他身邊，「先試試老鼠吧，腥味比較不濃，而且也容易咀嚼。」她從獵物堆裡叼了那隻棕色的死老鼠下來，丟在他腳邊，「小心有骨頭，」她用柔軟的灰腳拍拍老鼠的腰腿處，「咬這裡。」

小高彎下身去，試著不去聞獵物的味道。**我想吃奶！**他閉上眼睛，尖牙咬進柔軟的肉裡，一股味道漫進他嘴裡，辛辣又溫熱。

「還不錯吧？」梅爪喵嗚道。

小高不確定。他從老鼠身上撕了一小塊肉，然後看著她。多汁的鼠肉有點怪，但不難吃，他開始咀嚼。

「來！」梅爪喜形於色，再用腳爪從獵物堆裡勾了一隻小鳥出來，然後指著營地石楠圍籬旁的草地，「我們去那裡吃，別擠在這裡。」她用牙齒咬住那隻死鳥，緩步穿過草地。

小高叼起死老鼠，跟在後面。他蓬起胸前毛髮，獵物垂掛在下顎，自覺像個叼著獵物回部族的高地跑者！梅爪咬了一口鳥肉，他也在她旁邊坐下來。「這是歌鶇，」她滿嘴鳥肉地解釋，「嚐起來有木頭的味道。」她吞下去，「我喜歡吃田鳧，可是得等繁殖季過後才抓得到。」

小高又咬了一口鼠肉，這次他知道會嚐到什麼味道，所以開始津津有味地品嚐這塊肉。

「你很快就會當上見習生，到時候就會自己抓獵物了。」

自己抓獵物！小高好奇狩獵是什麼感覺，黑暗裡追逐兔子恐怕不像在高地追逐那麼有趣。

「你以前喜歡當見習生嗎？」他請教梅爪。

「見習生的經驗很棒。」梅爪又撕了一塊歌鶇的肉下來。

小高從眼角餘光瞥看她，「妳以前就很期待當地道工嗎？」哪有貓在被告知自己得一輩子待在地底下時會開心的？

「當然！」梅爪甩掉鼻頭上的一根羽毛，「我的父母都是地道工。而且我知道我一定會很擅長這門技術，因為我體型小、腳掌又寬又強壯。」她抬起其中一隻腳。即便她身上都舔乾淨了，小高仍看得到她腳爪裡沾黏著泥巴。

「妳喜歡待在地底下？」小高試圖表現出事不關己的語氣，他不想讓她猜到他其實在考慮要不要當地道工，要是她告訴沙雀，那怎麼辦？

「我喜歡啊，」她告訴他，「感覺好像身處在一個祕密世界裡。頭頂上有獵物在奔跑、有戰士在巡邏、白雲在高地上方飄動。除了我的地道夥伴外，誰都不知道我們在哪裡。」

「妳不會懷念風吹在身上的感覺嗎？」

「不會啊，」梅爪驚訝地看著他，「地底下很舒服，我喜歡毛髮貼著泥土的感覺。」

小高吞吞口水，「聽起來妳好像田鼠轉世哦！」

「也許吧。」梅爪發出喵嗚聲。這時小吠爬出會議坑，蹦蹦跳跳地跑來，小高連忙坐起。

「楠星答應了！」小吠停在他面前，「我可以當鷹心的見習生了！」

「我都不知道你想當巫醫貓的見習生欸，」梅爪喵嗚道，「恭喜你！」

「是啊，恭喜你。」他不免有些嫉妒。**你可以做你想做的，我卻得每天挖洞。**

「小高？」小吠皺眉，「怎麼了？」

小高抬起下巴，覺得對他朋友不盡公平，「沒事，我真的很為你高興。」

小吠看見他的老鼠，「你在吃獵物！」

小高自豪地蓬起毛髮，「很好吃。」

「我最喜歡吃地鼠，」小吠告訴他，「吃起來有石楠味。」他回頭看了一眼長滿雜草的空地，「你想玩抓兔子的遊戲嗎？」

小高急忙咬了一口鼠肉，然後把剩下的推給梅爪，「給妳。」

「謝謝，」她喵聲道，「你確定你吃這樣就夠了嗎？」

「我吃很多了。」小高跳起來站好，「我這次是當兔子嗎？」他問小吠。

小吠彈彈尾巴，「對。」

「好吧，」小高喵聲道，「可是我不想躲進金雀花叢裡，它們太刺了。」

「別擔心，」小吠向他保證，「如果你又踩到刺，我還是可以幫你拔出來。」

第五章

「請所有會狩獵的成年貓到高岩石集合。」岩石頂端的楠星高高在上，背景是蔚藍的天空與廣袤的綠色高地，含苞待放的石楠如漣漪起伏。

小高坐在會議坑邊，微風吹亂他的毛髮，族貓們魚貫地湧入沙坑。溫暖的新葉季曾帶來豐富的獵物，如今綠葉季降臨，戰士們個個體型強健、毛色光滑。小高瞥了地道工一眼，他們全聚在沙坑盡頭，羊毛尾眼神炯亮、胡桃鼻不耐地在他四周踱步、梅爪的尾尖興奮地彈動。鷹心和蘆葦羽穩如磐石地坐在高岩石下方，至於沙坑其他地方則全被高地跑者佔滿。

「坐好，別動來動去的。」雲跑彈彈尾巴，示意雄鹿掌；母鹿掌已經坐定在楊秋和麥掌之間。

長老們蹣跚地爬進沙坑，啖皮在前面帶路，白莓緊靠著跛著後腿的百合鬚，亂足跟在後面，「這是我期待已久的命名大典。」他粗嘎地說道。

小高心跳快到像是在胸口藏了一隻兔子。

沙雀站在他旁邊，「你準備好了嗎？」

「準備好了。」小高瞥了淺鳥一眼，她那雙失神已久的眼睛，如今又恢復生氣。她傾身舔小高肩上的毛髮，「我要你看起來精神飽滿。」她喵嗚道。

巫醫窩入口有棕色身影閃現，吠掌疾步走出。這位年輕的見習生爬進沙坑坐定在鷹心旁邊，巫醫貓用斥責的眼神瞥了他一眼。

「對不起，鷹心。」小高聽見吠掌小心地致歉，「我剛在整理紫草葉。」

尖鼠掌捕捉到小高的目光，他就坐在導師兔飛旁邊。小高猜得到他心裡在想什麼，**你就要變蟲掌了**。小高移開目光，在心裡告訴自己，**不管我是地道工還是高地跑者，我都是見習生**。

楠星從高岩石一躍而下，穿過沙坑。她停在中央掃視族貓，直到目光落在小高身上。

「小高！」楠星喚他。淺鳥把他往前推。小高蹣跚地爬下沙坑，停在楠星面前。

「我很少有機會在見習生命名大典上只幫一隻貓命名。」楠星的眼睛緊盯著他，「首先，先讓我們悼念你的妹妹小雀。」她抬眼瞥了淺鳥一眼，「風族很是痛心她這麼年幼就失去生命，不過她現在已經安息、長伴星族。」

小高不免好奇小雀是不是也在觀看他的命名大典，她會嫉妒自己不能擁有見習生的名字嗎？也許星族會賜給她一個。

「小高，」楠星的喵聲打斷他的思緒，「我想了很久，而且再三考慮應該選誰來擔任你的導師。」

小高聽見地道工們興奮地竊竊私語，「她一定會選羊毛尾，對吧？」梅爪的低語聲穿過沙坑傳了過來。

楠星的目光堅定，「我挑選的是曙紋。」她朝高地跑者轉頭，「曙紋，請上前來。」

小高用腳爪緊緊抓住泥土，彷彿地面正在晃動。**我不是應該當地道工嗎？**他看著坐在沙坑上方的沙雀，他父親的眼裡有怒火在燃燒。

小高吞吞口水，這時曙紋朝他走來。**我不用待在地底下了。**他深深鬆了口氣。

「楠星！」羊毛尾尖銳的喵聲劃破沙坑的空氣，「妳答應過我們會有一個地道工。」

小高後方的沙地上傳來沉重的腳步聲，他趕緊轉身，驚見沙雀跳進了沙坑。「妳錯了，楠星。」

楠星搖搖頭，「我沒有，沙雀。」

「可是我是地道工、淺鳥也是，我們希望高掌能繼承我們的衣缽。」

楠星垂下頭，「我知道，但是我觀察過高掌，他沒有地道工的本能或體格。」

「妳錯了，」沙雀厲聲道，「妳看看他的尾巴長得萬一遇到坍方，也能很輕易地把他拉出來，而且他有可以防沙的強韌腳爪和短毛。」

楠星態度堅定地看著沙雀，「他的動作快如疾風、動如脫兔，他總是趁著四下無貓時，追逐想像中的獵物。」

淺鳥跳下來站在她伴侶貓的旁邊，「他在地道裡也可以追逐獵物。」她嘶聲道。

楠星沒有讓步的意思，「起風的時候，我觀察過他。只要風一揚起，他便坐立不安。他屬於地上，他必須忠於自己的天性。」

「**忠於天性？**」羊毛尾啐道，「哪一隻小貓不愛跑跑跳跳？」

胡桃鼻嗤之以鼻，「禿葉季的時候妳說地道工的工作太危險，現在妳又說小貓喜歡吹風，下一次妳又要拿什麼藉口讓高地跑者再多收幾個見習生？」

沙雀朝楠星靠近一步，豎起全身毛髮，「挖地道才是他的天性，」他咆哮，「怎麼可能不是？他的家族全是挖地道的。」

楠星抽動尾巴，「如果高掌以後想接受地道工的訓練，也可以；但我希望他先接受高地跑者的訓練。」

高掌看見淺鳥的尾巴垂了下來，心情跟著低落。她爬出沙坑，垂頭緩步踱回育兒室。**我應該告訴楠星我想當地道工見習生嗎？**高掌表情絕望地看看風族族長，又看看他父親。

「他是我兒子，」沙雀齜牙低吼，「他的未來由我決定。」

楠星愣了一下，「戰士的未來由我決定。」她轉身對曙紋說：「請傳授妳的速度與膽識給高掌，讓他成為風族引以為傲的戰士。」

高掌的心跳快得像在山谷裡奔逃的兔子，曙紋是全風族最快的跑者之一，而且從沒在格鬥中輸過，他可以從她身上學到許多格鬥技巧。**我會讓風族以我為傲**。

當曙紋以口鼻輕觸他的頭顱時，他強忍住顫抖、豎起耳朵，想聽族貓為他歡呼，但只聽見四周的沙地有移動的腳步聲，卻沒有貓兒為他的見習生名號歡呼。高掌緊張地瞥頭張望，沙雀已經離開典禮現場，地道工們全都木然地望著他。

「高掌！」雲跑率先歡呼。

兔飛跟著加入，「高掌！」

「高掌！」曙紋的音量蓋過其他貓兒，領頭歡呼，怒目質疑其他高地跑者為何還不加入。

當更多貓兒開始加入歡呼時，曙紋將高掌推向雄鹿掌和母鹿掌，「來吧，」她低聲道，「向你的新室友打聲招呼。」

「高掌！高掌！」麥掌用力跺跺地面。

雄鹿掌兩眼炯亮地迎接走上前來的高掌，「恭喜你。」

高掌口乾舌燥，雄鹿掌從來不曾正眼瞧過他，也不曾跟他說過話。

歡呼過後，麥掌和母鹿掌圍在他身邊，「第一次見識到高地的感覺再棒不過。」母鹿掌屏息地對他說。

「你會不敢相信它有多遼闊！」麥掌蓬起全身的灰毛。

吠掌跑到高掌身邊，「恭喜你！」他喵聲道。高掌眨眨眼睛，感激地看著他的好友，他到現在都還不知道自己該是什麼感覺。他很想成為高地跑者，但又不想讓父母生氣難過。

「你可能以為自己運氣不錯。」一個粗嘎的聲音在他耳邊響起，高掌轉身看見鷹心站在他旁邊，瞇起眼睛，「但這只會讓你離至親愈來愈遠。小心點，別迷失了自己。」

高掌搖搖頭，「我保證我不會。」

吠掌挺起胸膛，「他絕對不會。」

「楠星八成瘋了。」尖鼠掌動作粗魯的從弟弟旁邊走過，「小蟲，你應該待在地底下。」

高掌哼了一聲，「我不是小貓，也不是蟲。我會成為高地跑者，跟你一樣。」

雲雀點的鬍鬚抽了抽，「窩裡多個新見習生，總是件好事。」她目光柔和地瞥了麥掌一眼，「有的小鬼早上就是爬不起來參加黎明巡邏隊。」

楊秋喵嗚一聲，繞過曙紋走了過來，「如果你跟你父親很像的話，那麼我敢說你一定很習慣早起。」他看著沙雀，毛色淺黃的地道工背對沙坑而坐。

高掌的心揪成一團，他朝四周的高地跑者垂首致意，「謝謝你們，我必須跟沙雀談一談。」他低頭從曙紋和雄鹿掌身邊走過，跳出沙坑，沿著邊緣朝他父親走去，「沙雀？」

地道工的毛色因長期在地底下工作而變得黯淡，甚至稀疏。

高掌停在他父親面前，「你要我去告訴楠星我想改當地道工嗎？」

沙雀抬眼，「你想嗎？」

高掌吞吞口水。

沙雀的目光變得冷峻，「你想嗎？」

高掌踩動著腳，「不想。」他小聲說。

「那就別去。」沙雀厲聲。

「對不起，」高掌喵聲道，「可是如果楠星要我當地道工，我也會很努力地學習。」

「我本來都計畫好了。」沙雀的目光移向育兒室，淺鳥就在裡面。

「我知道。」高掌試圖忽視心裡的愧疚，「你、我和淺鳥一起在地道裡巡邏。可是我保證，就算我接受高地跑者的訓練，我也會努力成為最厲害的戰士。」

「你生來就注定要當地道工，」沙雀朝楠星的方向投以憤怒的一眼。後者垂首坐在沙坑裡，蘆葦羽在她旁邊。「不管他們如何稱呼你，都改變不了這個事實。」說完便甩著尾巴大步離去。

高掌看著他走遠，喉嚨一陣哽咽，「對不起。」他低聲道。

溫暖的鼻息吹拂在他耳邊。**是曙紋！**他認得她的味道。「你無能為力的，」她喵聲道，「別打擾他，他會慢慢釋懷的。」

高掌滿懷希望地抬頭看她，「真的嗎？」

曙紋沒有回答，反而朝營地入口點頭示意，「來吧，我猜你一定很想看看外面的世界。」她半跑半跳地輕鬆穿越草地上的每一處草叢。

高掌跟在她後面，左閃右躲地跑過那些長草叢。相信等他受訓之後，四條腿更強壯了，就能躍過它們了。**我是高地跑者！我要成為高地跑者了！**他停在營地入口，看著曙紋金色條狀的尾巴消失在營地入口的石楠叢裡，這是高掌生平第一次探看石楠圍籬外的世界。

他鑽進縫隙，石楠葉掃過身上，他閉上眼睛任由它們輕彈於口鼻之間。一走出石楠叢，風就撲上他的臉。他睜大眼睛，踏上狂風呼嘯的草原，看著一畦畦的石楠綿延不絕。

灰白的雲朵群聚在遠方的地平線，就在被風颳得如浪濤般起伏的石楠叢上。高地向四面八方延展，朝營地後方向上綿亙，而他們站立的地方再過去一點就是急速下降的陡坡。黃色的金雀花點綴在綠色石楠叢間，叢生怒放的花朵宛如金黃的陽光。如今他站在營地外頭，終於瞭解原來風族營地就座落在天然的山谷中，綠草茵茵的空地則隱身在茂密的圍籬後方。

「你在想什麼？」曙紋抬高口鼻，站在離他幾條尾巴之外的草坡上，低頭看著他。

「好遼闊哦！」高掌低聲道，爪子緊緊抓住地上的草葉，穩住身體抵禦強風。他很想衝進石楠草原裡盡情奔跑，但恐懼讓他的四隻腳生了根。要是他不小心跑出領地之外怎麼辦？要是他找不到路回營地怎麼辦？

「你看！」曙紋彈彈尾巴，指向營地盡頭的斜坡。那裡有幾隻鳥正在石楠叢間低飛俯衝，然後升空轉圈再次俯衝。「那是田鳧，」曙紋解釋，「牠們正在救自己的幼鳥，附近八成有黃鼠狼。」

「黃鼠狼？」高掌眨眨眼。他從沒在獵物堆裡看過黃鼠狼，黃鼠狼很危險嗎？他緊張地四處張望。

「在你學會一些戰鬥技巧之前，先盡量避開牠們。」曙紋建議，「牠們身手敏捷、生性邪惡，被牠們咬到，可能會遭到感染。而且牠們的味道很可怕，所以不必費心獵捕牠們。」

尖鼠掌突然從通道裡衝出來，瞪著高掌，「你在找兔子洞挖嗎？」

話才說完，雄鹿掌就從尖鼠掌身邊擠過去，「別擋住入口，兔腦袋。」

接著母鹿掌、兔飛、麥掌、楊秋、雲雀點和雲跑也從後方陸陸續續出來，尖鼠掌被撞得踉蹌跌倒。

雲跑停在曙紋旁邊，「恭喜妳有見習生了，」他喵嗚，「妳要先帶他去那裡。」

雄鹿掌搶在金色虎斑貓回答前說道：「我們正在練習格鬥技。」

雲跑厲色瞥了他的見習生一眼，「以前不是教過你不要打斷別人談話嗎？」

「對不起。」雄鹿掌垂下眼睛。

曙紋喉間發出愉悅的喵嗚聲，「他只是很興奮多了一個新室友。」她瞥看高掌，「你準備好了嗎？」

高掌點點頭。曙紋後方的高地往下綿延，直抵濃綠的樹林。高掌從這裡就聽得見樹葉的窸窣聲響，那裡林木茂密，可以想見裡頭一定暗如地道。「雷族住在那兒嗎？」他低聲問。那麼暗，他們怎麼看得到獵物？

「沒錯，」曙紋喵聲道，「別擔心，我們不會去拜訪他們。」

雲雀點緩步走在草地上，黃褐黑白相間的毛髮被風吹亂，「我要帶麥掌去河族邊界重新標上氣味記號，要不要一起走？」

曙紋點點頭。她從草坡一躍而下，消失在石楠叢間。高掌急忙跟上，他低身鑽進濃密的枝葉裡，注意到腳下的草已經被踩成一條光禿的小徑。他聞到兔子的味道，只不過那氣味已經不再新鮮。

麥掌快步追在他後面，「等我們到達瞭望岩，」她喵聲道，「你就可以從那裡看到世界的盡頭！」

高掌循著這條兔徑穿梭於石楠叢間，曙紋的金黃色尾尖在前方忽隱忽現，高掌加快腳步，擔心自己走錯路。小徑愈走愈寬，最後終於看見曙紋在前方疾奔，路上零星散布著一坨坨黑色穢物，看上去像一串串深色莓果。高掌跳來跳去地試著閃躲，就怕誤踩。

「那是羊屎。」麥掌解釋道。

高掌立時警覺，毛髮豎了起來。這裡有羊群嗎？羊的體型龐大，他曾見過牠們白色的身影在營地圍籬外出現，他扭頭張望，「妳曾近距離地看到牠們嗎？」

「當然，」麥掌喵嗚道，「牠們不會惹麻煩的，就算走到牠們肚子底下，牠們也不會理你。牠們生來嘴巴就愛嚼個不停，還有一直大便。」她一邊說一邊躍過一大坨像莓果一樣的羊屎。

被風吹倒的草原取代了石楠叢，地面緩降成坡。高掌感覺到腳下的草地柔軟又潮溼，曙紋前方的高地不斷地往外綿亙，就像是一隻睡在藍天下的大綠貓。高掌嗅舔空氣，羊大便、兔子和石楠的氣味漫進他嘴裡，會不會有仇敵的味道隱藏其中？高掌閉起眼睛，專心嗅聞了一會兒。

「別過去，高掌！」

第六章

不知是誰咬住高掌的頸背，用力拉了上來。當時他發現自己吊在半空中，嚇得倒抽口氣、扭著身體、後腿腳爪死命扒著岩面，過了好一會兒才被曙紋用力往後一甩，丟上草地。

「小心看路！」她驚魂未定地啐道。

高掌一臉困惑地看著導師，目光越過她，望向突然消失的草地盡頭。原來那是一塊狹長的突岩，再過去就沒有路，而是垂直的嶙峋深淵。

麥掌瞪大雙眼，「你差點掉進峽谷！」

雲雀點停在她的見習生旁，「我們已經很久沒在這裡出事了。」她雙眼炯亮。

「正經點。」曙紋對她的同伴厲聲說道。

「好啦，」雲雀點輕聲說道，「不過我想高掌應該學到教訓了。」

高掌的心跳聲大到幾乎聽不見其他貓在說什麼，他渾身顫抖地回頭窺看懸崖下方。崖底水聲隆隆、白浪像憤怒的暴風雨般拍打著陡峭的岩壁，乍看之下，就像一隻巨大的腳爪劃開一條渠道直穿高地。這裡就是沙雀挖鑿地道的地方嗎？

「離崖邊遠一點，」曙紋警告，「下雨的時候，草地很濕滑。」

高掌後退幾步，心臟依舊砰砰作響。

麥掌用鼻頭輕推他的肩膀，「我應該先警告你的，我忘了你從來沒見過峽谷。」

峽谷盡頭的下游處傳來遙遠的吠叫聲。

高掌渾身打顫，「那是狗嗎？」

麥掌豎起耳朵，「別擔心，牠在河族領地裡，所以不關我們的事。」

「來吧，」雲雀點點頭示意，「我們去查看邊界吧，如果有狗在那附近，楠星一定會想知道。」

麥掌伸長脖子，嗅聞空氣，「牠跟兩腳獸在一起。」

「那一定是個笨兩腳獸。」雲雀點沿著通往森林的峽谷稜線而行，「誰會想跟條狗在一起？牠們又髒又愛流口水。」

「兩腳獸都很笨！」麥掌追在她後面大聲說。

師徒倆消失在斜坡下方，高掌朝曙紋轉身，「高地上有很多狗嗎？」

曙紋目光掃過石楠叢，「牠們都是跟兩腳獸一起來，不過一次只來一、兩隻。」

「牠們會走到山谷附近嗎？」高掌只看過羊迷路走到營地圍籬附近。

「牠們沒有機會。牠們非常吵鬧，所以我們有充裕的時間派巡邏隊把牠們引開。」曙紋的語氣聽起來並不擔心，「而且牠們的牙齒也敵不過我們戰士的利爪。」她用鼻子指著峽谷，「你看見那塊平坦而且有很多沼澤的地方嗎？」

陽光在雲縫間閃爍，高掌只得瞇起眼睛，高地邊緣有條河流從峽谷裡流瀉而出，漸寬的河面在低窪的草地旁緩慢流動。

「那是河族的領地。」曙紋朝銀色河流對岸的森林點頭示意，「雷族則住在那邊的樹林裡，在林子裡狩獵。」

高掌好奇不住在天空底下的感覺是什麼，雷族貓難道不渴望陽光曬在身上或讓風灌進耳裡嗎？莫非他們和地道工的共通點多過於高地跑者？

曙紋轉身離開峽谷，越過山坡，沿著地表覆滿石楠的山脊而行，小徑蜿蜒曲折，彷彿是條沒有盡頭的尾巴般，環護著整座高地。等他們停在陡峭的坡頂時，高掌的腳痠痛不已，眼前草坡平滑，往下綿亙，直抵濃密的樹林。

「那是四喬木。」曙紋告訴他。

「巨岩在哪裡？」高掌隔著枝葉縫隙想窺看族貓們從大集會回來後常掛在嘴上的巨岩。

曙紋彈彈尾巴，「現在還看不到，不過你很快就會看到了。」

高掌的心噗通噗通跳，他忘了他現在是見習生，可以參加大集會。腳爪興奮到微微刺痛的他，快步跟在曙紋後面。「那是影族的領地。」她告訴走在旁邊的他。

高掌循著她的目光望向從雷族領地那片亮綠色樹林，綿延過來的松樹林，一條光禿的灰色帶子像是河流般從樹林深處切開。高掌耳裡隱約聽見轟隆隆的聲響，還看見很小的東西沿著帶子移動，如陽光下的水珠般閃閃發亮，「那是轟雷路嗎？」

「沒錯，」曙紋回頭道，「等你去高岩山時，就能學會如何穿越它。」高掌的毛髮頓時豎得筆直，曙紋的意思是說他有機會去拜訪月亮石，那裡是貓兒與星族溝通的地方。

前方的草坡更陡了，不久，他們再度走進濃密的金雀花叢。「這裡是高荒原，」曙紋解釋道，「我們正前往領地的最邊緣地帶。」

風族領地的邊緣地帶？高掌停下腳步，撐起後腿想看清楚。但原來的山脊已經變成滿布坑洞的路面，視野也被金雀花叢擋住。

「你很快就會看到了。」曙紋繞進一條被層層石楠枝葉蓋著的小路，高掌低身跟在後面，密密麻麻的石楠令他全身不舒服，空氣窒悶、密不通風。**地道裡的空氣應該比這還糟吧。**高掌深吸口氣，專注看著前方曙紋那條不停彈動的金色尾巴。

他走出石楠叢，進入雜草叢生的丘頂，那一瞬間他感覺到風拂上鬍鬚。高掌鬆了口氣，眨眨眼睛，隨風陣陣起伏的草坡在他眼前開展。他又可以大口呼吸了！草坡往下綿延，直抵與柔美景緻成明顯對比的灰色轟雷路。這裡離轟雷路的距離更近了，這時一頭怪獸呼嘯而過，發出比風還響的轟雷聲，嚇得高掌縮起身體。轟雷路的彼端有稀疏的灌木叢圈圍出一畦畦的草地，草地中央是深灰色的兩腳獸巢穴聚落，更遠處是高聳的懸崖，也是崎嶇山脈的起點。「那是高岩山嗎？」高掌低聲道，目光落在遠方的地平線上。

「高岩山都是懸崖，」曙紋站在他旁邊，挺直耳朵抵禦不斷吹來的風，「有一天你會遠行到那裡，那就是你拜訪慈母口和接觸月亮石的時候了。」

風吹起高掌的毛髮，讓他渾身發抖，風族的每位見習生在接受戰士封號前都得到月亮石和星族會面。他踩動著腳爪，試著不去理會有點刺痛的肉墊。在風族領地步行這麼久，肉墊已經有點磨破，高岩山的距離更遠，他怎麼可能走得到？

「小心！」有個聲音從後方的石楠叢裡響起，「這裡有個泥洞！」那聲音帶著警示意味。

高掌倏地轉身，掃視石楠叢，「那是什麼？」

曙紋朝兔子洞緩步走去，洞穴半隱在一棵灌木的樹根後方，「地道工巡邏到這了。」

另一個聲音從幽暗的洞裡傳來，「我們用岩石把它撐住吧。」

「我搬了一些石頭在岔路那裡。」

「去拿來，免得這裡坍了。」

高掌爬了過去，一路嗅聞。他聞到梅爪的味道，還有胡桃鼻。「你覺得他們是不是需要幫手？」他小心問道，但他很不想爬進洞裡。

「他們知道自己在做什麼，他們不會希望我們插手的。」曙紋轉身離開兔子洞。

高掌疾步跟上，「我們不用去看一下嗎？」地道不也是風族的領地嗎？他們也許遇到了麻煩。

「我是高地跑者。就算我幫得上忙，我也不會爬進洞裡。」曙紋甩甩毛髮，彷彿在甩掉身上的泥沙，「你受訓期間，地道工會找機會帶你下去，教你一些基本的地下狩獵和巡邏技。」

高掌試著不去理會胸口緊繃的感覺。**我在地底下也能呼吸的，我可以的。**他望向遠方的地平線，享受吹著他毛髮的風，他抬起下巴，**如果尖鼠掌、麥掌、雄鹿掌和母鹿掌都能完成基本**

的地道訓練，我也行。曙紋鑽進金雀花叢裡，高掌快步跟上。現在他的腳下是羊群經年累月踩平的地面，這使他覺得輕鬆多了，因為他每踏出一步，腳掌都像是被火燒灼一樣。他皺眉越過一坨羊屎，「我們現在要去哪裡？」

「回營地。」曙紋瞥了他一眼，「你應該累了。」

「不累，」高掌說謊，「我還可以再走好幾天。」

曙紋的喉嚨裡發出愉悅的喵嗚聲，「你喜歡眼前所見到的一切嗎？」

高掌用力點頭，「我沒想到風族的領地這麼大。」

「我們負責守護世界的邊緣，」曙紋告訴他，「其他部族都只會安逸地窩在沼澤和樹林裡，被河流餵養、受我們的高地屏障，從來不知道風的真正滋味或初雪的味道。別族的貓跑不贏風族，動作也不比我們敏捷。」她瞥了高掌那條黑色的長尾巴一眼，「你可以練出很好的平衡感，沒多久就能在崎嶇不平的地面追到兔子。」

「我的名字就是因為我的尾巴才這樣取的。」高掌挺起胸膛。他記得沙雀告訴過楠星，他有一條地道工的尾巴，很容易從坍方處拉出來。高掌現在的心情輕鬆多了，他是高地跑者了，再也不必面對坍方的危險。但他想到沙雀失望又黯然的眼神，不免覺得愧疚。這時候金雀花叢已被遍地石楠取代，高掌一眼望見山谷裡的營地，立刻飛奔追上曙紋，衝向入口。他在草地上煞住打滑的腳步，轉身低頭鑽進石楠縫裡，進入後方的空地。

吠掌在巫醫窩外大喊：「你回來了！」他穿過草叢一路跑過來，在高掌面前止住腳步，「你看到了什麼？」

高掌聞到好友身上刺鼻的藥草味，不禁皺眉，「全都看到了！四喬木、雷族領地，還有河族和影族的，還有高岩山，」他的毛髮忽然豎直，「還有峽谷。」

「麥掌說你差點掉下去。」吠掌揉掉鼻頭上的綠色汁液。

「麥掌回來了嗎？」高掌掃視營地，看見她和尖鼠掌、雄鹿掌正在見習生窩的外面分享獵物，鬍鬚上還黏著羽毛。

「她和雲雀點抓了一隻松雞回來。」吠掌告訴他。

高掌聞到草地那頭傳來的松雞氣味，他的肚子咕嚕咕嚕叫，「你想和我分享一隻老鼠嗎？」

吠掌回頭看了巫醫窩一眼，「我得跟鷹心報備一聲。」

「我去獵物堆拿一隻來。」高掌穿過草地，腳掌痛到他幾乎得用跳的。

「你還好吧？」吠掌衝到他面前，「是扎到刺了嗎？」

「我走太久，肉墊很痛。」高掌抬起一隻前爪，小心翼翼地嗅聞，隱約聞到血腥味。

吠掌傾身向前，「只是有點磨破了，」他說，「鷹心第一次帶我去外面採集藥草，我也磨破了腳，你的肉墊以後就會變得愈來愈強韌。」

「蟲掌，你在嫌腳痛啊？」尖鼠掌朝他們走來，羽毛還在他鼻頭前飛舞。

「不要這樣叫我！」高掌怒目瞪他，「別忘了楠星已經封我為高地跑者。」

「真正的高地跑者不會累成這樣，」尖鼠掌嗤之以鼻，「你天生就是地道工。還是回去挖洞吧，蟲掌，高地奔跑的工作就留給四條腿比你更強壯的貓兒吧。」

第七章

「起床了，懶惰蟲！」

高掌感覺到有隻腳爪在刮他耳朵，他眨眨眼，猛地抬起頭。陽光從金雀花叢下方流瀉漫進他的臥鋪，見習生窩的入口有曙紋的剪影。

「我還不知道有貓兒比尖鼠掌更愛睡懶覺，」曙紋彈彈尾巴，「太陽一照上石楠叢，尖鼠掌就跟兔飛去營地入口了。」

「他只是在炫耀。」高掌暗自說道。他費力爬了起來，經過昨天一整天的長途跋涉，全身肌肉到現在都還在痠痛，肉墊也是。為什麼尖鼠掌不叫他起床？他們今天應該一起受訓的。

「快點。」曙紋轉身大步離開。

高掌氣得毛髮倒豎，勉強爬出臥鋪，這裡的臥鋪不像育兒室的那麼柔暖，見習生窩上方的金雀花枝葉無法完全擋住風，等到了禿葉季，恐怕會更冷。雄鹿掌、母鹿掌和麥掌已經把臥鋪挪到窩的後方，緊挨著雜亂樹根上方那塊圓石。高掌嫉妒地覷著室友們的臥鋪，決定一有空就先去收集石楠和被勾斷的羊毛，好將自己的臥鋪塞得軟一點，讓風再也吹不進來。

「高掌，別再慢吞吞了。」兔飛大喊。

尖鼠掌緩步走在他導師旁邊，曙紋正挨近雲跑與他小聲說話，雄鹿掌和母鹿掌還在獵物堆上挑選昨天的獵物，麥掌則拖著一大坨羊毛朝長老窩走去。

大家都起床了！高掌甩甩身體，快步走向曙紋，「我的腿好痛。」他抱怨。

「你的腿需要運動。」曙紋掃了他一眼，又回頭跟雲跑說話。

「可是我覺得我的腿……」

曙紋打斷他，「等我們到了高地，你的腿就好了。」

高掌氣惱地抽抽尾巴。如果是淺鳥，一定會語帶關心地詢問他怎麼回事；沙雀則會告訴他這是一種生長痛，表示他正在長大，馬上就可以當戰士了。

沙雀呢？高掌掃視空地。自從命名儀式後，他沒再見過他父親。昨天他受訓完，就直接回臥鋪，等沙雀的巡邏隊從地道回來時，他早睡了。

「你總算醒來了，蟲掌。」尖鼠掌瞪著他。

「是啊，臭蟲。」高掌反譏回去。

曙紋倏地轉身，「只有小貓才會互取綽號。」她厲聲道。

「是尖鼠掌先激我的。」高掌為自己辯解。曙紋厲色看著他。

尖鼠掌的鬍鬚抽動了一下，「也許高掌應該回育兒室住。」

高掌把爪子戳進土裡，他恨不得抓尖鼠掌的鼻頭一把。

曙紋上前堵在他們中間，「我們晚一點要和資深見習生會合，幫忙他們做最後的評鑑。」

高掌眨眨眼睛，「怎麼幫？」他想也許在模擬戰鬥裡，他們會痛毆他。

「在追蹤獵物的測驗裡，他們需要一個誘餌。」曙紋告訴他。

尖鼠掌繞著雲跑轉，「我可以幫忙嗎？」

淺灰色公貓垂下頭，「去問兔飛吧。」他轉身對曙紋說，「我們在瞭望岩會合。」

「好，」曙紋同意，「我先帶高掌去暖身一下。」

「我身上已經很暖和了。」高掌告訴她。雖然太陽才剛從石楠叢裡升起，但綠葉季的陽光早就曬得他全身發燙。

「我的意思是你需要先拉拉筋，」曙紋告訴他，「在你和資深見習生過招前，你得先把僵硬的肢體練得柔軟一點。」

高掌全身發燙，但這次不是因為日曬的關係。他瞥了尖鼠掌一眼，後者正打算開口嘲笑他，卻被一個灰影擋住，分散了注意。

「嗨，胡桃鼻。」高掌喵聲道。

地道工緩步經過高掌身邊，連招呼都不打一聲，便直接鑽進入口通道。沙雀跟在後面。

高掌衝上前去，「沙雀！」

但沙雀似乎沒有聽見。高掌驚訝地看著他父親低身鑽進通道，消失在眼前。

曙紋的鬍鬚刷過他耳朵，「他一定是為了新地道在傷腦筋，」她低聲道，「霧鼠說他們遇到了很麻煩的砂礫層。」

「我想也是，」高掌難過地看著仍在微微晃動的石楠叢，難道地道工從此與他形同陌路？

兔飛大步經過尖鼠掌身邊，「我們走吧。」

曙紋跟在他後面，「來吧，高掌，我們先去跑一跑，你的腿才不會那麼痠痛。」她低身鑽進縫隙，尖鼠掌跟在後面擠過去，高掌尾隨在後，好奇怎麼可能靠跑步來消除痠痛。

他一走進平坦的草地，微風立刻拂上耳朵。他掃視高地尋找沙雀，但已不見他父親的蹤影。曙紋的金色尾巴在灌木叢間閃現，高掌跟在她重重的腳步聲後面，沿著蜿蜒小徑穿梭。他以後會像曙紋般熟悉高地所有小徑嗎？他看見她腳步穩健地向前奔跑，在每個轉彎處動如脫兔地靈活扭身；但他卻動作笨拙，不是被地上的根絆倒，就是被迫放慢腳步以免跌倒。

小徑前方的光線愈來愈刺眼，石楠叢外就是開闊的山腰。曙紋急忙煞住腳步，「你以後的訓練大多會在這裡進行。」她朝這片草坡點頭示意，遠處堆著幾塊圓石可以遮蔭。

兔飛和尖鼠掌跟在他們後面從石楠叢裡出來，停下了腳步。兔飛彈了下尾巴，「三圈。」他對尖鼠掌下達指令。

尖鼠掌立刻跑開，沿著空地邊緣灌木叢下方的草地疾奔，速度快如飛鳥。

高掌朝曙紋眨眨眼，「我也要跑嗎？」

「一圈就好。」她告訴他。

高掌立刻跟在尖鼠掌後面，用最快的速度奔跑。他不想輸給室友。

「放輕鬆點，」曙紋在他後面喊，「別忘了，你只是在暖身。」

尖鼠掌也是在暖身啊。高掌跑得更快了。

他胸口漲痛、肋骨抽筋。尖鼠掌剩下半圈了，照這個速度下去，等他跑到曙紋那裡時，這隻深棕色公貓就會領先他一圈了。高掌不敢慢下速度，他大口呼吸，腳爪在草地上飛掠而過。尖鼠掌從兔飛和曙紋旁邊衝過去，高掌開始逼近。他大口吸氣，趁最後只剩幾條尾巴距離的時候，全力衝刺，最後在曙紋旁邊煞住腳步。

他癱在草地上，氣喘吁吁，「夠快吧？」他上氣不接下氣，很是得意。

「這不是比賽。」他的導師傾身對他說，「最厲害的戰士出征時，一定可以奮戰到最後一刻，而不是一開始就用盡所有力氣。」

高掌氣喘吁吁地抬頭看她，眼神不解。

「來吧，尖鼠掌，」兔飛向他的見習生喊，「加大步伐！」

「好好觀察，」曙紋下令，「你看他每個步伐跨得有多大，他跨出步伐時，離地有多高。速度固然重要，但也必須懂得操控。」她用鼻頭指著他的腳爪，「你速度很快，但你跑得跟獵物一樣，不像狩獵者。」

兔飛仍在觀察尖鼠掌，「步伐很正確。」尖鼠掌從旁邊跑過時，兔飛這樣大聲喊道，高掌感覺得到他所捲起的風。

高掌仔細觀察尖鼠掌跨出步伐時弓背的弧度，他是如何伸展前爪，又是如何收緊後腿，再往前伸展身體。「我可以試試看嗎？」他問曙紋。

「你不喘了嗎？」曙紋問。

「不喘了。」

「不必求快，」曙紋警告，「你後面還要用到許多力氣。」

高掌垂頭走開。拔腿開跑，起初他沒有使出全力，越過草地時才加快節奏和速度。他專注在每次的跳躍動作上，學尖鼠掌弓起背脊，落地前極力往前伸展前爪。他跨出的步伐一次比一次大，直到腳步與呼吸完全合一。他突然覺得自己可以自在奔馳，宛若乘風飛行，腳爪如燕子羽翼劃過空氣般在草地上飛掠。

「非常好！」曙紋的喵聲嚇了他一跳。他已經跑完一圈，全神貫注到完全沒看見她。他慢慢放緩速度，變成疾步快走，最後轉身緩步地走到她旁邊。

兔飛垂下頭，「高掌，表現不錯哦。」

「你學得很快。」曙紋喵聲道。

尖鼠掌轉身停在幾條尾巴遠的地方，「對一個地道工來說，這表現算不錯了。」

我不是地道工！高掌吞了回去。

兔飛抬眼看向山腰，「我們應該去和其他貓兒會合了。」

高掌循著他的目光，「瞭望岩在那裡嗎？」他瞇起眼睛掃視石楠叢，可是什麼也沒看見，只有高地上的藍天。

曙紋步上山坡，「我帶你去看。」

瞭望岩宛若鳥喙突起於高地頂端，下方地勢陡降，山谷深長陡峭到高掌根本無從分辨山下草原裡的小白點究竟是羊，還是蒲公英。他小心地攀上岩石，從岩邊俯瞰，感覺風正拉扯他的毛髮。整個世界在他腳下開展，向外綿亙，隱沒於遠方地平線的雲靄後方。高掌有點頭昏，趕緊縮起身體。要是突來一陣強風，將他吹走怎麼辦，腳下的花崗岩光滑到根本沒有抓地力。

「看前面，不要看下面。」曙紋從後方警告他。

高掌望著遠方的地平線，高岩山在陽光下閃閃發亮，後面的山脈綿亙天際。這時在他的視線角落裡突然出現動靜，他發現他的頭正四處轉動，目光從一棵被風掃過的樹移到轟雷路上一頭眼睛不斷閃爍的怪獸上。有隻禿鷹在空中俯衝，他的注意力立刻又轉到天空。

「他們來了！」他聽見尖鼠掌的叫喊，趕緊轉身。

雲跑、楊秋和雲雀點正帶著見習生爬上山坡。曙紋彈彈尾巴示意著，高掌趕忙走到她身邊。這時雄鹿掌、麥掌和母鹿掌也都跳上瞭望岩，排排站在岩石上，往下俯瞰，表情嚴肅又專注。

「他們在做什麼？」高掌在曙紋耳邊低語。

「他們在接受觀察力測驗。」曙紋斷聲回答，「小聲點，別打擾他們。」

雲跑站在雄鹿掌後面，「你看到什麼？」他問他的見習生。

「紅色怪獸、田鳧俯衝抓昆蟲、一隻兩腳獸徒步穿越轟雷路。」雄鹿掌傾身向前，瞇起眼睛，「一隻狗沿著灌木圍籬奔跑。」

「朝哪個方向？」雲跑追問。

「朝氣味標記那裡。」

「多久會抵達？」

「時間應該夠高地跑者回營地帶支巡邏隊出來。」

「很好，」雲跑回頭看著楊秋，「該母鹿掌了。」

「兩腳獸爬上籬笆、無賴貓正穿越轟雷路。」

高掌看見她冷靜地掃視遠方景物，而自己觀察時，卻會因為各種動靜而不斷轉移注意力，頭扭來扭去，連脖子都痠了。但母鹿掌似乎可以依序地移動目光，在轉頭前就先鎖定目標。

麥掌更厲害了，「一隻獨居的兩腳獸正在自己的綠地上曬太陽、有隻鷺鳥正在溪流裡捕魚。」

曙紋朝高掌傾身，「麥掌是風族裡眼力最好的貓。」她低聲道。

高掌抬眼，剛好看見一隻禿鷹在頭頂俯衝，但麥掌的目光依舊鎖定下方遠處。「他們為什麼不會分心？」他問道。

「因為受過訓練。」曙紋深吸口氣。

雲雀點緩步離開岩石，「表現很好，」她告訴麥掌，「現在要測驗你們的狩獵技巧。」

高掌感覺到曙紋挨近他，「這是你可以幫上忙的地方。」

高掌吞吞口水，「怎麼幫？」

資深見習生們齊聚草地，個個瞪大眼睛，充滿期待，雲跑繞著他們走了一圈。「我們需要測試你們的追蹤技巧，」他的目光瞟向高掌，「高掌，你來當兔子。雄鹿掌、母鹿掌和麥掌負責追捕你。」

「要抓到高掌，那太輕而易舉了，」尖鼠掌不屑地說，「應該由我來當兔子才對。」

兔飛瞇起眼睛，「尖鼠掌，你比較擅長在開闊的地方奔跑；但在石楠叢裡，我想高掌比較適合。」

尖鼠掌豎起毛髮，「為什麼？」

「他個子比較小，」兔飛解釋，「動作比較敏捷。」

高掌心跳加速。他的室友要追捕他？他挨近曙紋，「他們抓到我之後，會對我怎麼樣？」他緊張地低聲問道。

曙紋喵嗚出聲，「別擔心，那只是在測試追捕能力，」她低聲道，「他們必須通力合作才能追蹤到你，楊秋和雲跑會觀察他們是如何分進合擊地追捕你。」

「所以我只需要一直跑一直跑。」高掌興奮到全身微微刺痛，他最擅長奔跑了。

雲跑彈彈尾巴，「你朝那座大圓石跑。」他告訴高掌。

高掌瞇起眼睛，就在一大片石楠叢和金雀花叢的後方，隱約可見天空下矗立著一座很高的岩石。

「盡你所能地跑到那裡，別被抓到。」雲跑穿過草地，在高掌耳邊低聲說，「多變換幾次路線，也可以折返回來，讓他們很難追蹤到你。」

高掌點點頭，但也有點不知所措。昨天日出時，他還是一隻跟著母親住在育兒室的小貓，才剛接受第一次的戰士訓練，現在就要充當大貓們的假想獵物。

我才當見習生兩天而已，要怎麼智取這三個受過訓練的見習生呢？

第八章

高掌感覺到曙紋的尾巴掃過他背脊。「你可以的，」她低聲道，「只要不斷移動，假裝自己是隻狐狸。」

「狐狸？」高掌對狐狸的思考模式一無所知，他從沒見過狐狸。

「腦袋放靈光點。」曙紋把他推開。

高掌隨即鑽進離他最近的石楠叢裡，盡可能不出聲地在莖梗間快速移動，希望能找到一條通往那座岩石的兔徑。石楠叢裡的縫隙頓時變寬，但才走了幾條尾巴遠，卻又碰上一棵粗大的金雀花殘根。高掌心跳加快，那些見習生一定會立刻找到他，到時尖鼠掌又要嘲笑他一整天……不，是嘲笑他一輩子。高掌轉身用力擠進濃密的石楠枝葉間，皺著眉頭奮力前進，直到抵達一處缺口。

一股嗆鼻的臭味灌進鼻子裡，地上有很多屎粒！他找到兔徑了，這條小路直穿灌木叢。高掌循著小徑往前急奔，壓低身體，以免石楠叢窸窣作響，洩露了他的行蹤。**我走對路了嗎？那座岩石在哪裡？**

在石楠叢裡的他無法看見標的物，但若把頭伸出去查看，恐怕會被他們發現。他嗅聞空氣，希望找到些許線索，**泥煤和石楠**，還有雄鹿掌的氣味。那隻年輕公貓已經離他很近了嗎？

高掌繼續前進，耳朵朝後轉動，搜尋附近有無獵捕者。後方傳來腳步聲、眼前出現岔路。**改變路線**，雲跑先前的建議在他耳裡響起。高掌立刻轉向上坡，但仍感覺到地面不斷震動，後方響起更多腳步聲，見習生就追在他後面。

小路突然便陡、石頭變多，高掌只好慢下腳步，免得跌斷腿。他告訴自己，追捕者因為怕跌倒也會慢下腳步。他在礫石間慌亂爬行，過了一會兒，小路突然從石楠叢轉進布滿長草的山腰。高掌貼平耳朵，加快速度。他記得稍早練習過的跑步方法，於是加大步伐飛奔，腳下草葉模糊成一片。他急吸口氣，回頭瞥看。

雄鹿掌正衝出石楠叢，麥掌和母鹿掌也從兩邊竄出。高掌看出他們打算包夾他！他緊急轉進岔路，腳爪在草地上打滑。他直穿見習生的路徑，阻斷他們試圖包夾的機會。

「加把勁，雄鹿掌！用你的腦袋想！」楊秋從山坡上的制高點大喊。

風在高掌的鬍鬚間流竄，他熱血沸騰，速度快如飛鳥，但見習生正在追上他。**原路折回**。他的體型比追捕者小，因此動作更敏捷。他先慢下腳步，**就讓他們以為他們追上了他**。高掌回頭一瞥，看見麥掌眼裡有洋洋得意的神色。現在帶頭追捕的是她，雄鹿掌配合她的步伐追在後面，旁邊的母鹿掌正在轉向。

高掌看見那隻母貓瞇起眼睛。**她打算追上來，擋住我的去路**。他突然煞住腳步，旋身一轉，爪子在草地上刮出很深的爪痕，回頭直衝見習生，後者驚訝地瞪大眼睛。**嚇了你們一大跳吧？**高掌貼平耳朵，尾巴快速擺動，往斜坡下方猛衝，迅速穿過雄鹿掌和母鹿掌之間。

「別讓一隻小貓追過你們！」雲跑在上方大喊。

小貓？我是見習生！高掌全速衝下山腰，那座岩石在他眼角閃現。他必須轉個方向才能抵達。雄鹿掌、麥掌和母鹿掌在他後方的草地上試圖轉向，腳爪笨拙地打滑。高掌必須趕在他們站穩腳步前奔向岩石。他往旁邊衝，後腳不小心滑了一跤，肚皮撞上地面，但很快爬起來，繼續往前狂奔。雄鹿掌漸漸追上，他聽見年輕公貓的鼻息，麥掌和母鹿掌追在他後面。就快到岩石那裡了，只要他繼續跑，一定能抵達。他亢奮到全身微顫。

突然有隻腳爪攫住他的腰腹，往旁邊一推，高掌在草地上翻滾，整個世界在他眼前旋轉，好不容易才停住。

「這場追捕真是太刺激了！」雄鹿掌傾身向前。

「你還好嗎？」母鹿掌從她哥哥旁邊擠過來，焦急地看著高掌，後面的麥掌上氣不接下氣得幾乎說不出話來。

「我沒事。」高掌爬起來，試圖喘口氣。

「幹得好！」雲跑穿過草地朝他們跑來，曙紋跟在後面。

「你差點就辦到了！」高掌的導師在他面前煞住腳步，兩眼炯亮。

雄鹿掌用肩膀推推他，「我還以為你逃得掉呢。」他氣喘吁吁。

楊秋、雲雀點和兔飛一路蹦蹦跳跳地穿過草地，尖鼠掌快步地跟在後面，表情意興闌珊。

兔飛先抵達，「真是太精采了。」

尖鼠掌瞥了高掌一眼，「要是我，一定能衝到岩石那裡。」

母鹿掌甩打尾巴，「你腳爪那麼小，我看難哦。」

高掌很想笑，但還喘不過氣來。

雲跑扭頭用鼻子指著四喬木，「我們來測驗一下你們的狩獵技巧吧。」

雄鹿掌豎起耳朵，看上去彷彿覺得這是件再簡單不過的事。他率先走下斜坡，見習生們紛紛跟著各自的導師消失在石楠叢裡，這時曙紋嗅聞空氣，「看來他們應該會大有斬獲。」

高掌伸出舌頭，但他什麼都聞不到，只聞到風的氣味。

曙紋甩甩金色毛髮，「高掌，別擔心，再過不久你就能聞到半個高地以外的獵物氣味。」

「我餓了，」尖鼠掌滿心期待地瞄一眼下方茂密的樹林，「我們也可以去狩獵嗎？」

「先練習戰鬥技巧。」兔飛告訴他。

「和高掌一起練？」尖鼠掌的尾巴垂了下來，「他什麼都不懂。」

兔飛怒目瞪著他的見習生，「你不會教他幾招嗎？」

尖鼠掌跺著腳越過草地，站在離他一條尾巴遠的地方，棕色身影看上去就像一塊木頭被遺落在狂風掃過的高地上。

曙紋用尾巴將高掌推向前，「他需要先學會防衛技巧，」他朝尖鼠掌喊，「你攻擊他，但是別忘了這只是他的第一堂課。」她朝高掌點頭示意，「最簡單的防禦方法是抬起前爪。不是要瘋狂地往外揮打，而是擋掉攻勢，小心保護好自己的口鼻。」

高掌點點頭，試圖記住曙紋教過的每件事。他到現在都還覺得自己的心跳速度尚未從剛剛的追捕中恢復過來。他縮起後腿，抵住草地好穩住自己，目光鎖定在尖鼠掌身上。

尖鼠掌兩眼發亮，「準備好了嗎？」

高掌點點頭。尖鼠掌兇狠嚎叫地撲上來。高掌倒抽口氣，趕緊抬起前爪，但速度太慢，鼻頭已經被爪子刮到。他慘叫一聲，又被自己的尾巴絆倒，跌在草地上。

「尖鼠掌！」兔飛厲聲喝斥，「曙紋不是才警告過你，這是高掌第一次上課嗎？」

高掌爬了起來，他看見尖鼠掌翻翻白眼，「我為什麼一定要跟一隻小貓一起受訓？」

鼻頭刺痛的高掌面對他，「我不是小貓，」他嘶聲，「再試一次。」

尖鼠掌蹲下來，擺動後臀。高掌盯住他，他這次的防衛速度增快，當尖鼠掌一撲來，高掌發現自己可以輕鬆地揮爪推開他。尖鼠掌動作誇張地翻滾到草地上，高掌不免感到有些得意。這時他的肋骨突然受到一擊，高掌倒抽口氣，原來是尖鼠掌趁翻滾時伸出後腿偷襲他。

「對不起，」尖鼠掌跳了起來，「純屬意外。」

是哦！才怪！高掌瞇起眼睛。**練習時，不是應該收起爪子嗎？**

「再試一次，」曙紋鼓勵道，「高掌，這次推開對方時，記得移動位置，才能隨時準備迎接對方的下一波攻擊。」

高掌點點頭，再度面對尖鼠掌。尖鼠掌的尾尖不停彈動，**你還是認定我是地道工嗎？**高掌縮起爪子，忍住想出鞘的衝動。**我會讓你見識到的。**

尖鼠掌騰空躍起，高掌愣了一下。瞄見年輕公貓腹部下方有陽光閃現，迅速低下身，學兔子弓起背脊往上一頂，狠撞尖鼠掌的肚皮，再往後一拋，尖鼠掌當場慘叫。高掌原地轉身，看見尖鼠掌躺在草地上扭動翻滾，於是用後腿撐起身體俯看，尖鼠掌抬眼，滿臉驚恐。

高掌舉起前爪，朝他齜牙咧嘴，過了一會兒才四腳落地，緩步走開。「這樣可以嗎？」

曙紋對他眨眨眼，「有點出乎我意料之外。」

「太棒了，」兔飛喵嗚道，「高掌，你表現得很好。」

尖鼠掌爬了起來，滿臉怒容，「他不是應該練習防禦嗎？怎麼在攻擊我？」

高掌心裡很不舒坦。好像不管他怎麼做，都會惹到尖鼠掌。他抬起下巴，「我在自我防衛，是你自己沒辦法保持平衡，幹嘛怪到我頭上？」

「你作弊，小蟲！」尖鼠掌從他旁邊昂首闊步地走過去，鑽進石楠叢裡，「我們可以吃點東西了嗎？」

兔飛看了曙紋一眼，才疾步趕上他的見習生。

「高掌，你表現得很好。」曙紋與他一同跟在後面，沿著窄徑走。

「謝謝。」得意的滋味令他全身暖呼呼的。

「別理會尖鼠掌，」曙紋向他保證，「他習慣和資深的見習生一起上課，兔飛會找他談一談，糾正他的態度。」

「虎斑貓改變不了身上的斑紋，」高掌不屑地說，「尖鼠掌天生說話就帶刺，只能忍了。」

「快來跟我一起吃這隻兔子！」高掌才低身鑽進營地，吠掌就在狩獵石旁大聲喚他。新鮮獵物的氣味灌進高掌嘴裡，他躍過草叢，停在有陽光的草地上，吠掌正在那裡撕扯兔肉。高掌突然覺得自己好累，啪地一聲趴在他朋友旁邊。

「給你。」吠掌給了他一塊兔肉。

「謝了。」高掌伸頭過去咬了一口。

「課上得怎麼樣？」吠掌問。

高掌瞥了尖鼠掌一眼，後者正一臉鄙夷地嗅聞獵物堆上的一隻田鼠。他真希望自己能告訴吠掌，尖鼠掌有多討厭。但他們倆是親兄弟，而且真正的戰士也不應該抱怨自己的族貓。「很棒。」在草原裡被見習生們驚險追捕的經驗，到現在仍歷歷在目，他對於自己把尖鼠掌摔個四腳朝天的事記得一清二楚感到很得意，「我學到很多。」

吠掌又咬了一口兔肉，「我今天學到怎麼幫傷口上藥，」他滿嘴食物地告訴高掌，「爛掉的傷口會引發感染。」

高掌有點反胃，「這聽起來……」他尋找恰當的字眼，同時也忙著壓下反胃的感覺。「……很有意思。」**還好我受的是戰士訓練。**

「我幫白莓的耳朵調了藥，」吠掌繼續咀嚼，「他被壁虱咬，結果被感染，我加了杜松汁進去就能驅走壁虱，那隻壁虱脹得好大，我還以為牠會撐破呢。」

高掌瞪看著他，兔肉的味道突然令他作嘔，「鷹心好嗎？」他改變話題。

「他是位好導師，」吠掌說，「我很難一下子全學會，不過我還是學到很多。」

高掌注意到尖鼠掌正朝他們走來，他無視反胃的感覺，低頭咬了一口兔肉。尖鼠掌走到他們面前時，他還在吞食嘴裡的兔肉。深棕色公貓丟了一隻老鼠在地上，「你有治好誰嗎？」他問道，順勢在吠掌旁邊坐下。

吠掌吞下食物，「明天我才能確定。」

高掌又咬了一口兔肉，尖鼠掌用力咀嚼著鼠肉。吠掌不安地看看他們兩個，最後脫口而出，「一起上課一定很好玩吧。」

高掌迎視尖鼠掌，好奇這隻棕色公貓會怎麼說。

尖鼠掌聳聳肩，「還好。」

高掌對尖鼠掌的答案感到驚訝，「是還好。」他附和，幹嘛讓吠掌擔心他們處不好呢？他吃飽了，撐起身體站起來，「我要去伸伸我的腿了，」他告訴吠掌，「我不想讓身體變得太僵硬，曙紋晚一點還要帶我出去。」他朝尖鼠掌點點頭，就離開他們，穿過營地。

淺鳥正蹲在育兒室外面，草滑在她旁邊踱步。灰色貓后才剛搬進育兒室，肚子裡懷的是胡桃鼻的小貓。她前後走動、肚皮微微搖晃，不停地抽動尾巴和彈動耳朵，似乎坐立難安。

淺鳥一臉茫然地望著營地。高掌皺起眉頭，為什麼他的母親不會坐立不安？難道她從來不想去高地看看？或者回地道去？她待在營地裡不會覺得無聊嗎？

高掌停在她旁邊，「妳應該來看我上課的。」

「親愛的，你說什麼？」淺鳥心不在焉地抬頭看他。

「到營地外面走走，對妳比較好。」

蕨翅跳出會議坑，快步走來，「別吵淺鳥，」她警告，「她需要休息。」

高掌皺眉。**她已經休息六個月，應該已經復原了。**

「她一直睡不好。」草滑解釋。

「高掌，晚點再告訴我吧，」淺鳥喃喃說道，「我相信你的課一定很有意思。」

高掌不太高興地甩甩尾巴，無精打采地離開育兒室，眼睛覷著吠掌和尖鼠掌。自他離開後，他們就像對畫眉鳥一樣吱吱喳喳地聊個沒完。

高掌聽見身後的草滑正在對淺鳥和蕨翅說話，「妳們認為這個綠葉季，訪客還會來嗎？」

高掌豎直耳朵。**訪客？**

「我相信他們還會來，」蕨翅回答年輕貓后，「我記得他們每次都來。」

高掌停下腳步，坐了下來。他進食完了，需要好好梳洗自己，他可以在這裡梳洗，順便聽聽這些貓后說些什麼。

「我希望弱雞能撐過這次禿葉季，」蕨翅壓低音量，「上次見到她時，她很虛弱。」

「如果她沒來，白莓會很失望的。」草滑說道。

高掌用舔乾淨的腳爪清理自己的口鼻。

蕨翅喵嗚出聲，「弱雞和白莓一聊起天來，就可以從天亮說到天黑。聽說她有一次在部落裡定居下來。」

「在我們這裡嗎？」草滑的語調訝異，「那我們怎麼向其他部族解釋呢？」

「風族又不是第一個接納無賴貓的部族。」蕨翅直言。

「可是只有我們願意讓訪客在每年綠葉季來營地裡住，還分食獵物。」草滑說，「其他部族會在背後怎麼說我們？要是他們以為我們在訓練無賴貓好準備攻擊他們，那怎麼辦？」

高掌聽著聽著，背上的毛髮都豎了起來，他趕緊舔平。他從來沒聽過部族裡會有訪客借住，以前怎麼都沒有貓兒說呢？

「管他們怎麼想，」蕨翅不屑地說，「他們都躲在沼澤和樹林，像獵物一樣不敢吹風、不敢見到太陽，只有我們活得頂天立地。如果我們想分享自己的領地，那也是我們的自由。」

「高掌！」曙紋在營地入口喊他。高掌跳起來，剛被舔洗過的毛髮仍濕淋淋的。曙紋抽動鬍鬚，用尾巴示意，「別舔了，我們去練習格鬥技吧。」

她低身鑽進石楠叢，高掌快步跟上，「綠葉季的訪客是誰啊？」到了營地外的草地上，他才追上去問道。

曙紋停下腳步，瞇起眼睛，「誰告訴你這件事的？」

「我聽見草滑和蕨翅在聊。」他告訴她。

「你不應該偷聽。」

「我沒有，」高掌辯解，「她們又沒壓低音量，」他皺眉，「這是祕密嗎？」

「他們不在這裡的時候，我們不談這件事，尤其不在部族以外的地方談。」曙紋沿著金雀花叢裡的蜿蜒小徑往前行。

高掌快步追在後面，「他們為什麼要來這裡？」

曙紋沒有回頭，「他們就是常來。」

「他們會住在我們的營地裡嗎？」

「只有綠葉季。」

「他們會參與部族的巡邏和狩獵嗎？」

「有時候會。」

高掌停下腳步，「他們是無賴貓嗎？」他的目光尾隨著曙紋，為什麼她的反應活像是被他知道了什麼祕密？如果他們每個綠葉季都來，反正他都會知道，不是嗎？

曙紋停下腳步，轉過身來，「你可以說他們是無賴貓，因為他們不奉行戰士守則。」

「我們一定得讓他們來嗎？」高掌伸出爪子。風族真的會在每年綠葉季的時候讓一群無賴貓佔領營地、分食獵物嗎？

「可是無賴貓都很壞，不是嗎？」高掌偏著頭。

曙紋甩打尾巴，「當然不是，是我們決定讓他們來、歡迎他們來。」

「不是所有無賴貓都很壞，」曙紋繼續沿著小徑走，「至少這些無賴貓不壞。」

高掌快步追在後面，「那為什麼神祕兮兮的？」

「因為最好別讓別族的貓知道。」

「為什麼？」**因為風族破壞了戰士守則嗎？**

「你怎麼跟小貓一樣好奇。」曙紋低頭鑽出去，走進開闊的草地，「別再問了，把你今天早上拿來對付尖鼠掌的那一招再使出來讓我看看。」

第九章

高掌在營地入口踱步，露珠沾濕他的腳爪。太陽才剛從地平線上升起，陽光灑在石楠叢上，照亮了紫花，漸漸地整座高地熠熠閃亮。高掌是最早起的貓兒，急著想參加黎明巡邏。他走出見習生窩前，曾戳戳尖鼠掌，但深棕色見習生仍半睡半醒。高掌從金雀花叢下方的縫隙，看到尖鼠掌笨拙地翻過臥鋪邊緣。

會議坑旁的長草堆窸窣作響，曙紋鑽了出來。她打個呵欠、伸個懶腰，緩步越過草叢，「早安，高掌。」

「早安，曙紋。」高掌彈彈尾巴，「我們要去巡邏所有邊界了嗎？」這是他第一次的黎明巡邏。

曙紋搖搖頭，「那會花太多時間。」她朝長草叢轉頭，那裡有更多貓兒進入空地。「雄鹿躍、麥桿和雲雀點跟我們一起巡邏高地邊緣和峽谷；兔飛和尖鼠掌、母鹿春和蘋果曙則到四喬木和影族附近重新劃上氣味記號。」

尖鼠掌打著呵欠，從見習生窩裡緩步走出，「在我們離開之前，可以先去獵物堆那裡嗎？」他的肚子咕嚕咕嚕叫。

高掌掃視空地，獵物堆只剩下一隻僵硬的田鼠和一隻壓扁的老鼠，「也許可以在巡邏的時候，順便抓點獵物。」

曙紋的耳朵抽動，「巡完邊界才能狩獵。」

尖鼠掌的肚子叫得更大聲了。

「楠星馬上會派出一支狩獵隊，」曙紋偏著頭，語帶同情，「等你們回來的時候，獵物堆一定已經堆滿了獵物。」

「你怎麼會餓呢？」高掌興奮到根本吃不下東西，他繞著曙紋踱步。

尖鼠掌坐下來，開始舔洗自己的臉，「別忘了，我已經有黎明巡邏的經驗了。」

「可是你應該會樂此不疲啊！」高掌嗅聞空氣，好奇大清早的高地會是什麼模樣，「要是我們遇到闖入者怎麼辦？」他問曙紋，「我們可以趕走對方嗎？」

「雲雀點是巡邏隊隊長，」曙紋喵聲說，「你去問她。」

雲雀點正朝他們走來。高掌跑了過去，「如果我們遇到闖入者，可以趕走他嗎？」

「這得看情況。」雲雀點從他旁邊緩步經過。

高掌蹦蹦跳跳地跟在她後面，「怎麼看？」

「看對方是羊、狗，還是無賴貓，」雲雀點停在曙紋旁邊，「如果對部族有威脅，當然得趕走。」

高掌的想像力開始馳騁。要是他們意外逮到河族巡邏隊正試圖入侵高地，那該怎麼辦？要是有狗迷路了，必須趕走，又該怎麼處理？「我們什麼時候出發？」他喵聲問曙紋。

雲雀點回答：「等麥桿和雄鹿躍說完話後過來跟我們會合，我們就出發。」

年輕戰士們站在會議坑的頂端，母鹿春也在那裡，他們半個月前受封為戰士。高掌暗自得意曾幫忙他們完成測驗，而且測驗過程中他差點就成功地從他們手裡逃脫。現在他的速度更快了，他相信只要再多一點訓練，他一定能成為部族裡速度最快的跑者。

「麥桿！」雲雀點彈彈尾巴，灰色母貓抬頭看。

「我來了！」麥桿越過草坡，雄鹿躍緊跟在後，「對不起！」她在濕漉漉的草地上煞住打滑的腳步。

雄鹿躍雙眼炯亮，「高掌要跟我們一起巡邏嗎？」

「是啊。」高掌挺起胸膛。

「想賽跑嗎？」雄鹿躍興奮地耙抓地面。

「好啊……」

雲雀點上前擋在他們中間，「我們是巡邏，不是比賽。我要你們把注意力放在邊界上。」

高掌低頭看著腳爪，偷偷覷了雄鹿躍一眼。

深色的棕毛公貓戲謔地抽動鬍鬚，「對不起，雲雀點。」他挺起尾巴，表示敬重，但鬍鬚仍然抽動不已。

高掌忍住笑，「我保證不比賽，而且絕對不會在巡邏隊裡打打鬧鬧。」

雲雀點一臉怒容地轉身離開，鑽進入口。

麥桿從高掌旁邊刷地經過，「她不是故意發脾氣的，她只是不喜歡早起。」

「我懂那種感覺。」尖鼠掌睡眼惺忪地看著朝他走來的隊員們。

「等你吹到風後，就會清醒多了。」麥桿打包票道，同時跟著曙紋鑽進入口。

營地外的風帶著石楠花的甜味，太陽正爬上淺藍天空。高掌瞇起眼睛，抵禦強光，他看到薄霧籠罩著高地上的坑洞與谷地，再過不久，熱氣會將它們蒸發，屆時又是炎熱的一天。

高掌感覺到尾尖有微風輕拂，「走哪條路？」他請教雲雀點。

後者已經爬上坡，朝高荒原走去，「我們先沿著轟雷路重劃氣味標記。」

「可是那裡的邊界又沒有部族居住，」高掌追上她，為了跟緊，得不時繞過擋路的石楠叢，「為什麼還要留下氣味記號？」

「那裡有無賴貓和獨行貓，」雲雀點提醒他，「得警告他們已經進入部族的領地。」

我還以為我們很歡迎無賴貓呢。高掌回頭瞥看曙紋，後者的目光正遠眺著地平線，她是在搜尋綠葉季訪客的蹤影嗎？

雄鹿躍追了上來，「我知道妳說不能比賽，」他轉過身，琥珀色的眼睛緊盯著雲雀點，「可是我們還沒到邊界啊。」

麥桿突然從她哥哥旁邊跳出來，「如果我們用跑的，就可以快一點抵達邊界。」

雲雀點翻翻白眼，「好吧，不過別玩過頭了。小心轟雷路哦。」

「我們已經不是見習生了。」雄鹿躍反駁。

「高掌是啊，」雲雀點提醒他，「要小心點。」

雄鹿躍捕捉到高掌的目光，「準備好了嗎？」

「準備好了！」高掌繃緊全身，感覺身上的能量隨時要爆發。

「衝啊！」麥桿一馬當先地穿越石楠叢，衝向後面的草地。**在草地上跑比較輕鬆**。高掌追在雄鹿躍後面，他繞過石楠叢試圖轉向的時候，腳爪在露濕的地面上打滑。這時麥桿從他旁邊的灌木叢衝了出來，麥桿得意一吼，鬍鬚刷過他身邊。高掌伸爪戳進土裡，加速往前跑。

前方地面突然變得陡峭，麥桿躍過草地，但始終追不上她哥哥。雄鹿躍往前飛奔，愈爬愈高、步伐愈跨愈大。高掌四腳飛掠地面，終於找到了自己的節奏，速度快到腳爪幾乎沒有著地。他追過麥桿，風在鬍鬚間流竄，前方的雄鹿躍只離他一條尾巴遠，高地的最高點已隱約可見，藍色蒼穹遼闊無邊。

高掌距離愈拉愈近，雄鹿躍終於登頂，隨即往下俯衝。高掌回頭看見麥桿落在後面，但她仍不死心地往坡頂爬，再追著他們衝下山。正在下坡的雄鹿躍速度更快了，他肩膀厚實、身材粗壯，這種體型上坡時容易遭到阻力，但下坡時反而方便他加快速度。

高掌加大步伐，但雄鹿躍愈跑愈遠。轟雷路旁的坡度平緩了下來，年輕戰士慢下速度，最後煞住腳步，抬起尾巴以示勝利。高掌趕了上來，雄鹿躍洋洋得意：「不錯嘛！」

「有一天我一定會贏過你。」高掌氣喘吁吁。

麥桿上氣不接下氣地停下來，「草地賽跑根本不是我的強項，我寧願在兔徑裡鑽。」

「妳身手靈活，擅長扭動和轉向，」雄鹿躍同意，「下一次我們在石楠叢裡比賽。」

幾條尾巴距離外的轟雷路在陽光下閃閃發亮。高掌屏息眺望，他從來沒這麼靠近過轟雷路，「怪獸在哪裡？」這條路看起來冷清清的。

「等一下就會來了。」雄鹿躍告訴他。

麥桿回頭瞥了一眼，「我們越過了氣味標記。」

高掌嗅聞空氣，轟雷路的刺鼻味道和風族以前留下來的氣味混在一起。

「我們先重新標上氣味記號吧，」雄鹿躍轉過身，「免得雲雀點又來囉唆。」

高掌照做，這時瞥見曙紋的金色身影在山腰上閃現，她正蓬著尾巴朝他奔來，「不准你再這麼接近轟雷路！」她厲聲對他說。

高掌驚訝地瞪著她，「可是這裡什麼都沒有啊。」

「怪獸的速度跟鳥一樣快，體型比你想像的還要巨大。」曙紋怒目瞪他。

「可是……」

曙紋瞇起眼睛，「我在教你的時候，你只要聽，不准回嘴。」

高掌的怒氣梗在喉間，但他硬吞下去。**我真想趕快當上戰士。**

高掌幫忙年輕的高地跑者標好轟雷路邊界的氣味記號後，便跟著高地跑者往峽谷走去。

真無聊。高掌在另一叢石楠上灑下氣味。他意興闌珊地看著雲雀點原路折返，再循著橫過邊界的另一條有氣味標記的小路走。照這個速度，要標完所有邊界，恐怕天都黑了。

「是河族的味道嗎？」曙紋在雲雀點後方喊道。

玳瑁色戰士嗅聞石楠，「只是兩腳獸。」

「他們有帶狗嗎？」麥桿快步走過去聞。

雲雀點搖搖頭。

雄鹿躍爬上小圓丘，抬起下巴，「這邊的高地已經有一個月沒見到狗的蹤影了。」

麥桿看著他，「我想你的意思是自從你開始巡邏之後，對吧？」

「我們可以繼續往前走嗎？」高掌的腳癢難耐，他好想邁開步伐奔跑。他們為什麼不去找新鮮的兔子氣味？找一些能讓他追逐奔跑的東西？

雄鹿躍尾巴抬得高高地沿著氣味記號走來，「牠們聞到我的氣味就退避三舍了。」

「誰退避三舍？」高掌一臉迷惑，「兔子嗎？」

雄鹿躍瞪他一眼，「狗啦！」

高掌噗嗤笑了出來，雄鹿躍撲上來，腳爪朝他一揮，鬧著他玩，他趕緊低身躲過。

「我們是在巡邏邊界。」曙紋厲色提醒他們。

高掌皺眉，難道都不能開開玩笑嗎？他心不在焉地往一叢金雀花的莖梗灑下氣味記號。

他聽見遠方的水聲。至少他們現在很接近峽谷了，過了峽谷後，就可以回營地上課了。雲雀點鑽進石楠叢裡，高掌跟進去，穿梭在柔韌又有彈性的枝葉間，其他隊員跟在後面。這條小路在小圓丘間迂迴穿梭，四面八方盡是帶刺的枝葉，濃郁的花粉害高掌打了個噴嚏。他們終於走出石楠叢，進入崖頂附近的綠草地，高掌總算鬆了口氣。

雲雀點、麥桿和曙紋一字排開，嗅聞沿路的氣味記號。高掌匍匐前行，從崖邊偷偷俯瞰。綠葉季的河水平緩，遠方水流看似平穩，蜿蜒川流於懸崖間。「水很深嗎？」他問雄鹿躍。

雄鹿躍聳聳肩，「我怎麼知道？」

高掌掃視陡峭的崖壁，瞥見水邊有狹窄的突岩環繞整座峽谷，盡頭是開闊的綠野平疇，「你下去過那裡嗎？」

雄鹿躍搖搖頭，「禿葉季去太危險了。新葉季的時候那裡會融雪，而且會被河水淹沒。」

「可是那條路可以通到兩腳獸的橋那裡，又不會被河族發現。」高掌朝那條跨過河面的木棧道點頭示意。

「你是打算入侵河族領地嗎？」雄鹿躍揶揄他。

這時高掌感覺到地面微微震動，背上的毛全豎了起來，「那是什麼？」

雄鹿躍還沒回答，身後就響起嚎叫。高掌趕緊轉身掃視高地，但什麼也沒看見，只有鳥兒飛竄於石楠叢間。雲雀點嗅聞空氣，嚎叫聲又起，空洞深長，而且那聲音像被矇住了一樣。

麥桿的灰毛倒豎，「那是什麼？」

高掌衝到峽谷邊緣，往下俯瞰，是誰在下面喊叫？

「聲音是從這裡來的！」曙紋正在嗅聞一個兔子洞，這時嚎叫聲突然變大，她趕緊後退。

沙雀忽然從洞裡竄出來，毛髮豎得筆直、眼睛瞪得斗大。他回頭張望，霧鼠也跟在後面衝出來，「你還好嗎？」他繞著身上都是泥巴的同伴轉，焦急地嗅聞她。

「我還好。」她氣喘吁吁，毛髮上有一層厚厚的泥巴。

沙雀把頭伸進洞裡大聲喊叫。高掌豎起耳朵，聽見遠方有嚎聲迴盪。

「他們沒事，」沙雀直起身，似乎現在才看到雲雀點，「只是坍方而已，其他貓兒都安然無事。胡桃鼻和羊毛尾是專家，必要的話，他們會找方法從下面一點的洞出來。」

高掌跑到他父親那裡，「發生什麼事了？」

沙雀用鼻子輕觸高掌的頭，「陽光太強，」他就事論事地說，「土質收縮，於是出現落石造成坍方，」他看著晴朗的藍天，「我們得靠雨水了。」

高掌皺起眉頭。要是坍方時，沙雀沒能逃出來怎麼辦？過去這半個月來，他察覺到他和父親之間的距離愈來愈遠。沙雀會跟他說話，但次數不多，也不像以前那麼熱絡。要是沙雀看過他上課的情形，知道他的學習能力有多強，也許就會明白他選的是一條正確的路，一切就會雨過天晴了。

沙雀緩步走開，穿梭在曙紋和雄鹿躍之間，「你們在巡邏邊界嗎？」

「我們快結束了，」曙紋告訴他，「沒有入侵者的跡象。」

地道工眺望石楠叢，「我們已經挖了一整晚了。」

麥桿對他眨眨眼，「你不累嗎？」

沙雀兩眼炯亮，「差一點就可以鑿穿，抵達峽谷，」他的耳朵興奮地抽動，「除非完工，否則我不會休息。」

霧鼠低頭窺看地道，「坍塌的地方怎麼辦？」

「我們等下立刻清理，」沙雀低頭從她旁邊擠過，他把頭塞進洞，喵聲在地道裡迴盪著。

「沙土很輕，很容易鑿穿。」他低身退出洞外，看著曙紋，「這是一個好機會，正好可以讓高掌學習挖地道的技術。」

高掌毛髮倒豎，但強迫自己壓平，「可是我們在巡邏邊界。」

沙雀的目光一直盯著曙紋，「妳剛剛說妳們快結束了。」

曙紋瞥了高掌一眼，「楠星的確希望她的戰士都能找機會到地底下看看。」她讓步。

「至少一天吧，」沙雀的語氣有點尖銳，「如果高地跑者的見習生不知道地底下長什麼樣子，就不會懂得地道的重要。」

「當然。」曙紋踩動著腳。

拜託，不要。高掌無聲地祈求她。

「那就說定了。」沙雀彈彈尾巴，向高掌示意。

高掌把希望寄託在曙紋身上，「說定了嗎？」

「你最好跟他一起去，」曙紋垂首，「結束後再回營地找我。」

「好吧。」高掌吞吞口水，緩步朝他父親走去。兔子洞就像一張黑色大嘴朝他逼近，準備把他吸進去。**今天不可能只有一處坍方吧？**

沙雀開心地喵嗚，「我很高興你終於有機會去看看地道是怎麼挖的。」這是這半個月來他第一次驕傲地看著高掌。

高掌咬緊牙根，他不能令他父親失望，「我已經期待很久了。」他撒謊道。也許只要進地道一次，就會明白為何他父親認為地道工如此重要。

第十章

「妳先，霧鼠。」沙雀讓淺色虎斑母貓先爬進洞裡，後面的高掌停下腳步，「進去啊，」沙雀催促，「別因為那麼暗就嚇得不敢進去，別忘了你有耳朵、鬍鬚，也有眼睛。」

高掌爬進去，腳下的土很鬆、坡度很陡，他伸出爪子戳進土裡，以免往下滑。黑暗從四面八方吞沒他。高掌繃緊神經，不是看著地道的牆壁，就是想緊盯自己的腳踩在哪裡，但黑暗中沒有一絲光線。他聽見父親在他身後，溫暖的鼻息徐徐吐在他的尾巴上，但他呼吸到的空氣卻愈來愈冷。先前高掌還被太陽曬得暖哄哄的，現在卻覺得涼颼颼，他只好蓬起毛髮。

沙雀喵嗚，「你覺得這裡很冷，等我們到了更深處，你就知道了。」高掌不敢想像。「你們聽。」沙雀停下腳步，高掌不敢動，只聽見前方霧鼠的毛髮刷拂壁面的聲音。

「等一下，霧鼠妳聽到了嗎？」沙雀問。

高掌豎起耳朵，「聽到什麼？」

「再聽聽看。」

高掌繃緊神經想聽仔細，他閉起眼睛，阻斷那片黑暗，隱約聽出模糊的腳步聲。

「那是你的巡邏隊，正沿著峽谷走。」沙雀輕聲說道。

「你怎麼知道？」高掌低聲道。

「三組腳步聲，正慢慢遠離我們。」

高掌不由得佩服，「也可能是兔子啊。」他建議。

「不是，」沙雀換個站姿，「兔子的腳步聲很低沉，不會答答作響。」

「你能聽出羊的腳步聲嗎？」

「當然可以，羊的腳步聲比較有力，而狗的腳步聲回音比較沉。」

霧鼠的影子在黑暗中晃動著，「你父親可以分辨出雷族和風族腳步聲的不同。」

沙雀的尾巴掃過地道邊，「雷族昂首闊步的聲音像鹿的腳步聲，」他咕噥道，「當他們去月亮石的時候，從我們頭頂上經過的腳步聲，神氣得像是這片高地屬於他們似的。」

「雷族都是這副德性。」霧鼠怒氣沖沖道。

沙雀哼了一聲，「他們根本不知道我們可以從地底下追蹤到他們，我們能完全掌握他們何時抵達風族領地、何時離開。」

「我們甚至知道他們有沒有在高地上偷偷獵捕。」霧鼠補充。

高掌覺得從後面被推了一把，「我們繼續走，」沙雀催促，「胡桃鼻和羊毛尾可能已經鑿穿了坍塌處的另一頭，需要我們的援手。」

高掌眨眨眼睛，希望能適應黑暗，但一點光線也沒有，讓他開始明白他在這裡等同全盲。霧鼠在前方疾走，高掌跟在後面，強忍住反胃的感覺。**沙雀不會讓我出事的。**

高掌的鬍鬚不斷地拂過兩側壁面，全身毛髮跟著顫動，突然其中一側的壁面出現缺口，一陣冷風從缺口處襲上他的腰腹，嚇了他一跳。

「那條地道通往高地。」沙雀告訴他。

「你知道我們在哪裡？」高掌很訝異，他覺得自己像老鼠一樣無助，彷彿地道已經將他當獵物給吞下肚。

「每個地道工都很清楚每個交叉點和轉彎處，」沙雀喵聲道，「我們可以從這裡走到風族領地裡的任何一個角落，甚至穿越邊界。」

高掌的思緒飛快地轉，有了地道就代表風族可以展開任何侵略行動、智取任何敵營，難怪地道工拼死捍衛他們的技術。「楠星曾來過這些地道嗎？」他問。

「她偶而會來巡邏，」沙雀答，「不過她不完全懂得黑暗的真諦，或者說黑暗帶給戰士的力量。她是高地跑者，只懂得在地面上狩獵和格鬥。」

「我聽見他們的聲音了。」霧鼠慢下腳步。

高掌差點撞上前面的霧鼠，他聽到前方朦朧的喵聲，感覺到沙雀正從他後面擠過來。

「高掌，讓一下路。」高掌貼著牆，讓他父親過去。「他們在挖了，」沙雀回報，「我們應該從這一頭開始作業，跟他們在中間會合。」

高掌聽見霧鼠開始用前爪挖鑿泥土。這裡的地道空間較大，他感覺得到鬍鬚四周多出了空間，這讓沙雀和霧鼠有足夠的空間可以並肩工作。

「我們工作的時候都是兩隻貓一組，」沙雀告訴高掌，同時將一堆泥沙朝他的方向推，「如果發生坍方，絕對不能離棄同伴，這是挖地道的第一守則，千萬不要忘了這一點。」

霧鼠打斷，「這就是一個地道工活不了，兩個地道工死不了的道理。」

高掌伸爪接過沙雀踢過來的泥巴，「我要怎麼處理它？」如果往後面堆，只會把空間堵死，未免太蠢了吧。

「把它鋪平，」沙雀告訴他，「鋪得愈薄愈好，就算得往後鋪滿整條隧道，也得鋪。」

高掌將沙土往四周鋪平，這時卻聽見石頭磨擦地表的聲音，沙雀正把石頭往他的方向推，他的口鼻觸到堅硬的石頭，「要怎麼處理這些石頭啊？」高掌喊道。

「如果能找到岩縫，就把它塞進去，」沙雀回頭說，「塞得緊密點。我們從來不把石頭丟掉，因為很適合用來撐住牆面。」

高掌用腳爪抓住那顆石頭，他小時候曾利用一塊體積等同於麻雀的石頭練習過，這塊比它還大，他使盡力氣將它抬到後面。**你絕對比自己想像得還要強壯**。他想起沙雀以前的教誨，這句話說得沒錯。即便這裡空間狹窄，高掌發現自己還是能把石頭舉起來，用力塞進去牆上的洞，然後回到原地處理沙雀和霧鼠不斷挖出來的泥土。高掌將泥土鋪成一條鬆軟的路。

他的爪間都是礫石，毛髮上覆蓋一層厚重的泥沙。他忍住想舔洗身上泥沙的衝動，繼續處理眼前的泥巴，將它往隧道後方鋪平。他忙著用新來的土將鬆軟的地面踩得更紮實，然後又去搬另一坨，這時才發現根本忘了自己一直在黑暗中工作，而且已經忙到全身發熱。

「他們現在離我們很近了！」沙雀興奮地喊，「高掌，你聽到他們的聲音了嗎？」

高掌注意聽，終於聽見羊毛尾的吼叫聲，胡桃鼻在回答他，粗嘎的喵聲在泥牆後方迴盪。

高掌的毛髮豎了起來，「清掉了這些障礙物，會不會又坍下來？」

「該坍的都已經坍了。」沙雀向他保證。

「你怎麼知道？」

「你聽，」沙雀刨出更多泥沙後停住，「你有聽到泥土鬆動或石頭掉落的聲音嗎？」

「沒有。」高掌覺得鬆了口氣。

「而且上面也沒有裂縫，」霧鼠補充，「這裡的土應該撐得住。」她說的時候，高掌感覺到有沁涼的空氣拂上鬍鬚。

「沙雀！」羊毛尾開心的喵聲迴盪在壁面四周。「胡桃鼻還好嗎？」霧鼠問。

「我很好！」胡桃鼻在地道的更遠處喊道。

「太好了，」高掌感覺到父親的尾巴掃過他鼻子，「現在我們可以再回去找峽谷了。」

高掌嗅聞空氣，「我聞到石楠的味道。」石楠花的甜味襲上他的舌尖。

沙雀的尾巴在他鼻子旁邊彈動，「前面有通氣孔，」他解釋，「那是一條裂縫，從地表穿透下來的，就在高地上面。」

黑暗中的高掌極力睜大眼睛，好不容易看見羊毛尾的後背和胡桃鼻的耳朵輪廓。

有光線了，也有空氣了！高掌不免興奮。

「我們往河流那邊走吧。」霧鼠催促。

「你們還在試著鑿穿通到河邊的黏土層？」高掌問道，他記得幾個月前的討論內容。

「是啊，」沙雀推他向前，其他貓兒也都陸續走開，「現在很難測出我們確實的深度，不過我昨天有挖到黏土。」

高掌從通氣孔下方經過時，順道抬眼往上看，從高地滲入的白光令他不禁瞇起眼睛，「你找到黏土層了嗎？」

「我們整晚都在黏土層那裡挖啊，」沙雀的喵聲溫暖，「我們應該很快就能鑿穿。我真高興你能在這裡親眼目睹，這是第一條從高地直通河邊的地道。」

高掌感覺到空氣變得潮溼稀薄，四周的沙土被厚重的泥巴取代，他察覺到自己離通氣孔愈來愈遠，光線和石楠的氣味漸漸消失。他循著腳步聲走，緊跟在霧鼠那條溫暖的尾巴後面，地道中不斷地出現岔路或轉彎，他很快地學會辨識彎道出現前的空氣濃度變化。但他的胸口很悶，覺得每一口呼吸都得很用力。

「沙雀？」他緊張地問。

「就快到了。」沙雀的應答聲像被矇住了一樣。

「沙……」一堵泥牆撞上高掌的嘴巴。他尖聲大叫，一半原因是痛，另一半原因是被嚇到。沙雀蹣跚轉身，「朝右邊轉，專心點。」

「對不起。」高掌豎起耳朵，更專注於前方的空間。前面的空氣好像在震動，他繼續往前走，四周的沙土微顫。

「怎麼了？」高掌愣住不動。難道地道又坍了？

「是那條河，」羊毛尾喊，「我們在地道盡頭，再鑿幾坨土，就抵達峽谷了。」

峽谷？新鮮的空氣？高掌繃緊的胸口稍稍放鬆，他們離外頭的風和陽光可能只剩一條尾巴的距離。

沙雀從他旁邊擠過去，「你在這裡等。」高掌聽見腳爪刨土的聲音。

「這裡的土層比較濕，」胡桃鼻的語調中流露著喜悅，「我們應該很接近了。」

高掌退了回去，豎耳傾聽上方的河水聲。地道工的毛髮不時碰到彼此，腳下踩的泥巴噗嗤作響。高掌聽見他們賣力工作的呼吸聲，「要不要我也幫忙挖？」他提議。只要能早點見到陽光，什麼事他都肯做。

啪！一坨黏土掉在他面前，泥巴濺到他的鼻子。

「把挖下來的土黏在牆上。」霧鼠下令。

高掌皺起鼻子，挖起一坨滑溜溜的泥巴，塗在地道的壁面上。他感覺到腳下的地表微微顫動，河流一定很近。

地道工不斷地把泥巴往後丟，速度快到高掌必須跳開才能躲掉。他盡量加快動作，抓起另一坨往壁面塗，一坨接一坨地捧起、塗上後面的通道，直到自己都快擠不進黏滑的通道。他停下來喘口氣，身上的肌肉痠痛不已，他現在看起來一定很像一隻掉在泥沼裡的老鼠。

「高掌？」

當他轉身去處理泥巴時，感覺到他父親的鼻息離他的口鼻很近，「怎麼了？」

「這就是我的夢想，」沙雀輕聲說，「你在我旁邊工作，一起挖鑿新的地道，一條可能改變風族命運的地道。」

高掌愣在原地，沙雀該不會以為地底下的他會改變心意，不想再當高地跑者吧？另一坨泥巴丟了過來，掉在高掌旁邊，他父親趕忙回去協助同伴。

「我們快到了嗎？」高掌的喊聲蓋過隆隆的河水聲，**河水聲變大了嗎？**

「我們隨時可能鑿通。」沙雀的聲音聽起來像命名儀式裡的小貓一樣亢奮。

「等等！」霧鼠在黑暗裡的某處厲聲喊道。

「那是什麼？」羊毛尾的喵聲尖銳，帶著警告意味。

地道工全都停下動作，一聲淒厲的長嚎聲沿著通道傳來，聽起來像岩石在移位，吸附於壁面上的泥巴在撐了幾個月後正逐漸失去抓力。

「怎麼了？」高掌緊張地問。

「星族，救救我們。」胡桃鼻的喵聲低到幾乎聽不見。

「快逃！」

黑暗中一陣腳爪亂扒聲，高掌感覺到有毛髮抵住他。

「高掌！」沙雀的吼聲刺穿他的耳毛，「快逃！」

高掌心一驚，轉身就逃，「沙雀！」他回頭瞥看後面的黑暗。

「我在你後面！」沙雀喊，「胡桃鼻？羊毛尾？霧鼠？」

「我在！」「我在！」「我在！」

「跑快點，高掌！」沙雀催促，語調驚恐。

在他們身後，大水灌進地道，聲音震耳欲聾，撼動地面。

高掌的腳爪打滑，他在黑暗中一陣亂扒，地道彎彎曲曲地，他一不小心就撞上牆面。

「我來帶路，」沙雀從他旁邊擠過去，「鼻子靠著我的尾巴，跑快點！」

高掌只能照做，他嚇到不知道該如何回答。在這裡，他無法全速奔跑，因為沒有空間讓他弓背和伸腿。恐懼襲上他的每根毛髮，他只能全神貫注於沙雀的尾巴去向。洪水在後方怒吼，就像被困在山谷裡的風一樣。它緊追不捨，地面也跟著撼動。**跑就對了！**

高掌的胸膛起伏，這裡沒有足夠的空氣！他開始恐慌，但還是繼續往前跑，直到前方出現光點——愈來愈亮，亮到目眩。終於像被狐狸追趕的兔子般，從地道裡衝出來。

高掌癱在草地上，茫然地看著胡桃鼻帶著羊毛尾和霧鼠從他旁邊衝出，他們都逃過一劫。

高掌嘆口氣，閉上眼睛，急促的呼吸漸漸緩和下來。

腳步聲在他旁邊的草地上響起，「真不敢相信我們竟然搞砸了。」

高掌豎起耳朵，沙雀聽起來很懊惱。難道他不害怕嗎？

胡桃鼻哼了一聲，「我當時還在盤算到底剩下幾條尾巴的距離，我還以為只要再挖兩條尾巴的深度，就可以鑿到河邊了。」

「禿葉季的時候，太容易挖鑿，所以沒有多留意警訊，」羊毛尾惱怒地說，「我們挖到水邊的速度比當初預期的還快。」

高掌睜開眼睛。

霧鼠正低頭研究那個洞，「雖然淹水，但至少讓我知道河在哪裡。」

高掌坐了起來，「我們差點就淹死了，你們不能再回去！」

「可是我們沒淹死，」沙雀直言，「我們學到了很多下次可用的寶貴經驗。」

「下次？」高掌甩甩耳朵，不敢相信，「你打算再繼續挖這條地道？」

「當然，」霧鼠回頭看他，「這條地道會灌水，所以現在我們知道以後該瞄準的崖壁高度是多少，顯然下一次的新地道高度一定要比這條高。」

「要我帶梅爪來嗎？」胡桃鼻提議，「她一直很想參與。」

「好啊，」羊毛尾興奮地繞著圈子轉，「等月亮升到天頂的時候，應該就鑿穿了。」

「可是太危險了！」高掌的心臟活像要跳出來了。

「只要知道方法，就一點也不危險。」沙雀兩眼炯亮，很是興奮。難道他喜歡跟洪水賽跑？高掌皺眉，原來他父親比他想像的還要大膽。

「你先回營地，」沙雀喵聲道，「休息一下，把自己清理乾淨，再回來協助我們完工。」

回來？他情願直接單挑影族的巡邏隊。

沙雀喵嗚道：「高掌，我們可以一起鑿穿地道，淺鳥一定會為我們感到驕傲的。」

高掌後退幾步，「不，」他的喉嚨乾澀，「我不要回來。」

沙雀目光驚愕，「可是你已經去地道體驗過了，難道你感覺不到那種刺激？那種絕處逢生的快感？」他的目光掃向高地，「在經歷過這一切之後，你怎麼可能還會想回高地去？」

「我想回高地！」他心情沮喪到極點，毛髮豎得筆直，「為什麼你不懂？你喜歡挖地道，不代表我也喜歡。我不是你！我剛剛還以為我們會死在那裡。我是高地跑者，不是地道工。」

第十一章

「我們什麼時候可以使用地道？」雲跑詢問胡桃鼻。

高掌豎起耳朵，通往峽谷的地道已經完工了嗎？他身旁的貓兒也都轉身過來想知道答案。他們正等著出發參加大集會，天上的滿月將他們的身影染成了銀白色。雲雀點和蘋果曙坐在蘆葦羽旁邊，雄鹿躍扯著地上的草，母鹿春出神地望著星星，兔飛和尖鼠掌正在幾條尾巴遠的地方練習格鬥技。高掌滿心期待，雀躍得全身微顫，又不敢表現出來，這是他第一次拜訪四喬木，也是第一次與其他部族會面。

胡桃鼻停頓了好一會兒才回答雲跑，「我們得先固定壁面和坑頂，確保高地跑者的安全。」

淺灰色公貓背上的毛髮全豎了起來，「你真的覺得這條地道對我們的影響很大？」

「那是一條直通峽谷的絕佳路徑。」鷹心提醒他。

蘆葦羽的眼睛一亮，「所以可以更快抵達河族的領地。」

「我們為什麼要去那裡？」雲跑瞪著副族長看。

蘆葦羽聳聳肩，「兩族之間也許會發生戰事。」

「各部族之間已經相安無事好幾個月了。」雲跑氣呼呼地說。

「也許有別的理由需要拜訪鄰居，」蘆葦羽喵聲道，他移開目光，「戰爭不是我們和鄰居打交道的唯一目的。」

高掌不耐地用腳爪摩搓著草地，為什麼蘆葦羽一直想拜訪河族呢？他們在高地以外必須拜訪的地方，只有四喬木吧。

「別擔心，我們很快就出發了。」曙紋保證。

「我才不擔心。」高掌緩步經過她身邊，避開她的目光。他知道他應該對第一次的四喬木之行感到興奮，但他只覺得緊張。昨天和沙雀的爭執令他很不安，為什麼他父親堅持要他當地道工？**搞得我覺得自己像背叛者似的，這樣我怎能安心地接受高地跑者的訓練？**

吠掌從巫醫窩裡匆匆出來，「鷹心說我可以去！」

高掌抬起尾巴招呼前來找他的朋友，「尖鼠掌也要去嗎？」

「他沒跟你說嗎？」吠掌一臉驚訝。

「尖鼠掌什麼都沒說。」高掌已經放棄跟室友交好的可能了。

「我為什麼要跟他說？」尖鼠掌暫時停止格鬥技練習，「高地跑者的訓練只是在浪費你和曙紋的時間而已，你天生就是地道工的料。」

「不，我不是！」高掌厲色道。

「有一天就會是了，」尖鼠掌意有所指地瞥了蕨葉坑一眼，「沙雀會確保這一點。」

「沙雀尊重我的決定。」高掌的心揪緊，**若真是如此就好了。**

「他當然尊重。」尖鼠掌冷笑。

「說到底，我們的命運都該由自己決定。」一個聲音突如其來地出現。

高掌聽見鷹心低沉的嗓音在他身後響起，嚇得趕緊轉身。巫醫貓昂首闊步地走了過來，在楠星身邊站定。

雲跑還在和胡桃鼻抬槓，「我不懂為什麼我們需要一條直通峽谷的路？」

「有一天你會感激我們的。」胡桃鼻熬夜工作了好幾天，語氣很是疲憊。

高掌曾目睹楠星花了很長時間說服胡桃鼻今晚去參加大集會，「至少要有一個地道工代表參加大集會。」她堅持。當時楠星坐在蕨葉坑旁，胡桃鼻和他的同伴那時總算有空可以好好地清理腳爪上的泥巴。他們是在月亮升到天頂時打通了地道，完全如沙雀當初所預測，不過還是忙到了天亮，確保沒有坍方和土石流，才喜憂參半地回到營地。

「大集會應該要有各方代表參加。」楠星質疑地看著每個地道工，直到胡桃鼻抬眼看她。

「這有差別嗎？」他哼了一聲，「別部族的貓又看不出地道工和高地跑者之間的差別。」

梅爪哼了一聲，「地道工沒必要去和其它部族耍嘴皮。」

楠星豎直毛髮，「大集會不是在耍嘴皮，它是為了促進各部族間的和睦關係。」

「和睦關係？」羊毛尾不屑地說，「大家只是去那裡互相監看和試探彼此而已。」說完，他又回去清理腳爪間的礫石。

「所以呢？」楠星瞪著地道工們，尾巴不停地彈動，「到底誰要去大集會？」

胡桃鼻嘆口氣，「我去好了。」

楠星點點頭，「那你最好先休息一下。」

而此刻在月光下，高掌總覺得胡桃鼻看起來還是很累，雖然他已經睡過一覺了。高掌打了個呵欠，這時雲跑正在對雄鹿躍抱怨。

「峽谷地道一定跟懸崖一樣陡，」淺棕色高地跑者煩躁地說，「你們休想要我下去。」

雄鹿躍聳肩，「高掌說沒那麼陡。」

「他說他們把那個斜坡鑿得很長，而且很淺。」母鹿春補充。

「是啊，沒那麼糟啦。」高掌喵聲道。

雲跑轉頭盯著高掌，「你下去過了？」

「他幫忙挖的。」雄鹿躍大聲說。

高掌不安地踩動腳爪，想起了河水像是一整窩蜜蜂在他後方怒吼的恐怖經驗。而沙雀竟然還要他當地道工，**沙雀喜歡當地道工，不代表我也會喜歡啊！**

「準備好了？」曙紋的喵聲嚇了他一跳。

「準備好了？」高掌重複道，仍迷失在自己的思緒裡。

曙紋翻翻白眼，「我是說大集會，還記得嗎？」

「我當然記得！」高掌瞥了蕨葉坑一眼，沙雀是不是正看著他出發前往生平第一次參加的大集會？他掃視臥鋪，尋找黑暗裡那雙發亮的眼睛，但沒有任何跡象顯示有貓兒在看他。高掌瞥了育兒室一眼，看見淺鳥從金雀花叢裡鑽了出來，這才鬆了口氣。

她朝他點點頭，「**高掌，祝你好運。**」

「高掌，祝你好運。」尖鼠掌模仿。

吠掌對他哥哥吼：「你別惹他好不好，這是他第一次參加大集會！」

「可憐的小蟲掌得自己去參加，沒有媽媽陪。」

高掌氣得伸出爪子。

「走吧。」曙紋把見習生從他室友旁邊推開。

低聲怒吼的高掌跟著雄鹿躍穿過石楠叢，母鹿春在營地外的草地上與他們會合，麥桿站在她旁邊。「你興不興奮？」她琥珀色雙眼閃閃發亮，這是她受封戰士以來首度出席大集會。

高掌聳聳肩，「大概吧。」

「大概？」麥桿跟著雲跑和兔飛穿過草地，「一定很棒！」她喊道，身影隨即消失。

鷹心跟在白莓和啖皮後面，銳利的目光迅速掃過兩名長老，「白莓，你應該待在窩裡休息。」他嘀咕道。

「我才不讓雞毛蒜皮的關節問題妨礙我去參加大集會呢。」白莓急躁地說道。

「我給他服用了我們倉庫裡的石楠花。」吠掌快步走在他導師後面。

鷹心瞇起眼睛，「你給他服用了多少？」

「大約半掌，用水浸泡過了，就像你教我的那樣。」

鷹心點點頭，「很好。」他的目光回到白莓身上，「有幫助嗎？」

「我從以前就好得很，」白莓一跛一跛地沿著小徑跟在族貓後面，「別把你的藥草浪費在我身上。」

「可憐的吠掌，」尖鼠掌停在母鹿春旁邊，「妳能想像他一輩子都得聽長老發牢騷嗎？」

「吠掌的經驗已經很豐富了，因為他跟你在同一個臥鋪裡長大。」母鹿春反譏他。尖鼠掌怒目瞪她一眼，快步跑開，追上吠掌。

雄鹿躍扯著地上的草葉，「快點，高掌！」石楠原野如波濤起伏，風族貓兒正在裡頭穿梭。

「四喬木長得什麼樣子？」高掌喵聲道。

「長得很怪。」雄鹿躍擠進灌木叢。

高掌循著小徑，也鑽了進去，「多怪？」

「你到時就知道了。」

母鹿春從高掌後面推擠，「要不要賽跑？」

「不，謝了。」高掌沒有心情賽跑。

雄鹿躍回頭瞥看，兩隻眼睛在黑暗裡閃閃發亮，「我陪妳賽跑。」

高掌閃到一旁，讓母鹿春過去。「到時見囉！」她喊，同時拔足往前疾奔。兩名戰士迅速跑開，腳爪輕彈地面。高掌腳步沉重地走在後面，循著他們的氣味穿越石楠叢。

這時有腳步聲在他後面響起，「我還以為你很愛賽跑。」曙紋趕上他。

「我不想跑。」高掌喃喃說道。

曙紋靜靜走了一會兒，「怎麼了？」她終於問道。

「沒什麼。」

「自從你昨天去挖地道後，心情一直沒好過。」

「所以呢？」

「所以我上課時說的話，你幾乎沒聽進去，」她堅持，「你甚至不想跟尖鼠掌抬槓，而且你今天的狩獵表現是我見過最糟的。」

「也許我不適合當高地跑者。」高掌任由憂鬱淹沒自己。

「別傻了，」曙紋俐落地說，「你是我見過最優秀的跑者。你告訴我，地道裡發生了什麼事，害你這麼沮喪，是因為沙雀的關係嗎？」

高掌嘆氣，「他甚至沒歡送我去參加大集會。」

「你要給沙雀一點時間去接受你想當高地跑者的事實，」曙紋告訴他，「沒有貓兒能一夕之間改變想法。」

「難道他不希望我擁有最好的？」高掌懊惱地說。

「他當然希望，」曙紋喵聲道，「只是他以為當地道工，對你來說是最好的選擇。」

「他是對的嗎？」高掌的胃揪緊。

「你想接受地道工的訓練嗎？」曙紋追問。

「不想，」高掌不加思索，「絕對不想。我不想一輩子都待在黑暗裡，全身沾滿泥巴。」

「好，」曙紋不疾不徐地走在他旁邊，「那你就得忍受沙雀對你的失望，你不能改變他的感受，所以你能做的是改變你的感受。」

「我覺得心情很糟。」

「但還不致於糟到想改當地道工去取悅你父親吧？」

「應該還不致於。」高掌循著蜿蜒小徑走出石楠叢，月光灑在前方的山坡上。

曙紋與他並肩而行。「那就讓沙雀去自怨自艾吧，你只要盡你所能地成為最厲害的高地跑者，部族需要優秀的戰士，我認為你可以成為其中之一。」

高掌瞥了他的導師一眼，「真的？」

有腳步聲朝他們跑來，「快來吧！」雄鹿躍跳到他們面前，煞住腳步，「我剛才跑贏母鹿春，先抵達谷頂。」

母鹿春也跟在他後面衝過來，「你才沒有呢。」

「好吧，」雄鹿躍讓步，「妳跑贏我，不過只差了一根鬍鬚的距離。」他朝高掌眨眨眼，「楠星和其他貓兒都在等你們，準備下去參加大集會，鷹心已經等得不耐煩了。」

曙紋往前一躍，「快點，高掌，這是你第一次參加大集會，開心點吧！」她在草原上疾奔，雄鹿躍和母鹿春跟在後面。

高掌也追在後面，他在陡峭的坡頂追上他們。月光下，前方的大片樹冠颯颯作響，空氣裡充斥著濃郁的泥土味和潮溼的樹汁味。**四喬木。**

「怎麼那麼慢。」鷹心抱怨。

「對不起。」高掌窺看樹林，等著適應陰暗的光線。腳下的坡度陡降，隔著樹幹間的縫隙，可以約略地看到池灑著月光的空地。

「我們走吧。」楠星彈彈尾巴，風族戰士魚貫地走下山坡。

高掌蹦蹦跳跳地跟在後面，感覺腳下柔軟的草地被鬆脆的地表取代。他躍過路上橫生的枝葉，蕨葉和刺藤不斷彈打在身上。他一抵達山腳，便慢下腳步，最後停下來。四棵巨大的橡木矗立於山谷中央，樹幹遠比高掌在風族營地裡所見到的任何一棵樹都還要粗壯，樹枝在頭頂上方咿呀作響。高掌貼平耳朵，畏懼這聲響，就算是狂風呼嘯地穿過高地，石楠叢也只會低聲回應。但這幾棵樹的樹皮卻發出熠熠銀光，濃密的枝葉遮擋著夜空，只有在被風拉扯的瞬間，才會流洩出一絲星光。

「我們第一個到，」母鹿春停下腳步，「你看！」她的喵聲在山谷裡迴盪，「那是巨岩。」

高掌循著她的目光望見一座蒼白的岩石聳立在陰影裡，心跳不禁加快。它的體積比高地上任何一座圓石都來得大，上方枝葉款擺、月光斑駁地灑在岩面。高掌感覺到地面正在顫動，他全身緊繃，莫非巨岩是活的？

「有貓來了！」他身後有個聲音說。

母鹿春嗅聞空氣，「是雷族。」

她話語才落，就有深色身影從遠處山坡一躍而下，他們蜂擁地進入山谷。高掌往後退了幾步，他從沒見過那麼多貓，而且個個虎背熊腰、毛髮很長，尖銳的利爪在腳下閃閃發亮。

「好久不見，楠星。」一隻毛色如狐狸、口鼻有十字疤痕的公貓，垂首向風族族長致意。

「很高興見到你，松星。」楠星禮貌應答，眼睛在月光下炯炯發亮。

「鷹心！這個月有什麼新鮮事嗎？」一隻毛髮雜亂的灰色公貓拖著腳走向風族巫醫貓。

「那是鵝羽，」母鹿春對高掌低語，「他是雷族的巫醫貓。」

這時又有喵嗚聲傳進高掌的另一隻耳朵裡，「鵝羽愛自言自語，」原來是雄鹿躍在他旁邊壓低音量說話，「雷族見習生告訴我，他會走到樹林裡跟樹木還有松鼠對話。」

母鹿春很感興味地哼了一聲。

「你好，鵝羽。」鷹心向他的同行打招呼。

吠掌神情有點害怕地站在他導師旁點頭。

「你這個藥草癲，最近又害死誰了嗎？」

鵝羽哼了一聲，「又不是故意的。」

高掌瞪大眼睛，看著雷族戰士在風族貓之間穿梭，像老友一樣互相招呼，「和別族貓說話沒關係嗎？」

「只要月亮沒被雲遮住就可以。」母鹿春提醒他，「如果遮住了，表示星族在警告我們休戰協定暫時停止。」

「小心你說話的內容。」雄鹿躍補充，「如果話太多，可能會不小心洩露風族的機密；但說太少，別族貓兒又會覺得你不友善。」

高掌吞吞口水，「我怎麼知道我做得對不對？」

「只要專心聽，並且保持禮貌。」母鹿春建議，「如果你跟見習生聊天，別說太多不該說的事；要是他們談到所受的訓練，你可以一起聊，但別告訴他們風族的戰術技巧是什麼。」

「影族來了！」雄鹿躍嘶聲說，高掌愣了一下。

影族正穿過斜坡上的灌木叢，但他根本沒聽見任何動靜。高掌毛髮倒豎，這個部族溜進山谷時，幾乎沒有驚動任何一片葉子，他們像獵物一樣悄無聲息。高掌皺起鼻子，影族身上帶著松樹汁液的味道和潮溼的青苔味，「他們身上都是這種味道嗎？」

「你會習慣的，」雄鹿躍打包票，「他們可能也覺得我們聞起來很怪。」

高掌抬起下巴，「風的味道怎麼會奇怪。」

母鹿春聳聳肩，「也許他們就是這樣覺得，所以才會躲在樹林裡。」

「那是杉星。」雄鹿躍用口鼻指著一隻深灰色的公貓，影族族長走到巨岩底下與楠星、杉星會合，白色腹毛不時閃現。

高掌看著一隻灰色虎斑貓去找蘆葦羽，「那是石齒嗎？」他問，他是從亂足說的其中一個故事推測出來的。

「是啊，他是影族的副族長，已經當很久了，久到只有長老們才記得他的前一任是誰。」母鹿春喵聲道。

「那是陽落。」雄鹿躍朝一隻金色虎斑貓點頭致意。雷族副族長正繞著空地走，向戰士們逐一致意，不然就是和三五成群的貓兒閒話家常。

白莓跛著腳越過空地，和一隻體型嬌小的薑黃色母貓口鼻碰觸，「微鳥，」他眼神淘氣，

「妳幾乎每個月都來，是喜歡來這兒八卦對不對？」

「當然，」她坐了下來，尾巴掃過自己的腳爪。

一隻毛色霜白的雷族公貓快步過去找他們，「最近狩獵的情況如何？」他一到便開口問。

「還不錯，糊足，」白莓粗嘎地說，「不過因為只有兩個見習生，所以得等很久才有獵物送過來。」

微鳥哼了一聲，「你應該自己出門狩獵的。」

「我也想啊，」白莓嘆氣，「可是我的腿不中用了。」

「你的爪子還很利。」微鳥反駁。

高掌豎直耳朵，因為他聽見尖鼠掌的聲音正從一棵橡樹底下傳來，「當然，我是速度最快的見習生，」有三個見習生圍著深棕色公貓，眼睛瞪得又圓又大，「而且沒有貓跑得比風族貓還快。」

白色的影族見習生甩著尾巴，「在高地上，每隻貓都可以跑得很快，因為有風助跑，而且沒有樹擋路。」

「暴雪掌，妳覺得在高地上生活很輕鬆嗎？」尖鼠掌貼平耳朵。

一隻淺藍色眼睛的銀灰色母貓看著他，「風族貓總覺得自己很特別。」

「我們本來就很特別。」尖鼠掌抬起下巴。

「你就像高地上那些蠢羊一樣自以為是。」銀色見習生甩著尾巴。

「月掌，」一隻毛色光滑的灰色雷族公貓匆匆走到她旁邊，「不要忘了休戰協定。」

「可是尖鼠掌太愛炫耀了！」月掌抗議，「所有風族貓都很愛炫耀！」

高掌注意到鷹心朝那幾隻正在拌嘴的見習生轉頭。「暴尾！」他朝月掌旁邊的灰色雷族公貓喊，「可不可以請雷族克制點？」

月掌的目光瞟向風族的巫醫貓，「別擔心，」她咆哮，「我不會打破休戰協定。」說完便趾高氣揚地走了，暴尾趕緊跟在後面，同時抱歉地看了鷹心一眼。

高掌突然發現自己的心臟跳得很快，葉子的窸窣聲和此起彼落的談話聲令他的耳朵不停抽動，喵嗚聲你來我往，猶如獵物在腳爪間逃竄。他怎麼記得住別族所有貓兒的名字呢？他該如何聊天？待在樹林裡的他放得開嗎？

「妳看，母鹿春！」雄鹿躍的喵聲嚇了他一跳，「是蕁麻掌！」他扭頭盯著一隻白色黃斑的影族母貓，「我們去問她通過評鑑了沒有。」

高掌看著他們跑開，他環目四顧，突然覺得自己好像全身沒毛一樣光溜溜的。他應該跟他們去嗎？還是加入尖鼠掌去找其他見習生聊天？他遲疑地蹲了下來，看著各部族的貓兒三兩成群地打成一片。**河族呢？**高掌將爪子鑿進土裡，搜尋地面的震動聲，但空地上的腳步聲蓋住了遠方的震動。他嗅聞空氣，一股酸腐的水味正飄進空地。

「對不起，我們來晚了！」一隻魁梧的公貓從刺藤叢間一躍而下，穿過空地，朝楠星走去。他的毛髮在斑駁的月光下閃閃發亮，而且濃密到高掌根本看不到下面起伏的結實肌肉。**他一定是霰星。**高掌看著河族族長的手下魚貫進入空地，他們宛若魚兒川流於其他族貓間。空地終於擠滿貓兒。高掌抬頭瞥了一眼，希望看見清朗的夜空，但他站在一棵巨橡樹底下，視線被茂密的枝葉擋住，**這感覺好像在地底下**，他的尾巴緊張地抽動。

一個熟悉的味道飄過來，不知誰的毛髮刷過他的腰腹，「以後你就習慣了，」雲跑推推他，「下一次來就不會彆扭了。」

高掌直起身，「怎麼有貓兒肯住在樹底下？」

雲跑聳聳肩，「我想貓兒什麼環境都能適應吧。」

巨岩旁邊有淺色身影在移動，楠星跳上岩頂，杉星、松星和霰星緊跟在後。

「跟我來。」雲跑走進群眾裡。

高掌緊跟著淺灰色戰士，穿梭於貓兒間，鬍鬚不停地刷過他們。他貼平耳朵，這裡的氣味千奇百怪，害他不太敢用力呼吸。他想像自己是在石楠叢間穿梭，雲跑終於停在雄鹿躍和母鹿春旁，高掌這下總算鬆了口氣。

高掌低頭挨近雄鹿躍，「我可以坐在這裡嗎？」他低聲道。

「當然可以。」雄鹿躍讓出空間給他。

母鹿春傾身繞過她哥哥，朝高掌眨眨眼，「你從那裡看得到嗎？」

「還可以。」雲跑從高掌後面擠進來，兔飛、尖鼠掌和蘋果曙像石頭一樣動也不動地坐在他前面，抬眼望向巨岩，他只能伸長脖子，目光越過他們的頭往前探看。

杉星上前一步，先開口說話，「影族一切都好，」他宣布道。高掌看見他掃視大集會的現場，琥珀色眼睛在月光下閃閃發亮，「我們的育兒室住滿了小貓，」影族族長目光柔和，「銀錟生了三隻小貓。」

高掌注意到周遭的影族貓互換著焦慮的眼神，難道這個好消息背後還隱藏著什麼祕密嗎？

「森林裡的獵物很多，綠葉季對我們很寬厚。」杉星後退，朝松星點頭示意。

雷族族長開始說話，他的族貓在下面不停地動來動去，蓬起毛髮。**他們憑什麼這麼洋洋得意？**高掌納悶。他們住在森林裡，像獵物一樣躲在林間，只有風族住在世界的頂端，可以在風中揚起尾巴，他們才是最接近天空的貓兒。

「綠葉季也很寬待雷族，樹林裡有很多獵物，星族這個月特別保佑我們。」但松星的神色一黯，「森林裡出現狗，不過我們的巡邏隊已經把牠們趕回兩腳獸的領地。」

雄鹿躍挨近高掌，「也許我應該幫他們在邊界上留下我的氣味記號，」他低聲道，「這樣就可以把狗嚇跑了。」

「噓！」曙紋嘶聲。雄鹿躍抽動鼻子，目光又移回巨岩。

霰星走上前來，「新葉季的雨水注滿河流，為綠葉季的河族帶來了取之不竭的魚兒。」

「難道大家都不會挨餓嗎？」高掌低聲道。

雲跑貼近他的耳朵說：「他們就是希望你這樣認為，各部族都不想承認自己在挨餓。」他朝兩個結實的雷族戰士點頭示意，「你看他們口鼻上的疤，根本就沒有時間好好療傷。」

高掌從暗處窺看。雲跑說得沒錯，那兩名戰士鼻子上的傷口並非舊傷。

「看來那些狗在被趕回領地前曾跟他們打架，」雲跑評論著，「可是松星連提都不提。」

楠星走到巨岩前端，「高地上不缺獵物，雄鹿躍、母鹿春和麥桿剛被封為戰士，而且我們又多了一位新的見習生。」她的目光落在高掌身上，高掌當場愣住。「高掌！」楠星很驕傲地喊出他的名字。

「高掌！」「高掌！」「高掌！」

他周遭的貓兒都大聲地呼喊他的名字。高掌縮起身體，他們沒警告過他會有這種場面。每雙眼睛都熱切地望著他，他的名字迴盪在山谷裡，他試圖坐直，強迫自己不要貼平耳朵。

呼喊聲終於停止，他才鬆了口氣。這時楠星又開口說話，「我們的育兒室目前是空的，不過在星族的祝福下，它不會空太久。晝長夜短的溫暖季節將風族貓個個養得身強體壯、不用挨餓。再過不了多久，風族就會因為有更多小貓的誕生而更加茁壯。」高掌傾身向前，等著聽她宣布風族最偉大的成就——通往峽谷的地道已經完工。但風族族長竟退了回去，朝其他族長點頭致意。山谷裡的貓兒紛紛起身，開始移動位置，打破藩籬，三兩聚集。

「這樣就結束了啊？」高掌朝巨岩眨眨眼，「楠星不提地道的事嗎？」

雄鹿躍看著他，「為什麼要提？只是一條地道而已，其他部族不會懂的。」

「我們從來不提我們的地道。」麥桿彈彈尾巴。

母鹿春站起來甩甩毛髮，「他們會以為我們想變成兔子。」

高掌眯起眼睛，新完工的地道當然可以用來證明風族的強大實力，如果大集會的目的是為了讓別族貓認定風族很強悍，為什麼對這件事秘而不宣呢？

雲跑從他旁邊經過，「地道給我們的是戰術上的優勢，最好別跟其他部族提到此事。」

高掌轉頭向胡桃鼻垂頭致意，希望老地道工明白他有多感激地道的完工。但胡桃鼻正擠過群眾，一路垂著目光，朝空曠的山坡走去，最後在那裡停下來，與其他貓兒保持距離。

「來吧，」雄鹿躍用口鼻推著高掌，「去見見閃皮。」

「閃皮？」

母鹿春翻翻白眼，「她是河族貓，雄鹿躍對她可是一見傾心。」

「但我記得這是被禁止的。」高掌一臉困惑。

「我們是不准跟別族的貓結為伴侶貓，」雄鹿躍輕鬆地說，「但不表示你不能跟他們說話啊。」他緩步走開，母鹿春跟在後面。

「我留在這裡。」高掌在他們後面說。他現在只想旁觀，他環顧空地，很驚訝所有部族貓都很自在，他們閒話家常，彷彿樹林裡沒有任何邊界。楠星和松星低聲交談，頭靠得很近；曙紋和蘋果曙大聲談笑，因為有兩隻雷族公貓正在示範可笑的格鬥技，格鬥的模樣像是兩隻兔子而非戰士。在空地邊緣，蘆葦羽挨著一隻河族母貓坐著，一邊說話一邊用尾巴輕輕掃過對方柔軟的淺棕色腰腹。高掌驚見蘆葦羽流露出溫柔的目光，河族母貓隨後站了起來，緩步走向空地邊緣，蘆葦羽跟了上去。

「高掌！」曙紋的叫喊聲吸引了他的注意。

他轉身，他的導師正在空地遠處用尾巴向他示意。他疾步朝她走去，她對著一隻深灰色公貓點點頭，對方聞起來有樹汁的味道。「這位是影族的蛙掌，」她的目光越過他，「他的姐妹在那裡。」高掌循著她的目光看到一隻斑點母貓和一隻淺灰色母貓。

蛙掌抽抽鼻子，「她們是蠑螈掌和灰掌。」

「我想你可能想認識別族的見習生，」曙紋告訴他，「畢竟他們是我們的鄰居。」

高掌抽動一隻耳朵，「大概吧。」

「你受訓多久了？」蛙掌問。

「只有一個月。」高掌不喜歡這隻年輕公貓覷他的樣子……活像獵食者在打量獵物似的。

「他是誰？」蠑螈掌低頭從她哥哥旁邊擠過來。

「他是風族的新見習生，」灰掌鼻頭探過來聞了聞，「他聞起來有石楠味。」

高掌怒目瞪她，**妳聞起來才有蕁麻味呢**。

「風族！」楠星在山腰處喊，「兔子很早就會出來活動，可以的話，我們得先回營地休息一下再去狩獵。」

高掌鬆了口氣，他才不想再和這些很臭的貓打交道呢。

「妳為什麼要介紹我認識他們？」他追在曙紋後面嘶聲問，他四周的族貓正魚貫地爬上山腰，往高地走去。

「認識你的宿敵啊，」曙紋告訴他，「以後上場作戰時遇到他們，才會認出他們的氣味，知道他們的實力。」

「可以嗎？」高掌不相信自己能從一堆很臭的影族貓裡認出這三個見習生。

「你對蛙掌有什麼看法？」曙紋追問。

「他看我的樣子好像在打量我有多少實力。」

「那灰掌呢？」

「她一點也不怕生，」高掌覺得有點惱，她聞他的樣子活像是在查探什麼酸腐的氣味，

「她姐姐也一樣。」

「所以你對他們已經有個概念了。」曙紋鑽進蕨葉叢裡。

高掌跟在她後面，蕨葉刷過他的腰腹，「可能吧。」

「以後上場作戰的時候，我保證這會很有幫助。」

高掌沒有回答。知道這三隻年輕的影族貓態度不佳又愛出風頭，這樣就有助於自己的格鬥技嗎？他突然覺得很無趣。他爬到坡頂時，腳爪已經開始痠痛，畢竟往常這時候他都已經睡著了。他跟著曙紋穿過草地，泥煤和石楠的味道灌進鼻腔，他頓時覺得自在許多。他抬頭仰望天空，欣慰自己又回到空曠的荒地，前方的族貓們正魚貫地越過高地，月光迤邐在他們身上。

等到抵達營地時，他已經開始打呵欠，「我好累哦。」

「噓，」曙紋提醒他，「營地裡的貓都睡著了。」

「他們真幸運。」他嘀咕。

曙紋突然停下腳步，毛髮豎直。

「怎麼了？」高掌嘶聲問。

曙紋瞪著營地圍籬，楠星站在入口處動也不動，族貓們圍著她，耳朵也都豎得筆直。

有聲音從裡面傳來。

「他們來了！」雲雀點率先移動腳步，她跑向入口，低身經過族長旁邊，鑽進石楠圍籬裡，「訪客來了！他們終於來了！」

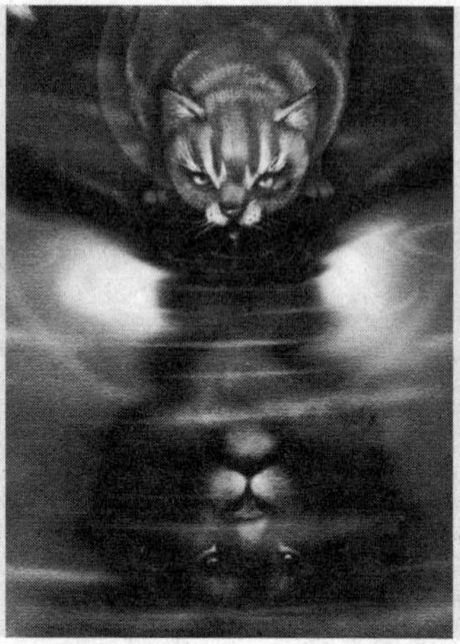

第十二章

高掌跟在曙紋後面跑進營地。全族的貓兒都醒著，在草叢間穿梭，空地像四喬木一樣擁擠。有幾隻陌生的貓出現在貓群裡，一隻黑白相間的母貓緩步走在一隻灰色公貓旁，另一隻黃白相間的同伴站在會議坑邊緣，兩眼炯亮，還有一隻體型很大的乳白棕相間的公貓正在嗅聞空氣。在他們旁邊，另有一隻身形瘦弱、黃褐色的短毛公貓好奇地四處打量。

高掌張開嘴巴，讓他們的氣味漫進嘴裡，他聞到轟雷路、陳腐的食物味和煙燻的氣味，就像偶爾會從兩腳獸那裡飄來的煙霧味道。

「他們是誰？」吠掌瞪大眼睛。

高掌停在他旁邊，「他們是訪客。」

尖鼠掌鑽進族貓裡，嗅聞新來者的氣味。

紅爪擋住他的去路，「他們是來作客的，不是獵物，請尊重他們。」

尖鼠掌抬起下巴，「他們來幹嘛？」

「他們來這裡分享食物和故事。」紅爪告

訴他。

楠星在她的族貓裡穿梭，並向黑白相間的母貓垂首致意，「貝絲，很高興又見到妳，」她的目光掃向貝絲的同伴，「弱雞呢？」

貝絲搖搖頭，「先前天氣太冷，她沒熬過來，」她輕聲說，「不過她走的時候並沒有凍著，也沒有餓著。」

楠星的尾巴垂了下來，「我們會想念她的。」

白莓匆匆穿過草叢，眼裡滿布愁雲，「她有留話給我嗎？」他滿心期待地問。

貝絲迎視他的目光，「她請你把她的故事告訴你的下一代。」

「當然，」白莓的尾巴微顫，轉身對乳白棕相間的公貓說，「很高興見到你，阿傑倫。」

公貓抽抽尾巴，「我們決定再來嚐嚐石楠的味道。」

高掌踩動著腳，對於營地裡來了非他族類的不速之客感到不安，而且他們說話的方式很奇怪，「我真不敢相信他們真的來了。」他喃喃道，有點像是自言自語。

吠掌旋即轉身，「你早就聽說過他們？」

高掌朝他眨眨眼，「鷹心沒告訴過你？」

「告訴我？」吠掌眯起眼睛，「他們是誰啊？」

高掌聳聳肩，「我只知道他們是無賴貓，每年都來這裡和風族一起度過綠葉季。」

吠掌瞪著這些陌生的貓，「為什麼？」

「因為他們每年都來。」高掌重複曙紋說過的話，但也不懂為什麼這理由充份到風族願意與無賴貓分享床位和獵物。

「雷娜！」雲雀點躍過草叢，朝年輕的薑黃色母貓跑過去，「妳長大了。」

「哦，我的天啊！」雷娜一臉驚訝，「妳也長大了。」

草滑和蕨翅跟在雲雀點後面衝過來，全圍著雷娜。

「禿葉季過得好嗎？」草滑問。

蕨翅的尾尖撫過雷娜的背脊，「妳們有找到溫暖的地方避寒嗎？」

「我們住的地方很舒服，」雷娜向她們保證，目光掃向雲雀點，「妳現在是戰士了嗎？」

「我已經在當導師了。」雲雀點喵嗚道。

「導師？」雷娜一臉佩服，「上次我們來的時候，妳還只是見習生而已。」她掃視族貓，「妳的學生是誰？」

麥桿走上前來，「是我。」她的鼻孔不停抽動。

「妳叫什麼名字？」雷娜很欣賞地看著這位年輕戰士。

「我叫麥桿。」

「哦，我叫雷娜。若是能跟妳搓搓鼻子，將是我莫大的榮幸。」她傾身向前，伸出口鼻。

麥桿看了雲雀點一眼。「沒關係。」雲雀點向她保證。麥桿小心翼翼地伸出鼻子碰觸雷娜，隨即又彈回來。

吠掌低聲嘟囔，「希望他們沒有白咳症。」

高掌遠遠嗅聞訪客的氣味，「我覺得他們聞起來很乾淨也很健康。」

吠掌還是一臉怒容，「我倒希望他們和風族貓交流前，先到巫醫窩去報到。鷹心常說，陌生的貓可能傳播疾病。」

黃褐色的無賴貓逛到狩獵石那裡，站在上面默默地看著全族的貓兒，兩眼炯炯發亮，他旁邊那隻體型嬌小的深灰色公貓正小心翼翼地移動著腳爪。

楊秋上前來，耳朵不停抽動，「麻雀！」他向那隻黃褐色公貓點點頭。

「楊秋！」麻雀的語調跟楊秋一樣殷勤有禮。

深灰色無賴貓抬起頭來，「希望寒冷的季節沒有太苛待你們。」

「鼴鼠，禿葉季雖然很長，」楊秋告訴他，「但不缺獵物，而且我們的窩穴也夠溫暖。」

「貝絲！」雲跑一路躍過空地，和黑白相間的母貓抵著鼻子。

高掌感覺到有毛髮刷過他的腰腹，淺鳥從他身邊擠了過去，「見到老朋友真好。」

「妳認識他們很久了？」高掌問。

「自我出生以來，他們就來作客了，」淺鳥答，「至少阿傑倫和貝絲從很久以前就來這裡作客。雷娜是他們的女兒，麻雀和鼴鼠最近才加入他們。」

高掌瞥了灰色公貓一眼，「他們的名字很怪。」他能理解麻雀和鼴鼠這兩個名字的意思，但雷娜、阿傑倫和貝絲怎麼唸都很怪。

「貝絲這名字是兩腳獸取的，」淺鳥解釋，「阿傑倫也是。我想他們以前都是寵物貓，然後貝絲再把她姐姐的名字給了雷娜。」

「那是淺鳥嗎？」才提到她姐姐，貝絲就轉過頭來，「妳看起來瘦了。」她緩步走過來，又圓又大的眼睛露出憂色。雷娜跟在她後面。

「我最近身體不太舒服。」淺鳥嘆口氣。

貝絲看著高掌，「這位是誰？」

「是我兒子高掌。」在那當下，淺鳥的語氣滿是驕傲。

「他長得真好看。」貝絲喵嗚道。

「我還生了另一個，」淺鳥聲音顫抖，「可惜她夭折了。」

「哦，淺鳥。」貝絲眼神一黯，面頰偎著淺鳥，「妳這個可憐的小東西。」

雷娜靜靜地站在她母親後面。高掌踩動著腳，難為情地豎直尾巴，看著這兩隻母貓互相安慰。他注意到貝絲的白色腳爪非常乾淨，就連雷娜的褐黃色毛髮也在月光下閃閃發亮，他一直以為無賴貓都是又髒又邋遢。

吠掌推推他，「我想鷹心在找我。」鷹心正在會議坑邊緣示意吠掌，眼神就像麻雀一樣很是提防。吠掌穿過空地，跟著他的導師進去巫醫窩。

空地的另一頭，長老們全圍著阿傑倫，沙雀大聲喵嗚，「阿傑倫，再多說一點嘛。」但是霧鼠卻繞著空地轉，眼睛一直盯住訪客，胡桃鼻則挨著羊毛尾坐著，嘴裡不知道在嘀咕什麼。高掌瞇起眼睛，**原來不是每隻貓兒都歡迎他們來訪。**

「小高掌在想什麼？」貝絲的喵聲喚回了高掌的注意力。

「我只是在看我的族貓。」他趕緊回答。

貝絲回頭看，「他們得花一點時間再度熟悉我們，」她喵聲道，「一旦我們能證明自己有本事，他們就會消除成見。」

「有本事？」高掌不明白。

「她是說有本事自己抓獵物。」淺鳥解釋。

貝絲朝蕨葉坑另一頭的白莓眨眨眼，「我們甚至會幫忙多抓一點獵物回來給長老們吃。」

「他們會很感激的，」高掌承認，「我也會幫忙，因為只有兩個見習生，所以我們常抓不到夠多的獵物給他們。」

「只有你們兩個？」雷娜不解。

「我和尖鼠掌，」高掌解釋，「我們的責任是照顧長老們。」

高掌回答時，楠星正抬起口鼻，「時間太晚，該休息了，誰要和我們的朋友分享窩穴？」

「貝絲就住在育兒室好了。」淺鳥喊，草滑在空地另一頭點頭稱是。

「鼴鼠要不要和我們一起睡？」皺皮提議，「長老窩是營地裡除了育兒室以外最溫暖的窩了，」他瞥了鼴鼠一眼，「我的意思並不是說你跟我們一樣老或身體虛弱。」他補充。

鼴鼠垂下頭，「你太客氣了，」他喵聲道，「我想我們的年紀也差不了幾個月。」

紅爪抬起尾巴，「長草堆裡還有位子給阿傑倫和麻雀。」

「謝謝你，紅爪。」阿傑倫往高地跑者的窩坑走去。

麻雀眯起眼睛，「謝謝你。」他喵聲道，也跟在同伴後面走過去。

貝絲瞥了她女兒一眼，「那雷娜呢？」

淺鳥皺眉，「草滑快生了，所以育兒室裡沒有太多空間。」

「見習生窩還有空間。」高掌脫口而出，連自己都嚇了一跳。

「謝謝你，高仔。」雷娜昂首闊步地從他旁邊經過，尾巴不停彈動，「只要告訴我哪個臥鋪是空的，我很樂意睡在上面。」

「呃……其實我叫高掌。」高掌匆匆跟在她後面，不確定尖鼠掌要是看見多出一位室友，會有什麼反應？**還有雷娜最好別叫他「尖鼠仔」**！

等尖鼠掌進到金雀花叢時，雷娜已經在見習生窩的後面挑了一個臥鋪，那是麥桿的舊臥鋪。雷娜聞了聞便躺了下來，羊毛墊上的灰塵隨之揚起。

尖鼠掌在窩穴入口怒目瞪她，「她在這裡做什麼？」

「她需要一個地方睡覺，」高掌解釋，「我們有多的臥鋪。」

「這是見習生的臥鋪，」尖鼠掌厲色道，「不是給無賴貓睡的。」

「在你真正認識我們之前，我們的確只是無賴貓，」雷娜隔著臥鋪邊緣覷看著他，眼睛閃閃發亮，「不過在那之前，何不假裝我只是一顆等著被孵出來的蛋，先收起你的爪子，好嗎？沒必要在獵物連牙縫都不夠塞之前，就先宰了牠吧？」

尖鼠掌眨眨眼睛，「假裝你是顆蛋？」他重複道。

「是啊，」雷娜把鼻子埋進腳爪間，喵聲被矇住，「只是躲在蛋殼裡的一隻小雞。」她往外窺看，捕捉到高掌的目光，眼裡有笑意閃現。

高掌忍住笑，這時尖鼠掌正皺著眉頭爬進自己的臥鋪。有個訪客應該很好玩，高掌準備入睡時，這樣想著。

第十三章

「有兔子！」曙紋蹲了下來，目光鎖住山腰上突然出現的棕色小身影。高掌肚皮貼近地面，瞥了雷娜一眼。

她也平貼著草地，身後的尾巴不停抽動，「我看到了，高仔，接下來怎麼做？」

「我叫高掌。」他斷聲糾正她。

雷娜決定加入高掌的訓練課程，尖鼠掌則跟著兔飛去巡邏邊界。在經過了一個早上的狩獵技巧訓練後，他們的毛髮早被風吹得凌亂不堪，現在他們有機會實地驗證自己的技術。「我從後面跟上去，你們兩個從兩邊包抄怎麼樣？」雷娜的速度雖然比不上風族貓，但顯然天生擅長戰術規畫。

曙紋瞇起眼睛，「雷娜，妳能在不驚動牠的情況下慢慢接近牠嗎？」她瞥了高掌一眼，「我們需要去截斷牠的逃生之路。」她用口鼻指著正在吃草的兔子旁邊的幾處沙坑，「如果牠進到兔子洞裡，我們就沒戲唱了。」

「我最擅長無聲的移動，」雷娜保證，「高掌的速度夠快，絕對能在那小兔崽子衝進洞前逮住牠。」

高掌開心地搖著尾巴，和雷娜一起受訓，比跟滿腹牢騷的尖鼠掌來得好玩多了。曙紋點頭示意要他去兔子的上風處，她相信他可以判斷出自己氣味的飄向。高掌舔舔鼻子，感覺風向，在兔子聞到他以前，他跟牠的距離應該只剩一半。曙紋壓低身體，開始從草叢裡偷偷接近。

高掌對雷娜點頭，「祝好運。」他放慢腳步，沿著草皮爬上坡。雷娜則慢慢往前推進。

兔子跳到更遠的山腰上啃著嫩草，曙紋穩步前進。高掌在不撥動草葉的情況下，緩步穿過草叢，他終於逼近那隻兔子，於是停下腳步。因為只要再靠近一點，他的氣味就會飄過去。他掃視山腰，看向曙紋，她離兔子洞很近，他等她就定位，堵住逃命的洞。

雷娜正從後面走過來，黃白相間的身影在草叢裡異常顯眼，可是她潛行得很慢，動作小到沒有任何獵物會發現。兔子又往前跳了幾步。高掌看見曙紋點頭示意，於是拔腿往前衝，獵殺行動正式展開。雷娜也奔了上來，曙紋一躍而起，兔子嚇了一跳，就往上坡竄。

高掌全速追捕，雷娜緊跟在後，曙紋從側面包抄。兔子只離他一條尾巴遠，高掌一躍而起，爪子出鞘。

沒想到他竟撞上光禿的草地，「牠跑哪兒去了？」他眨眨眼轉身查看，兔子消失無蹤。

雷娜慌忙煞住腳步，耳朵貼平，「牠鑽進洞裡。」她聞一聞地上那個長草覆蓋的洞口，兔子顯然鑽進去了，因為洞口前面的草被踏得扁平。

「我們怎麼知道那裡有洞……」曙紋才開口，腳步聲從洞裡傳出，驚恐的兔子又衝出來。

高掌連想都沒想便撲上去，腳爪往兔子背上一揮，利牙戳進頸子給牠致命的一咬。他的眼角瞥見灰色毛髮，「我還在想我是不是聞到兔子味了。」羊毛尾正從洞裡爬出來。

「你在那裡做什麼？」雷娜眨眨眼，看著地道工，一臉不解，「你在等牠嗎？」

「沒有，」羊毛尾喵聲道，「我跟牠都嚇了一跳。我剛剛在補搖搖欲墜的坑頂，突然就聽到有腳步聲朝我跑來。如果有獵物朝我跑來，我是不可能放牠走的，所以我就追牠啊。」他喵嗚地笑了，「我只是不知道我也加入了你們這支狩獵隊。」

曙紋抬起尾巴，「還好你在裡面。」

高掌舔舔嘴上的血跡，血腥味害他的肚子開始咕嚕咕嚕叫，「裡面還有誰跟你在一起？」

「沙雀和梅爪都在忙著挖第二條峽谷地道，」羊毛尾解釋，「我正在回營地的路上，結果看見坑頂有些鬆動，就想那我先修補一下好了，免得坍下來。」

曙紋一臉不解，「第二條峽谷地道？」她重複道，「一條還不夠嗎？」

「這條河難以捉摸，所以不夠，」羊毛尾喵聲道，「先前那條被水淹沒後，我們就知道一定得再鑿一條，妳沒有辦法確定……」

曙紋打斷他，「有一條被水淹沒？」她的目光掃向高掌，「這話什麼意思？」

高掌退後幾步，「我上次跟沙雀一起挖地道的時候，它有點淹水。」

「有點淹水？」曙紋瞪大眼睛。

羊毛尾甩甩身上的泥巴，「只是估算錯誤，我們第一次挖得太低，但現在新地道的水平位置是正確的。可是禿葉季要來了，再加上雪會融化，河水一定會灌進來，所以我們需要第二條地道，水平位置高一點的地道。」

曙紋瞪著高掌，彷彿沒聽見羊毛尾的話，「你當時還好嗎？」

高掌一想到那件事，毛髮忍不住豎直，他試著強壓下來，「我沒弄濕腳啊。」

羊毛尾噗嗤一聲笑了出來，「他可是個很厲害的地道跑者。」

曙紋的尾巴蓬了起來，「你得要跑出來？」

「不跑會淹死啊。」羊毛尾告訴她。

「你差點就淹死了？」曙紋背上的毛全豎了起來，高掌分不清她究竟是驚駭還是憤怒。

「我沒事，」他向她保證，「沙雀跟我在一起。」

「在峽谷附近挖地道太危險了。」曙紋大聲說。

雷娜上前一步，瞪大眼睛，「為什麼要挖地道？」

「風族貓經常在挖地道啊。」羊毛尾喵聲道。

雷娜窺看兔子洞，「現在地道裡面有貓嗎？」她的語氣吃驚。

「當然有。」

雷娜打了個寒顫，「你們睡在裡面嗎？」

高掌氣得毛髮倒豎，「沙雀和淺鳥也是地道工，」他惱怒地說，「他們都是風族戰士。」

「沙雀和淺鳥生了你，不是嗎？」雷娜瞪大眼睛，充滿好奇。他點點頭答是。「那為什麼你不是地道工？」

高掌垂下目光，覺得全身發燙，「楠星認為我比較適合擔任高地跑者。」

「**高地跑者**，」羊毛尾嘀咕，「我們有太多高地跑者了，地道工卻不夠。」

曙紋一直走來走去，她停在羊毛尾面前，「楠星知道淹水的事嗎？」

「她知道幹嘛？」羊毛尾回答，「她又不是地道工。」

「我們必須告訴她。」

高掌胃部突然抽緊，他知道這下麻煩大了。

「嘿，蟲掌！」

尖鼠掌。高掌轉身，看見他的室友正朝他跑來。**真倒楣**。兔飛也跟在他見習生後面。

「我們要去瞭望岩，」尖鼠掌停在他們旁邊，瞥了雷娜一眼，「你要不要跟我們去？」

「他們看起來很忙，」兔飛提醒，「我們不打擾你們了，曙紋。」

「我正要跟羊毛尾回營地。」曙紋嘟囔道。

「沒事，」曙紋瞥了羊毛尾一眼，「你可以帶高掌一起去瞭望岩嗎？」

兔飛豎起耳朵，「怎麼了？」

兔飛甩甩尾巴，「當然可以。」

「那我呢？」雷娜上前一步，「我可以去嗎？」

尖鼠掌看著兔飛，「她可以嗎？」

「她不需要知道風族戰士的訓練方法，」兔飛和曙紋互換眼神，「要不妳帶她回營地。」

雷娜的肩膀垂了下來，「我保證不會給你們添麻煩。」

「貝絲會想妳，」曙紋用尾巴示意雷娜，「我們走吧。」她叼起高掌抓到的兔子，跟羊毛尾一起離開，她的尾尖憤怒地彈動。

「來吧，你們兩個！」兔飛拔腿跑開，往山坡上衝去。

尖鼠掌跟在後面。高掌也跟了上去，並瞥了曙紋、羊毛尾和雷娜最後一眼。

當他們抵達瞭望岩時，地平線上滿布雲靄，兔飛站在瞭望岩旁的草坡上，「尖鼠掌，你先。別忘了，觀察力也是最後評鑑的一部份。」

尖鼠掌走到岩石邊緣，往下俯瞰綠野平疇和下方廣闊的樹林，逐一說出他看到的景物，「怪獸、兩腳獸巢穴旁的狗、禿鷹在高岩山盤旋……」

高掌挨近他的室友，試圖找到尖鼠掌說出的每個目標物，「我可以試試看嗎？」他趕在尖鼠掌將視線裡的目標物都說完前詢問兔飛，因為若照這速度下去，後面恐怕沒什麼好找的。

「互換位置。」兔飛命令。

尖鼠掌轉身從高掌旁邊擠過去，高掌的腳爪在光滑的岩石上有點打滑，讓他的心揪了一下。他小心地站上尖鼠掌剛剛的位置，迎風挺直身體，「我聞到轟雷路的味道，」他朝兔飛喊，「聞起來好像一整天都有怪獸在上頭行進。」他掃視地面，努力想找出尖鼠掌沒看到的東西，就在兩腳獸巢穴聚落後方一棵樹的樹頂上，他察覺到一些動靜……是某種猛禽的羽毛。他猜想：「一隻禿鷹正在教牠的幼鳥怎麼飛。」

「你怎麼可能看得到？」尖鼠掌低頭走到他旁邊。

高掌用腳爪緊緊抓住岩面，穩住身體，「在那裡！」他用口鼻示意遠方一棵樹。

「那不是禿鷹。」尖鼠掌嘲笑。

高掌回頭看兔飛，棕色戰士瞇起眼睛，「顏色沒錯。」

「可是你怎麼知道那是一隻幼鳥？」尖鼠掌質疑。

「不然還有什麼原因會讓一隻禿鷹，在綠葉季時搖搖晃晃地站在巢穴邊緣？」高掌反駁。

「高掌，你推測得很對。」兔飛稱讚他。

「我們是在練習推測嗎？」尖鼠掌不屑地說，他轉身背對高掌，跺腳走回兔飛旁邊，「我還以為我們是在練習觀察技巧。」

高掌低聲嘟囔，就算雷娜老是叫錯他的名字，但跟她一起受訓，至少好玩多了。

***

他們抵達營地時，太陽正往高岩山斜傾，高掌感覺很餓。當他跟兔飛、尖鼠掌和曙紋走向入口時，他聞到沙雀和梅爪的新鮮氣味，地道巡邏隊一定才剛回來。他穿過石楠通道，看見沙雀、梅爪、羊毛尾、胡桃鼻和霧鼠聚在會議坑裡，不禁心跳加快；楠星和蘆葦羽正看著他們。

兔飛跟在高掌後面快步走進營地，他停下來說：「看這場面，八成是地道工有更多關於峽谷地道的事要報告。」

「這事還真重要，」尖鼠掌的語氣不屑，一點也不感興趣，他緩步走過他的導師旁邊，「我可以去吃點東西嗎？」

兔飛點點頭，「高掌，你也去吃點東西吧，」他喵聲道，「你一定也餓了。」

「謝謝。」高掌穿過草叢，目光仍停留在會議坑那裡。

「高掌！」他聽見雷娜的叫喊趕緊轉身。

那隻母無賴貓正安坐在長老窩旁的日曬區裡，一隻吃了一半的田鳧躺在腳邊，濃郁的味道漫進高掌嘴裡。

「你想吃一點嗎？」雷娜喊，「我吃不完。」

高掌感激地朝她跑去，「我們抓的兔子呢？」

「曙紋拿去給長老了。」

白莓把頭伸出洞外，「兔子好吃，」他的目光移向會議坑，「雷娜說是地道工幫忙抓的。」

高掌咬了一口田鳧，肚子還在咕嚕咕嚕叫，「羊毛尾幫我把牠從洞裡趕出來。」

「也許楠星正在傳授其他地道工一些狩獵技巧，」白莓擤擤鼻子，「自從沙雀的巡邏隊回來後，他們就開會到現在。」

從地道工筆直的毛髮和楠星陰黯的眼神來看，高掌猜他們不是在談什麼狩獵技巧。再說，地道工自有一套狩獵技巧，早就跟高地跑者的技巧旗鼓相當。

「田鳧很好吃，」他告訴雷娜，同時察覺她正盯著他看，「妳抓到的？」

雷娜用腳爪推推他，「別傻了，」她喵嗚道，「那是在高地上抓到的。如果你給我一間裡面有很多老鼠的穀倉，我的速度一定跟其他貓一樣快，但是在石楠草原上追鳥，向來不是我擅長的本領。」

「要是妳待到綠葉季，」高掌又撕下一塊鳥肉，「恐怕連天上的禿鷹都能被妳拽下來。」

雷娜喵嗚一笑，「你這樣想啊？」她的語氣聽起來不太相信。

高掌看見楠星和蘆葦羽離開會議坑，不禁愣了一下。這時地道工也起身往獵物堆走去，他急忙搜尋他們臉上的表情，他們剛剛在討論什麼？高掌快速吞下嘴裡的田鳧肉，因為他父親正轉向朝他走來。他跳起來站好，莫非是沙雀聽說他捉到兔子，打算過來誇獎他？可是他看見沙雀臉上的表情，心情瞬間沉到谷底。他後面的金雀花叢窸窣作響，白莓低身退回長老窩裡；雷娜踩動腳爪，看起來很不安，她八成也瞄到了沙雀的怒容。

「嘿，沙雀。」一種不祥的預感像石頭壓在高掌的肚子裡。

沙雀停在他面前，眼裡滿是怒火，「你為什麼告訴楠星你差點淹死？」

「我……我沒有！」高掌退後，「是羊毛尾，是他告訴曙紋的。」

「你真是懦夫，自己捅的簍子還不敢承認。」

「什麼簍子？」為什麼沙雀這麼生氣？

「我兒子膽小到不敢下地道也就算了，」沙雀齜牙低吼，「現在竟然還讓我發現他窩囊到不敢承認自己在背後阻止我們去挖地道。」

「我沒有！」高掌的心臟快從喉嚨裡跳出來，楠星究竟跟地道工說了什麼。

「拜你的雞婆之賜，楠星命令我們關掉峽谷地道，不准再挖。」沙雀灼熱的鼻息噴在高掌的口鼻上，「就因為你被嚇壞了，害我們得放棄一個我們花了幾個月時間鑽研的計畫。」

他的父親齜牙咧嘴，嚇得高掌縮起身體，「就因為你不想當地道工，並不表示你可以毀了其他地道工的夢想！從現在起，離我遠一點，也離地道遠一點！」

第十四章

高掌的頭靠在臥鋪邊緣，從金雀花叢底下往外窺看。空地空蕩蕩的，族貓們都睡了，天上一輪殘月將草叢染成銀白，在會議坑裡拉出長長的黑影。高掌眨眨眼，抬頭望向星空。**星族，祢們在那裡嗎？祢們看得到我嗎？**他好奇小雀是否正看著他。沙雀也會對她失望嗎？也許只有她才知道怎麼逗淺鳥開心。

尖鼠掌和雷娜的鼾聲在後面的臥鋪微微響起，高掌只覺得胸口被孤單澈底掏空。他爬出臥鋪，鑽出營地。在石楠圍籬外，微風拂上他的毛髮，遼闊的高地沐浴在月光下。高掌拔腿狂奔，享受風打在身上的快感，他跨大步伐，像鳥一樣飛掠草原。他往高地頂點衝去，繞過大片石楠，在開闊的平原上全力奔馳，等到抵達瞭望岩時，已經上氣不接下氣。

瞭望岩上的風強勁到他得小心地走過去，腳爪才不會打滑。他停在岩石邊緣，凝視著死寂的山谷，草原彼端有貓頭鷹的啼叫。高掌瞇眼看見遠處橡樹頂端有對翅膀在飛撲拍打，一隻貓頭鷹突然騰空飛起，盤旋沒入黑如泥煤的夜空。**加入星族是不是就像這樣？**高掌想像自己從瞭望岩騰空飛起，盤旋空中，加入星族。

他身後的草地窸窣作響，岩面有腳爪劃過。

高掌霍地轉身，「是誰？」他只大概看出是貓的身影，背後襯著漆黑的高地。

「是我，麻雀。」公貓的喵聲輕柔，「你是高掌嗎？」

高掌垂下頭，「是啊。」

「你可以單獨跑來這裡嗎？」

高掌轉身面對地平線，「應該不行吧。」

「你介意我加入你嗎？」麻雀跳上岩石，在高掌旁邊坐下，「我睡不著。」

「你會不會很好奇飛行的感覺是什麼？」高掌喃喃說道，他看著貓頭鷹在草原上俯衝。

「應該很難吧，」麻雀的尾巴在岩石上撢來掃去，「因為如果不拍翅膀，就會掉下來，我倒寧願踩在紮實的地上，只要看看四周，就知道自己身在何處。」

高掌瞥了他一眼，「你喜歡當無賴貓嗎？」

麻雀的眼裡有光閃動，「我是無賴貓？」

「戰士都是這樣稱呼那些不住在部族裡的貓。」

「那我想我應該是吧。」

「你為什麼來這裡？」高掌問。

「我睡不著。」麻雀重複道。

「我不是說為什麼來這塊岩石，我是說你為什麼來風族。」

「是我朋友想來，所以我就跟著來。」麻雀注視著高掌，「你為什麼來這裡？」

高掌眨眨眼睛。**他這話什麼意思？是問我為什麼來風族嗎？不對，這是什麼笨問題。**「你意思是我為什麼來瞭望岩？」

「如果你願意說的話。」麻雀轉身，凝神遠望山谷。

「我跟你一樣睡不著。」

「有什麼事令你煩心？」

沙雀。高掌悲從中來，喉頭一緊，「我父親恨我。他希望我當地道工，可是我討厭挖地道。」高掌一開口就停不了，「我試著進去地道，但河水灌進黏土層，淹進來追著我們。現在楠星知道了，決定禁止他們繼續挖。可是沙雀認為這都是我的錯，因為我是懦夫。」高掌很驚訝自己竟然脫口而出這些話，他趕緊住嘴，深吸一口氣。

麻雀沒有任何動作，他像石頭一樣坐定不動，只是遙望著地平線，「你是懦夫嗎？」

高掌豎起毛髮，「當然不是！」

「那麼是沙雀錯了。」麻雀只這麼說。

「可是洪水灌進地道時，我很害怕，」高掌承認。

「我也會害怕，」麻雀動動自己的腳，「沒有貓兒願意被困在淹水的地道裡。」

「沙雀不會害怕。」高掌直言。

「沙雀對洪水早有經驗。」

「也許我應該當地道工，」高掌嘆氣，「如果我對洪水有更多的經驗，可能就習慣了。」

麻雀捕捉到他的目光，盯著他看，「這是你想要的嗎？」

「這是沙雀想要的。」

「但這是你想要的嗎？」

「不是，」高掌很沮喪，他以前也問過自己這個問題，「可是我想要什麼好像不是很重要。」

「對沙雀來說也許不重要，」麻雀眨眨眼，「但對你很重要。」

對我當然重要。

「你應該想清楚自己想要什麼，」麻雀喵聲道，「少花點時間擔心你父親的想法。」

說得倒容易。高掌抽動尾巴。

「沙雀的命運由他自己決定，」麻雀繼續說，「但為什麼你的命運也要他來決定？」

說到底，我們的命運都該由自己決定。鷹心的話言猶在耳，「你說得對！」高掌看著麻雀，「沙雀可以決定自己要走的路，為什麼我走的路也要由他來決定？腳長在我身上，應該由我自己決定我要走哪一條路。」他突然覺得精神一振。

麻雀站起來，轉身面對高地。

「你要走了嗎？」高掌問。

「我想去看看夜裡的石楠原上有什麼獵物，」麻雀告訴他，「我相信長老們一定很希望一早醒來就看見獵物堆是滿的。」

高掌看著他緩步往岩石邊緣走去，「謝謝你。」他喵聲道。

麻雀回頭看他一眼，「有什麼好謝的？」

高掌還來不及回答，無賴貓已經溜下岩石，走進陰暗的高地裡。高掌轉身面對山谷，凝視著天上的星群，他已經有好幾個月不曾這麼輕鬆自在過。

沙雀，你的命運由你決定，我的命運由我自己決定。

「你還沒睡醒啊！」曙紋推推高掌的肩膀，當時他正拖著腳走向營地入口，四條腿跟石頭一樣重，嘴巴又乾又渴。他在瞭望岩上守夜一整晚，才回到營地裡的臥鋪，趁著日出前趕緊補眠，可是當他外出和楊秋、曙紋、雄鹿躍一起巡邏時，仍無法阻止自己的眼皮往下墜。

「抓隻老鼠回來！」百合鬚在長老窩外喊，「亂足餓壞了。」

高掌皺皺眉，麻雀沒有如他所承諾的將新鮮獵物堆滿嗎？

「蘆葦羽的巡邏隊快回來了，」曙紋喊，風族副族長已經帶著母鹿春和蘋果曙出去狩獵。鼴鼠從金雀花叢裡緩步走出，停在百合鬚旁邊，鼻子不停抽動，「我聞到兔子的味道。」他話才說完，入口通道便窸窣作響，麻雀緩步走進營地，一隻肥美的兔子叼在嘴裡。

百合鬚眼睛一亮。

「你回來得正是時候。」曙紋彈彈尾巴，指向長老窩。麻雀點點頭，帶著獵物穿過營地。

高掌聞到新鮮的獵物氣味，肚子不由得咕嚕咕嚕叫，但也只能睡眼惺忪、腳步蹣跚地跟在其他隊友後面。

「借過一下。」胡桃鼻擠了過去，後面跟著霧鼠、梅爪、羊毛尾和沙雀。

「為什麼地道工不能像其他戰士一樣，禮讓別的貓兒先走？」楊秋停下來，讓挖地道的巡邏隊先穿過入口，但仍忍不住低聲嘟囔。

高掌趕緊抬頭，試圖捕捉沙雀的目光，但還沒走出石楠通道的他，就被他父親狠狠瞪了一眼，整顆心像被戳了一下。

曙紋的毛髮輕輕刷過高掌，「你要先跑到第一個氣味記號區嗎？」她提議，「這樣或許能讓你清醒點。」高掌聽見她聲音裡的同情。**她看到沙雀瞪我的眼神了。**

「好吧。」雖然跑步並無法減輕沙雀憎恨目光所帶來的傷害，但他還是很感激導師對他的關心。他奔向草原，看見沙雀薑黃色的尾尖在前方灌木叢裡忽隱忽現。**為什麼我不能像別的貓一樣有父親關心我的上課進度，而且以我為榮呢？**

高掌皺起眉頭，繞著營地邊緣，跑向第一個氣味記號區。就在他快抵達四喬木的邊界時，他聞到森林裡傳來的某種氣味。風似乎很容易將氣味傳送到這一頭的高地，如果風向對的話，有時候連兩腳獸巢穴的嗆鼻味也會飄過來。高掌停下腳步嗅聞空氣，覺得有點不對勁；除了黃色的金雀花和石楠叢的小紫花氣味外，隱約還有另一種強烈的氣味。他頸上的毛全豎了起來。

不是狗，不是兩腳獸。他再聞一次。**是麻雀嗎？**也許是無賴貓在這裡狩獵時留下的記號。可是它聞起來不像麻雀的味道，但很熟悉。**我在大集會聞過這種味道！**高掌專心回想月圓那天他聞過的味道。**松樹汁液？腐臭的水味？都不是！是雷族的味道！**

高掌掃視石楠叢，那氣味很新鮮，有隻雷族貓在黎明時經過這裡。他必須告訴曙紋。他轉身往營地跑。曙紋、楊秋和雄鹿躍正緩步越過草原，循著他走過的路前往邊界。

「我們被入侵了！」高掌緊急煞住腳步，上氣不接下氣。

楊秋的毛髮頓時豎得筆直，「在哪裡？」

高掌嗅聞空氣，雷族的味道正從他身後的斜坡往高地頂端這頭飄過來。他掃視山腰，深綠色的蕨葉叢裡有毛絨絨的尾巴閃現，「到處都是！雷族已經入侵了！」他脫隊衝上前去。

「高掌！」曙紋在他後面喊。

他回頭看，發現她瞪大眼睛看著他，她為什麼不跟上來？高掌衝進蕨葉叢裡追蹤他們，雷族貓的氣味灌滿他的鼻腔，他奔上草坡，驚見雷族巡邏隊已經快抵達高地頂點。兩名戰士正帶著兩隻年紀較輕的貓兒好整以暇地走在路上，其中一個戰士的毛髮是玳瑁色，另一個是灰色。

他們好大膽，竟然敢入侵風族領地？甚至沒有躲藏的意圖！高掌衝向他們，「你們這些老鼠屎！」他厲聲喊道。

雷族隊伍轉身看他，玳瑁色的貓兒弓起背，瞪大眼睛。

「高掌！」曙紋的吼聲在他身後響起。

「我來教訓他們！」高掌爪子出鞘，準備戳進第一個迎戰他的戰士身上，後方傳來腳步聲，他的隊友正追上他。他不必單打獨鬥了。

雷族貓往後退，耳朵貼平。

高掌撲向灰色戰士，「入侵者！風族貓，我們上！」

第十五章

「高掌！」他的腰腹被爪子攫住，被一把拖了回去，「住手！」

高掌被曙紋從下方一撞，讓他下巴狠撞草地。他爬起來，怒瞪曙紋，「妳在幹什麼？」

她回瞪他，「他們有權來這裡。」

高掌眨眨眼。

「這是他們前往慈母口的路線。」

高掌全身發燙，**我的腦容量怎麼跟兔子一樣！**他吞吞口水，轉身面對雷族戰士，「對不起。」他喃喃說道。

曙紋朝年輕貓兒點點頭，「絨掌和知更掌可能是要去月亮石跟星族對話，我說得對不對，花尾？」

玳瑁色的貓自行撫平身上的毛髮，「是啊，謝謝妳，曙紋。」

灰色戰士的鬍鬚動了動，「我剛剛還以為我們會被撕爛。」

高掌挺起胸膛，「我是可以撕爛……」

曙紋上前一步，擋在前面，不讓他說完，「你也知道見習生一向比較衝動。」她向黑色公貓垂頭致歉，「風翔，很抱歉嚇到你了。」

絨掌繞過曙紋朝高掌走來，「我們還以為他是隻兔子。」他喵聲道。

高掌甩甩身上黑白相間的毛髮，「八成是因為你們森林裡的兔子長得都很奇怪。」

知更掌哼了一聲，「再怪也沒你怪。」

「我想你們一定希望趕快上路，」曙紋語氣堅定地說。她彈彈尾巴，要他們快走，這時楊秋和雄鹿躍也趕到了。

楊秋目光掃過高掌，「妳沒讓他們開戰吧？」

「還好及時攔下。」曙紋嘀咕。

「妳的見習生速度很快。」風翔大方地說。

「這倒是真的，」曙紋同意，「等他長知識了，應該會是位優秀的戰士。」

「我只是忘了通往慈母口的路有經過高地，好嗎？」高掌覺得背脊上的毛又豎了起來。

雄鹿躍推推他的肩膀，「好了，我們去巡邏邊界吧。」他穿過蕨葉叢，朝山腰走去。

高掌跟在後面離開，慶幸自己不必再被雷族見習生好奇打量。他一抵達寬廣的草地便拔腿奔馳，風在他的毛髮間流竄，他加大步伐，發現自己可以輕易地趕上雄鹿躍。他用力拱背，再往前極力伸展，沒多久便與雄鹿躍並肩齊驅，於是放鬆心情，配合雄鹿躍的步伐往前馳騁。

雄鹿躍瞄了他一眼，他們已經快要抵達四喬木邊界，於是慢下腳步，「你長高了？」

「是你縮水了。」高掌揶揄。他嚐到愈來愈濃的樹液氣味，取代後方漸漸消散的石楠味。

他們抵達第一道氣味標記，雄鹿躍便趕忙停下來。高掌也連忙煞住腳步，結果滑出邊界約半條尾巴遠，又趕緊跳回來。隔著樹林，他能約略看到四喬木那巨橡樹的樹冠。

「走這裡。」雄鹿躍帶著他沿著樹林朝一大叢刺藤走去，這些刺藤是從影族領地附近的樹林往外蔓生。高掌轉向避開那一大坨帶刺的枝葉，暗自慶幸高地上鮮少見到刺藤，而且生長的位置都相隔甚遠。他討厭被困在荊棘叢裡，因為若想逃出來，不管怎麼走都會被刮到。他小心地嗅聞一條刺藤鬚，害怕它會突然鬆開，讓帶刺的枝葉甩向他的口鼻。

他的嘴裡充斥著新鮮的松樹汁液氣味。**影族？**高掌提醒自己，這裡本來就該有影族的氣味，他們只離邊界幾條尾巴遠。可是這氣味聞起來很新，好像不久前才有好幾隻貓兒從這裡經過。高掌看了雄鹿躍一眼，他應該說點話吧？

他的耳朵不停抽動，他可不打算再犯一次兔腦袋才會犯的錯。至少不能馬上犯第二次。也許又有什麼正當理由可以解釋這裡有影族的氣味，搞不好也有一支影族隊伍正要前往月亮石，也可能味道濃郁到飄過邊界，附在刺藤叢上。如果真有什麼不對勁，雄鹿躍早該注意到了。

雄鹿躍繞道離開四喬木，往影族邊界走去，從那裡可以直下轟雷路。高掌知道影族營地就在轟雷路的另一頭，可是影族也在這一頭留下氣味記號，沿著樹林邊緣一直延伸到巨橡樹的山谷。對於這一點，風族並不反對，因為反正他們也不想要那些樹。

高掌追上他的室友，「你有聞到什麼味道嗎？」他小心地問，「我是說那裡。」

「那只是風傳來的味道，」雄鹿躍停下腳步，這時楊秋和曙紋出現在丘頂，他朝他們喊，「雷族有找你們麻煩嗎？」

楊秋的尾巴微顫，「他們知道那只是無心之過。」

曙紋在高掌旁邊停下來，「邊界那邊怎麼樣？你開始標氣味記號了嗎？」

「還沒。」高掌知道自己是太憂心影族的味道，才忘了留下標記。他趕緊在草叢裡灑下氣味記號，然後跟著雄鹿躍步下山坡。他才走幾步就停下來掃視山腰，遠處的轟雷路旁，隱約可見雷族貓的隊伍已經小如斑點。高掌心想那些見習生回到營地後，一定會說他們遇到一個兔腦袋的風族見習生，把路過的他們當成前來攻擊風族的先遣部隊。一想到此，他不禁皺起眉頭。

這時他突然注意到雄鹿躍慢下腳步，黑棕色戰士嗅聞草地，往前走了一條尾巴遠的距離又嗅聞了一次，頸毛瞬間豎了起來。

「有什麼問題嗎？」楊秋問。

「我在邊界這裡一直聞到影族的氣味。」

楊秋快步走來，也低頭嗅聞草地，他皺起鼻子。

曙紋張開嘴巴，「我從這裡就聞得到。」她低聲咆哮，「有影族隊伍穿過了邊界。」

「他們還沒走遠。」雄鹿躍正在檢查風族領地裡的草叢，「這裡沒有氣味。」

「他們為什麼要越界？」楊秋問。

高掌抬頭指向刺藤那裡說道，「我剛剛在那裡也聞到了影族的氣味。」

楊秋扭頭瞪他，「你怎麼不早說？」

「我以為他們只是取道去月亮石，就像雷族貓一樣。」

「影族不需要越過我們的領地，前往月亮石，」楊秋厲色道，「他們的營地跟高岩山一樣都在轟雷路的另一頭。」

高掌吞吞口水，「那邊有好多他們的氣味。」

楊秋朝那方向狂奔，躍上斜坡，曙紋追在後面，雄鹿躍尾隨其後。高掌也追著他們，心臟噗通噗通地跳，他做了什麼？他追上了隊友，這時他們已經在檢查刺藤叢了。

楊秋前後走動，嗅聞葉片，「氣味多到數不清。」

「高掌，你怎麼不早說？」曙紋背上的毛全豎了起來。

「我怕自己又搞錯，」高掌心裡一涼，「究竟怎麼回事？」

「一大群影族貓越過邊界，」雄鹿躍沿著草葉被踏平的路不斷嗅聞，「他們走這裡。」

「他們去了營地！」楊秋從雄鹿躍旁邊衝過去，跳進石楠原裡。

曙紋也拔腿疾奔，穿過草地，「快跟上來，高掌！」

高掌緊追在後，雄鹿躍跑在他旁邊。高掌加快速度，快到雄鹿躍都追不上他。楊秋和曙紋只離他幾步之遙，他們沿著兔徑迂迴穿過濃密的金雀花叢，衝進營地外的空地。

石楠圍籬內傳出嚎叫聲，有貓兒痛苦尖叫，驚恐哀號。

曙紋急忙煞住腳步，高掌不小心撞上她，楊秋也煞住腳步，「我們為什麼要停下來？」

雄鹿躍追上他們，上氣不接下氣。

「去河族邊界附近召回狩獵隊，」曙紋命令高掌，「我們需要召回所有戰士。」

「可是我想上場作戰。」高掌抗議，要不是他誤判了第一個入侵跡象，也許早就阻止了影族部隊入侵營地。

「我去好了。」楊秋飛奔離開。

「好吧，」曙紋看著高掌，「你準備好了嗎？」

高掌點點頭，「準備好了。」

「我們上！」曙紋大吼一聲衝進入口，高掌追在後面，雄鹿躍也緊跟在後。高掌從石楠叢裡衝了出來，尖爪出鞘、瞪大眼睛，滿臉驚恐。

營地裡到處都是齜牙吼叫的貓兒，尾巴和腳爪在眼前齊飛。松樹汁液的臭味混雜著血腥味，空地中央，影族副族長石齒正齜牙咧嘴地用後腿撐起身體。

「一個都別放過！」他利爪朝兔飛後背揮下。兔飛及時躲過攻擊，再一躍而起嘶聲吼叫。

高掌環目四顧，愣在原地，不知如何是好。

「把空地包圍起來，別放過任何一個入侵者。」曙紋下達指令，隨即跳進戰場，消失在一隻體型龐大的虎斑貓後面。

高掌掃視營地邊緣，阿傑倫和貝絲在育兒室外，其中一個正低下身，另一個則朝影族貓使出利爪。草滑和淺鳥都不見蹤影，高掌心想她們一定躲在育兒室裡。雷娜蹲在入口，只要有影族貓靠近，便揮爪砍他們的口鼻。

尖鼠掌和兔飛正在巫醫窩前和一隻影族公貓扭打，兔飛用爪子抓住對方往後拖。影族貓重心不穩，拚命抵抗。尖鼠掌迅雷不及掩耳地撲上去，尖牙戳進公貓的後腿。

「咬得好！尖鼠掌！」蕨翅在空地對面朝她的小貓喊，喊完還來不及喘口氣便下腰轉身，對準一隻影族母貓狠擊。

麻雀蹲在長老窩入口前，毛髮豎得筆直，紅爪在他旁邊爬了起來，兩隻影族公貓正朝他們匍匐逼近。

「原來你們需要無賴貓保護啊？」其中一隻影族貓齜牙咧嘴不屑地說道。

麻雀突然衝上前將其中一隻撞飛。紅爪也衝撞上另一隻公貓的口鼻，後者蹣跚搖晃。

高掌心跳得像打雷一樣。他低身前進，**把空地包圍起來，別放過任何一個入侵者**。他看見大集會裡見過的蛙掌，深灰色身影緊貼著草地，朝正在和蠑螈掌扭打的麥桿逼近。蠑螈掌鑽進麥桿下方，霍地將她四腳朝天摔在地上，猛毆她的口鼻。麥桿像隻受傷的獵物死命扭動，想將朝天的肚皮翻回來。蛙掌這時蹲得更低了。

他想趁機攻擊麥桿！高掌怒聲一吼，朝他衝過去。影族見習生一躍而起，瞪大眼睛。高掌撞了上去。蛙掌踉蹌後退，眼裡怒光閃動，嘶吼一聲，用後腿撐起身體，利爪猛砍往高掌的口鼻。高掌頓時劇痛，怒火中燒，但毫不退卻，瞇眼揮舞利爪，靠後腿在草地上穩住身體。

麥桿從他旁邊滾了過來，利爪戳進蠑螈掌的腰腹。「你沒事吧？」她朝高掌喊。

高掌閃過蛙掌的攻擊，順勢從下方勾住見習生的腿，狠狠一踢。「我好得很！」

蛙掌跌在地上。高掌趁機揮爪戳進影族貓的肩膀，「現在是誰聞起來有蕁麻味？」他大吼，蛙掌的口鼻被他壓在草地上。

突然間，有爪子劃上他的腰腹。高掌慘叫一聲，身體被拖了開來，他試圖擺脫，但被抓得死緊。

「你聞起來比蕁麻還臭！」灰掌在他耳邊嘶喊，「像羊屎味。」她將他摔到地上，爪子戳進他的肚皮。

高掌痛得倒抽口氣，他試圖翻身，但蛙掌已經跳上來，對著他的口鼻一陣拳打腳踢。高掌的思緒亂成一團，開始慌張，他死命地踢打，想要擺脫，但灰掌和蛙掌將他牢牢壓制在地上。

這時高掌的眼角閃過灰色身影，「聽到尖叫聲時，立刻爬起來反擊。」一個粗嘎的聲音傳來，**是鼴鼠！**

無賴貓一把抓住蛙掌，往後拉，蛙掌憤怒尖叫。高掌趁機踢開灰掌，跳了起來，趁鼴鼠將蛙掌摔在地上時，伸長腳爪撲向灰掌，後者驚恐地瞪大眼睛，高掌的爪子劃上她的口鼻。

高掌不停揮爪，「妳等一下就會聞到血腥味！」他尖嚎，同時後腿一蹬，撲上影族見習生，抓著她在地上翻滾，將她壓制在草地上，利牙趁機戳進肩膀。她痛得放聲大叫，好不容易擺脫後趕緊逃向營地入口。蠑螈掌跑在她前面，嚇得竄逃中的她尾毛全豎了起來。

楊秋正在空地追逐一隻虎斑公貓，紅爪朝著正在逃竄的白色戰士嘶聲怒吼，兔飛和曙紋忙著將一群低嚎的影族貓往入口驅趕。**我們把他們趕出去了！**高掌恍然大悟。他正洋洋得意的時候，一聲尖叫突然從會議坑傳來，高掌衝到會議坑邊緣往下看。

在高岩石的暗處，楠星以後腿撐起身體，居高臨下地瞪看石齒，揮爪痛擊，利爪戳進對方皮肉裡。鮮血從楠星眼睛上方滴下，被她眨眨眼睛擠掉，「你們為什麼要攻擊我們？為什麼？」她兇暴地搖晃影族副族長。

「為什麼不行？」石齒癱軟在她爪下，眼裡充滿恨意，「我們也可以像你們一樣在高地上狩獵。」

楠星的眼睛裡有光芒閃現，「高地是我們的，以後也是。」她一把抓起石齒摔向坑底邊緣，「快跟著你那群惡如毒蠍的同夥一起滾吧，免得我把你撕成碎片。」

石齒從沙坑裡爬出來，留下一條血跡，「你們這些兔崽子，我們知道你們的弱點在哪裡！」他一跛一跛地走出營地，對著旁觀的風族戰士咆哮。

楠星朝她的巫醫貓轉身，「鷹心，快去檢查傷者。」她甩甩頭，鮮血灑在凌亂的沙地上。鷹心朝她走去，她卻後退，「我沒事，」她喵聲道，「先去照顧其他貓兒。」

鷹心轉身掃視空地，「吠掌！」

高掌趕緊轉身。吠掌呢？沒過一會兒，他便看見他的好友從長老窩裡匆匆出來，於是鬆了口氣。「那裡沒有傷者！」他朝他的導師喊。

就在他說話的同時，蘆葦羽從入口衝進來，「我們趕走了石齒，」風族副族長甩著尾巴，「蘋果曙和母鹿春正把他趕回影族領地。」

「鷹心！」驚恐的尖叫聲從地道工的窩裡傳來，紅爪彎身俯看蕨翅，他的伴侶貓四腳趴在長草堆上，動也不動，「她在流血！」

「吠掌！」鷹心命令，「快去拿蜘蛛絲來，還有百里香葉。」他疾步穿過營地，躍過會議坑，蹲在蕨翅旁沿著腰腹嗅聞，「內臟受傷了。」他小心地將淺黃色母貓翻過來，讓她側躺。

高掌慢慢走過來，他看見蕨翅的肚子上都是血，不禁皺眉。蕨翅呻吟出聲，眼球往後翻。

紅爪挨近她面頰，「沒事了，鷹心會治好妳的。」

兔飛和雲跑擠在蕨葉坑邊緣，淺鳥低頭從阿傑倫和貝絲旁邊經過，「蕨翅？」

「發生什麼事了？」草滑垂著肚子跟在她後面。

百合鬚和亂足從長老窩入口那裡遙望，渾身發抖，「看來情況不妙。」亂足低聲道。

高掌的母親從他旁邊擠過去，害他差點跌倒，「蕨翅！」淺鳥蹲在她好友旁邊，聲音沙啞。

吠掌嘴裡叼著一坨蜘蛛絲和一把葉子，從窩裡衝出來，放在鷹心旁邊，兩眼緊盯著他的母親，「蕨翅？」

母貓正慢慢闔上眼。紅爪看著鷹心，眼睛瞪得跟貓頭鷹的一樣大，「你能救她嗎？」

鷹心用腳爪碰觸那一小坨蜘蛛絲，「太遲了，」他輕聲說，「她失血過多。」

「蕨翅！」尖鼠掌從楊秋旁邊擠過來，「快起來，蕨翅！我們打贏了！」他瞪著他母親，然後又看看吠掌，「她怎麼了？」

吠掌眼帶愁雲地看著他，沒有回答。旁邊的蕨翅抽搐了一下，便再也不動了。

「蕨翅！」紅爪呻吟一聲，黃褐色的面頰緊緊抵住他的伴侶貓。

「蕨翅？」尖鼠掌的喵聲帶著驚恐。

兔飛走近他的見習生，「尖鼠掌，她死了。」他低聲道。

高掌往後退了幾步，驚愕到每根毛髮都在顫抖。**她不能死！**他的腳爪忍不住打顫。一個念頭像石頭一樣擊中他。**我為什麼不早點告訴雄鹿躍有影族的氣味？**他從哀戚的族貓中退出來，恐懼翻攪著他的胃。

「這都是我的錯！」他哭號，「全是我的錯！」

第十六章

「不，」曙紋轉身看著高掌，「這不是誰的錯，這是影族的錯。」

高掌聽不進去，血液灌進他的耳朵，**我做了什麼？**族貓們都瞪著他看，彷彿他是怪物。

楠星瞇起眼睛，「你在說什麼？」

高掌好不容易啟口：「我在四喬木那裡的刺藤叢上聞到影族的氣味，我應該立刻告訴隊友的，可是我沒有。」

「為什麼不說？」楠星質問。

「我以為只是影族貓路過要去月亮石。」高掌眨眨眼睛看著她，心裡很清楚身後的族貓都瞪大眼睛盯著他看。

「是你殺了她！」深棕色身影在他的眼角閃現。尖鼠掌放聲大叫，飛撲過來。他的室友撞上他的肩膀，嚇得他倒抽口氣，鼻頭一陣刺痛，口鼻被對方腳爪狂揮亂打。高掌抬起前爪，試圖推開尖鼠掌，但後者又狠狠地毆打他的耳朵。

「你克制一點，好嗎？」兔飛一把抓住尖鼠掌的頸背，將他拖走。高掌蹣跚地站穩，尖鼠掌嘶聲叫囂，爪子仍在空中揮舞。

「我不會原諒你的！你殺了我母親！」年輕公貓好不容易甩開兔飛，狠瞪著高掌。

吠掌從蕨葉坑裡出來，鼻子抵住他哥哥的肩膀。高掌急著捕捉他好友的目光，「對不起，吠掌。」

吠掌沒有看他，反而像隻受傷的兔子般蹲在尖鼠掌旁邊。高掌的心揪緊。**哦，星族，請原諒我！**

「高掌？」雷娜穿過草地，用鼻子輕碰他的面頰，「這不是你的錯。」她低聲道。

「雷娜！」貝絲在空地另一頭喊，「親愛的，快離開，那是風族的家務事。」

「哦，高掌。」雷娜往後退，眼裡滿是同情。

楠星垂下頭，「高掌，你是犯了錯，但這不能怪你。是影族殺了蕨翅，不是你。」

「可是……」高掌試圖爭辯，但楠星轉過身去。

「先把蕨翅搬到空地上，」風族族長告訴族貓們，「讓我們一起為她哀悼。」

高掌倚著藏在石楠叢底下的營地圍籬，這時楊秋、雲跑和兔飛抬起蕨翅的屍體，將她放在兩叢長草間的草坑裡，鷹心帶來了巫醫窩裡的藥草，擱在蕨翅四周。高掌聞到辛辣的味道，那是用來掩蓋死亡氣息的藥草，紅爪和淺鳥挨著屍體坐下來，尖鼠掌來回走動，眼神陰沉。

「我親愛的朋友，」淺鳥的口鼻抵住蕨翅的毛髮，「小雀死前，只有妳見過她，我的傷痛只有妳能懂。」

高掌真希望自己有辦法可以安慰他的母親，但他向來束手無策。他的胸口抽緊，**她不會需要我的，是我害死她的朋友。**

太陽高掛天空，鷹心逐一檢查每隻貓兒的傷口，吠掌不斷進出巫醫窩，取出藥草為他們療傷。楊秋和麥桿在育兒室四周收集斷裂的金雀花枝葉，補進圍籬裡。

圍籬裡的草滑向外指示，「補厚一點，」她聲音顫抖，「要是又有另一波攻擊，我希望我的小貓能夠安全無虞。」

「影族攻不進來的。」楊秋邊承諾邊將帶刺的莖梗編進枝葉裡。

雄鹿躍幫忙白莓、啖皮、亂足將擋住長老窩入口的刺藤勾回去，百合鬚坐下來指揮，「放點石楠進去，才不會太硬，」她粗嘎地說，「每次我要進窩裡都會被金雀花刺刮到背。」

「高掌？」鷹心的喵聲嚇了他一跳。

高掌抬頭望了天空一眼，他獨自坐在這裡多久了？已經過了日正當中，太陽正往高地頂緩緩西沉，「什麼事？」他喵聲道，心裡空盪盪的。

「我得治療你的傷口，」巫醫貓俐落地說，「站起來讓我檢查一下。」

「不用麻煩了，」高掌看著地面。蛙掌和灰掌留在他身上的抓傷仍微微刺痛，但是和尖鼠掌劃在他口鼻上的傷比起來，只是小巫見大巫，「我的傷口沒事。」

「別兔腦袋了。」鷹心在他旁邊蹲下來。

「可是我害死了她。」高掌粗啞說道。

「你只是個還沒受過完整訓練的見習生，風族的安全不是你能掌控的，」鷹心一針見血地說，「更何況不是只有你在巡邏而已，其他隊員有怪自己嗎？」

高掌掃視營地，看見雄鹿躍正在獵物堆那裡走動。他也沒聞到影族的氣味，**可是我聞到了，我應該告訴他的。**

鷹心聞聞高掌耳朵旁邊的爪痕，鼻子輕觸敏感的傷口，高掌痛得縮起身體。「吠掌！」鷹心朝空地另一頭喊，「拿點酸模和金盞花過來。」

吠掌的目光掃向他們。高掌試圖捕捉他的眼神，但他的好友只是點個頭，就朝巫醫窩走去。高掌不免懷疑吠掌以後還會不會跟他說話。

鷹心才剛離開，藥草就發揮功效緩和了傷口的刺痛感。高掌將腳爪緊緊地塞進身體底下，淺鳥和紅爪仍窩在蕨翅的屍體旁，尖鼠掌還在繞圈踱步，至於其他族貓則守候在空地邊緣，等待守夜儀式的開始。高掌看著太陽西沉到營地圍籬後方，於是將身體深藏進石楠叢底下，慶幸自己暫時被黑暗吞沒。

這時附近的枝葉突然一陣抖動，他愣了一下。營地入口有貓兒正鑽進來。他扭頭看見胡桃鼻大步走進營地，沙雀、霧鼠、羊毛尾和梅爪跟在後面。他們一看到破敗的金雀花叢和空地上被踩爛的草葉及血漬，不約而同地瞪大眼睛。

梅爪蓬起毛髮，「那是蕨翅嗎？」她跑過去，低頭看著戰士的屍體，「發生什麼事？」

楊秋從育兒室裡出來，毛髮上沾了點葉片，「影族攻擊我們。」

「你們沒聞到他們的臭味嗎？」蘆葦羽從會議坑裡一躍而出，「幾乎全影族的貓都衝進來了。」

楠星從窩裡緩步出來，沿著會議坑邊緣走，最後停在副族長旁邊，「你們應該慚愧竟然沒有早點趕回來。」她低聲對地道工說。

沙雀抽動一隻耳朵，「淺鳥？」

淺鳥從蕨翅旁邊抬起頭來，「我沒事。」她的喵聲粗啞。

尖鼠掌甩著尾巴，「蕨翅死了，而且是高掌害死的。」

沙雀眨眨眼睛，「高掌？怎麼會呢？」他抽動鼻子，目光往暗處掃視，看見高掌的身影時神色一黯。高掌的心緊揪成一團，趕緊別過頭去。**他現在比以前更討厭我了。**

「尖鼠掌，」蘆葦羽上前一步，「你不要再把影族的錯怪到高掌頭上。你們都是風族貓，必須團結。」

「可是……」

楠星不讓尖鼠掌開口，「沙雀，這不是高掌的錯；尖鼠掌只是太傷心才會這麼說。」

高掌吞吞口水，是真的嗎？可是一整天下來，除了鷹心之外，沒有貓兒接近我，難道所有族貓都跟尖鼠掌一樣傷心過度？

「草滑！」胡桃鼻朝育兒室奔過去。

草滑擠出來鑽進草地，面頰與她的伴侶貓緊緊偎依。

胡桃鼻憂心忡忡地說：「妳有受傷嗎？」

「我沒事，」草滑要他放心，「貝絲和阿傑倫幫忙保衛育兒室，雷娜也是。」她感激地朝營地另一頭的無賴貓眨眨眼，後者正忙著在沾有血漬的草叢間清理石楠和金雀花的斷枝殘葉。

「真希望我當時也在這裡保護妳。」胡桃鼻氣惱地說。

兔飛緩步走向蕨翅的屍體，「我們也希望啊，」胡桃鼻驚詫地看著棕色戰士，「每次我們需要地道工的時候，他們都不在。」兔飛嘶聲道。

紅爪上前一步，「我們不要再為這件事相互責怪了。」

羊毛尾頸毛豎了起來，「這又不是我們的錯。」

雲跑抬起口鼻，「我們在為風族奮戰的時候，你們在哪裡？」

「我們正在挖地道，好讓你們禿葉季的時候也有獵物可吃。」梅爪正色道。

楊秋的尾巴抽了抽，「要是影族把我們趕走，你們那些寶貴的地道就一點用處也沒有了。」

沙雀瞇起眼睛，「如果你們讓我們繼續挖掘我們所需要的地道，我們就能更有效地防禦風族的家園！」

「你是說峽谷地道？」楊秋齜牙說，「它對今天這件事能有什麼幫助？」

「它可以變成我們的逃生通道。」沙雀吼。

「逃到哪裡？」楊秋質疑，「河族領地？」

沙雀瞇起眼睛，「我們可以躲在地道裡，它的空間大得足以容納所有風族貓。」

「你要我們離開營地，躲起來？」雲跑怒視沙雀，毛髮豎得筆直，「你到底是戰士還是兔子啊？」

高掌繃緊神經。這個部族就要四分五裂了！

第十七章

高掌後方暗處響起腳步聲。他聞到麻雀的味道，於是抬頭去看。原來無賴貓已經鑽進石楠叢裡，站在他旁邊，「高掌，現在這情況看起來很棘手。」他喃喃說道。高掌移近棕色公貓，慶幸身邊有貓兒陪。

楠星擠進雲跑和沙雀中間，「我們不能讓這場悲劇分裂了彼此，」她喵聲道，「我們都是風族貓，必須團結才有力量。」她向貝絲和阿傑倫垂首致意，「還好我們的訪客今天展現了實力，我們才能平安渡過這場劫難。要不是他們幫忙，我們可能已經失去家園。」

「妳在說什麼？」胡桃鼻齜牙咧嘴，「妳是說沒有他們，影族就會贏了這場仗？」

楠星目光堅定地看著他，「有一半的戰士離開營地去挖地道，這使得對方的攻擊很容易得逞。」

高掌吞吞口水，這話聽起來好像是在質疑地道工！就連他旁邊的麻雀都豎起了耳朵。

「還好今天有訪客在我們營地，」楠星繼續說，「但他們不可能永遠住在這裡。要是他們一離開，影族又攻擊我們，那該怎麼辦？」

梅爪的眼睛眯成一條縫，「妳是說我們不能再挖地道？」

高掌看見他父親的尾巴掃過後面的草地，緊張到腳爪微微刺痛。

「我不是這意思，」楠星喵聲道，「但我們應該縮小地道巡邏隊的規模，而且你們應該接受更多地面上的格鬥訓練。」

沙雀抬高下巴，「妳是說我們的格鬥技不足以保衛家園？」

「我的意思是如果能有更多共通的技術，對我們來說會更有利。」楠星低頭看著蕨翅，「但首先我們得為犧牲性命的族貓守夜。」她蹲下來，鼻頭輕觸蕨翅薑黃色的身軀。

蘆葦羽也加入她。當族貓們全都圍在死去的戰士身邊時，高掌也低身鑽出石楠叢，穿過營地，擠進去待在淺鳥旁邊，口鼻抵著蕨翅的身軀，她的毛髮已被鮮血浸濕，身體硬得像石頭。

高掌挨著他母親，深吸一口氣，聞著她毛髮上溫暖的氣味。

「淺鳥？」他低聲道。**求求你告訴我，一切都會好轉的。**

淺鳥只是更挨近蕨翅，心痛的高掌緊閉眼睛。

「峽谷地道是怎麼回事啊？」他聽見麻雀在後方的陰暗處問。

沙雀回答，「我們花了半個禿葉季和一整個新葉季挖掘，可是現在得被迫放棄。」

「為什麼？」麻雀好奇。

「一場無聊的洪水嚇壞了一個見習生。」

高掌身體一縮。**見習生？對你來說，我就只是一個見習生嗎？**

「你為什麼要在那裡挖地道？」麻雀追問。

「這樣才有祕密通道可以通到河邊。」

「噓！」雲雀點厲色道，「我們正在為亡者守夜。」

高掌後方的草地窸窣作響，沙雀也走過來加入守夜。高掌垂著頭，抵住他母親的肩膀。即便她像是沒有察覺到他在這裡，但至少能感受到她的體溫。疲倦至極的他，緊挨著淺鳥，暫時忘卻自己的悲慘遭遇，進入夢鄉。

⚡⚡⚡

高掌被蕨翅屍體的搬動聲驚醒，他猛地抬頭，眨眨眼睛。天空灰白，黎明曙光灑在石楠圍籬上，長老們正將屍體拖走。

淺鳥在他身旁動了動，「我可以幫忙下葬嗎？」她吃力地爬起來。

「當然可以。」氣喘吁吁的燄皮蹲下，讓白莓和百合鬚幫忙把蕨翅的屍體推上他的背。

淺鳥一離開，高掌頓時覺得冷。他站了起來，傷口猶在刺痛，雙腿因久臥潮溼的草地而有點僵硬。紅爪和雲跑把他趕到後面去，好騰出空間讓長老們把蕨翅搬出營地。

楠星垂下頭，等他們經過，「願星族與她同在。」她喃喃說道。

無賴貓都表情哀戚地待在營地圍籬邊，只有麻雀以好奇的目光看著長老們離去。

「你回窩裡休息吧，」高掌聽見曙紋的低語聲，於是轉過身來。他的導師正溫柔地看著他，「你一定累壞了。」

「事實上，我睡了一整晚。」高掌愧疚地踩動著腳。難道守夜儀式不能睡嗎？

「那我們去上課好了，」曙紋甩甩尾巴，「守夜儀式結束了，我們也該恢復正常作業了。」她朝入口走去，高掌跟在後面，暗自慶幸曙紋沒問他心情好不好，她的明快作風令他覺得如沐春風。

他們經過麻雀和沙雀身邊，兩隻公貓正在交頭接耳，沙雀的眼裡閃著興奮的神色，高掌豎起耳朵。

「你說楠星禁止你們去峽谷地道？」麻雀問。

「是啊。」沙雀低聲道。

高掌坐了下來，假裝在抓尾巴上的一隻跳蚤。為什麼麻雀對峽谷地道這麼感興趣？

「真是可惜了。」無賴貓喃喃說道。

沙雀點點頭，「所有的力氣都白費了。」

「你聽起來對那條地道很自豪。」

「我對它再熟悉不過。」沙雀聲稱。

「你確定你去了那裡，」麻雀推論，「你很清楚哪裡安全、哪裡危險？」

「當然！」沙雀哼了一聲，「那裡的路是我一爪一爪挖出來的。」

高掌直起身體。沙雀到底在想什麼？難道他只在乎地道嗎？就因為他會挖地道，便認為自己很了不起嗎？**這是什麼笨邏輯？這根本沒什麼好了不起。**高掌豎直毛髮，低身鑽出營地找曙紋。他的思緒紊亂，也許楠星說得沒錯，部族需要的是能夠作戰的戰士而不是地道。

他們抵達訓練場時，太陽已經升到樹林上方，陽光遍灑草地。高掌放鬆心情，讓自己沐浴在陽光下，「曙紋？」他趁她停在草地前時請教她。

「什麼事？」她回頭看。

「我們真的需要地道工嗎？」

曙紋猶豫了一下，「那是我們的傳統之一，」她終於開口，「這裡頭包含了許多技術還有膽識，而且只有風族才有這種技術。」

「所以我們很了不起？」高掌追問。

「是啊。」

「可是它有什麼用？」高掌唐突地說，「我們在地面上打仗的時候，他們只顧著在地底下挖地道，這有什麼意義？」他用尾巴示意那片廣袤的高地。

曙紋的耳朵微微抽動，「風族需不需要地道工，這事就讓楠星去傷腦筋吧，我們來這裡的目的是要上課。」高掌有點沮喪，她沒有回答他的問題。「只要跑一圈！」曙紋彈彈尾巴，高掌立刻越過草地，拔腿奔馳。「剛打過仗，身體會有點僵硬，所以放輕鬆點。」她在後面喊。

她說得對。高掌全身痠痛，肌肉緊繃，但是他不打算放鬆。當他奔馳時，腦袋一片空白的感覺很好。他沿著草地往前跑，身體刷過石楠叢，繞著最大周長的圈子跑。當他跑到盡頭時，看見有乳棕色的身影從石楠叢鑽出來，站在曙紋旁。**阿傑倫**。高掌加快速度，好奇阿傑倫為何來到訓練場。

「營地沒事吧？」他在離曙紋和阿傑倫一條尾巴遠的地方煞住腳步。

「當然沒事，我只是來看看你們在做什麼？」阿傑倫低沉地說，「希望你們別介意。」

高掌聳聳肩，「當然不介意。」他的目光瞟過無賴貓，雷娜也會來嗎？「其他貓呢？」

「雷娜和貝絲參加狩獵隊去了，」阿傑倫告訴他，「鼹鼠想自己狩獵。」

「麻雀呢？」

「他跟沙雀走了，」阿傑倫喵聲道，「他們在聊什麼通往河邊的地道。」

可憐的麻雀。高掌頓時同情起他來了，要是沙雀帶他下去地道，一定會滿嘴都是地道技術，還有什麼千萬不可以離開同伴或怎麼聽出高地盡頭兔子的聲響。他看看曙紋，「我們今天可不可以練習格鬥技？以免影族又發動攻擊。」

「好啊，」曙紋嚴肅地說，「但願這技術永遠派不上用場。」

⚡⚡⚡

等到課程快結束時，高掌已經覺得好過多了。他一定會成為風族有史以來最厲害的高地跑者；沙雀在泥洞裡挖鑿的時候，他會在地上保衛家園。**我要為蕨翅復仇。**他伸出爪子，想像自己正把影族戰士的屍體丟在部族面前，到時他們就會原諒他了。

「我們可以去狩獵嗎？」他低吼，他想感受一下生擒獵物的感覺，「獵物堆已經空了。」

曙紋正和阿傑倫聊得起勁，他全程觀賞格鬥技練習的過程，現正倚在草地上曬太陽，「你一直跟兩腳獸生活在一起？」曙紋挨近無賴貓，「那是什麼感覺？」

「兩腳獸是很有趣的生物。」阿傑倫告訴她。

「曙紋！」高掌打斷，「我們可以去狩獵嗎？」

「你先去。」曙紋彈彈尾巴，「我們隨後趕上。」高掌聳聳肩，往下坡走去。「峽谷那裡的地洞已經有一陣子沒去了！」曙紋在他後面喊，「那裡應該有很多獵物。」

「沒問題！」高掌回頭喊道，身體鑽進石楠叢，「我們在那裡見囉。」他循著一條味道陳腐的兔徑走，然後從小丘頂的石楠叢裡鑽出來，地面斜傾而下，經過濃密的金雀花叢，銜接峽谷邊緣的平野。高掌看到地表附近有幾個凹下去的兔子洞，急忙衝過去，感覺踏在時而紮實、時而空心的地表上。

底下有地道。高掌哼了一聲。**愚蠢的地道。**

他一接近峽谷，立刻停下來放輕腳步，深怕驚擾地洞附近的兔子。他現在一定是站在某條峽谷地道的上方。沙雀在底下嗎？正在對可憐的麻雀絮絮叨叨嗎？他停下來感覺腳下的震動。他們正在挖掘嗎？他蹲下來，將肚子貼在草地上感受地面的微微震動。

他背上的毛豎得筆直，地底深處有隆隆聲響，令他想起了那場洪水。地道要垮了嗎？

高掌突然驚慌起來，趕緊跑到洞口處，心想也許能從其中一個開口聽見裡頭的動靜。沙雀不會帶麻雀去危險的地方吧？他經驗老到，怎麼可能帶一隻沒受過訓練的貓進入地質不穩的地道。高掌慢下腳步，停下來扭頭掃視每個地洞。他把頭探進其中一個，聽見泥沙的怒吼，腳下的土地正在震動，他愣在原地。恐懼在他胃裡翻攪。

這時後方出現亂扒聲，高掌轉身只看見一隻沾滿泥巴的貓從兔子洞裡衝出來。「麻雀！」

雖然對方渾身髒污，他還是從那雙眼睛認出了無賴貓。高掌目光掃過他旁邊，希望能看見沙雀，但只聽見泥沙翻滾的聲音，將洞裡的空氣、光線……一切的一切都完全吞沒……

「沙雀呢？」高掌瞪著麻雀，「他不是跟你在一起嗎？」

麻雀回頭看那個洞，上氣不接下氣，「他不見了。」

「不見了？」高掌眨眨眼睛，「**你把他丟在裡面？**」

「洪水來得很快，」麻雀氣喘吁吁，「還有泥巴。」

「你不能把他單獨留在地底下。」

地平線上有身影出現，曙紋和阿傑倫朝他們跑來。

「麻雀！」阿傑倫毛髮豎得筆直，「你全身濕透了！你沒事吧？」

「我得去找我父親！」高掌從麻雀旁邊跑開，衝進洞裡。黑暗吞沒了他，河水和土壤的酸臭味漫進他的鼻腔。他貼平耳朵往前疾奔，不去聽可怕的泥沙怒吼聲。他沿著地道跑，撞上一堵牆，又撞上另一堵，他盲目地奔跑，慌亂失措。

「沙雀！」他的叫聲迴盪在黑暗裡。四周土壤愈來愈鬆垮，空間愈來愈狹窄，這時一坨泥巴絆倒了高掌。他爬了起來，發現自己正穿過一道狹窄的縫隙，「沙雀！」四周泥巴成了泥漿，現在的他像蛇一樣在地道裡滑行，「你在哪裡？」隆隆的怒吼聲愈來愈響，地道裡的泥沙仍在晃動，「我來救你了！沙雀！」高掌拖著身體往前走，後腿不停地亂扒，拚命想要前進。一聲如雷巨響朝他轟來，腳下的地面突然隆起，泥水灌進他的口鼻，恐懼攫住了他，世界一片黑暗。

第十八章

高掌痛得驚醒過來。他被一路拖行，路上的石頭不時扎到他的肚皮，磨著他的腿和下巴。不知道是誰從後面把他從地道裡拉出來。他掙扎著試圖站起來，但被爪子勾住腰腹，反而被拖得更用力。新鮮的空氣突然襲上他的臉，終於能趴在柔軟的草地上，他大口吸進香甜又新鮮的空氣。

「發生什麼事了？」高掌開始咳嗽，吐出泥水，「這裡是星族嗎？」他試圖回憶黑暗來臨前，但思緒亂得就像在風裡捕捉蝴蝶。

有隻腳爪輕觸他的肩膀，「沒事了，你安全了。」曙紋蹲在他旁邊，「羊毛尾把你拖出來的。」

「從哪裡拖出來？」高掌掙扎著想坐起來。

曙紋緊張地嗅聞他，「有沒有骨折？」

高掌只覺得身上被岩石刮到的地方都很痛，但四條腿還能動，「我沒事。」

羊毛尾在他面前踱步，泥漿將他灰白相間的毛髮染成棕色，「這兒我們來處理。」他瞥了高掌一眼，「你快把傷口清乾淨，地底下的泥巴最容易造成感染了。」

「別說了，」曙紋用尾巴揮開羊毛尾，「他已經驚嚇過度了。」

驚嚇？高掌四腳無力，才站起來又摔趴在地上。**我為什麼會驚嚇過度？**他模模糊糊地看見阿傑倫坐在不遠處，麻雀躺在他旁邊，全身髒污的短毛豎得筆直。**我們兩個都去過地底下嗎？**高掌納悶。

霧鼠從兔子洞裡鑽出來，全身沾滿泥巴。阿傑倫迎視她的目光，「有找到什麼嗎？」霧鼠搖搖頭。

高掌恍然大悟，「沙雀！」他終於想起來他為什麼會去地道，「他在哪裡？」

羊毛尾停止走動，眼神黯了下來。他轉過身，梅爪這時也從第二個地洞裡爬出來，「妳有穿過去嗎？」羊毛尾問。

梅爪搖搖頭，「我們遇到岩塊。胡桃鼻還在試，不過沒辦法鑿穿它。」

高掌的心開始狂跳，「如果他還在底下，你們一定得把他救出來。」

梅爪穿過草地，朝他走來，「高掌，我們試過了，可是所有地道都塌了。洪水灌進每條支線，連坑頂都還在塌陷。」她的鼻頭朝他伸過來，同時眨眨眼睛，擠掉眼角的泥屑，「你剛剛只要再前進一隻老鼠的距離，就可能被洪水淹死。」

高掌愣住，「**沙雀淹死了？**」

梅爪的身體往後傾，「我們還沒找到他的屍體，但是在那底下，不可能有存活的機會。」

「不！」高掌試著站起來，可是他抖得太厲害。

羊毛尾瞥了霧鼠一眼，「我們無能為力。」

「我們已經試過各種方法，」她耳朵貼平地喵道，「他被永遠地埋在地底下了。」

「也許麻雀可以幫忙！」高掌看著無賴貓。麻雀抬起那顆滿布泥巴的頭，「你最後一次見到沙雀是在哪裡？」高掌質問，「你可以帶我們去地道嗎？」

「地道全被封了。」羊毛尾提醒他。

「可是如果你知道去哪裡找他，也許可以挖穿地道，」高掌堅持，「我可以自己挖。」

曙紋伸出一隻腳爪按住他的背，「高掌，如果羊毛尾都無能為力，誰還會有辦法？沙雀現在與星族為伴了。」

高掌的頸毛豎了起來，滿腔怒火地瞪視麻雀，「你為什麼要丟下他？你應該陪著他！你難道不知道地底下的規矩嗎？地道工絕對不能丟下自己的夥伴。」

麻雀撐著身體站起來，「我不是地道工。我沒有夥伴，不管是在地上還是地下。」他的目光毫不畏懼，「我很慶幸自己能逃出來。我根本幫不上沙雀的忙，他精通所有技術，他當初根本不該帶我下去，他早該知道那地方很危險。」

高掌瞪著他，倒抽口氣。麻雀竟然把這件事怪在沙雀頭上？他看看其他地道工，希望誰能站出來為沙雀說話，這隻無賴貓竟敢把這樁意外怪在他父親頭上？

「羊毛尾？」高掌粗嘎地對老地道工說。

羊毛尾看著自己的腳，「沙雀得為自己的輕率行為負責。」他低聲道。

「你是說這是他的錯？」高掌倒抽口氣。

羊毛尾避開他的目光，「來吧，我們送你去鷹心那裡，這些傷口需要好好處理。」

曙紋用鼻子推推高掌的腰腹，要他站起來。阿傑倫趕緊衝過來撐住他的肩膀，曙紋則從另一頭扶住。他蹣跚前進，直到爬坡時，才終於感覺到體力恢復了，不過還是有點喘不過氣來。他停下腳步咳出更多泥水，再繼續往前走，心裡慶幸旁邊有阿傑倫和曙紋扶持。他聽見後面有腳步聲，轉頭發現羊毛尾正幫忙扶著麻雀回去營地。高掌低聲嘀咕，羊毛尾為什麼要去幫助那隻害死同伴的貓？

他虛弱地穿過入口，楊秋站在草叢上，瞪著滿身泥巴的貓，「找到了嗎？」

淺鳥從育兒室裡匆匆出來，「你找到他了嗎？」

高掌眼神空洞地看著母親。

「沒有。」曙紋代他回答。

「沙雀！」淺鳥癱在地上，草滑趕緊衝到她身邊。

高掌閉上眼睛，「他死了，」他低聲道，四條腿一癱，不斷咳出的泥水嗆得他活像又被洪水吞沒了似的。他感覺得到泥巴和大水令人窒息的重量，想像洪水來勢洶洶地撲上他父親，直到完全淹沒，肺在吶喊、心臟爆裂，再無陽光或空氣。

「高掌？」鷹心低頭看他，「把這些葉子吞下去。」

辛辣的味道竄進他的鼻腔，他麻木地舔掉嘴邊的綠色葉渣。

「吠掌，再多拿點百里香來，」鷹心喊，「還有我們之前幫受傷戰士製作的一些軟膏。」

「你沒事吧，麻雀？」貝絲焦急的喵聲從附近傳來。高掌睜開眼睛，看見黑白相間的母貓在棕色戰士身邊踱步，雷娜正在嗅聞他髒污的身體。

「我死不了的。」麻雀甩甩毛髮，泥水濺到他的同伴身上。

鷹心轉頭過去，「麻雀只需要好好梳洗全身就行了，」他嘟囔，「幫他清理一下自己吧。」然後把高掌推到旁邊，開始嗅聞他身上的傷口，「我的老天，真是可怕！」

「我得把他拖出來。」羊毛尾喵聲道。

「他遍體鱗傷，」鷹心咕噥，「還好傷口都不太深。」

有腳步聲愈來愈近，一坨草葉被擱在鷹心旁邊，「他還好嗎？」高掌認出吠掌的聲音。

「他不會有事，」鷹心將藥草舔進傷口上。高掌忍痛皺眉，動也不敢動，「去把青苔泡在泉水裡，」鷹心告訴吠掌，「泡多一點，我要你盡可能地幫高掌洗掉身上的泥巴。」

巫醫貓的喵聲漸漸變成嗡嗚聲，黑暗慢慢地吞沒高掌。鷹心用力戳他，「別睡著，你驚嚇過度，晚一點再睡。」他把藥草更用力地敷在高掌的傷口上，痛得高掌立刻驚醒。

「這種藥的療效很快，」鷹心承諾，「我們只需要先把你弄乾淨。」他又把更多的百里香推到高掌面前，「繼續咀嚼，它很有效的。」

高掌又舔進一口攪爛的葉子，慢慢咀嚼，他的思緒漸漸清楚。等到吠掌拿濕青苔幫他清洗身體時，他已經能夠轉身了。

「我對沙雀的死感到遺憾。」吠掌低頭工作，沒有抬眼。

「我對蕨翅的死也感到很遺憾。」高掌喵聲道。

吠掌沒有接話，只是埋頭清洗高掌的身體，整個過程涼爽得高掌昏昏欲睡，身上的疼痛也跟著減緩。

「你要吃點東西嗎？」雷娜趁吠掌去洗沾滿泥巴的青苔時，爬進草叢坐在高掌旁，「你一整天都沒吃東西。」她用尾巴指著堆滿生鮮獵物的獵物堆。

高掌搖搖頭，「謝了，我不餓。」

「那我陪你坐一下。」雷娜提議。

高掌搖搖頭。他現在不需要陪伴，他心裡的痛深到不容任何貓兒碰觸。他看見淺鳥目光呆滯地站在育兒室外凝視遠方，那瞬間，高掌突然明白她為何看起來總是如此冷漠。原來只有冷漠才能讓自己不再陷溺於失去小雀的傷痛中。現在他也想學她，「我想自己靜一靜。」

「你確定？」雷娜挨近他，吐出的鼻息裡有兔子的氣味。

「我確定。」高掌看著她緩步離開，走向狩獵石，貝絲、阿傑倫和鼴鼠都在那裡幫忙將草葉塞在麻雀周圍。

貝絲從一塊岩石底下拔了一坨青苔，塞在麻雀肩膀底下，「這樣舒服多了吧？」

麻雀扭動身體，「好多了。」他喵嗚道。

高掌低聲怒吼，憤怒總好過悲傷。他看著太陽沉到石楠圍籬後方，陽光反射在朝他走來的曙紋身上。她嘴裡叼著一隻老鼠，停在他旁邊，將老鼠丟在他腳下，「你該吃點東西了。」

曙紋怎麼會認為他還有胃口？難道她不知道他剛失去了父親？「我告訴過雷娜，我不餓。」高掌咕噥。

「總會雨過天晴的。」曙紋安慰他。

他怒目以對，「不會雨過天晴！」他厲色道，「我的心情再也不會好起來，星族不希望我快樂。他們當初應該帶走我，而不是小雀。」他怒目掃視營地，望著淺鳥，「如果小雀還活著，也許沙雀就不會死。」

曙紋愣住，「別說這種話。」

「我從一開始就錯了，」高掌齜牙低吼，「要是我當初堅持當地道工的見習生，沙雀或許就會找我一起探勘峽谷地道，而不是麻雀。如果是我陪著他，我絕對不會丟下他不管。」

「你只是太沮喪，」曙紋站起來，「腦袋糊塗了。你先休息一下，我晚點再來看你。」她緩步走開，在紅爪和蘋果曙旁邊坐下來，和同伴們閒聊，但焦慮的目光不時瞟向高掌。

蘋果曙的聲音隨風飄來，「沙雀不應該帶麻雀下去地道的。」

高掌坐了起來。

「楠星說那裡很危險。」紅爪附和。

「是麻雀要他去的！」高掌朝空地對面斷聲喊，「那隻好管閒事的無賴貓一直糾纏沙雀，要沙雀帶他去看地道！結果卻丟下沙雀在那裡等死！」憤怒像閃電一樣襲上他的腳爪。

麻雀在空地另一頭站起來，「高掌，我很遺憾你父親死了，不過是他告訴我那裡很安全，但其實不然。我怎麼知道會發生那種事？我又不是地道工，我只能相信他。當河水灌進來的時候，我根本沒時間救他，我連自己都差點救不了。」

「如果有時間救自己，就有時間救沙雀，」高掌厲色道，「你丟下他在那裡等死。」

「夠了，」楠星跳起來站好，大步跨過空地，「這個月，風族已經夠慘了。高掌，回你的臥鋪去。不准再吵了。」

高掌迎視她的目光，氣得全身發抖。

「快回去！」楠星又說一次。

高掌環顧族貓，他們驚愕地看著他，動也不動。雲跑的嘴上還叼著獵物，百合鬚的眼睛瞪得又圓又大，鮗皮身體僵挺地坐在她旁邊，雄鹿躍、麥桿和母鹿春像枝頭上排排站的小鳥一樣眨著眼睛看著他，尖鼠掌瞇起眼睛，吠掌則像石頭一樣坐定在巫醫窩入口。

高掌甩著尾巴，轉身昂首闊步地走回自己的窩，他爬進臥鋪，鼻子埋進腳爪底下。睡意襲來，夢境一個接著一個，泥巴從四周湧現，攫住他的毛髮，他被洪水拖進沒有盡頭的地道。突然頭頂上方有光芒閃現，他看見沙雀張大嘴巴尖聲求救，卻被另一波泥水捲走。

「高掌，」不知誰的鼻息在他耳邊輕吐，高掌驚醒，吠掌低身閃開，「你還好吧？」

高掌隔著見習生窩的金雀花縫隙看向營地，月光正灑在草叢上，「已經快天亮了嗎？」

「還沒，」吠掌的腳爪伸進高掌的臥鋪，高掌聞到很濃的藥膏味道，「我只是想幫你的傷口塗點藥膏，」吠掌告訴他，「鷹心擔心你感染。」

高掌往後仰，讓吠掌將藥膏塗在傷口上，「我剛剛做了惡夢。」他喵聲道。

「醒了就沒事了。」吠掌避開高掌的目光。

「我不想再睡了。」一想到又會做惡夢，高掌便覺得反胃。

「你需要休息。」吠掌的聲音聽起來很遙遠，即便光線幽暗，高掌仍看得見他好友眼裡的陰影，吠掌還在悲痛蕨翅的離世。

高掌能夠理解。孤涼的感覺像是刺進胸膛的利爪，要是他們可以分擔彼此的傷痛就好了。但吠掌似乎離他很遙遠，他還在怪高掌嗎？

⚡⚡⚡

高掌眨眨眼，在灰亮的曙光中睜開眼睛，驚訝地發現自己竟然在吠掌離開後又睡著了。他隔著金雀花叢的縫隙，看到蘆葦羽正在召集當天的巡邏隊。

「楊秋、雲跑和母鹿春，」副族長下令，「帶著鼴鼠一起去狩獵。兔飛、雄鹿躍和尖鼠掌，去檢查影族和四喬木那裡的邊界；曙紋和紅爪負責巡邏其它地方。」

高掌看著族貓們衝出營地，雷娜和貝絲相偕前往長老窩，「我們來幫你們清理臥鋪。」貝絲在入口處喊。

百合鬚打著呵欠慢慢走出來，「你們得先叫醒其他貓兒，餤皮的鼾聲響得跟獾一樣。」

高掌好不容易撐著身體站起來，但身上的傷口仍痛得他皺眉。

「不要下床，」鷹心嚴厲的聲音嚇了他一跳。巫醫貓鑽進見習生窩裡，高掌只得坐下來讓鷹心嗅聞傷口，「我聞得出來你的前爪有感染，」他告訴高掌，「我會再塗點藥膏，你別抹掉。在康復之前，你得一直待在臥鋪裡。」

「我不能一直待在這裡，」高掌抗議，「我討厭待在臥鋪裡。我只要一睡著就做惡夢。」

「這由不得你，」鷹心把新鮮藥草擦在高掌的傷口上，「你必須好起來。我們已經失去太多戰士，先是蕨翅，然後又是你父親。」

「可是……」高掌想辯解，但鷹心用眼神阻止他。

巫醫貓離開時，高掌躺回了臥鋪，低矮的金雀花窩頂像是壓迫著他，窒悶的空氣讓他覺得呼吸急迫。高掌渴望回到高地上，他想讓風吹亂毛髮、灌滿胸膛。恐懼在他的胃裡翻攪，他不能在這裡一待好幾天。正當他心亂如麻時，卻看到麻雀一路蹦蹦跳跳地從見習生窩旁經過，神情自在地穿過草叢。

高掌坐起來。**他身上幾乎沒有任何傷痕。他一定是趕在泥沙坍下來之前就逃出來了，這個蛇蠍心腸的懦夫！**

「麻雀！」胡桃鼻在獵物堆那裡朝無賴貓喊，「你想吃點生鮮獵物嗎？」

「想啊，」麻雀喊，「我餓壞了。」

胡桃鼻丟了一隻老鼠在無賴貓腳下，麻雀蹲下來大啖。

高掌的肚子咕嚕咕嚕叫。**為什麼沒有貓兒拿生鮮獵物給我吃？再怎麼說，我也是風族貓啊。**他把爪子戳進臥鋪裡。**他們根本不在乎我吃了沒，因為在他們眼裡，蕨翅是我害死的。而可憐的麻雀唯一犯下的錯就只是跟著一位愚蠢的戰士去探索了一條危險的地道。**他齜牙咧嘴地嘶聲怒瞪正舔著嘴巴的麻雀。**沒有貓兒怪他，因為他們都笨到不知道自己有多愚昧。**

「但我就是怪你，」他咬牙切齒地低吼，「是你害死了我父親。」

第十九章

星光下的空地出現雜沓的腳步聲，驚醒了高掌。他隔著金雀花叢的縫隙，看見鷹心正往育兒室走去。**是草滑要生了嗎？**自從沙雀死後，已經又過了四分之一個月，她肚子裡的小貓早該出生了。

淺鳥的臉出現在育兒室入口，眼睛瞪得又圓又大，「他們快出生了。」她對鷹心低聲說，巫醫貓哄她進去，自己也鑽進育兒室裡。

高掌將口鼻擱在臥鋪的羊毛墊上。自從意外發生後，他就被關在營地裡，現在的他無精打采，對任何事都提不起勁兒來。他不再懷念奔跑的滋味，也不再想念風吹在身上的感覺。每次他想到曙紋教過的格鬥技，或動了想在高地奔馳的念頭，罪惡感便會襲上心頭。沙雀一定在星族那裡一臉失望地看著他。**你生來就是地道工。**他父親的話在腦海裡響起。**不管別的貓兒告訴你什麼，你都改變不了這個事實。**

他八成是打了個盹兒，因為當族貓們喋喋

不休的聲音吵醒他時，天已經亮了。他們全聚在育兒室外，百合鬚和白莓擠到前面，雲雀點和蘋果曙在會議坑旁邊繞著淺鳥轉，不停提問。

「草滑還好嗎？」

「生了幾隻？」

「胡桃鼻見到小貓時，說了什麼？」

只有在這時候，淺鳥的眼睛才炯炯發亮。高掌爬出臥鋪，豎直耳朵聽她回答戰士們的問題。「三隻小貓，胡桃鼻開心極了。他幫那隻小公貓取名為小跳，小跳有一隻腳爪有點歪扭，不過以後就好了。另一隻小公貓叫小鴿，有深灰色和白色的毛。還有一隻小母貓叫小栗，毛色灰棕。」淺鳥坐了回去，開心地不停抽動耳朵，「他們好漂亮！一生下來就餓了。」

楠星喵嗚出聲，「風族將有更多戰士了。」

梅爪瞪她一眼，「希望胡桃鼻能堅持讓他的孩子們當地道工。」

貝絲低頭穿梭於族貓之間，雷娜的薑黃色毛髮在她旁邊閃現，她們看起來跟其他戰士一樣興奮。表情莫測高深的麻雀站在草叢上看著育兒室，兔飛和紅爪興奮地在他旁邊踱步。

「這是風族這幾個月來最大的喜事。」兔飛興奮說道。

「還不是因為無賴貓來訪風族，才帶來了好運。」紅爪脫口而出。

好運？高掌豎起毛髮，他真想使出利爪狠戳短毛的麻雀。

「高掌！」從貓群裡鑽出來的雷娜朝他疾步走來，「很棒吧！營地裡有小貓了！我真等不及想看看他們！」

「妳那麼在乎幹嘛？」高掌不屑地說，「他們是風族的小貓，又不是無賴貓。」

雷娜停在他面前，眼裡閃著喜悅的光芒，「我當然在乎！他們是風族貓。」

「拜託妳別再表現得好像也是風族貓一樣，」高掌吼，「要是你們沒來，沙雀就不會死了。」

雷娜倒抽口氣，「是我們幫忙你們打退影族欸！」

高掌齜牙說，「麻雀帶我父親去地道，把他丟在那裡等死！」

麻雀轉過頭來。高掌從眼角餘光觀察他的表情，他看起來似乎好奇多過於憤怒，高掌的爪子戳進地面，難道麻雀懦弱到不敢為自己的榮譽而戰嗎？「鼠輩一隻！」他嘶聲道。

雷娜的眼裡射出怒火，「我不准你再把沙雀的死怪到麻雀頭上！」她啐道，「你父親自己很清楚地道並不安全，但還是帶麻雀下去。麻雀也差點死在裡面！」

「可是他沒有！」高掌冷漠回答。他望向麻雀，但無賴貓已經轉回頭朝向兔飛和楊秋。

「現在他在風族的朋友比我還多。」

「高掌，你變得憤世嫉俗，」雷娜啐道，「所以才不再有朋友。只要有貓兒接近你，你就用言語傷害他們。」

「那又怎樣？」高掌嘶聲，「至少我沒害死他們。」

「你又來了！」雷娜眼神一黯，「等你不再自艾自憐的時候，再來找我聊吧。」她說完轉身大步離開，尾巴憤怒地甩打。

草地上傳來重重的腳步聲，尖鼠掌快步經過，「嗨，雷娜！」然後與雷娜一起消失在育兒室入口前的貓群裡。

高掌往營地入口走去。**就讓他們像畫眉鳥一樣吱吱喳喳個沒完好了，我才不在乎呢。**

「等等我。」亂足的喵聲在他後方粗嘎響起。

「我只是去散個步，」高掌咕噥，「別攔阻我。」

「我沒有要攔你，」亂足走在他旁邊，「這是意外發生後，你第一次出來嗎？」

「你是說自從沙雀被害死後嗎？」高掌鑽進石楠叢。

亂足跟了進去，「如果你要這麼說，我也沒意見啦。」

「沒錯，是第一次。」一走到營地外，風便襲上高掌的毛髮，他渾身顫抖，忘了這裡的風有多冷。他步上兔徑，往高地頂下方的草坡走去。枯萎的石楠花從枝葉上掉落時，濃郁的甜香味更勝以往。高掌深吸口氣，張開嘴巴，讓氣味灌進嘴裡。

亂足緩步走在旁邊，「你一定很懷念高地。」

「應該吧。」

他們默默前進，灌木的枝葉刷過高掌的毛髮，紫色花朵撒在身上。當他們從石楠叢裡出來，進入草坡時，高掌感覺到風拉扯著耳朵。他已經忘了自己一吹到高地上的風就有奔馳的衝動。他好想邁開步伐，往前奔跑，跑到胸口漲痛為止。他瞥了亂足一眼。

老公貓抽動鬍鬚，「去啊，」他催促，「去跑啊。我看得出來你很想在高地上跑一跑。」

高掌衝了出去，起初腿有點僵硬，但穿過草地後就柔軟多了。他貼平耳朵，拉直尾巴全力衝刺。他讓風打在臉上、感受風的勁道，衝上坡頂的他看見草原和山谷綿延於眼前。亂足像小黑點一樣遠遠落在後方，像是地面上的一小塊污漬，高掌轉彎繞了一圈，又衝下去找他。

「感覺好多了嗎？」亂足詢問在他面前慢慢停下腳步的高掌。

「好多了。」先前高掌被關在營裡時的那股焦躁已然消失。

亂足往上坡走去，高掌上氣不接下氣地跟在旁邊，「高地上的陽光比較熱，」

亂足喵嗚出聲，「曬太陽的感覺好舒服。」

高掌瞪看著老地道工，「你喜歡曬太陽？」

亂足繼續往前走，「當然。藍天、強風、一望無際的高地……它們全都存在於每隻風族貓的血液裡，地道工也一樣。」

「我還以為地道工只喜歡待在地底下。」

「我們習慣在黑暗裡工作，」亂足告訴他，「鑿出安全的地道是很有趣的挑戰，可是到地面上的感覺一樣很棒。」他朝高掌眨眨眼，「畢竟我們又不是蟲。」

高掌抬頭看。從山脈飄來的灰色雲朵逐漸吞沒蔚藍的天空，「我最喜歡待在開闊的地方，」他承認，「可是沙雀從來不懂我的感覺。」

「我想他懂，」亂足低聲道，「只是他是用自己的方式。」

「不，」高掌表情凝重，「我不想當地道工這件事讓他很失望。」他喵聲道。

「每個地道工都希望將自己的技術傳承給下一代，然後與自己的小貓肩並肩地工作。」

「霧鼠就沒有，」高掌提醒他，「她很高興母鹿春、雄鹿躍和麥桿都當了高地跑者。」

亂足停下腳步直視高掌，「你應該知道沙雀希望你快樂。」

「可是他表達的方式很奇怪。」高掌記得楠星宣布關閉峽谷地道後，他父親曾狠瞪著他。

「他不知道自己會這麼早離世，」亂足粗嘎地說，「如果他沒有那麼早走，他終究會接受你的夢想跟他不同的這個事實，也就有足夠的時間讓你們原諒彼此和遺忘。」

高掌的喉嚨一緊。他還記得當時楠星封他為見習生時，沙雀抬頭挺胸，一臉驕傲的模樣。他停了下來，腳步頓時變得像石頭一樣沉重。

「高掌，不管你們之間的差異有多大，沙雀終究是愛你的，」亂足開始往下坡走，準備回營地去，「千萬不要忘了這一點。」

高掌原地不動。在這裡，他和星族間只隔著天空。**沙雀，亂足說的是真的嗎？**他抬頭仰望白雲，但沒有得到答案。高掌甩甩身體，衝下山坡，很快地追上亂足。「我父親在地道裡究竟是什麼樣子？」他氣喘吁吁地問。

「沙雀是個很厲害的規畫者，」亂足告訴他，「他可以在地上挑好一條路線，就在地底下完全照計畫開挖，一步一步地往前推進。他比其他地道工都熟知高地下面的地道狀況，」亂足兩眼炯亮，「但是他討厭蟲子。」

「蟲子？」

「是啊，」老地道工喵嗚道，「只要我們挖到有很多蟲的土層，他就派他的地道工去挖。他總是說他寧願全身沾滿黏土，也不要踩到蟲。」

高掌呼嚕一聲，覺得他父親這麼神經質實在有點好笑，但是也難過自己現在才曉得這事。**為什麼我以前不知道呢？**

他們就快走到山谷，高掌遠遠看見曙光中營地圍籬的輪廓。他瞥了亂足一眼，即將走進陰暗處的老地道工半閉著眼睛，享受最後一道灑在身上的陽光。地道工真的跟其他族貓一樣也愛開闊的高地嗎？高掌從沒想過他們在地面上也會很快樂，他一直以為他們挖地道是因為他們喜歡黑暗，喜歡被封閉的感覺。

「高掌！」他才低頭走進空地，曙紋便朝他喊，「好消息！」她越過草叢跑來找他，「鷹心說你的身體已經康復，可以重回訓練場了。」

高掌停下腳步，「真的？」

亂足的尾巴彈了彈高掌的腰腹，「恭喜你。」

梅爪和羊毛尾從蕨葉坑那裡抬頭張望，「亂足，原來你在這裡！」梅爪喊，「我們還在想你跑去哪兒了。」

「高掌？」曙紋挨近他，「你聽到我說的話了嗎？」高掌點頭，「你不開心嗎？」曙紋的眼裡有憂色閃現。

高掌抬起口鼻，「我想接受地道工的訓練。」

羊毛尾跳了起來，「你剛剛說什麼？」他蹦蹦跳跳地越過空地，一路朝高掌跑來。

梅爪也疾步跟在室友後面，「太好了！」

曙紋眨眨眼睛，「可是你是高地跑者！」

「我改變心意了，」高掌緩緩說道，試圖確定自己做出了正確的選擇，「我想完成我父親的志業。我想學會他的技術，傳承給我的下一代。」

「可是你是很棒的高地跑者，」曙紋爭辯，「而且你已經學了這麼多。」

「我知道，」高掌喵聲道，「可是一切都變了，你看不出來嗎？」

曙紋踩動著腳，「我想我最好跟楠星談一談。」

「謝謝妳，」高掌用鼻頭輕觸她的面頰，「我會想念妳先前傳授我的一切。我真的會。但這是一件我必須做的事，」他的傷痛像霧一樣逐漸飄散，「我必須尊崇我父親的成就，傳承他所重視的技術。」

曙紋往後退了幾步，「如果你已經想清楚了的話。」

「我想清楚了。」

她轉身朝楠星窩走去。

羊毛尾停在他旁邊，「你是認真的？」

高掌點點頭，「非常認真。」

「不要為了你父親這麼做，」羊毛尾低聲道，「沙雀不會想要這樣。我知道他對你的要求很高，但地道工對所有事情的要求都很嚴格。但這不表示他不懂你的想法，他看到你奮力追求自己的目標，其實是很以你為榮的，即便那個目標並不在他的計畫裡。就算你是高地跑者，他也會為你感到驕傲。」

「別勸退他了！」梅爪推開她的室友，「沙雀一定會很高興！我們需要有新血加入！」

高掌迎視她熱切的目光，「梅爪，挖地道的本能一直存在我血液裡，我只是從來不知道而已。」

第二十章

「真的嗎？」營地外面的吠掌從湧泉處抬起頭來，「你要改當地道工？」

高掌緩緩步下斜坡，停在他旁邊，「曙紋正在請示楠星。」他蹲在水邊說。高掌也很驚訝能在這裡遇到吠掌，他已經漸漸習慣吠掌刻意避開他的舉動。自從沙雀死後，他們已經有四分之一個月不曾交談，高掌不確定原因是否在於他們兩個都正在經歷喪親之痛，或是吠掌仍把蕨翅的死怪在他頭上。他連問都不敢問。

吠掌從湧泉裡撈起一坨滴水的青苔，「你沒有必要這麼做。」

「是我心甘情願的。」高掌低頭舔冰涼的泉水。

吠掌坐了下來，任由青苔擱在旁邊滴水，「為什麼？」

高掌彈彈尾巴，「我不認為你會懂。」

「你的訓練成績一直很優異，」吠掌偏著頭，「你又那麼熱愛高地跑者的工作。」

「我也熱愛挖地道的工作。」高掌站起來，水從他的下巴滴了下來。

「雖然尖鼠掌不願承認，」吠掌似乎沒聽見高掌的話，「但他很稱讚你的狩獵技術。」

「這是我必須扛的責任，」高掌舔舔嘴唇，「全是為了我父親。」

「但你畢竟不是沙雀！」吠掌傾身向前，「就算他死了，你也不必替他繼續活下去啊。」

「我不是這個意思。」高掌低聲吼道。

吠掌緊緊盯著高掌，「你以為完成他的遺願，就會好過一點，是不是？」

高掌別開目光，「風族現在比以往更需要地道工，所以我有責任接下沙雀的工作。」

「你的責任是盡你所能地成為部族裡最優秀的戰士，」吠掌爭辯，「而且你本來可以成為有史以來最厲害的高地跑者。」

「我也可能成為有史以來最厲害的地道工。」高掌轉身躍上土堆。

「就算你這麼做，也無法讓沙雀起死回生。」吠掌在後面喊道。

「我知道！這是我的事，不關他的事！」高掌大步走回營地，毛髮微微顫動。**為什麼吠掌不能試著體諒我？**

「嘿，蟲掌！」尖鼠掌等在營地入口，「我聽說你終於要回到屬於你的地方受訓了。」

高掌聳聳肩，「你現在可以鬆口氣了，因為沒有貓兒能跟你競爭了，『黃鼠狼掌』！」

雷娜快步穿過空地，「高掌，又在找碴啦？」

「是他先惹我的！」高掌毛髮豎得筆直。

尖鼠掌瞥了雷娜一眼，「高掌連看到水裡自己的倒影，也會忍不住找碴，」他不屑地說，

「我真高興以後可以單獨上課，不用再看見他老對著我齜牙咧嘴。」

高掌的利爪立時出鞘。

「請所有會狩獵的成年貓都到高岩石底下集合。」楠星大喊一聲，高掌霍地轉身，難道她已經幫他找好新導師了？他不免興奮。她會選羊毛尾嗎？沙雀一定很高興由他的老友親自訓練高掌。高掌跑向會議坑，在族貓紛紛穿過空地加入他時，躍向坑裡的砂質地面。高掌看見曙紋坐在他對面，不斷地收張著爪子，瞪大著那雙帶著憂慮的眼睛。

別那麼沮喪。高掌有點愧疚。**請體諒我的苦衷。**

楠星走到岩石邊緣，「草滑的小貓為風族注入了新的活力，讓我們一同為小跳、小栗和小鴿祈福，願他們平安長大，成為健康強壯的戰士。」

附和聲宛若漣漪在群眾間響起。高掌抬起下巴。**下一個該我了。**風族族長捕捉到他的目光，肩膀顯得僵硬。高掌猶豫了一下。**她在氣我改變心意嗎？**

「風族的貓兒們，」楠星開口，「你們早就知道我對地道作業一直有疑慮。」

「她在說什麼啊？」梅爪嘶聲道。

「噓！」胡桃鼻抬眼看著他們的族長。

「高掌要求轉當地道工，我欣賞他想完成他父親遺志的這種想法，沙雀的死是風族莫大的損失，這種悲痛恐怕會持續好幾個月。」楠星以同情的目光瞥了淺鳥一眼，「雖然地道的挖掘造成沙雀的喪命，但高掌仍希望學會他父親的技術，這份勇氣著實令我欽佩。」

高掌滿心期待地走上前去。

「但話說回來，」楠星頓時提高的音量令高掌當場停下腳步，「我考慮了很久，」風族族長繼續說，「我決定從今以後風族不再挖掘地道。」

高掌眨眨眼睛。**什麼？**

「這不是輕率的決定，但我希望你們能支持我的想法。」

岩石底下的紅爪表情嚴肅地點點頭，楊秋和雲跑交換了認同的眼神。

「我們不需要地道，」楠星解釋，「因為一連好幾個禿葉季都有獵物跑到地面，更何況我們也改進了狩獵技巧、團隊合作。所以就算是最嚴寒的季節，我們也能在地面上捕到獵物。」

梅爪的尾巴用力甩打沙地。

楠星繼續說：「地道開挖技術雖然已經努力了無數個月，但新的黎明即將到來，高地跑者的技術更形重要。我們在地面上有敵貓得對抗，必須擊退他們，不能躲在地道裡等他們離開。我們必須接受更嚴格的訓練，成為足以匹敵其他部族的戰士。」她抬高口鼻，「這得花點時間和力氣，但我們一定會比以前更強大。不出幾個月，其他部族將再也不敢小看我們。」

「他們本來就不敢小看我們！」梅爪吼道。

「影族攻擊營地的時候，你也見到石齒了，」楠星迎視著深灰色的地道工，「他的語氣就像我們是高地上很容易清除的害蟲。」

「他們當我們是兔子一樣好欺負。」紅爪咆哮道。

楊秋用利爪耙著地面，「我們一定要證明風族戰士不是好惹的。」

「那我們的地道挖掘技術呢？」羊毛尾吼道。

「這門技術不會被遺忘，」楠星承諾，「我們的地道工不用轉行當高地跑者，現在他們的責任是封掉所有地道，確保不會危害到風族的下一代。」

「封掉它們？」梅爪驚愕地看著她，「那我們以前賣力挖掘的心血不就全泡湯了？」

「我不想再看見有貓兒喪命在地道裡，」楠星堅持，「而且從今以後不准再有貓兒接受地道工的訓練。」

高掌怒火中燒，她怎敢否定他的未來？「所以沙雀是白白犧牲囉？」他嘶聲道。

胡桃鼻走上前來，用尾巴撫順高掌身上像刺蝟一樣的毛髮，「高掌，他沒有白白犧牲，」他語氣溫和地說，「他是地道裡最後一位罹難者。」

高掌瞪著他，「你這話聽起來好像你也不想再挖地道了。」

胡桃鼻瞥了育兒室一眼，「我不希望我的小貓也像沙雀一樣喪命，」他垂下目光，「或者像葉亮一樣。」他說的是百合鬚被壓斷腿的那次坍方事件裡，命喪地道的另一位地道工，「可是我會告訴他們，我當年在地道工作的經驗，確保風族永遠不會忘記我們的成就。」

霧鼠點點頭，「雄鹿躍、母鹿春和麥桿跟其他高地跑者一樣過著快樂的日子，我們也應該讓下一代有機會可以在風裡奔跑。」

「躲在地道裡的日子結束了。」雲跑大聲說。

「躲？」羊毛尾一臉不敢相信。

「雲跑的意思只是，我們該昂首面對這個世界。」雲雀點繞著他踱步，「只要風族貓都嫻熟格鬥技，我們就能成為最強悍的部族。」她仰望天空。厚重的雲往太陽聚攏，陽光從邊緣漫灑出來，但過沒多久就被完全吞沒。「我們住的地方離星族最近，我要讓祖靈以我們為榮！」

「風族！」尖鼠掌率先歡呼。

「風族！」楊秋跟著加入。

高掌驚愕地看著族貓們為地道時代的結束歡呼，羊毛尾退了出來。無賴貓全聚在沙坑邊緣旁觀，表情驚訝、毛髮豎得筆直。麻雀的眼睛瞇成兩條細細的黃線。高掌齜牙咧嘴。**還不是因為你害死了沙雀，才會發生這種事，你毀了一切。**

「高掌，」淺鳥的喵聲嚇了他一跳，他趕緊轉身，發現她就在身後，僅離一個鼻頭的距離。他迎視她的目光，「我很高興你不用再當地道工了。」

「可是那是沙雀的心願。」

「他不會想看見你跟他一樣死在裡面，」淺鳥探頭過來，鼻頭抵住他的面頰，「而且我也無法忍受再失去一個至愛。」

高掌一臉不解地看著他母親，他不記得她上次說她愛他是什麼時候的事了，他現在應該很開心才對，不是嗎？可是楠星奪走了他的夢想，現在身邊的族貓又都在歡呼慶賀。**他們全瘋了嗎？**他爬出會議坑，跑出營地，衝進石楠叢裡。**誰都不能阻攔我實踐我天生該承擔的使命！**他衝上坡，前往羊毛尾當初幫忙他們抓到兔子的那個洞穴，羊群正在後方高地吃草。**他們還沒封掉地道！**正在揚起的風撕扯著高掌的毛髮，雨點灑在他的鼻頭上。他往上爬，雨勢愈來愈大，等他抵達兔子洞時，大雨已經毫不留情地打在身上。**我會自己教自己怎麼挖地道，就像破冰當年做的事情一樣！**

第 20 章

高掌停在第一個兔子洞前，往闇黑的洞裡探看。恐懼在他的胃裡翻攪，他想起幽閉的空間和洪水的怒吼聲，突然急促呼吸，身上每根毛髮都立了起來。**不要下去！**他推開這念頭。**我是地道工，我要沙雀以我為榮！**他把頭伸進地道，四腳耙抓狹窄的缺口，死命地想鑽進去。

「不可以進去！」

曙紋用牙齒咬住他的尾巴，把他從兔子洞裡拖出來，眼裡有著怒火，「這些地道已經失控了！」她啐道，「難道你沒聽見楠星說的話嗎？」

「我不在乎！」雨水打在他的耳朵上。

「你要當的是高地跑者！」曙紋的吼聲蓋過風聲，「我會擔任你的導師，直到你得到戰士封號為止。」

高掌瞥見有兩個身影朝他疾步奔來，「他還好吧？」兔飛在雨中喊，尖鼠掌從他導師旁邊衝過來，在高掌前面的草地上停住腳步。

「可憐的高掌，」他不屑地說，「是因為楠星不讓你當蟲掌，對吧？」他朝洞口點點頭，「你為什麼不直接進去算了？反正你也知道自己生來就是得待在地底下。」

「尖鼠掌！」曙紋怒瞪著這位見習生，「請你尊重你的室友。」

兔飛也出言斥責，「尖鼠掌，別再取笑他了！」

「這已經不是取笑！」曙紋厲色道，「如果尖鼠掌是我的見習生，我早就賞他一掌了！」

尖鼠掌怒目瞪看曙紋，「妳為什麼要袒護一個地道工？」

兔飛繞著高掌踱步，「你不應該集會開到一半就跑出來，」他不悅地說，「害大家都很擔心你。」

「不會有誰擔心我。是我害死了蕨翅，」高掌把鼻頭伸到尖鼠掌面前，「記得嗎？」

尖鼠掌喉間發出咆哮。

「我們的訪客會以為我們連見習生都教不好。」兔飛繼續數落。

高掌朝他轉身，「誰會在乎那群無賴貓怎麼想？」他嘶聲道，「如果他們有羞恥心，早就該在沙雀被害死之後捲鋪蓋離開了。」

曙紋甩著尾巴，「沒有誰害死沙雀。」

「你這個兔腦袋！」尖鼠掌齜牙低吼，「你的愚蠢指控令全風族的貓都為你感到羞恥。沒有貓兒喜歡你，你應該到地底下去，我們絕對不會想念你。」

血液灌進高掌的耳朵，他撲向尖鼠掌，利爪戳進對方肩膀，兩隻貓兒在濕淋淋的草地上翻滾。尖鼠掌嚎叫，用後爪耙抓高掌的肚皮。高掌的利爪朝室友的口鼻狠揮，鮮血濺在草地上，但頸背隨即被曙紋的下顎咬住，往後拖開。她一放開，高掌立刻甩甩身體；兔飛也抓住尖鼠掌的頸背，將他拖離。

「高掌！」曙紋驚愕地瞪大眼睛，「你不能攻擊你的室友！不管他再怎麼挑釁都不可以！」她用鼻頭指著羊群，「把你的憤怒發洩到那裡去，去幫長老撿羊毛！」

高掌跺步離開，雨水打在他身上，全身毛髮像刺一樣根根豎立。他的胃在翻攪，尖鼠掌的話一直在他耳裡響起。

「沒有貓兒喜歡你，我們絕對不會想念你。」

第二十一章

高掌渾身發抖。風吹襲著高地，用寒意宣告著落葉季的來臨。族貓們在他四周不停走動，他的目光越過山谷，看向高岩山。在他下方，原野上的樹林色彩斑駁如玳瑁色毛髮，逐漸消失的綠意被橘紅和金黃的色澤取代。

「你要來道別嗎？」曙紋朝他喊道。

高掌的目光越過她，看向沿山脊排排站的無賴貓。他們終於要走了。沙雀死後那兩個月，高掌一直無法釋懷。每次看見他的族貓待他們如上賓，活像沙雀仍活得好好的，什麼事都沒發生，他就嚥不下那口氣，連咬進嘴裡的每口獵物都像餿了一樣。他的族貓怎能如此無動於衷。

「來吧，」曙紋催促，「楠星希望風族見習生可以向我們的賓客展現該有的禮貌。」

「好啊，我去就是了。」高掌跟著曙紋穿過草地，經過蘋果曙和胡桃鼻身邊，他們已經跟對方道別了，草滑陪小貓留在營地裡。

長老們正在和無賴貓碰觸鼻子。百合鬚傾身向前，鼻頭抵住貝絲，「好好照顧自己，」她粗嘎說道，「但願禿葉季善待你們。」

「再會了，麻雀。」啖皮垂下頭，「祝你狩獵順利。」

鼴鼠抬起尾巴，「謝謝你們讓我住在長老窩裡。」

百合鬚眼泛淚光，「我們會想念你們說的故事。」

尖鼠掌從高掌旁邊擠過去，停在雷娜前面，「妳是很棒的室友。」

雷娜兩眼發亮，「所以你其實不介意我借住你的窩？」

尖鼠掌垂下目光，「很抱歉我一開始的時候態度不太好。」

雷娜眨眨眼睛，「沒關係，我不會記在心上。」

毛髮凌亂的尖鼠掌有點不好意思地匆匆回到兔飛旁邊。

「風族祝你們一切平安順利。」楠星滿心期待地看著高掌，只有他還沒跟無賴貓話別。

「我希望你們能找到地方安頓下來。」高掌生硬地說。**而且最好永遠別再回來。**

楠星似乎很滿意，她轉向麻雀，「你認識多年的風族即將有重大轉變。」她瞥了胡桃鼻和羊毛尾一眼，他們正並肩站在霧鼠和梅爪旁邊。「下次如果再回來，一定會發現風族不再區分高地跑者和地道工兩派，而是像其他部族一樣統稱為戰士。」

高掌豎起耳朵。**下次如果再回來？**楠星說的是**如果**。所以也可能不再有空間容納無賴貓。高掌等著聽麻雀怎麼回答，他會提到沙雀嗎？這隻無賴貓總該感謝一下那位為了讓他看風族地道而犧牲性命的地道工吧？

麻雀垂下頭，「我也希望你們一切平安順利。」

就這樣？高掌不敢置信地瞪著他，怎麼聽起來好像沙雀從來不存在似的？

阿傑倫上前一步，喵嗚說：「謝謝你們的招待。」

貝絲揮揮尾巴，「願寒冷的季節能善待我們大家。」她轉身朝山腰走去，麻雀跟在後面，鼴鼠和阿傑倫尾隨其後。雷娜蹦蹦跳跳地追上她母親，走在旁邊。

百合鬚嘆口氣，「麻雀真是個厲害的狩獵者，」她意有所指地瞄了高掌和尖鼠掌一眼，「他總是能確保長老和貓后都有東西吃。」

「我們不會讓你們挨餓的。」高掌吼。他看著無賴貓往下方草原走去，天知道他們要去哪裡？等到快走到轟雷路時，無賴貓已經變成遠方的小黑點。

風拉扯著高掌，彷彿催他追上去。他的爪子戳進地面。**這裡是我的家。**他又把目光放回無賴貓上，麻雀的身影成了草原上一個深色斑點。高掌怒火又起。**你怎麼可以就這樣走了？**麻雀這輩子都可以毫無悔意地逍遙法外，他卻被獨自留在這裡。高掌好不容易強壓下身上豎得筆直的毛髮。**就因為你，楠星才會關閉地道。害我再也不能繼承我父親未竟的志業，再也不能過我父親希望我過的生活。你害死了祂，然後你又毀了祂的夢想和我的夢想。**

「高掌？」母鹿春溫柔的喵聲嚇了他一跳，他趕緊回頭。

「什麼事？」他甩甩身體，發現腳下的草葉都被他扯爛了，他連忙收起爪子。

「我們要走了。」母鹿春朝風族族貓點頭示意。他們正緩步越過高地，宛若天空中歸巢的鳥群。前方領頭的是楠星，蘆葦羽跟在旁邊，羊毛尾緊挨著淺鳥，毛髮不時彼此刷拂。高掌瞇起眼睛，他父親昔日的工作夥伴現在老是片刻不離淺鳥。他得去確定一下淺鳥會不會介意。

「來吧！」母鹿春跳了開來。

高掌跟在她後面，腳爪重擊地面，直到接近隊伍才慢下腳步，不打算追上他們。母鹿春鑽進貓群裡，追上雄鹿躍和麥桿，走在他們旁邊。

他很快就可以當上戰士，以後也會成為像兔飛那樣的資深戰士，然後變成長老，跟白莓一樣跛著腳，與室友分享年輕時的故事。難道就只能這樣嗎？他的一生宛若一則老掉牙的故事鋪展在面前，經年累月，不斷重複。

高掌的胸口頓時揪緊，他突然覺得自己被困住了，彷彿又回到了地道。

「高掌！我們去狩獵！」曙紋折回上坡處，「我們比賽看誰先跑到瞭望岩！」

高掌追在她後面，速度比風還快，胸口有股莫名的焦慮，像一雙狂亂的翅膀不停拍打，他巴不得能逃離它。

高掌衝進石楠叢的縫隙，在空地上煞住往前滑行的腳步。他上氣不接下氣地回頭瞥看，尖鼠掌追在後面衝了進來。高掌彈彈尾巴。**我贏了！**

「我在兔子洞那裡絆了一跤。」尖鼠掌氣喘吁吁地說。

「還好意思說。」高掌往獵物堆走去，他受訓了一整天，肚子正在咕嚕咕嚕叫。

百合鬚和亂足躺在長老窩外面，曬著西下的太陽，落葉季即將來臨，空氣裡的暖意逐漸地消失。百合鬚惆悵地嘆口氣，「不曉得貝絲和阿傑倫現在在哪裡？」

「窩裡少了鼴鼠的打呼聲，感覺太安靜了。」亂足補上一句。

「希望他們已經找到溫暖的落腳處。」百合鬚煩躁地說。

無賴貓已經離開了好幾天，但族貓們還是像鳥兒一樣吱吱喳喳地談論，擔心他們現在到了哪裡？天氣變了，有沒有找到足夠的獵物？

「我好想念雷娜。」尖鼠掌停在百合鬚旁邊，大聲說道。

百合鬚抬頭看著見習生，「如果她受過訓，應該也能成為不錯的戰士。」

尖鼠掌凝視著石楠圍籬外的高地，「可是她不會放棄旅行。」

高掌皺眉躍過草叢。她不會放棄的是現成的獵物和現成的臥鋪吧，因為一切都得靠自己未免太麻煩了。他從獵物堆裡拖了一隻兔子出來，叼到蕨葉坑旁邊柔軟的草叢裡吃。他喜歡在這裡吃東西，沙雀的臥鋪仍存留著他的氣味……雖然味道已經淡了，卻是他熟悉的。

他咬了一口，看見曙紋和兔飛相偕走進營地，互相點個頭，在入口處分開。

「高掌，」曙紋朝他走來，「你今天的格鬥練習做得意興闌珊，怎麼回事啊？」

高掌嘴裡滿是食物地看著她，「沒什麼啊。」

「真的？」曙紋瞇起眼睛，「你好像有心事。你這幾天都這樣，評鑑快到了，你真的應該專心在你的格鬥技上。」

高掌吞下兔肉，「我會盡力的。」他承諾。這很重要嗎？反正他的部族有他沒他都沒差，就像他們對沙雀的態度一樣。

他的心裡突然出現一個念頭。**我們都像無賴貓一樣只是過客，我們來到世上，吃吃喝喝、睡睡醒醒，再變成星族的一員。**唯一的差別只在於部族貓一輩子只待在同一個地方。**我這輩子**

就只能看到石楠叢、草原和天空。高掌頓時覺得風族四周的邊界似乎正朝他森然逼近。

「所以呢？」

高掌這時才察覺到曙紋正在等他回答，剛剛恍神的他似乎漏聽了什麼，「妳說什麼？」

「月亮石，」她一臉惱怒地喵聲道，「你不覺得興奮嗎？」

高掌豎起耳朵，「我們要去了嗎？」

曙紋抽動尾巴，「我們今晚要去。快點吃完你的東西，然後去找鷹心服用旅行藥草。」

高掌點點頭，心裡燃起一線希望，他總算可以去看點新鮮事物了。

已經吃飽的他在巫醫窩裡環目窺看這座鑿出來的洞穴，外頭的金雀花圍籬將這地方屏障得很幽暗，刺鼻的藥草味令高掌皺起鼻子。吠掌住在這種地方，嗅覺不會失靈嗎？

「它們在磨石旁邊。」鷹心的喵聲嚇了他一跳，他沒看到巫醫貓就站在暗處。鷹心緩步走過沙地，鼻子指向洞穴邊緣一座寬扁的岩石，岩石旁堆著藥草。總共有兩坨。

「我兩坨都得吃嗎？」高掌問。

「想吃就吃掉啊，」鷹心咕噥，「不過如果我是你，我不會這麼做。那味道很臭，而且尖鼠掌會不高興的，因為你連他的份也吃掉了。」

高掌心一沉。尖鼠掌鑽進巫醫窩裡，在黑暗中難以辨識出他的深棕色毛髮。他一看見高掌就翻了個白眼，「不會吧，你不會也要去月亮石吧？」

高掌蓬起毛髮上前一步，「如果我說是呢？」他低吼。

鷹心鑽進他們中間，隔開他們兩個，「總有一天你們兩個得學著像室友一樣好好相處。」

高掌沉下臉，尖鼠掌的刻薄又不是他造成的。

鷹心把一坨藥草撥給他，另一坨給尖鼠掌，「吃吧。」他咕噥完緩步離開巫醫窩。

尖鼠掌瞇起眼睛嗅聞那坨葉子，「聞起來好臭。」

高掌把舌頭伸進藥草裡，味道苦得他擠眉皺臉，但是他不想讓尖鼠掌看見他的膽怯，於是大口吞下藥草，不願被看見他作嘔的模樣。「這簡單的很。」他喵聲道，然後走出巫醫窩。

吠掌在外面遇到他，「你吞下去了嗎？」他的眼睛睜得又圓又大。

高掌皺皺鼻子，點點頭。

「等味道沒了，你就會開始感激它的藥效，」吠掌保證，「你需要長途跋涉，它可以幫忙增強體力。」

曙紋和兔飛正在入口踱步。

「我得走了。」

「盡量記住所有過程，」吠掌提醒，「你會覺得像一場夢，但我敢保證一切都是真的。」

「我盡量。」高掌跳過草叢，停在曙紋旁邊，「需要多久才能抵達那裡？」

曙紋瞥了正往地平線西沉的太陽一眼，「我們得在月亮爬到天頂前趕到。」她望向巫醫窩，看見尖鼠掌走了出來，於是點個頭，「準備好了嗎？」

高掌點點頭。藥草苦味慢慢消失，他開始亢奮。他要踏出部族領地，去和星族對話了！

曙紋在營地外停下腳步，「這趟旅程中，最危險的地方就是轟雷路，」她警告，「一定要照我們的話做。」尖鼠掌一鑽出入口通道，她立刻看著他說：「不准再有口角，我希望你們今晚有成熟的表現，像個真正的戰士。」說完，沒等他們答應，便鑽進石楠叢裡，帶頭爬上坡。

在高荒原上，寒冽的風劃過高掌的毛髮。他渾身顫抖地看著天際盡頭的太陽慢慢滑落，幾乎快觸碰到高岩山。夕照下，峰頂閃閃發亮。

「來吧，」兔飛用尾巴指著淺色夜空裡的月亮。再過幾次日出就是滿月了，她已經快要化身為一輪皎潔明亮的圓月；等太陽完全西下，她就會在夜空中散發出光芒。「我們得快點動身。」棕色戰士衝向高原頂端，再跳下通往轟雷路的陡峭斜坡。

高掌追在後面，腳爪在草地上飛掠。他越過坡底的氣味標記，他的胸中滿是激動的情緒。他跨出風族領地了！他踉蹌地停下腳步，以免撞上其他貓兒，曙紋已經止住腳步，兔飛和尖鼠掌則是小心翼翼地步上那條與小路交叉而過的黑色岩徑。

一頭怪獸呼嘯而過，接著又是另一頭，吼叫聲大到連高掌的耳毛都微微顫動。後來又有兩頭呼嘯經過，卻是來自另一個方向。突然間，其中一頭的眼睛亮了起來，沿路射出光束。

「牠們的眼睛根本不適合夜間狩獵，」高掌嘟囔道，這時另一頭怪獸的眼睛也射出黃色光束。「獵物大老遠就知道牠們來了。」他跟在兔飛後面匍匐前進，瞇起眼睛抵禦刺眼的光線，轟雷路的刺鼻氣味嗆得他喉嚨灼熱，怪獸的怒吼聲刺痛他的耳膜。

曙紋趕上來，「我們必須等待空檔。」她朝轟雷路邊一條長滿青草的溝渠點頭示意。兔飛和尖鼠掌先爬進去，曙紋也跟著，高掌跳到她旁邊。這時一頭怪獸呼嘯而過，掀起飛沙走石，撒在高掌身上，嚇得他縮起身體。他肚皮貼地，穢水濺濕毛髮，害他渾身都是怪獸的臭味。

他忍住眼睛的刺痛，看著曙紋，「接下來呢？」

「我會告訴你什麼時候行動？」她保證。

尖鼠掌在溝渠邊緣伸長脖子窺看對面，「我可以過去了嗎？」他回頭瞥了兔飛一眼。

「不行，等我發號施令。」兔飛在他旁邊撐起後腿，探看路面。

「可是還要過一段時間才會再有怪獸出現，」尖鼠掌堅持，「應該夠我衝到對面了。」

「兩個方向都要看……」

但兔飛還沒說完，尖鼠掌已經跳上轟雷路，疾奔而去。

「還不行！」兔飛驚恐尖叫，也跟在後面衝出去。

高掌毛髮倒豎。轟雷路盡頭有頭怪獸正朝年輕公貓直奔而來，眼睛射出的光束像火舌般籠罩住尖鼠掌。尖鼠掌愣在原地，目瞪口呆地瞪看逼近中的怪獸。生死瞬間，灰色身影模糊閃現，兔飛撲上尖鼠掌，在地上翻滾、尖叫，怪獸呼嘯而過。

「他們過去了嗎？」高掌低聲問。

曙紋窺看路的另一頭，身體顯得僵硬、背上毛髮豎得筆直。

「他們過去了嗎？」高掌追問，他索性爬起來自己看。

轟雷路對面的草地上有耳朵在動，還有兩雙眼睛在閃爍，兔飛和尖鼠掌正隔著硬實的路面朝他們這頭探看。

「他們過去了。」曙紋吁了口氣、癱坐地上。

高掌的心臟噗通噗通跳，「該我們了。」他用力地吞吞口水。

「等我發號施令再行動。」曙紋警告。

高掌可沒打算不乖乖聽話。他曾在瞭望岩上遠遠見過鳥兒啄食轟雷路上被碾死的生鮮獵物。在見識風族領地以外的世界前，他可不想先成為烏鴉的食物。

曙紋看著不時呼嘯而過的怪獸，目光遠眺路的盡頭，來回兩邊查看，「準備好了嗎？」

高掌繃緊全身肌肉，「準備好了。」

一頭怪獸奔了過來，然後又是另一頭。

「我們衝！」曙紋跳出溝渠，高掌跟在後面爬出去。「快跑！」曙紋吼，一路疾奔，穿過硬實的黑色路面。

高掌的腳掌一踏上黑色路面，立刻覺得刺痛，因為路上都是礫石，磨擦著他的腳，但他還是目光緊盯著前方繼續往前跑。他撲進草地，血液衝上腦門，煞住腳步，「曙紋？」

他回頭瞥看，發現她就在旁邊上氣不接下氣，離他只有一個鼻頭遠，這才鬆了口氣。兔飛緩步走過來會合，「我永遠不習慣走這條路。」他嘟囔道。

「回程會輕鬆一點，」曙紋氣喘吁吁，「怪獸晚上大多睡了。」

高掌嗅聞空氣，有種奇怪的氣味令他想起貝絲和雷娜。他們剛來時就是這種味道……腐食味和煙味，除此之外也聞到獵物的氣味。他低頭探進灌木叢，豎起耳朵，傾聽小爪子耙抓的聲響。

「高掌！」曙紋也探頭進來，「不是走那裡。」

他失望地快步跟在她後面，沿著灌木叢的林木線走，轉彎、循著小路往上坡前行。他們從潮溼的長草地跋涉而過，高掌的腹毛被水浸濕，腳爪也凍得一點感覺也沒有。地面高低不平，走得高掌的腳都痛了。

等到粗短的草地取代青翠的草原時，星群已經在墨黑的夜空亮了起來。地面變得更陡峭，腳下的草地被岩地取代。兔飛甩甩毛髮，曙紋停下腳步掃視多岩的地表。山腰上點綴著枯槁的石楠，瘦長的細根緊緊攀附著岩面。

高掌抬頭望。高岩山聳立在上方，擋住後面的山脈，月光如水撒在岩層上。他聽見尖鼠掌的氣喘吁吁聲，回頭瞥看的瞬間，高掌不禁同情起他的室友，「我們快到了。」他喵聲道。

曙紋抬起金色的口鼻仰望山坡。再上面有一個裂開的洞，外型方正幽暗。「那是慈母口。」曙紋低聲道。

高掌朝洞口爬去，興奮到忘了疲累。他後方的礫石嘎吱作響，兔飛、曙紋和尖鼠掌就跟在後面。高掌回頭遠望朝著高地綿延的山谷，才發現他們已經走了好遠，風族的領地變得很小，在廣袤的星空下，更顯得微不足道。

祢在那裡嗎？沙雀？高掌凝視夜空，尋找銀毛星群裡最閃亮的一顆星。**祢看得到我嗎？**

「走吧，高掌。」曙紋放低音量的聲音從他上方傳來。原來她已經從他旁邊爬過去，攀上平滑的突岩，月光下的她毛髮閃閃發亮，後方是個幽黑的洞口，她就坐在慈母口的洞口前。兔飛和尖鼠掌一躍而上來到她旁邊，高掌抽抽鼻子，只剩一條尾巴的距離了，於是也跟著爬上去。

腳下的突岩平滑又冰涼，潮溼的岩石氣味從冰冷的黑洞裡飄送出來。**所以這就是慈母口！**

月光下的高掌緩步走進暗處，心臟噗通噗通跳，巨大的地道完全吞沒了他。

第二十二章

「我來帶路。」黑暗中，曙紋擠過他身邊，聲音低到幾乎聽不見。

高掌很樂於走在她後面，距離近到面頰不時被她的尾尖刷拂，同時也感覺到尖鼠掌溫熱的鼻息正吐在他的尾巴上，免飛穩健的腳步聲殿後。高掌的心像被捕獲的麻雀一樣撲撲亂飛，這條地道遠比他和沙雀走過的地道都來得寬敞。但它終究是條地道，同樣沒有光線、沒有新鮮空氣，也沒有足夠的空間。高掌感覺到巨大的黑暗自四面八方襲來，他的喉嚨緊縮，彷彿空氣濃稠到難以呼吸。

你是循著無以數計的貓兒足跡前進，星族會保你平安。

曙紋的尾巴往前滑動，高掌加快速度，深怕鼻頭碰不到她的尾尖，就會迷失方向。四周的冷空氣穿透毛髮，他感覺到頭頂有岩石壓頂，遠處的水滴聲隱約喚起他內心最深的恐懼，還要多久才能抵達月亮石？他穩住呼吸，全神貫注於自己的步伐，試著感受腳下紮實的岩面，不時伸長脖子碰觸曙紋的尾巴。

「我聞到恐懼的氣味。蟲掌，你不覺得你回到自己的家了嗎？」尖鼠掌揶揄道。

「安靜點，尖鼠掌！」兔飛從後方怒聲嘶吼。

高掌的思緒紊亂，努力按捺慌亂的情緒。他每踏出一步，就離光源更遠，如果其他貓兒不在這裡，他可以自己找到出路嗎？一股冷空氣倏地襲上腰腹，另一邊也有冷空氣襲來，這裡一定有很多條深入地底的通道。

快讓我出去！他的喉間哽著無聲的呻吟。四周空氣出現變化，不再流動也不再寒冽。曙紋的腳步聲忽然停歇，高掌也跟著停下腳步。

「我們到了，」她輕聲說，「我們已經在月亮石的洞裡了。」

尖鼠掌從高掌旁邊擠過去，害他差點失去重心，「這是哪裡？月亮石在哪裡？」

「月亮一定是被雲遮住了，」兔飛的低沉聲彷彿就在高掌耳邊說話一樣，「只能等了。」

高掌繃緊全身肌肉，試圖在黑暗中看清一切。他不停抽動鼻子，聞到熟悉的石楠味，一定是有新鮮的空氣從上方某處流洩下來。突然一束銀光劃破黑暗，高掌眨眨眼睛，看著那道光投射在洞穴中央一座大岩石上。**月亮石！**

岩石表面波光粼粼，宛若陽光灑在水面。高掌後退，毛髮倒豎。

「別害怕，」曙紋上前一步，蹲在岩石旁邊，銀色月光暈染上她淺金色的毛髮，「過來用你的鼻子輕碰它。尖鼠掌，你也過來。」

尖鼠掌挺直著尾巴繞著岩石轉，「我們一定得碰觸它嗎？」

兔飛在曙飛旁邊彎下腰，「如果你不碰觸它，就無法與星族對話。」

尖鼠掌小心翼翼地朝月亮石走去，蹲坐下來，口鼻往前伸。高掌看見他閉上眼睛，凌亂的毛髮似乎被撫平了，身軀變得柔軟，彷彿正進入最甜美的夢鄉。

「來吧，高掌，」曙紋哄他過來，「星族會很高興見到你。」

高掌慢慢靠近，一顆心幾乎漲破胸口。**我會見到沙雀嗎？還是蕨翅？**他在岩石邊蹲下來，瞇起眼睛擋住刺眼的光芒，深吸一口氣，鼻頭輕觸尖銳的岩石。

他瞬間掉進黑暗裡，被一股擋不住的強大氣流往下吸。但不知為何他並不害怕，任由身體不斷墜落，直到視線變得清楚。他感覺到腳爪陷入泥濘的地面，雨水打在身上、拍打著耳朵，高掌在暴風雨中凝視前方。這裡是星族嗎？旁邊是被風雨蹂躪過的大片野地，另一邊是他正緊挨著的樹籬。冷風襲來，樹籬嘎嘎作響。

高掌看見前方幾個狀似具體的身影，隱約可以從雨滴間辨識出耳朵和尾巴的輪廓。**無賴貓！**他認出那些正滴著水的身影，他們沿著樹籬跋涉，試圖找地方躲雨。一棵曾被閃電擊中的樹盤根抓著地面，他們一個接一個地攀過蛇狀的樹根。高掌偷偷跟在後面，在矮樹枝底下低身前進，彷彿正在跟蹤獵物。他停在被燒成炭的樹幹旁，看著他們的身影消失於小徑裡。

這不是星族！這只是個愚蠢的夢！他滿是沮喪。**沙雀呢？**他在濕地上縮起爪子、閉緊眼睛，試圖再度入睡。

黑暗吞沒了他，他又被捲入虛無中。形形色色的東西在他眼角餘光閃現：兩腳獸巢穴、濃密的森林、陽光下波光粼粼的淙淙河流。高掌倏地睜開眼睛，希望見到自己身在星族領地。

但他只看見鼻尖前正在發光的月亮石，他又回到了洞穴。星族呢？恐懼在他肚子裡蠢動，祂們沒有跟他溝通任何事情！他離開月亮石，卻看見尖鼠掌仍神情平靜地躺在月亮石旁邊。

莫非祖靈們因為蕨翅的死而故意不理會他？還是星族不滿意他當初沒能繼承父親的衣缽？高掌的心揪成一團。**我已經盡力了！**

曙紋倏地睜眼，伸個懶腰。她迎視高掌的目光，「你夢到了嗎？」

他還來不及回答，尖鼠掌就跳了起來，「我看見星星，還有一隻叫什麼黛的老貓……」

「噓！」他旁邊的兔飛被驚醒，喵聲仍有睡意，「絕對不能把你在夢裡和星族的對話告訴別的貓。」

曙紋點點頭，「你必須把他們告訴你的祕密放進自己心裡。」

「除非你是巫醫貓，星族必須透過你和部族溝通，」兔飛伸個懶腰，弓起背，全身抖動。

曙紋緩步走向洞穴入口，「我們回家吧。」尖鼠掌從她旁邊跳過去，「我來帶路！」曙紋連忙喊道，「我怕你會迷路。」

最後兔飛和尖鼠掌走在她後面，高掌殿後，朝洞穴外走去，邊走還邊回頭看月亮石，龐然的岩石在月光下發出冷峻的光。高掌一顆心揪緊。**星族，為什麼祢們不肯和我對話？**他步入黑暗，冷空氣迎面襲來。腳爪麻麻的他只得逼自己快點依隊友們的氣味和聲音，追趕出洞。

當高掌現身在月光下的時候，兔飛和尖鼠掌已經爬下岩坡。

「我還以為你走丟了，」曙紋低聲道。正在等高掌的她從突岩跳下來，站在他旁邊。高掌默默走著。等到抵達草地時，他只覺得全身疲累、腳步愈來愈重。

快抵達風族邊界時，高地頂端的天空已經轉為魚肚白，轟雷路上靜悄悄的，誠如曙紋所言，他們輕鬆地穿越了這條路。

通往高地的路面漸成上坡，曙紋仔細盯看高掌，「你還好吧？」她問。

「我很好，」高掌緩步從旁邊走過，沒有迎視她的目光，「只是累了。」他抬眼望著通往高地的山腰，再回頭看看高岩山，被升起的太陽染紅的山頭像是著了火，然後漸次轉黃，最後在明亮的天空下逐漸變得蒼白。鋸齒狀山巒綿亙於山谷間，峰頂穿雲而出。對高掌來說，高地似乎不夠遼闊、不夠容納整個風族，它四周被森林環繞，天空壓頂，還有峽谷河流從中截斷。

但這是我的家！他突然拔腿奔馳，從隊友旁邊跳過去，衝下通往營地的斜坡。族貓們已經醒了，百合鬚和白莓在長老窩入口打呵欠，會議坑看起來像滿是兔子的洞穴般擁擠，因為族貓們正圍著蘆葦羽，等他下令組織日間的巡邏隊。

「高掌！」小跳穿越草叢，那條歪扭的腿害他走的跌跌撞撞，「你看到月亮石了嗎？」

「是啊。」高掌用口鼻磨蹭他的頭，小貓友善無邪的目光似乎趕走了慈母口的黑暗。

小栗跟在哥哥後面衝過來，灰棕色毛髮因亢奮過度而豎得筆直。她停在高掌旁邊，嗅聞他的身體，還張大嘴巴舔聞他帶回來的怪異氣味。她回頭看看小鴿，「他聞起來好奇怪哦。」

小鴿從她身邊擠過來，仔細檢查高掌，「你的毛都濕了。」

「我們剛剛走在長草叢裡。」高掌解釋。

「你看到了什麼？」小栗彈彈她的短尾巴。

「月亮石。」

小栗瞪大眼睛，「它很大嗎？」

「比高岩石還大，而且像星星一樣會發亮。」

「你有碰它嗎？」小跳縮了回去，毛絨絨的耳朵豎得筆直。

「等輪到你的時候，就可以去拜訪它。」高掌累得不想說話，「你們開始吃鼠肉了嗎？」

小鴿挺起胸膛，「我已經吃過了。」

「我也吃過了！」小栗大聲宣布。

高掌瞄見獵物堆上有隻小鳥的屍體，「那田鳧呢？」他問。

「草滑怕我們連羽毛也吞下去。」小跳喵聲道。

「那我幫你們剝掉羽毛好不好？」高掌提議。

小栗繞著他跑，「可以嗎？」她吱吱尖叫。

「來吧。」他往獵物堆走去。

小鴿和小栗衝到前面，「等等我！」小跳努力想要趕上，可是一直被那隻歪扭的腳絆倒。

高掌轉身過去，鼻頭鑽進小公貓黑色的肚子底下，「抓緊哦！」他警告，隨即將小貓擱在肩上。小貓用細小的爪子緊緊抓住他，高掌開心地喵嗚出聲，扛著他去找其他小貓。

金色陽光將遠方樹林染成金黃色。高掌上前一步，站在瞭望岩邊緣。一望無際的藍天下，清晰可見羊群、兩腳獸、狗兒和怪獸，甚至看得見遠方野地正中央坐了一隻兔子。四周空氣完全靜止，彷彿這世界停止了呼吸。

「一隻毛色黑白相間的狗正在草坡上趕羊。」高掌據實報告。

曙紋在他身後移動身體，「還有呢？」

「灌木林旁邊有幾隻松雞，」高掌想像自己在遠方樹林底下漫步，舌尖沐浴在新的氣味裡，松雞就在可以攻擊的距離內，他開始流口水，「兩腳獸巢穴裡面正在升火，」煙的氣味輕觸到他的鼻尖，他瞥見羽狀煙霧自兩腳獸巢穴的頂部緩緩升起。陽光下有羽毛閃現，高掌的目光立刻轉向正在空中俯衝的一隻老鷹。他掃視草原上老鷹俯衝的區域，試圖找出牠瞄準的獵物。他的爪子刺癢難耐，他相信他可以攔截到老鷹的獵物，「老鷹在抓兔子。」

「你真令我刮目相看，」曙紋站了起來，「你一樣都沒漏掉，」她的腳摩搓著岩面，「接下來進行格鬥技評鑑吧。」

高掌在岩邊轉身，跟著曙紋走向訓練場。他對這條路已經熟悉到連想都不用想，就知道怎麼踏出步伐。他的思緒仍停留在老鷹身上，他曾經步行穿越那隻老鷹的狩獵區。如今他又回到風族邊界裡，而牠此刻正蹲坐在樹頂，享用剛捕捉到的大餐。他的體內有種渴望呼之欲出，只為自己狩獵是什麼感覺？可以有想去哪就去哪的自由，沒有邊界或守則阻擋，又是什麼感覺？

「高掌？」他聽見曙紋的喵聲，立即扭頭過來。「你準備好了嗎？」

兔飛陪著尖鼠掌在空地中央等候，「高掌在瞭望岩的表現如何？」棕色戰士問。

「他輕鬆過關。」曙紋回答。

「很好，」兔飛彈彈尾巴，「尖鼠掌的狩獵表現也不錯。」

「很高興聽到這樣的成績，」曙紋用尾巴示意高掌，要他去室友那裡，「該測驗他們的格鬥技了。」她對兔飛喵聲說，「如果他們在這裡表現良好，就都能過關了。」

高掌快步穿過草地，尖鼠掌挑釁地瞪著他。高掌嘆口氣，暗自希望自己的室友別那麼有敵意。只要他們肯給彼此機會表現格鬥技，一定都能輕鬆過關。他在草地上蹲下來，放鬆背部肌肉。**戰士必須身手矯捷、不能肢體僵硬。**曙紋的話言猶在耳。**沒有尖爪，沒有利牙，除非是真的上場作戰。作戰不能只靠爪子，也要靠智慧。**高掌先收好自己的爪子，目光對準尖鼠掌，準備隨時迎戰室友的第一波攻勢，「就等你了。」他喵聲道。

尖鼠掌瞇起眼睛，「你為什麼不先出手？」

「那就恭敬不如從命囉。」高掌不想讓尖鼠掌擾亂他的情緒。他瞄準尖鼠掌的左肩，卻故意往右邊撲過去，聲東擊西的方法奏效。尖鼠掌亂了腳步，差點踉蹌跌倒。

尖鼠掌眼裡射出怒火，「騙子。」

「這一招誰都可以用。」

尖鼠掌撲向高掌，攫住他的肩膀，後腿往下一掃。**這招用得好**。高掌暗自佩服，順勢翻滾到旁邊。兩隻貓一背對導師，尖鼠掌就用爪子狠戳高掌，「別想愚弄我兩次，蟲掌。」

高掌縮起身體，「不能用爪子，你忘了嗎？」

「我們受訓的目的是要成為戰士，不是小貓！」尖鼠掌在他耳邊嘶聲說道。

高掌後爪戳進草地，往後推開尖鼠掌，尖鼠掌趁機撕扯他腰腹的毛髮，他頓時一陣劇痛。

不要分心！高掌趕緊跳起來站好。尖鼠掌直視著他，眼裡有凶光閃現，高掌退後幾步。**就讓他**

以為我被嚇到了。他看見尖鼠掌眼裡有洋洋得意的神色，暗自竊喜。**來吧，你這隻黃鼠狼！**

尖鼠掌一躍而起。高掌瞥了室友的腳爪一眼……爪子收起來了。**我看那只是暫時的吧**。他知道只要出了兔飛和曙紋的視線，他就會伸出利爪。高掌往旁邊閃開，但尖鼠掌一個扭身反制他這招，高掌只得鼻頭一低，鑽進尖鼠掌肚皮底下，往上一頂，尖鼠掌立刻被他過肩摔，跌在地上。高掌趕緊低身滾到旁邊，再迅速爬起來，面對已經又跳起來站好的年輕公貓。

「這是膽小鬼才用的招數。」尖鼠掌低吼，音量低到只有高掌才聽得到。

「是嗎？」高掌啐道，「那也是跟你學的。」

尖鼠掌齜牙咧嘴，「回營地後，小心我撕爛你一隻耳朵。」

「我倒想看看你有沒有這本領。」高掌撲向尖鼠掌，瞄準他的前爪，後腿橫掃，把尖鼠掌踢得往後踉蹌。但尖鼠掌又迅速站好位置撲上來，高掌在利爪戳進他腰腹時悶哼了一聲，尖牙咬住他的後腿，再用力往下一拖，高掌砰地一聲摔在地上，尖鼠掌立刻跳了上來。

尖鼠掌壓住他的口鼻，後爪抵住他的背，高掌後背一陣劇痛。難道曙紋沒看到他在幹什麼嗎？高掌揮開這念頭，他才不要像小貓一樣等著曙紋來救他。他頭一扭，張嘴咬住尖鼠掌的前腿，但不敢咬到見血。

「沒有別的招數嗎？」尖鼠掌低吼，「我是小貓時就比你會打架了，難怪你救不了你父親！」

高掌頓時怒火狂燒，理智像是被風撕裂的石楠叢，二話不說，立刻利爪出鞘並用尖牙狠咬尖鼠掌前腿，嘴裡頓時血味瀰漫。尖鼠掌放聲大叫，死命想擺脫他；但高掌由後撲上，伸爪將他拖回去摔在地上，後腿不斷痛毆他的肚子，草地上貓毛四散飛舞。高掌眼角視線裡的石楠叢模糊成一片，尖鼠掌的深色身影似乎消失了，取而代之的是麻雀矮胖的棕色身影。

是你！他把無賴貓拖到一旁，口鼻上的血滴在無賴貓的臉上，「你死有餘辜。」

「高掌！」曙紋的吼聲像是從遠方傳來。高掌的頸背突然被一張嘴咬住，嚇得他倏地回神，他發現自己被拖了回去，腳爪什麼也搆不到。

兔飛衝到他面前，護住尖鼠掌，「你到底在幹什麼？」棕色戰士瞪著他，眼裡布滿驚恐。

高掌眨眨眼，尖鼠掌全身顫抖地躺在他導師旁邊，遍體鱗傷。**我做了什麼？**

第二十三章

曙紋怒視高掌，氣得全身毛髮倒豎，「你忘了不能使用利爪嗎？」

高掌看著她，驚魂未定，「對不起！」

兔飛在一旁檢查尖鼠掌的傷口。尖鼠掌不停扭動，不讓他的導師檢查，「我沒事。」

他只是不想承認我差點撕爛了他。高掌想到自己剛剛氣得失去理智，不免皺眉。要是曙紋沒來阻止我，天知道我會瘋狂到什麼程度？

曙紋舔舔胸毛，將它撫順。「你今天可能壓力太大，」她喵聲道，「才會突然失控。」

兔飛小心盯看高掌，「我想也是。」

「沒錯。」尖鼠掌點點頭，同時甩甩毛髮，掩飾身上的傷口。

「我保證不會再犯了。」高掌承諾，但心裡其實很惶恐。他會不會因為這件事而落得評鑑不合格。他的情緒失控差點害死尖鼠掌。**我根本沒資格通過評鑑。**他羞愧得毛髮倒豎。**戰士不應該傷害自己的族貓。**

曙紋朝石楠叢走去，「我們回營地吧。」

高掌尾隨著他的族貓，心裡暗自擔心曙紋會跟楠星說什麼。母鹿春和雄鹿躍剛好走進空地外面，準備離營。雄鹿躍興奮地舉起尾巴，「評鑑進行得如何？」

母鹿春看見尖鼠掌血淋淋的鼻子，眼睛瞪得斗大，「你怎麼了？」

兔飛上前一步，「高掌忘了他是在和自己的族貓交手。」

雄鹿躍看見尖鼠掌身上的毛髮糾結成團，「你以為你在和影族貓交手嗎？」

高掌看著地上，全身發燙。

尖鼠掌聳聳肩，「他很幸運，只被我賞了幾掌而已。」

「去找鷹心，」兔飛告訴他，「讓他看看身上的傷，我和曙紋要找楠星談一談。」

雄鹿躍以目光探詢高掌，但高掌不打算對他說什麼，「我去喝口水。」他循著營地圍籬邊緣的小徑去湧泉那裡喝水。他轉彎後慢下腳步，聽見前面有喵聲響起，水邊已經站了兩隻貓。

「你確定？」高掌認出羊毛尾那粗嘎的聲音。

淺鳥回答他，「我確定，已經兩個月了。」

高掌豎起耳朵。

「那高掌怎麼辦？」淺鳥喵聲道，「我們應該先告訴他。」

「當然，」羊毛尾答道，「他會很高興的。對我們大家來說，這一年的綠葉季諸事不順，這消息應該會讓他很高興。」

高掌的毛髮不安地倒豎，**什麼消息會讓我很高興？**

淺鳥壓低聲音，「我想還是由我來告訴他吧。」

高掌從石楠旁邊走過去，直接面對他的母親，「要告訴我什麼？」

「高掌！」淺鳥眼睛一亮，「我有好消息要告訴你。」**可是為什麼羊毛尾一臉憂心忡忡？**

淺鳥深情看著羊毛尾，「我懷孕了。」

高掌怒瞪羊毛尾，「是你的？」

地道工抬起口鼻，「是我的。」

「你要當哥哥了。」淺鳥脫口而出。

「那沙雀呢？」高掌眨眨眼睛，看著羊毛尾，「你是他朋友，你怎麼可以……」

「沙雀也會為我們開心，」羊毛尾打斷他，「祂不會希望看見淺鳥後半生都活在傷痛裡。你應該為你母親感到高興，」淺鳥的眼睛閃閃發亮。「她已經很久沒有這麼快樂了。」

高掌的心揪成一團，**沙雀和我都無法讓你快樂，只有羊毛尾可以。**

「你還是她的長子，」羊毛尾輕聲告訴他，「難道你希望只做她唯一的兒子？」

高掌看著這兩隻貓。羊毛尾用眼神祈求他諒解，淺鳥則似乎察覺不到她所帶給他的痛苦。

「她開心就好。」他轉身離開，大步走進營地，乾渴的嘴巴仍嚐得到尖鼠掌的血腥味。

會議坑亂哄哄的，族貓們正魚貫進入，毛髮因興奮的關係而顯得凌亂。雲跑從會議坑邊緣探頭對他說：「快一點，高掌，你要錯過你的命名大典了。」

楊秋和雲雀點在會議坑邊緣就座，霧鼠和蘋果曙正聊得起勁，至於梅爪、胡桃鼻和草滑則緊挨著彼此而坐，這是高掌第一次看見地道工和高地跑者不分彼此地坐在一起。

小跳、小栗和小鴿趴在邊緣，「我們為什麼不能跟你坐在一起？」小跳朝他媽媽喊。

草滑趕他們離開，「去坐育兒室旁邊，那裡也可以看得到。楠星不喜歡腳下坐著小貓，這是很重要的儀式。」

高掌瞄見族長站在沙坑中央，蘆葦羽只離她身後幾步遠，兔飛和曙紋則站在他兩旁。尖鼠掌跟他父親在一起，紅爪驕傲地挺起胸膛，抬眼望向淺色天空。他是不是在好奇蕨翅是否正在觀看？

曙紋捕捉到高掌的目光，彈彈尾巴示意他過來。這代表他通過評鑑了嗎？她雙眼炯亮，朝他輕輕頷首。他通過了！高掌呆呆地看著她，淺鳥找到了新的家庭取代舊的，所以就算他得到戰士封號又有什麼意義？很快就會有小貓讓她忙了，他們帶給她的快樂將更勝於他。

「來吧，高掌。」羊毛尾從後面走了過來，推他前進。

淺鳥在他旁邊喵嗚說道：「是你的命名大典欸！今天真是雙喜臨門！」

高掌瞇起眼睛。**對你來說，也許是吧。**他緩步穿過草叢，滑進沙坑裡。

「禿葉季快到了，但我們將多出兩位戰士幫忙面對這嚴寒的季節。」楠星看著尖鼠掌，「你將被封為尖鼠爪，以彰顯你的狩獵和戰鬥技巧。你的受訓成績良好，實至名歸。」

尖鼠掌蓬起尾巴，喵嗚出聲。

「高掌，」楠星雙眼炯亮地注視著他，高掌踩動著腳爪，「當年你父親因你的長尾巴而為你命名，為了紀念他，我將封你為高尾。高尾，總有一天，你會成為比你想像中還要偉大的戰士。沙雀將以你為榮。」

高尾看著他的族長。他應該高興，但那種麻木的感覺並未消失，反而更緊緊裹住他的心。楠星兩眼盯著他，搜尋他的目光，似乎想告訴他什麼。**她是不是知道我根本不夠資格當戰士，只是好心送我一個封號。**族貓們的歡呼聲充斥四周。

「高尾！」

「尖鼠爪！」

他們抬高音量，同聲慶賀風族的新戰士，歡呼聲直衝午後的天空。

高尾回頭瞥了淺鳥一眼。她緊緊挨著羊毛尾，兩眼發亮。高尾吞回哽在喉間的悲痛。**她為我感到驕傲嗎？還是只是欣喜小貓即將誕生？**族貓們圍繞著他，為他的戰士封號歡呼，但他覺得自己從未這麼寂寞過。

***

星群在墨黑的夜空閃爍，蹲在瞭望台的高尾放眼眺望地平線上尖牙狀的連綿山巒。山的後面是什麼？曾有貓兒跋涉到那麼遠的地方嗎？他呼出的氣息如白煙，腳下岩面寒冽冰冷，落葉季的寒夜捎來了禿葉季冰霜不遠的訊息。

他正和尖鼠爪一起守夜，這是他們被封為戰士後的第一夜。下方遠處有狐狸長嚎，遠方樹梢有隻貓頭鷹正在拍翅鼓翼。兩腳獸地盤有光芒閃爍，吸引了高尾的目光。有寵物貓被困在圍牆裡嗎？他們耽於牆內溫暖舒適的生活，渾然不識高地戰士嗎？究竟還有多少貓兒是在他極目遠眺的視線以外自在過活？

高尾的思緒飄向麻雀和其他訪客。他們曾路過兩腳獸的巢穴嗎？也許他們會在那裡過冬，也許他們到了禿葉季就改當寵物貓，等溫暖的季節來臨，再變回無賴貓。他踩動著腳，試圖緩解腿部的僵硬。

「你覺得這裡太冷了？」尖鼠爪低聲說，「你可以躲進地道裡，我不會說出去的。」

「你當然不會說，」高尾不悅地抽動尾尖。他們都已經是戰士了，尖鼠爪還要繼續這樣調侃他嗎？他瞄了他的室友一眼，「老是這樣揶揄我，你不膩嗎？」

「揶揄的對象是你，我怎麼會膩呢？」

「我們不應該交談的，」高尾看見有片雲飄過月亮前方，「星族會不高興。」

「反正祂們已經很不高興，」尖鼠爪嘶聲道，「你那次的評鑑根本不配獲得戰士封號。」

「是你先伸出爪子的。」

「我只是趁機佔你一點便宜，」尖鼠爪厲聲道，「可沒打算把你的皮撕爛。」他的喉間有低吼聲，「反倒是你嚇到了我，下次我一定會好好修理你。」

「不會有下次的。」楠星突如其來的喵聲嚇了高尾一跳，他轉身看見一雙藍色眼睛正在陰暗的草叢裡閃爍。楠星緩緩步上岩石，「你們應該知道這時候不可以交談，更別提還彼此威脅了。」她的目光從高尾掃到尖鼠爪。

高尾忸怩不安，覺得自己像一隻被斥責的小貓，「對不起，楠星。」

「是高尾先開始的。」尖鼠爪咕噥道。

楠星瞪他一眼，要他噤聲，「我只是想來確認我的新戰士，」她的目光越過高尾，望向後方的星空，「今夜的山谷狀況如何？」

「很冷。」尖鼠爪告訴她。

高尾目光越過高岩山，看向更遠處，「沒有盡頭。」他低聲道，語氣裡藏著一絲渴望。

楠星的眼裡有光芒閃現，但隨即別過臉去，「保持安靜，」她提醒他們，同時緩步走回草原，「星族正看著你們。」

⚡⚡⚡

高尾忍住呵欠，雷族領地的天空已經變亮，尖鼠爪在他旁邊垂頭打盹，高尾用尾巴彈他。

尖鼠爪猛地抬頭，「怎麼了？」

「天快亮了。」高尾嘶聲道。

「我知道。」尖鼠爪嘟囔。

高尾從岩石處往外眺望，看著甦醒中的山谷。怪獸開始沿著轟雷路怒吼，在下方遠處的兩腳獸巢穴裡，有隻狗不停吠叫，直到被一隻兩腳獸喝斥才停止。黎明曙光將月光下的葉子由銀染綠，草原和灌木林漸漸恢復生機，太陽慢慢從森林上方探出頭來，點燃了高岩山。

高尾聽見後面有腳步聲拂過草叢，他嗅聞空氣後轉身，**蘆葦羽**。

「你們還醒著。」蘆葦羽的語氣聽起來很愉快。

高尾弓起背，伸長身體，甩掉清晨的寒意，旁邊的尖鼠爪打了個呵欠，「還好我是在禿葉季前被封為戰士，不然坐在這裡一晚上，早就凍死了。」

「要不要去狩獵，暖和一下身體？」蘆葦羽提議。尖鼠掌眨眨眼，「現在？」

「我覺得這點子不錯。」高尾緩步走下岩石，他需要伸伸腿，他已經餓得像隻狐狸。石楠叢一陣窸窣，母鹿春和楊秋走了出來。

「他們還醒著！」楊秋喊。

「當然醒著！」尖鼠爪跳下岩石，站在高尾旁邊。

「你一定凍壞了，」母鹿春嗅聞尖鼠爪那身露濕的毛髮，「而且很累。」

「還沒累到不想狩獵，」蘆葦羽喵聲道，「他們要加入我們的狩獵隊，晚一點再休息。」

高尾嗅聞空氣，「我們去哪裡狩獵？」

蘆葦羽的頭指向山腰下方被第一道陽光照到的石楠叢，他快步往下走，楊秋跟在旁邊，尖鼠爪也跑了過去，母鹿春則陪著高尾慢慢走。

「淺鳥要有小貓了，這消息真是太好了，是不是？」她喵嗚道。

「那只是用來繼續留在育兒室的藉口。」高尾咕噥道。

母鹿春瞪著他，「你不高興嗎？你就要有自己的弟弟妹妹了。」

「是哦。」高尾緊盯著前面的狩獵隊。

「高尾，你什麼時候變這麼自私？」母鹿春控訴道，「淺鳥失去了這麼多至親，你現在應該為她高興才對。」

「我應該嗎？」高尾突然停下腳步，爪子戳進草地裡，「我現在是戰士了，可以有我自己的想法。我覺得淺鳥應該忠於沙雀，意外過後才幾個月，她就變了心，難道不怕別的貓認為她其實很高興沙雀走了，才能和羊毛尾結為伴侶貓嗎？」

母鹿春的尾巴不停抽動，「高尾，你只想到自己，你說你已經大到可以有自己的主張，但你也已經大到應該明白部族貓對部族的忠心必須勝過一切。淺鳥現在很開心、羊毛尾也是，而風族未來會有更多小貓，這是一件多麼值得慶幸的事。但你卻覺得不開心。」

他還沒來得及辯解，她就拔腿跑開，「我跟你們比賽，看誰先跑到兔子洞。」她朝前方的貓兒喊的同時追過他們，其他貓兒趕緊跟著衝。

尖鼠爪朝石楠叢繞過去，鼻子不停抽動，「有兔子的氣味。」

母鹿春調頭跑了過來，楊秋和蘆葦羽跟在後面。高尾看著他們鑽進灌木叢裡，但不打算跟上去。他寧願獨自狩獵。他不需要任何貓來告訴自己應該有什麼感受。他朝高地頂端走去，嗅聞空氣，剛剛一定有隻兔子從這裡經過。

高尾緩步向前，小心地停在草地上。短草覆蓋著前面的山脊，**是兔子洞**。他立刻蹲伏，肚皮貼地潛行，視野角落有東西在抽動，他緩緩轉身，看見草叢裡有一對棕色的長耳朵，**兔子**。

高尾屏住呼吸。兔子低頭嚼草。高尾像蛇一樣穿梭草叢。他聽見用力咀嚼的聲音，遠處的石楠叢窸窣作響，他的隊友們正在穿梭其中。**他們狩獵的時候就不能安靜一點嗎？**高尾目光鎖住獵物後一躍而起。

兔子往旁邊竄逃，釋出的恐懼氣味瀰漫空氣。高尾衝了上去，現在兔子離他不到一條尾巴的距離，他配合兔子調整自己的步伐，隨即飛撲而上，「抓到你了！」

他的心頓時一沉，因為腳下竟然只有草葉，「跑哪去了？」他旋身一轉，瞄見有個兔子洞飄出恐懼的氣味。**休想躲在裡面！**高尾探進幽暗的洞裡，小爪子的耙抓聲出現在一隻狐狸遠的前方。他往前探身，趕在兔子逃進地道前一把攫住牠毛絨絨的腰腹，迅速拖出來。兔子尖聲慘叫，他張嘴致命一咬後坐起來，血腥味和新鮮的泥巴味充斥鼻腔，掩蓋了高地的其它氣味。

「我的老天，你在做什麼？」一個驚詫的聲音出現，楊秋就站在石楠叢的邊緣。

高尾用爪子把兔子推過去，「狩獵啊！」他吐出一口兔毛。

「記得嗎？我們不能再到地底下狩獵，」楊秋一臉憂心地瞪大眼睛，「楠星說地道不安全。」

「我是從山脊那裡追過來的。」高尾解釋，同時用尾巴指指那個方向，但身體卻在發燙。楊秋為什麼要質疑他的狩獵成果？難道他忘了高尾現在也跟他一樣是戰士了。

「可是地道現在被封了。」楊秋喵聲道。

尖鼠爪跟在灰白戰士的後面鑽出石楠叢，「大蟲又在挖洞啦？」

高尾怒火中燒，將兔子踢給他的隊友，「不是，我在抓獵物。」

楊秋上前一步，「冷靜點，高尾。要大家記住地道不能再狩獵，本來就不是件容易的事。來吧，我們把這隻兔子帶回營地。」

高尾拾起獵物，緊緊叼在嘴裡，以免自己又忍不住回嗆尖鼠爪的刻薄言語。**我現在是戰士了，**他告訴自己。**現在的一切已經跟見習生那時候不一樣了。**兔子的屍體不斷地在他腿上彈動，害他步履蹣跚。事實上，有太多事情起了變化，包括淺鳥懷了羊毛尾的小貓，還有地道永遠被封了，以致於高尾開始對風族感到有點陌生了。

第二十四章

高尾身體僵硬地坐在自己的臥鋪裡，雖然隔著厚厚的羊毛墊，但還是能感覺得到高地已經結冰。他看著高地跑者臥鋪邊緣結霜的枯草，呼出來的氣如白煙裊裊飄上夜空。雖然地道已經封閉，戰士們的臥鋪還是分成兩個，他們都寧願睡在以前的臥鋪上。但等下一代的小貓通過評鑑後，他們會願意睡在同一個窩嗎？

高尾豎起耳朵，繃緊神經傾聽育兒室傳來的聲響。雄鹿躍早就在他隔壁的臥鋪裡呼呼大睡，雲跑和蘋果曙的鼾聲此起彼落。但紅爪、雲雀點和曙紋都跟高尾一樣坐直身體，傾聽著育兒室厚重的金雀花圍籬內傳來的呻吟聲。

羊毛尾正在外面焦急地踱步，胡桃鼻陪在他身邊，霧鼠和梅爪擠在會議坑邊緣。

「她不會有事的。」梅爪趁羊毛尾經過時向他保證。

羊毛尾咕噥出聲，背上毛髮不斷起伏。

「鷹心正陪著她，」霧鼠安撫，「他的接

生經驗很豐富。」

小跳從長老窩裡爬出來，身上黑毛一撮撮豎得筆直。淺鳥正在分娩，他先前就跟著小鴿、小栗和草滑被送進長老窩裡，「他們出生了嗎？」

小栗從她哥哥旁邊擠出來，「你是兔腦袋啊，鷹心還在裡面，當然還沒生出來。」

高尾跳出臥鋪，他知道自己沒辦法再回去睡覺，淺鳥的呻吟聲愈來愈痛苦。高尾緩步走向長老窩，停在小跳旁邊，「生小貓得花點時間。」他安慰小貓之餘也安慰自己。

小鴿把鼻頭伸出長老窩入口，月光下，深灰色毛髮上的白色斑點像在發光，「草滑生我們的時候也發出這種聲音嗎？」

一聲痛苦的低吟迴盪在空地上，高尾的耳朵抽了抽，「我不記得了。」他說謊。草滑分娩時發出的呻吟聲比這小多了，是出了什麼事嗎？他擔心到腳爪微微刺痛。

草滑緩步走出長老窩，「她比你想像得堅強多了。」她對高尾低聲說，目光望向育兒室。

高尾抬頭仰望銀毛星群，祖靈不會讓淺鳥再失去一次小貓吧？

百合鬚從草滑後面鑽出來，琥珀色眼睛在月光下閃閃發亮，「第一隻總是比較難生，第二隻小貓就快多了。」

高尾站在那裡盯著育兒室，小鴿、小栗和小跳在他四周鑽來跑去。

「我們不是年紀最小的貓了！」小跳喵聲道。

「我等不及想帶新生的小貓參觀營地。」小栗大聲說。

「得先等幾天，他們才能出育兒室。」草滑警告她。

小鴿彈動尾巴，「我們可以教他們怎麼玩追兔子的遊戲。」

「然後帶他們去看狩獵石。」小跳一跛一跛地朝平滑的岩堆走去，爬上最高的那一塊。

高尾還記得小時候在育兒室外頭的情景，當時沙雀試著教他挖土，那記憶令他背脊一陣哆嗦。要是他當初沒有跌進洞裡，也許他一開始會選擇當地道工，一切從此改觀。

但麻雀還是會來這裡。高尾愣了一下。**他還是會說服沙雀冒險帶他去看地道。**一股難以言喻的怨氣在他肚裡翻騰，哽在喉間。

小鴿看著他，「你為什麼低吼？」

高尾眨眨眼，「我只是想到別的事。」他很快回答，同時甩甩身體。

吠掌從育兒室擠出來，循著會議坑邊緣往巫醫窩走去。

「她怎麼樣了？」草地已經結霜，高尾滑到年輕公貓面前煞住腳步問道。

「她累壞了。」吠掌的眼神幽黯。

高尾很不安，「她不會有事的，對吧？」

「我不能跟你保證什麼，」吠掌迎上他的目光，「不過鷹心知道自己在做什麼，他會好好照顧她的。」說完便匆匆離開，往巫醫窩走去。高尾緊張地瞥了育兒室一眼。

麥桿從臥鋪裡爬出來，穿過空地，「高尾，你出生時也是在夜裡，就跟現在一樣。」

「你怎麼知道？」他沒有看著她，「妳那時候也才剛出生沒多久。」

「我那時候年紀雖小，但眼睛已經睜開了，聽力也好得很。」麥桿彈動尾巴。「你老愛吱吱叫。有一天晚上，雄鹿躍把你叼起來，放到窩的外面，免得打擾他睡覺。」她的眼裡有光芒閃現，似乎希望他聽到這故事後會覺得好笑。但他沒有，於是她繼續說：「沙雀聽到你的聲音，把你叼了回去，結果可憐的雄鹿躍因這件蠢事而被賞了一個耳光。」

通往巫醫窩的入口咯咯作響，吠掌嘴裡叼著一坨葉子疾步走出，從他們旁邊經過，高尾聞到刺鼻的藥草味，不禁皺起鼻子。

「還好淺鳥有兩隻巫醫貓在照顧她，」麥桿喵聲說，「高尾，她會熬過這一關的。」

金雀花圍牆內傳來刺耳的孱弱喵聲，麥桿的眼睛一亮，「第一隻生出來了。」

鷹心探出頭，「羊毛尾，進來見見你的第一個孩子。」

羊毛尾驚詫地瞪著巫醫貓，胡桃鼻推他向前，「去啊。」他催促。

「我不知道怎麼做！」羊毛尾低聲道。

「只是去歡迎你的小貓來到風族。沒問題的啦。」胡桃鼻陪著他朋友走向育兒室，看著地道工擠進多刺的入口。

淺鳥突然放聲尖叫，高尾的心頓時抽緊。育兒室裡傳來微小的喵叫聲，然後又歸於寂靜。高尾屏住呼吸，他聽見裡頭有毛髮的刷拂聲，鷹心正在對吠掌低聲說話，緊張的羊毛尾稍微大聲了點，立刻被他斥責。地道工隨後鑽出育兒室，晶亮的眼睛瞪得斗大。高尾朝他衝過去，蘋果曙、麥桿和胡桃鼻擠在前面等著聽消息，高尾從中間擠了過去。

「淺鳥還好嗎？」高尾追問。

「她很好，」羊毛尾迎視高尾的目光，「進去見見你的弟弟妹妹吧。」

高尾鬆了口氣，全身無力地跟著羊毛尾走進育兒室，吠掌閃到一旁騰出空間給他們。

待在淺鳥臥鋪旁的鷹心抬起頭，「她累壞了。」

育兒室內金雀花叢透進的月光僅能讓高尾看見他母親趴在臥鋪裡，毛髮凌亂、全身濕透、兩眼無神，肚皮旁邊有四隻小貓在蠕動。高尾小心翼翼地靠近，刺鼻的藥草味和新生小貓的味道令他皺起鼻子。羊毛尾蹲在淺鳥的頭旁邊，開始舔她的耳朵。

鷹心咕噥一聲站了起來，往入口走去，「她要一兩天才能恢復體力，盡量讓她早點休息。」

淺鳥沮喪地看著他，「你別走！我怎麼餵這些小貓？太多小貓了。」

「只有四隻，而且他們自己會吸奶，」鷹心輕鬆地回答，「妳只要躺著不動就行了。」

「要是我奶不夠怎麼辦？」

「當然夠，」鷹心鑽出窩外，「走吧，吠掌，淺鳥現在可以自己照顧自己了。」

淺鳥焦慮地抬眼望向羊毛尾，「我真的照顧得了他們嗎？」

「當然沒問題，」羊毛尾舔舔她的面頰，「妳是個好媽媽，一定能照顧得好這些孩子，就像你當年照顧高尾一樣。」

高尾只覺得好像有什麼東西擠壓著他的心，他低頭看著小貓，試圖分辨擠成一團的他們，「你幫他們取名字了嗎？」

「還沒，」羊毛尾告訴他，「淺鳥太累了。」

小貓們最好早點習慣「淺鳥太累了」這句話。高尾苦澀地想。

最小的小貓是一隻黑色公貓，全身濕淋淋地想爬上臥鋪邊緣，他用小爪子費力地撐起身。

高尾探頭過來，抓住他的頸背，**小東西，別著涼了**，輕輕把他移到淺鳥的肚子旁邊。

「小心點！」她厲色道，「別傷了他！」

高尾頓時覺得心被刺了一下，彷彿淺鳥抓了他的口鼻一爪。高尾將小貓擱在手足旁，隨即退後幾步，「我只是想幫忙。」他鑽出育兒室，心裡的空虛被憂傷填滿。

吠掌正在外面等他，「他們很健康。」他喵聲道，好像以為高尾還在擔心。

「那很好啊。」高尾朝入口走去，心隱隱作痛。

「我們要去哪裡？」

我們？高尾瞥了他朋友一眼，好像已經很久沒聽見吠掌說**我們**這兩個字了，「我想去吹吹風，」他看著營地的石楠叢入口，「你要一起來嗎？」他想吠掌一定會找藉口回巫醫窩，「你應該很累了吧？」高尾提醒他。月亮正在西沉，意思是黎明將近，但在晨間工作前，吠掌還有時間可以小睡一下，「鷹心可能幫你排了很多事情要忙。」

「我現在還不想睡覺，」吠掌告訴他，「這是我第一次接生小貓。」他率先鑽出入口。

他們循著石楠叢外圍的小徑往山坡上走，「淺鳥真的沒事吧？」高尾急忙問道。

「真的。」吠掌的毛髮刷過相偕而行的他。

「她看起來好累。」

「她有點難產。」

「還好他們都活著。」高尾想到小雀。

「他們就像你一樣熬了過來。」吠掌喵嗚道。

他們靜靜地走了一會兒，高尾帶著他的朋友慢慢地朝瞭望岩走去，「我喜歡這裡的景色。」他喵聲道，同時領著吠掌越過岩面。

吠掌看著夜色籠罩的山谷，「為什麼？這裡的景色黑漆漆的，又那麼遠。」

高尾坐下來，彈動尾巴示意吠掌坐在他旁邊，「再等一下。」

「等什麼？」太陽正在他們後方的地平線上慢慢升起，天空漸漸灰白。高尾回頭瞥看，微弱的陽光正隔著雷族森林的禿枝緩緩溢出，「你等一下就會看到了。」他告訴吠掌。就在他說話的同時，太陽攀上樹林頂端，陽光遍灑高地，點亮高岩山的峰頂。

吠掌倒抽口氣，「我從沒見過這樣的景色！」

「你看到後面的山脈了嗎？」

吠掌瞇起眼睛，「有山脈？」

「也許山脈後面還有更多陸地，」高尾腳爪微微刺痛，「是部族貓沒去過的地方。」

「應該說永遠也不會去。」吠掌下了個註解。

高尾轉頭，「為什麼不會？」

「部族貓為什麼要離家這麼遠？」

「去看看那裡有什麼啊！」

吠掌聳聳肩，「我去過月亮石。那已經夠遠的了。高地上還有很多東西可以見識，這裡的藥草我都還沒完全學會呢。」

「你不想去貓兒沒去過的地方找新的藥草嗎？」

吠掌目光越過山谷，「我根本不可能走那麼遠，我的族貓需要我。」

高尾踩動著腳，「我也希望風族需要我。」

「他們當然需要你！」

高尾聳聳肩，「我以為只要我成為地道工，就能取代沙雀，我以為到時候他們就會需要我了，可是楠星說不再需要地道工。現在淺鳥也有了羊毛尾的小貓，所以她也不再需要我。」

「她需要你！」吠掌大聲說，「小貓也需要你。」

高尾搖搖頭，「這不只是被需要與不被需要的問題而已，」他嘆氣，「還有別的事。」

吠掌皺眉，「你這話什麼意思？」

「我……我覺得我一定要找到麻雀。」

「為什麼？」吠掌瞪大眼睛，一臉不解。

「他害死沙雀。」高尾搜尋他好友的目光，希望看見裡頭有理解或同情。

「可是沙雀的死是個意外，」吠掌喵聲說，「那不是麻雀的錯。」

不是麻雀的錯？高尾怒火又起，哽在喉間，嗆得話都說不出來。為什麼他們就是看不出來這隻無賴貓害死了一隻部族貓，然後大搖大擺地離開，完全不用受到懲罰？他怒目眺望山谷。**我知道你就躲在那裡的某個角落。**他想像麻雀在黎明曙光下快樂地伸著懶腰。**你以為你一輩子都不必受到懲罰嗎？我不會讓你得逞。**高尾的爪子磨著岩面。**總有一天，我會讓你後悔莫及。**

吠掌循著他的目光，「每隻貓都有自己的命運，只有星族知道你的命運走向。」

「要是命運要我走出部族呢？」高尾低吼。

吠掌抽動尾巴，「走出部族？」

「我的命運是在那裡！」高尾朝山谷的方向點頭示意。**要是我的命運是去為沙雀報仇？**

「你要自己去？」

「沒錯，」高尾怒目遙望遠方，掃視草叢間有無棕色身影正在移動。

「你想當無賴貓？」吠掌追問，語調帶著驚詫。

「當然不是，」吠掌的目光為何如此短淺？「我只能在戰士的領地裡當戰士嗎？」高尾目光轉向吠掌，「戰士守則應該超越邊界的範疇，不是嗎？膽識、榮譽還有忠貞度，這些都不能因為跨過了氣味標記就被拋在腦後。」

「你只是因為小貓的出生而感到不安，」吠掌爬起來伸個懶腰，「等你比較熟悉他們了，感受就會不同。你也知道，部族有足夠空間容納你所有的手足。」

「也許吧。」高尾看著吠掌緩緩朝草地走去。**但我很存疑。**

「我最好回去了，」吠掌回頭喊，「鷹心也許在找我了。」

高尾的目光轉回山谷。**我究竟該何去何從？**他瞥了天空一眼。**星族，祢們會告訴我嗎？**四周一片寂靜，他的心一沉，天上的雲和風聲都沒有任何變化。不過在月亮石的時候，他的戰士祖靈就不跟他對話，現在又憑什麼要為他指引方向？恐怕就連星族也不知道他該何去何從吧。山谷裡傳來鳥叫聲，然後有另一隻鳥回應。高尾偏頭傾聽，這些鳥兒根本不必擔心死去祖靈的監看，凡事自己作主。為什麼他就得等他的祖靈來幫他作主呢？

我的命運我自己決定，誰都不能阻攔我……連星族也不行。

第二十五章

高尾跳出臥鋪，準備參加黎明狩獵隊。雄鹿躍和尖鼠爪還在打呼，就連他低頭從他們臥鋪中間走過，也沒動一下。他們昨晚一定是很晚才從大集會回來。

他緩步走出長草堆，寒冷的霧氣籠罩營地，曙光穿過薄霧滲了進來。高尾正在嗅聞一隻結霜的老鼠，那是獵物堆裡僅剩的食物。他叼起它，帶到育兒室，塞進入口，希望死老鼠身上的霜來得及融化。這樣等淺鳥、草滑和小貓們醒來時，鼠肉就變軟了。

自淺鳥生了小鶇、小鬃、小兔和小飛後，已經又過了四分之一個月。高尾很為他們感到驕傲，他們已經探索了整座營地，老是有問不完的問題，常要他當獾給他們騎，總是在貓兒的腳底下鑽來跑去。

他探身進育兒室，淺鳥睡眼惺忪地抬起頭來，隔著微亮的光線看著來者，「是你嗎？高尾？」

「是我，你需要什麼嗎？」高尾豎起耳朵。

「你別來好不好，」淺鳥不悅地說，「把大家都吵醒了。你跟小貓講那麼多大集會的事幹嘛，害他們興奮到大半夜，吵得我們都不能睡。」

高尾低頭步出育兒室，耳朵不小心被金雀花的刺螫到，卻不及淺鳥那句話來得痛心。蘋果曙正在戰士臥鋪邊緣伸懶腰，兔飛站在會議坑旁邊打呵欠，雲跑嗅聞著已經空了的獵物堆。

雲跑抬起頭，「看來我們得去狩獵了。」

「我準備好了。」高尾收張著爪子。

蘋果曙往入口走去，兔飛跟在一旁，雲跑從旁邊奔了過去，帶頭離開營地。高尾聽見結冰的地上迴盪著他們的腳步聲，也趕緊追上去，在外面的草地趕上他們。他停下腳步掃視高地，「走哪條路呢？」

「四喬木那裡應該有獵物，」雲跑猜測，「這麼冷的天，接近樹林的地方多半有獵物。」淺灰色公貓穿過霜白的石楠叢鑽了進去，高尾繞過灌木叢，奮力往前奔，趕在他們從另一頭出來前超越他們。他聽見他們的腳步聲從後方紛紛傳來，於是跑得更賣力。

「你們去河族邊界那裡狩獵，」雲跑在樹林邊緣趕上高尾，氣喘吁吁地說，「我和兔飛去荊棘叢那裡。」他瞥了兔飛一眼，棕色公貓在冰封的地面上腳步打滑，好不容易才煞住。

蘋果曙在他後面停下來，氣喘吁吁，「這時候賽跑會不會太早一點？」她上氣不接下氣。

雲跑朝她點頭，「妳可以跟高尾到河族邊界狩獵。」他朝布滿樹叢的山腰處點頭示意，那裡的樹叢將四喬木上方的樹林與河流連成一氣。這時戰士忽然瞇起眼睛，高尾趕緊轉頭，順著他的目光往那一頭望。

兩隻深色身影正在河族邊界下面的灌木叢裡移動。

「如果河族貓在陸地上狩獵，這代表河面一定結冰了，」兔飛喵聲道，「畢竟他們喜歡吃魚勝過老鼠。」

「他們在大集會上沒提到這件事。」雲跑嘟囔道。

高尾憤憤不平地說：「當然不會說。部族貓就算餓肚子也不會說，不是嗎？」他引述這位戰士先前說過的話。

雲跑的毛髮抖了抖，「睜大你的眼睛就好了，因為饑餓的部族貓很容易越過邊界。」

當然得越過邊界，不然不就餓死了。高尾走下山坡，蘋果曙疾步趕上，「希望我們能抓到兔子。我好餓哦。」

「要是能使用地道，就能抓到很多兔子。」高尾咕噥道。這座通往河族氣味標記的山坡上零星長著灌木叢，高尾感覺到腳下地面極為鬆脆，雖然已經連續好幾天的清晨都降霜，但因沙土量夠，所以不會很冰冷。兔子最愛來這裡，因為就算是禿葉季，也很容易挖洞；但天氣暖和時，兔子洞就會變得不太穩固。

「我們到了那裡後，順便重新標上氣味記號吧。」蘋果曙緩步朝草地旁邊冒出來的荊棘叢走去，毛髮輕輕刷過荊棘。

高尾朝更遠處的一叢蕨葉走去。這時有腳步聲朝這裡跑來，高尾豎起耳朵，背上毛髮也跟著豎起。不知道是什麼東西正全速奔來，絲毫不因快接近氣味標記而慢下腳步，蕨叢颼颼作響，一隻兔子從他鼻子旁邊跳了出來，跟著衝出一隻母貓，還有一隻公貓。

河族的氣味頓時漫進高尾嘴裡，他認出亮天那身黃白相間的毛髮，而她正追著兔子快速往前跑；狗魚牙貼平耳朵、瞪大眼睛地追在後面。高尾瞠目結舌地看著他們，兔子轉向越過山坡，狗魚牙繞過來，加快速度撞進風族領地的草地裡，包抄那隻兔子，將牠趕向亮天。亮天兩眼發亮，往前一躍張口咬斷牠的背脊。

「你為什麼跟木頭一樣站在那裡不動？」蘋果曙的嘶聲在高尾耳朵旁邊響起，「他們在我們的領地上欸！」她衝上前去。

高尾跟了上去，很快追過她，等到快逼近河族貓時才慢下腳步。河族貓霍地轉身，毛髮倒豎，夜空站在獵物前，狗魚牙齜牙咧嘴。高尾趕忙煞住腳步，擋住蘋果曙的視線，河族貓看起來又餓又瘦，毛髮枯黃。

「快點，」高尾對亮天嘶聲說，「快帶兔子回到你們的領地。」

河族母貓瞪著他。

「快！」高尾嘶聲道，他聽見蘋果曙從後面追上來的聲音。

亮天趕緊叼起兔子，飛快奔向邊界。狗魚牙追在後面，在經過高尾身邊時，還驚愕地回頭瞥了他一眼。

「你到底在搞什麼啊？」蘋果曙氣喘吁吁地在高尾旁停住腳步。

「我想阻止他們啊，」高尾喵聲說，「可是他們速度太快，八成餓壞了。」

「如果你再讓出我們的獵物，就輪到我們餓肚子！」蘋果曙啐道。

高尾的眼角有身影閃現，兔飛和雲跑正奔下斜坡，高尾瞄見夜空和狗魚牙已經消失在邊界另一側的蕨叢裡，這才鬆了口氣。

雲跑在蘋果曙旁邊停下腳步，「發生什麼事了？」

「高尾放水，眼睜睜讓河族狩獵隊偷走我們的獵物！」蘋果曙咆哮。

高尾豎起毛髮，「那是他們的獵物，是從他們的領地跑過來的。」

蘋果曙甩打尾巴，「只要過了邊界，就是我們的。」

雲跑面對高尾，「是真的嗎？」

「沒錯，他們只是追回自己的獵物。」高尾抬起下巴。

「可是你讓他們在我們的領地裡宰了牠。」蘋果曙打斷道。

「我趕到之前，他們已經咬死兔子了。而且他們顯然在挨餓，」高尾不懂為什麼他的族貓這麼斤斤計較，「難道我們希望別的部族餓死嗎？」**這是戰士該有的態度嗎？**

兔飛上前一步，「我們必須先照顧好自己的部族。」他抬眼朝營地方向的山坡看，「我們的貓也在挨餓。」

「那我們就去狩獵吧，」高尾語調輕快地說，「反正我們也沒少掉任何一隻兔子，我們只是看見有隻兔子越過邊界又回去了。來吧，我們去看看金雀花叢那裡有沒有獵物。」

「你的隊友對你很不滿意。」楠星坐在族長窩後方，身體半隱在暗處。

高尾站在她面前，覺得有點不解，為什麼大家都這麼大驚小怪河族兔子的事？「那是從他們領地裡跑過來的獵物。」他已經厭煩了得這樣一再解釋。

「你老是這麼說，」楠星嘆氣，「可是我們得先餵飽自己的部族啊。」

「是他們把牠趕過來的，」高尾解釋，「要是河族沒把牠追到那裡，牠根本不會跑進我們的領地。」

楠星向前探身。「高尾，你是怎麼回事？」她瞪大充滿好奇的眼睛。

高尾豎起背上毛髮，「我到底錯在哪裡？」

「我知道你曾受了點罪，」楠星的喵聲帶著同情，「淺鳥一直走不出失去小雀的陰影……」

「她已經走出來了，不然怎麼會跟羊毛尾另組家庭。」高尾嘟囔道。

楠星眨眨眼睛，「我知道失去沙雀對你來說是另一個打擊，我也很遺憾你不能繼承他的衣缽，但是我必須為整個部族著想。」楠星深吸口氣，「如果你有什麼事想跟我聊，歡迎你隨時來找我，或者找曙紋也可以。」她皺眉，「我擔心你跟族貓太疏離了。你一直很封閉自我，但要成為部族的一員，就得分享所有事情。」

高尾彈動尾巴，感到愈來愈不自在，「請問我可以走了嗎？」

楠星點點頭，「當然可以。但要記住，你隨時可以找我聊。」

「謝了。」高尾轉身，往窩外走去。

幾天前才剛得到巫醫貓封號的吠臉正在空地等他，「我必須找你談一談。」他急切地說。

「談什麼？」

「等一下再說。」吠臉帶他走到營地圍籬外的湧泉處後停在空地上。腳邊的泉水汩汩流出，拍打著結冰的池邊。「你還記得你在瞭望岩上說過的話嗎？」他豎起耳朵面對高尾，「在淺鳥分娩之後，你問我如果命運帶你走出部族之外，會怎麼樣？」吠臉提醒他。

高尾點點頭，「所以呢？」

「你說在部族以外的地方也能當戰士。」

「我到現在還是這麼認為。」

吠臉繼續說：「你想看看外面的世界。」

高尾不耐煩到腳爪微微刺癢，「為什麼要再提這件事？」

「日出的時候，我去了高地，」吠臉急忙說，「我在採集酸模想解決亂足發燒的問題，結果找到一坨黑白混雜的毛。」

高尾瞪著他，「這很重要嗎？」

「你的毛色就是黑白混雜啊。」

「你是說你找到我的毛？」高尾看看自己的腰腹，「我不覺得我有掉毛啊。」

「我不是這意思！」吠臉跳上湧泉上方的土脊，沿著它踱步，「你不懂嗎？是預兆。」

「預兆？」高尾一臉不解。

「當我拿起來細看時，突然起了陣風把它吹走，像煙一樣裊裊飛舞，消失在高地上。」

高尾皺眉，「你想說什麼？我會消失不見？」他開始有點不安。

吠臉聲音微抖，「我只知道這代表著某種意義，而且是意義重大，像是星族給的啟示。這是在你說你的命運會帶你走出部族之後才發生的。所以或許你說的對，或許星族是用這種方法在表達他們對你的認同。」

「你認為星族要我離開這裡？」高尾只覺得心冷，難怪在月亮石那裡，祂們不肯跟他對話？「你認為我應該離開？」他的喉嚨縮緊。

「不，」吠臉爬下土堤，停在高尾口鼻前一根鬍鬚遠的地方。「你當然不必離開，但如果你真的認為自己注定走出邊界，我想星族是希望你相信自己的直覺。」

高尾看見朋友堅定的目光，**他只是希望我快樂**。他緩緩點頭，「吠臉，謝謝你告訴我這些，」他爬上土堤步入草原，「我得好好想一想。」

「高尾，如果你覺得對，就去做。」吠臉在他後面喊。

高尾抬起口鼻望向高地頂端，他對後面的山谷就跟風族營地一樣熟悉。他到瞭望岩巡邏了那麼多次，早就將那些田野、山巒、河道和轟雷路的畫面深印在腦海，對它們的熟悉程度猶如沙雀熟悉高地底下的地道一樣。

他突然激動起來，腳爪微微刺痛。連星族也認同了他屬於外面的世界，他注定要離開自己的領地，找到害死父親的兇手。他現在總算明白，他的族貓都不認為麻雀有錯，但星族很清楚。祂們在告訴他，去為沙雀復仇。

他精神為之一振。

我必須離開高地！我的命運在部族外面的世界等著我！

第二十六章

高尾匆匆回到營地。他必須告訴楠星，他應該儘早離開，這也是為什麼天氣變得又乾又冷。**星族一定是在幫我保留麻雀留在路上的氣味。**

「高尾！高尾！」

他穿過草叢時，小兔、小飛、小鷚和小鬃爭相朝他跑來。他趕緊跳開，免得踩到他們，「我現在不能陪你們玩，」他語調輕快地告訴他們，「我得找楠星談一談。」

小鬃瞪大眼睛看著他，「可是你才跟她說過話。」

小鷚回頭看了一眼，「她很忙。」風族族長和蘆葦羽坐在會議坑裡，頭挨得很近，正在討論事情。

「她會有時間的。」高尾試圖離開，但小兔巴住他的腳，「當獾讓我們騎嘛！」她吱吱尖叫，「雲跑說我們現在個子太大了。」

高尾看見小貓的目光，頓時不忍。他會錯

過同母異父妹妹的成長過程，他甚至不知道她的戰士封號會是什麼。「好吧。」他讓步道，然後蹲下身。但他還來不及抗議，四隻小貓就全爬上他的背，用刺刺的小爪子緊抓住他的毛髮。

百合鬚在長老窩外面喵嗚笑道：「亂足，快來看高尾幫我們送獵物來了。」

「才不是呢！」小飛在高尾的背上扭動著。

高尾抽動鬍鬚，「是啊，我就是要把你們載去餵百合鬚和亂足，長老最愛吃小貓了。」

「不要、不要！」小飛驚恐尖叫，「我要下來。」

高尾像獾一樣用力地跺腳前進，將小貓往長老那裡送。

百合鬚舔舔嘴巴，「高尾，你來得正是時候，我剛好餓了。」

「不要！」小飛尖叫。

「你別傻了！」小鶇喝斥，「他們當然不會吃掉我們。」

「可是要是他們真的吃掉我們怎麼辦？」

高尾感覺到小飛在他的背上一陣亂扒，「別緊張，小飛，」他停在百合鬚旁邊，「我們只是逗你玩。」

百合鬚伸掌過來，抓住小飛雪白的頸背，將他從高尾的背上撈下來。高尾蹲坐下來好讓其他小貓爬下來。他看著小貓和長老，心裡一陣酸楚，他會錯過很多，但他的命運不屬於這裡……他得為他父親復仇，然後呢？

高尾可以想像得到高岩山後面一定還有更高的山脈，那裡的世界有太多東西等待他去發掘，足以填補他的一生。

「百合鬚，」他鄭重地對長老垂頭致意，「謝謝妳過去這幾個月對我的照顧。」

長老驚訝地眨眨眼，「哦，還好吧。」她的表情看起來好像想問他什麼，他趕緊後退。

「我得找楠星談談。」他喵聲道，轉身快步走向會議坑，「楠星，我們可以聊一聊嗎？」

她抬頭看他，眼神一黯，朝蘆葦羽點點頭，「我們晚點再繼續討論，」她低聲對副族長說完後跳出會議坑，「高尾，跟我來。」

他跟著她走回族長窩，「我必須離開風族。」楠星還沒坐定，他便脫口而出。

「離開風族？」她幾乎是心不在焉地重複他說過的話，目光游移，似乎想起很久以前的事，「好吧。」她終於開口。

難道她不問原因嗎？「麻雀害死沙雀，卻沒得到懲罰，我必須找到他，要他付出代價。」

「這是你必須離開的原因？」楠星將尾巴捲在腳底下，「你不能等到他下個綠葉季回來，再懲罰他嗎？」

高尾踩動著腳。她為什麼這麼冷靜？他都要離開風族了！「還有別的原因啦，」他承認，「我……我想看看部族以外的世界，難道妳不想嗎？」

楠星搖搖頭，「我所需要的一切，部族裡都有了。」

「可是我的族貓並不瞭解我，有些貓甚至不太喜歡我。」

「你可以改變這一點，」她輕柔地喵聲道，「他們尊敬你，但他們也感覺得到你的憤怒和不快樂，這讓他們很不自在。」

「所以我必須離開，」高尾承認，「我覺得我被困在這裡，」地道的惡夢……洪水怒吼、土石壓頂……又淹沒了他。他費力地吸口氣，「我需要呼吸不一樣的空氣。」

「你覺得你被困在自己的家園裡？」楠星偏著頭問他，「我們是被天空困住，還是被大地困住了？是因為我們得靠獵物維生？還是因為得喝水才被困住？或者得呼吸空氣？我們必須仰賴它們生存，但這並不會讓我們覺得自己被困住。」在暗處裡的她兩眼炯亮，「你能想像那種沒有部族保護的日子嗎？你得自己狩獵、受了傷，得自己醫治。沒有貓兒分享你成功的喜悅，或為你分擔失敗的痛苦。」

高尾抽動耳朵，「可是我可以活得自由自在。」

「你可以自由自在地為你的心找到歸屬。」楠星的低語聲好像是在跟自己對話。

高尾傾身靠近，「吠臉從星族那裡得到一個啟示。」

「吠臉是很有天份的巫醫貓，」楠星的眼睛閃閃發亮，「但星族的預兆應該由鷹心來解讀。」

「那個預兆說我應該離開。」

「自己的路得由自己決定。」

「可是我們不是都照星族的吩咐來做嗎？」

楠星喵嗚出聲，「我們的祖靈也曾是部族貓，所以祂們知道命運是由我們自己創造。」

高尾的毛髮微微刺痛，「我必須離開，現在就離開。」

「我瞭解，」楠星嘆口氣站起來，「我知道我說什麼都改變不了你的想法，但請先跟你的族貓告別。」

「一定要嗎？」高尾吞吞口水。他不想解釋原因，他只需要告訴他們他的打算。他跟著楠星走出窩外，繞著會議坑邊緣，最後停在長滿草的空地前面，站在她旁邊。

「風族！」楠星彈動尾巴，示意族貓們上前，「高尾有話要說。」

楊秋從獵物堆那裡緩步走來，雲跑站起身穿越草叢，兔飛和尖鼠爪走在他旁邊。霧鼠和胡桃鼻從蕨葉坑的窩裡爬出來，羊毛尾差點被小跳、小栗和小鴿絆倒，他們跑到草滑前面，從族貓旁邊衝了過去。

紅爪趕緊停住腳步，因為小貓正從他旁邊一路蹦蹦跳跳地跑過來，「小心點！」

小鵯攀過隆起的空地，小鬃和小飛跟在後面，然後都擠在正從育兒室裡緩步走出的淺鳥身邊。

「高尾要做什麼？」小飛緊張地詢問母親。

淺鳥彎身用舌頭舔順他兩耳間的毛，「我不知道。」

百合鬚、亂足、啖皮一臉好奇地緩步從長老窩裡出來，鷹心低身鑽出巫醫窩。

「你知道這是怎麼回事嗎？」他問吠臉，吠臉低頭看著自己的腳爪。

曙紋低頭從族貓旁邊經過，「高尾？發生什麼事了？」

高尾強迫自己深呼吸，不想被他們那充滿期待的眼神擊倒，他的族貓真的在乎他嗎？「我要離開風族。」他大聲說。

「離開？」曙紋瞪大眼睛，「你不可以離開！」

「我必須離開，」高尾垂下頭，「我很抱歉，曙紋。我知道妳希望有一天我能成為偉大的戰士，但命中注定我得走出部族。」

「別兔腦袋了，」羊毛尾耳朵不停抽動地瞪著他，「這是你的家。」

高尾不想陷入爭執，他繼續說：「羊毛尾，好好照顧我母親。」他瞥了淺鳥一眼，她的注意力一直在小鷦身上，不停地用舌頭舔洗她。草滑推推她，她才回神抬頭張望。

「什麼事啊？」

「高尾要離開風族。」草滑告訴她。

淺鳥這才警覺到事態嚴重，滿臉驚訝，「離開？為什麼？」

高尾瞥了楠星一眼，「原因很多。」

楠星上前一步，「我們都不是這裡的囚犯。我跟你們一樣也希望高尾留下，但我不想左右他的自由意志。我們的精神將在旅程中長伴他左右。」

貓兒們張口結舌地瞪著族長。高尾知道他們都不敢相信楠星竟然不阻止他，也沒提醒他應該對部族和戰士守則忠貞不二，更何況他已經接受了這麼多個月的戰士訓練，而且身強體壯的年輕貓兒本來就有義務幫自己的族貓去狩獵和巡邏邊界。高尾瞇起眼睛，楠星希望他離開嗎？

兔飛傾身向前，將鼻頭抵住高尾的頭頂，「如果你已經決定了，那就祝你一路順風。願星族點亮你眼前的道路。」他的語氣聽起來很困惑，彷彿高尾脫口的話只是開玩笑。

「願星族點亮你眼前的道路。」雲跑和麥桿也都低聲說道。

「不要走！」小鷦衝到前面，低頭鑽向高尾的肚子，在他腳邊鑽來鑽去，她喵聲道，「你走了，以後誰要陪我們玩？」

他把她往淺鳥那裡推，「妳會有很多室友陪妳玩。」

「可是他們不會當獾讓我們騎。」小鶇哭喊。

「親愛的，別擔心。」淺鳥又開始舔洗她，「他不會去太久的。」

高尾掃視族貓們那一張張呆若木雞的臉，「我要永遠離開這裡，我已經下定決心。我在瞭望岩上眺望很久了，我想親眼去看看外頭的世界，我想去探索部族貓從來不曾去過的地方。」

「楠星？」曙紋瞪著風族族長，「妳真的要讓他去？」

「這是他自己的選擇。」楠星答道。

高尾趕在其他貓兒開口之前，緩步往前走，從族貓旁邊擠了出去。

「高尾！」母鹿春在他經過時屏息對他說，「我會想念你的。」

「我也是。」雄鹿躍喊道。

「我不懂欸，」高尾經過時，尖鼠爪眨眨眼，「你怎麼可以離開？我們一起受訓的，我還以為我們會常在一起狩獵。」

高尾聳聳肩，「你去找別的貓一起狩獵吧。」他迎視尖鼠爪的目光，很訝異對方竟然也會黯然神傷，「我以為你會很高興大蟲走了。」

「我很抱歉，」尖鼠爪抽動耳朵，「老是揶揄你。」

「有對象揶揄總是比較好玩嘛。」高尾拋開怨懟，抬高下巴，「不過這不是我要離開的原因，有件事我一定得去做，但我不能在這裡實踐它。」

「祝你好運。」百合鬚粗嘎的聲音在他耳邊傳來。她碰碰他的鼻頭，又碰碰他的面頰，他停在原地一會兒，嗅聞她那溫暖又熟悉的氣味。

「謝謝妳，百合鬚。」他大步走向營地入口，拒絕回頭。**我真的要走了**。對邊界以外的世界渴望了這麼久，現在我終於要去發掘它。恐懼和興奮的情緒同時湧現。

「高尾！」吠臉跟著他穿過空地，「我可以陪你走到高地邊緣嗎？」

高尾慢下腳步，「當然可以。」

吠臉與他相偕繞過石楠叢，往上坡爬，前往高地頂端。

「你一直很不快樂，不是嗎？」快走到山脊時，吠臉說。

「是不快樂，」高尾想到他第一天受訓時，差點躲過雄鹿掌的追捕，心情便澎湃了起來。還有他在草地上總是能快如飛鳥地奔馳，任風灌進毛髮。他還想起他第一次抓到的獵物、第一次的大集會和第一次看見月亮石的經驗。「不過等我找到麻雀，讓他付出代價之後，我的心就可以平靜下來了。」

吠臉的毛髮刷過他的腰腹，「你真的認為那可以改變一切？」

「當然可以。」高尾肚子裡那股怨氣又開始騷動。沙雀所受的苦，他要麻雀全數奉還。

「事情過後，你還是可以回來。」吠臉低聲道。

回來？高尾沒有回答。他不會再回來了。

他們抵達高地頂。高尾眺望山谷，風灌進他的毛髮，「再會了，吠臉。」他面對他的朋友，「你會成為很棒的巫醫貓。」說完隨即跳下山坡，這段山坡路將橫越邊界，直通轟雷路。他忍不住回頭，看見天空下吠臉的輪廓；但他的未來等在前方，而非後面。

第二十七章

高尾爬進轟雷路旁的溝渠，這時一頭怪獸呼嘯而過。他貼平耳朵，等候空檔。麻雀就在另一頭的某處，他將開始追蹤他。那隻沒心沒肺的無賴貓毀了他一生，他一定要他為此付出代價。

怪獸的怒吼聲一平息，高尾立刻疾奔越過平坦的黑色路面，鑽進盡頭的樹籬，他在多瘤的樹枝間爬行弄得棕色樹葉沙沙作響，然後他鑽出樹叢進入開闊的野地。**無賴貓會走哪條路？**高尾忍著眼睛的刺痛，掃視眼前景色。前方是大片的泥濘野地，兩邊被棕色樹籬環繞，頭上有禿鷹展翅盤旋。高尾沿著野地邊緣潛行，盡量挨近樹籬，腳下的坡度緩緩上升。野地盡頭是條很寬的泥巴路，路面凹凸不平，或有石塊零星分布。高尾猶豫了一下，不知道究竟該繼續挨著樹籬走，穿越潮溼的長草地？還是跳過溝渠，循著多石的路面走？

直覺告訴他最好挨著樹籬走，可是地上草

葉拉扯著他的毛髮，害他變得濕淋淋的，全身冷颼颼。樹根之間爬滿蕁麻，雖然因禿葉季而變得枯黃，但還是會刺到鼻子。他終於受不了了，不想再邊走邊躲刺，於是原路折返，越過溝渠，小心地沿著開闊的小路前進，心噗通噗通地跳。

路上的氣味都很新奇，每種聲音都很陌生：遠處的哀號聲、遠方的爆裂聲、木頭互相摩擦的聲響，讓高尾濕淋淋的毛髮豎得筆直。麻雀會走這條路嗎？高尾抬起下巴。麻雀絕對不會讓恐懼慢下腳步，他會大搖大擺地走在這條路上，活像這地方是他的地盤。那隻高傲的公貓不管到哪裡，都表現得好像所有領地都是他的。高尾伸張著爪子，該是給他一點教訓的時候了。

他瞥了天空一眼，太陽正往高岩山西沉，當初他去月亮石也是走這條路嗎？他嗅聞空氣，試圖辨識氣味，轟雷路的刺鼻味立刻漫進他嘴裡。他豎起耳朵，聽見低沉的隆隆聲響，高尾愣在原地。似乎是某種龐然大物正在低吼，朝他快速逼近。

一頭龐大的怪獸搖搖晃晃地繞過來，沿著這條路迎面奔來，它有巨大的黑色圓爪，每隻腳爪的體積都等同於一頭普通的怪獸。一隻兩腳獸皺著眉頭、坐在不停顛簸彈動的怪獸頭上，一路搖搖擺擺。

高尾毛髮倒豎，他往路邊一跳衝進溝渠，摔到溝底冰涼的死水裡，冷得他倒抽口氣。怪獸呼嘯而過，繼續顛簸前進。高尾渾身發抖地從溝渠裡爬出來，身上沾滿綠色爛泥，不斷滴水。他甩一甩，想洗掉這一身臭味，他氣自己竟然被這頭怪獸嚇得不知所措。他沿著樹籬偷偷前進，豎直耳朵、張開嘴巴，從每口呼吸裡嗅出可能的危機。帶著濕氣的草葉黏住他的毛髮，等到野地邊緣的樹籬消失，取而代之的是成串帶刺的銀色藤蔓時，他早已凍得不停打顫。

高尾嗅聞銀色藤蔓，卻聞不到泥土味，也沒有木頭味，只見它們一路向前延展，每根木樁之間都布滿鉤狀的刺。木樁後方是一條朝一座木板牆延伸、表面光滑的白色岩石道路，那座木牆看上去似乎比一棵樹還高大。急著清掉身上爛泥的高尾，索性從最低矮的銀色藤蔓下方穿過去，步上白色的岩面路。這裡的空地又大又方正，兩邊還有岩石屏障。

他從瞭望岩那裡看過這地方嗎？他張開嘴，讓味道漫進來，陌生氣味多得令他困惑。他豎直毛髮，回想曾經從高地上看到的景色，這一定是轟雷路和高岩山之間那一小撮兩腳獸巢穴。它們座落在弧形的田野間，像是藏在窩裡受到保護的小雞。他知道那些高聳的木板牆一定是某座巨大巢穴的一部份。他記得它的屋頂很寬很方正，遠高於旁邊幾座小型石造巢穴。小巢穴裡有光透出，巢穴上面煙霧裊裊。但那座體積最大的木製巢穴卻始終沒有光線透出或吐出任何煙霧。高尾嗅聞它，聞到獵物的溫暖氣味，難道兩腳獸把新鮮獵物存放在這裡？

高尾低身慢慢爬過去，一想到有輕鬆可得的食物可吃，肚子就咕嚕咕嚕叫。他掃視木板牆，尋找可以鑽進去的縫隙。有隻狗在吠叫，高尾愣了一下。吠叫聲愈來愈大、愈尖銳，轉變成興奮的叫聲。他趕緊一轉，看見兩隻毛色黑白相間的狗跳過其中一座小巢穴的矮小圍牆朝他衝來，亢奮過度的牠們兩眼炯炯發亮。

高尾拔腿就跑，腳爪在光滑的岩面上打滑，他伸出爪子，試圖煞住。狗兒張開下顎，朝他尾巴一咬，他往前猛衝，心臟嚇得快跳出來。木板牆就在前方，他火速轉向往牆角跑去。有道石牆擋住去路，他一躍而過，在牆後方輕鬆落地。這裡的木板牆邊長滿雜草，高尾鑽進草叢，死命搜找可以鑽進去的牆縫。在他後面，有腳爪聲正胡亂耙抓著石牆。

高尾回頭瞥看，兩隻狗笨拙地落地還撞在一起，因為都搶著帶頭，反而絆倒彼此，好不容易才又站起來。不過牠們腿長、跑得又快，再拖下去，根本跑不贏牠們。狗兒的吠叫聲愈來愈大，甚至能感受到後方牠們噴出來的鼻息。

快跑！

高尾嚇得思緒紊亂。但他強迫自己必須專注，這時他瞄到木板有條裂縫，精神一振，趕緊鑽了進去。木板碎片戳進毛髮，他的肩膀差點卡住，好不容易才鑽進來。他聽見狗在外面吠叫，頓時鬆了口氣，牠們根本進不來。他環目四顧，眨眨眼睛，適應巢穴裡幽暗的光線。淺亮的陽光透過牆上高處的縫隙迤邐而下，四周隱約可見整齊地堆疊到巢穴頂端的成捆乾草。空氣聞起來很乾燥、粉末充斥，宛若綠葉季的草地味道。

那兩隻狗還在他後面耙抓著木板牆，不停嗚咽出聲。高尾轉過身去，尾毛蓬得筆直，其中一隻狗用鼻子戳進縫裡，齜牙咧嘴地露出尖銳的黃牙，發出咆哮。接著猛力一推，腐朽的木板應聲碎裂，一隻腳爪伸了進來，接著是毛茸茸的肩膀，然後是淌著口水、正發狠咆哮的狗嘴。

高尾一看見木板裂開，拔腿就跑。兩條狗破牆而入，得意洋洋地大聲吼叫。高尾趕緊衝向乾草堆，慶幸草堆被綑綁得很緊實，攀爬時仍能承受他的重量。他把爪子戳進去，像松鼠一樣慢慢地往上攀爬。追在他尾巴後面的狗兒不停地吠叫、跳躍，呼出來的氣息濁熱又惡臭。但乾草堆對牠們來說太陡了，笨拙的腳根本爬不上去。每次牠們抓住乾草堆，馬上又滑下來，砰地一聲跌在地上。

高尾爬到頂端，往下俯看。兩條狗不停哀鳴，眼裡燃著怒火地在乾草堆底下踱步。外頭兩腳獸的尖銳叫聲嚇了牠們一跳，兩條狗看看彼此，又兇惡地瞥了高尾一眼，這才轉身跑開，從剛撞破的洞鑽出去。

高尾總算鬆了口氣地癱在乾草堆上，但頓時有點頭昏眼花。乾草堆的觸感有點刺，草桿不斷戳著他的腰腹；但這裡既乾燥又溫暖，空氣裡瀰漫著老鼠的氣味。他的肚子咕嚕咕嚕叫，但是狩獵就意味著他得爬下這安全的巢穴，而且那些狗可能還會回來。隨著太陽的西沉，乾草堆被陰影吞沒的範圍逐漸擴大，他決定先在這裡睡一晚。高尾轉了一圈，弄平睡鋪，身體蜷成球狀，把鼻子塞進腳爪底下，呼吸漸緩。

我辦到了。我離開了部族。他想到他的族貓正各自就位，在暮色中迎接用餐時間，不免好奇自己會不會有一絲絲的後悔。但他只覺得心情平靜，他喵了一聲，放鬆身體進入夢鄉。

高尾突然驚醒，心跳得很快。**我在哪裡？**他眨眨眼，認出腳下的乾草堆，曙光下的一切顯得灰白淺淡。**這裡是木製巢穴**。他伸個懶腰，聞到老鼠的味道，於是從乾草堆的邊緣往下窺看。沒有狗兒的新鮮氣味，牠們還沒回來。於是他爬下去，輕輕地落在平滑的泥地上。

沒有黎明巡邏隊、沒有狩獵的責任，亂足臥鋪上的舊羊毛，這下得找別隻貓去清理了。他突然興奮了起來，他終於可以自由自在地追尋自己的命運！

他隱約聽到有小小的腳爪正在疾奔，高尾打起精神，張開嘴巴嗅聞空氣，老鼠味從每個陰暗的角落滲出。他雖然興奮，但不敢出聲，偷偷爬了過去。他的尾巴不小心掃到地上散落的草梗，他趕緊豎起尾尖，深怕再發出聲音。有東西在暗處移動，他的目光鎖住一閃而逝的棕色身影，朝它匍匐前進。這不是他習慣的狩獵方式，但他很清楚這裡沒有空間供他追逐獵物，必須改用潛行的技巧。

現在他的眼睛已經適應這裡的幽暗，比較能清楚看見那隻老鼠。牠抓起一根草桿，正在啃上頭的種子。高尾屏住呼吸、爬得更近些。老鼠瞥看四周，又回頭繼續啃種子。高尾露出尖牙，一躍而起，爪子重擊老鼠柔軟的背脊，等他上前想張嘴咬斷時，牠早已斃命。

高尾坐起來發出響亮的喵嗚聲，開始大口享用豐盛的鼠肉。這裡的獵物味道不太一樣，沒有石楠和泥煤的味道，鼠肉肥美多汁，鮮甜的氣味在他舌尖流竄。**而且太好抓了！**

遠處有狗在吠叫，高尾愣了一下。不管獵物好不好抓，他都該走了，那些狗老在附近打轉。他吞下最後一口鼠肉，繞著乾草堆底部四處走動，掃視木板牆，尋找狗兒為了追他破牆而入的那個缺口。現在那個破洞更大了，邊緣參差不齊，還能看見外頭明亮的光線。高尾探頭小心地嗅聞空氣，空氣感覺很潮溼，濕漉漉的草地浸濕了他的口鼻。地面不再結霜，取而代之的是低矮的灰雲，毛毛細雨灑在高尾的臉上。他蓬起毛髮，緩步離開木製巢穴，穿過草地朝另一面石牆前進。狗又在吠叫，牠的同伴也跟著吠，牠們抬高音量轉為嚎叫，很快就會來追蹤他。

高尾拔腿奔馳，輕鬆躍上石牆，牆後面是布滿樹木的陡坡。往其中一頭遠眺，視線可以越過林木線直達高岩山。無賴貓會往那裡去嗎？高尾瞇起眼睛，他們為什麼要去？他們寧願和別的貓分食獵物，所以怎麼可能去草木不生的岩坡？他們沒那本事追捕那裡的獵物。他們也許習慣四處流浪，但他猜他們應該只會挑好走的小徑旅行吧。

他看看另一頭，林木線邊緣有一條綠草茵茵的柔軟小徑，他們一定會選那條路。他跳了下來，沿著那條路走，不時打量陰暗的樹林。他們會走進去嗎？樹林可以提供掩護，他應該進去查探，但這想法令他毛骨悚然。就算樹上枝椏已經光禿，但還是能夠遮住天空，他深吸一口氣，走進樹林裡。

他豎起耳朵，心跳因為風聲而加快，樹林裡的風吹得枝葉窸窣作響，他經過一株細長的白蠟木，突然聽見恐怖的咯咯聲響，嚇得他魂飛魄散趕緊跑走。樹是要倒了嗎？他會被壓到嗎？頭頂上方是灰暗的天空，沒有充足的光線在樹木間投下樹影，整片樹林被幽暗吞噬，四周盡是荊棘和坑洞，一不小心便被絆倒，一路走得跌跌撞撞。

高尾抽動鼻子，潮溼的空氣裡流竄著兔子的氣味，還有鳥以及去四喬木的路上會聞到的森林獵物氣味，像是鼴鼠、地鼠和田鼠。**全是雷族的獵物**。但現在也算是他的獵物了，他的肚子咕嚕咕嚕叫。可惜這裡太暗，很難狩獵，他得找個空地才行。

地面開始變成上坡，但高尾仍能輕易地跳上山腰、爬上突岩，直抵山頂。他還在樹林裡，只是這裡的光線較好，離樹木有段距離。他深吸一口潮溼的空氣，好奇該走哪一條路。要沿著山脊走？還是往下走到盡頭？他的舌頭舔到貓的氣味。**公貓，不是部族貓**。他頓時緊張起來。**是麻雀嗎？**

他找到他了嗎？也許這座樹林就是無賴貓用來度過禿葉季的棲身之處，畢竟枝葉底下仍藏有許多獵物。高尾低身嗅聞地面，這裡有腳爪經過，他將口鼻挨近地面緩慢前進。這個氣味一路往坡底下延伸，消失在下方的荊棘叢裡。高尾在刺藤裡緊瞇著眼睛，繼續追蹤，扭動著鑽進枝葉底下，無視刮在背上的刺。最後好不容易爬進沼澤地，腳爪陷進冰冷的泥巴裡，這裡的氣味更濃了，他正在追上他。

高尾的思緒紊亂。麻雀就在這條路的盡頭，他知道。他想像那隻無賴貓的棕色短毛在林間出現，而他正安靜地尾隨著。他忍住怒吼的衝動，幻想自己把利爪戳進麻雀的肉裡。他亢奮到毛髮豎了起來，像在草原上奔馳般地在泥地上往前疾奔。蕨葉叢擋住他的路，但他貼平耳朵硬是穿過去，公貓的刺鼻味道引他一路向前。他在褐黃色的葉梗間穿梭，突然瞄到前方有動靜。

是麻雀！有身影在一叢灌木後方閃現。**逮到你了！**洋洋得意的他嘶吼一聲霍地前衝，在灌木前煞住腳步，縱身一躍，落在離公貓只有一根鬍鬚遠的地方，「你以為你逃得了……」

他突然住口，驚訝地瞪大眼睛。

一隻灰色公貓嚇得回頭瞪他，眼睛眨呀眨的，「你嚇誰啊？」

高尾後退幾步，「我……我認錯了。」他結結巴巴地說。他聞到公貓身上的恐懼氣味，於是收起爪子，「我沒有要……」

「那就好！」公貓直起身，高尾這才發現他瘦骨嶙峋，毛髮全黏在一起，好像從沒清理過。這是寵物貓嗎？高尾知道寵物貓很懶，但會懶到連身上的毛都不打理嗎？

公貓怒瞪他，「你把我誤認成誰了？」

「我以為你是另一隻貓。」高尾咕噥道。

「我想應該不是你的朋友吧？」

「不算是，只是以前的舊識。」

公貓張嘴嗅聞高尾的氣味，「你聞起來有部族貓的味道，你是在找你的同伴嗎？」高尾搖搖頭。「很好，」公貓坐下來，用尾巴撣撣腳爪，「碰到一隻部族貓就夠倒楣了。」他瞇起眼睛，「你跑來這裡做什麼？」他哼了一聲，「不用回答我，我不想知道。」

「我在找無賴貓，我必須找到他們。」

公貓翻翻白眼，「我說過你不用回答。」他重嘆口氣，「什麼無賴貓？」

「他們每逢綠葉季都會去我們那兒做客。」高尾告訴他。

「你是高地上的貓，對吧？」公貓抽動鼻子，「我聞得出你身上的石楠味。」他瞥了樹林一眼，「我認識幾隻會去高地做客的貓。」

「其中一隻是棕色的？」高尾傾身向前。

「我不記得了。」公貓回答。

「他們是集體行動嗎？其中一隻毛色黑白相間，另一隻薑黃色，還有一隻毛髮很凌亂的灰色公貓？」高尾緊張到腳爪微微刺痛。

「慢一點，部族貓，」公貓咕噥道，「我不習慣回答問題。」

高尾深吸一口氣，這隻老貓不能被追問得太緊。如果高尾繼續煩他，他恐怕什麼也不會說，「我只是好奇你最近有沒有見到他們。」

「也許有吧。」

高尾將爪子戳進泥巴裡，「這個月？還是上個月？」

公貓若有所思，「上個月吧，」他終於說了出口，「在無毛獸的巢穴附近。」

「誰的巢穴？」高尾曾在瞭望岩上看過無數座兩腳獸的巢穴。

「日升之路，深灰色，」公貓告訴他，「比其他巢穴都大。其中一邊突起一根尖尖的東西，像尾巴一樣。」

高尾皺皺眉，試圖回想自己有沒有見過這樣的巢穴。

「不要走進去，」公貓警告他，「那裡比死亡還寒冷。要是兩腳獸把那扇門關上，就找不到路出來了。」他說到這裡似乎不由得緊張了起來。他站起身，尾巴不停顫抖，「三個日出之前，我曾被困在那裡，還好他們有水池。」

高尾的思緒紛亂，**有尖尖東西的灰色巢穴**。他開始往前走。

「你要去哪？」公貓大喊，「你想分食嗎？我聽說部族貓是很厲害的狩獵者。」

高尾回頭喊，「我不能停下來，我得找到那隻貓。」他的心狂跳，拔腿往前疾奔，在樹林裡笨拙地穿梭。

麻雀，我就追在你後面。從現在起，我諒你不敢閉上眼睛睡覺！

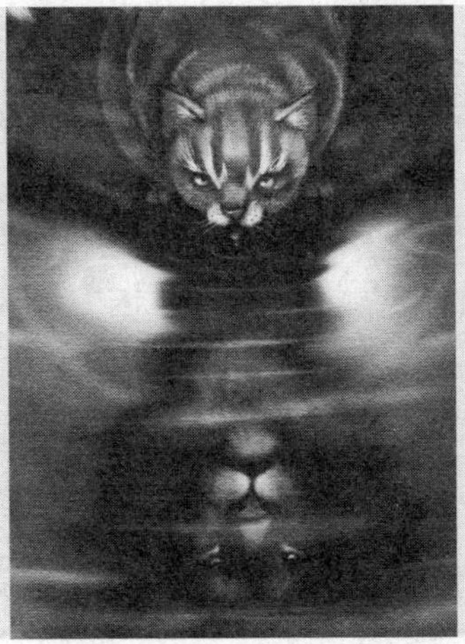

第二十八章

日升之路。高尾往山腰衝下去。**那得越過影族領地才行**。他從一棵山楂樹旁爬過去，再鑽出蕨葉叢，走到平坦地面，停在山坡底下嗅聞空氣。前方林木稀疏，樹林後方透著光線。高尾疾步前行，一直走到樹林邊緣，進入草地後才鬆了口氣。這時毛毛雨已經變成大雨，他瞇起眼睛。以前在高地巡邏時，曾多次遇到比這還大的雨勢。他低身穿過草地，無視雨水從鬍鬚成串滴落，一股熟悉的氣味飄進鼻腔，他已經到了轟雷路。

他慢下腳步，豎直毛髮。他知道自己必須穿越轟雷路，可是這表示他得直接進入影族領地，這可能比未來即將面對的一切都要危險。他甩甩身上的雨水走近轟雷路，路上空盪盪的。他嗅聞岩面，聞到陳腐的怪獸氣味，看來路上已好一陣子沒有怪獸經過。他瞥看路的兩頭，先確定沒有怪獸伺機等候，這才跑了過去。

他才跑到一半，就聞到影族邊界的臭味。眼前濃密的松樹林間有荊棘、蕁麻、和蕨葉蔓生，樹林後方暗得他什麼都看不見。高尾心跳加速，往暗處掃視，搜尋晶亮的眼睛。有影族巡邏隊在監視他嗎？他低身爬進轟雷路邊緣的草地。他不能直接穿越他們的領地，影族戰士不會讓他毫髮無傷地離開。他必須循著氣味標記走，小心別穿越它，同時暗自祈禱不要撞見任何巡邏隊，免得被對方質疑為何離氣味標記這麼近。

他轉身鑽進樹下草叢，幾頭怪獸成群呼嘯而過，泥水飛濺在他身上。高尾嘶聲吼叫，貼著樹幹前進，只要聞到嗆鼻的影族氣味記號就繞過去。他繼續步行，被路上濕漉漉的草梗沾得一身濕。終於松樹林變得疏落，取而代之的是粗糙的灌木，乾枯的枝葉被風吹得嘎嘎響。前方有條較小的轟雷路，從高地延伸而去，蜿蜒於影族領地的高處附近。高尾循著新的轟雷路走，希望這裡的草叢足以掩飾他的身影，這時矮小的灌木也逐漸被廣袤的沼澤取代。

他愈走愈快，覺得自已又冷又虛弱。影族味道被某種更強烈的氣味包覆，是一種他從沒聞過、令他反胃的酸腐味。他甩甩鬍鬚上的雨水，打開嘴巴又趕緊闔上，因為腐臭死水般的惡臭立刻漫上舌尖。雨中的他看見有幾大坨發臭的東西被銀色藤蔓形成的圍籬圈圍住，看上去像是弓著背倒臥地上的野獸背影。被臭味嗆得反胃的高尾緩緩接近，難道這裡就是腐食區？他曾聽過影族見習生誇口可以在兩腳獸丟棄廢料的地方抓到老鼠。他的鼻子皺了皺，老鼠躲在這麼臭的地方，誰還敢吃啊？

他沿著銀色藤蔓走，草地逐漸消失。高尾越過一大片灰色岩地，直抵看似安全的溝渠，他爬進莖幹粗厚的植物底下，無視腹毛被油污的黑水沾染，不斷往裡頭鑽，直到腐食區的惡臭在身後消失。高尾爬了出來，甩掉身上的髒水。雨水變成冰雹，耳朵和鼻子被打得微微刺痛，冰雹在轟雷路上四處彈跳，甚至彈到他身上，害他幾乎看不到眼前的路。他瞇眼尋找遮蔽物，前面有松樹林，就在轟雷路旁。高尾拔腿跑了過去，鼻子不停抽動，他離影族邊界還是很近。

他鑽進松樹林裡，在一棵長著多瘤的樹上看見一個洞，他眼睛頓時一亮。利爪戳進樹皮裂縫，死命撐起身子直到他能把頭塞進洞裡。樹洞裡的枯葉散落一地，高尾爬了進去，聞到陳腐的獵物味。這裡以前究竟住著什麼動物？

他不在乎，他只是很高興終於擺脫冰雹的糾纏。他甩甩身體坐下來。冰雹還在外面敲敲打打，風在頂上呼嘯著。高尾抬頭望見樹幹頂端有開口可以看見一小圈天空，一顆冰雹彈下來掉在他鼻頭上。他縮起身體蜷伏進乾燥的枯葉堆裡，貼平耳朵，不想聽見冰雹敲打的聲響。

他一定是睡著了，因為有聲音驚醒他，心跳加快的高尾轉頭窺看樹幹外的動靜。冰雹停了，樹幹下方有深灰棕色的身影穿梭著，空氣裡充斥著影族氣味。高尾毛髮倒豎地縮回身體。

巡邏隊！他越過邊界了嗎？他跳起來站好，絕望地掃視狹窄的洞穴。他被困住了！

「這氣味還很新鮮，」他聽見一名影族戰士咆哮，「一定在這附近。」

樹幹外面有爪子在耙抓著，「上面有個洞。」

「我們上去看看。」

高尾愣住。他們一定會以為他是間諜，然後把他拖到杉星面前。好的下場是被送回風族，最慘的下場則是……他丟掉那個想法，抬頭看樹頂那一小圈天空。是一條出路……只要他爬得上去。他將利爪戳進質地柔軟的樹幹裡，往上用力撐起身體，後腿撐住另一邊的樹幹，往上愈爬愈高。外頭傳來摩擦的聲響，他低頭看。

一隻雜色的虎斑貓探頭進來嗅聞枯葉，「這裡還熱呼呼的。」他喊。

高尾屏住呼吸，**「拜託，不要抬頭看！」**

那顆頭又縮了回去。高尾像松鼠一樣動作敏捷地往上爬，那圈天空在他頭頂愈來愈大，直到終於感覺到有新鮮空氣從上頭灌進來。他費力地往上爬，現在只剩一條尾巴的距離，但爪子已經疼痛難耐。下方枯葉窸窣作響，原來是影族戰士跳進洞裡嗅聞巢穴，「你們確定在外面找不到他？」他朝外面的族貓喊。

高尾爬上樹幹頂端，攀過邊緣，樹皮碎屑像雨一樣撒落。他迅速爬上一根曾被閃電擊中、外型歪扭的枝幹上，他的重量壓得腐朽的枯木嘎吱作響。他緊緊抱住，身體貼平枝幹，暗自祈禱枝幹寬到足以擋住下方貓兒的視線。

「那是什麼聲音？」

「應該是松鼠。」

「聞起來像公貓的味道。」

「貓爬不了那麼高。」

「你認得這味道嗎？」

「有死水味和泥巴味，臭到不像部族貓的味道。」

高尾氣得毛髮倒豎。

「也可能是我們上個月趕走的其中一隻無賴貓吧。」

「聞起來像風族的那幾隻貓嗎？他們怎麼可能回來？我記得我把一隻母貓抓得慘叫。」

他豎起耳朵，**無賴貓走過這裡？**這表示他還沒追丟麻雀，他的恐懼裡摻了一絲希望。

「去查探一下轟雷路，」影族戰士的喵聲迴盪在中空的樹幹，「他顯然已經不在這了。」

高尾緊緊巴住那根枝幹，心跳聲大得讓他擔心是否會透過樹幹傳到下面去。他小心翼翼地往下窺看，四名戰士正在下方搜找，毛髮豎得筆直地在松樹的盤根間穿梭、嗅聞著各種氣味。

高尾的腿開始痠痛，他的爪子因用力過猛而有點抽痛。**快走開！**他巴不得巡邏隊快點離開，可是他們一圈又一圈地繞著樹林，懊惱地抽動尾巴。

最後終於有個戰士往開闊的草地走去，「味道是從這裡來的。」

「我們去追蹤看看。」一雜色戰士跟在他後面。

高尾終於看見他們一個接一個地離開樹林，他們穿越草地沿著轟雷路，循著他的來時路往回追蹤。他們一離開視線範圍，高尾就從樹上爬下來，腳掌碰觸硬實地面的同時鬆了好大一口氣。雖然肌肉緊繃到有點抽筋，他還是像兔子一樣飛奔穿越先前匆忙尋找避難所時不小心誤闖的氣味標記，再穿過狹小的轟雷路，鑽進濃密的灌木圍籬裡。

他慢下來喘氣。走沒多遠，灌木林逐漸被濃密的森林取代，橡樹和白蠟木矗立在蔓生的荊棘叢中，透過光禿的枝枒看見多雲的天空。高尾舔聞空氣，這裡沒有部族的氣味，蕨葉在樹幹間叢生，山楂不時刮摩著他的毛髮，但至少他覺得自己安全了，他已經很久沒有這種感覺了。

他繼續前進，陰影逐漸籠罩住他，應該是太陽西沉了。他被困在樹林裡，怎麼可能知道自己身在何處？高尾垂下尾巴，慢慢停下腳步。老是盲目猜測該走哪條路也不是辦法，他應該等到天亮再前往日升之路。

他鑽進一叢枯萎的蕨葉，發現自己走進一小塊被林木圍繞的空地。這裡看不到天空，但至少不會被濃密的枝葉包圍得喘不過氣，他蜷伏在離他最近的一棵橡樹突根。他的肚子咕嚕咕嚕叫，但他累得無法狩獵，只能閉上眼睛把下巴擱在腳爪上。

「高尾！」沙雀的喵聲在黑暗中迴盪，「聽我說！」

「什麼？」高尾緊張地四處張望，但四周漆黑，空氣裡只瀰漫著樹木的氣味。

「高尾！」

「沙雀！」高尾繃緊神經，想聽見對方的回應，卻只聽到愈來愈強的風呼嘯地掃過頭上枝葉，其它聲音都被吞沒。「沙雀？」高尾突然驚醒。陽光正在樹幹間閃爍，空氣停滯不動。原來他在做夢，但為什麼沙雀不能跟他說話？他餓到肚子痙攣，只好趕緊起身。他只能祈求沙雀再度入夢。但現在該繼續上路，拉開影族和他之間的距離。

在他頭頂上有一小塊淺藍色的天空，其中一側放出粉金色的光束。**太陽出來了！**高尾趕緊轉身面對放出光芒的旭日，他終於知道該往哪裡走。無視自己的餓腸轆轆，他鑽進蕨葉又鑽進刺藤叢，蔓生的枝葉絆倒了他，讓他的腿一陣劇痛。他跛著腿繼續趕路，但走了幾步，另一隻腳爪又撞到突根，幾根戳進皮肉的刺，痛得他皺眉。**真不懂森林裡的貓要怎麼走路？**

有鳥兒在枝頭上吱喳鳴唱，他的肚子叫得更大聲了。他得找到食物才行，他得在追上麻雀之前保持最佳體力。他停下來嗅聞空氣。**老鼠！**高尾蹲下來掃視矮樹叢，刺藤底下有片枯葉在顫動，高尾看見棕色毛髮忽隱忽現，於是飛撲過去。老鼠迅速逃開鑽進多刺的枝葉下，高尾緊追在後，從灌木的另一側衝出來，看見老鼠急忙爬過樹根，跑向山楂樹尋求蔽護。

高尾隔著多刺的枝葉看見老鼠正在莖幹旁發抖，他極力伸長爪子拍打著地面，試圖抓住那隻小動物。老鼠轉身跑到灌木另一頭，高尾趕忙繞過去，爪子在鋪滿落葉的地面上打滑。他瞥見老鼠往蕨葉叢鑽，迅速撲上去，卻撞進莖梗間的縫隙，他左追右打，試圖抓住那個方向變來變去的棕色身影，但總是遲了一步。

笨老鼠！他嘴裡咒罵，看著牠消失在高大的木製屏障物的洞裡，牠的氣味充斥著他的鼻腔。饑餓的高尾跳上木板頂端，前方有幾座紅色的兩腳獸巢穴擋住視線。邊緣尖銳的巢穴挨擠在一起，似乎正睜著幾個方正的大眼睛怒瞪著他。高尾眨眨眼看著它們，背上的毛全豎了起來。

在離他最近的一個巢穴間，橫亙著一塊正方形的草坪，巢穴後方有更多的木板牆將大片土地隔成一排排的草坪。高尾掃視草坪尋找老鼠，沒有看到任何蹤跡。他沿著狹窄的木板牆頂部緩步前進，躍過濃密的莖梗，跳到下一座牆上窺視一小畦草坪。老鼠也不在那裡，高尾齜牙咧嘴。要是在高地，他早就抓到那隻老鼠，至少高地上不會有討厭的灌木或木板牆擋住去路。

似乎有什麼東西藏在下方的枯葉底下，他抽抽鼻子聞到老鼠的氣味，看見牠瑟縮在一片葉子底下。他的目光鎖住牠，往下一躍，爪子戳進潮溼的土裡。他撲上去，牙齒穿過老鼠，一咬斃命。餓壞的他開始大啖。**感謝星族！**肥美多汁的鼠肉嚐起來鮮美極了。他大口咀嚼享受鼠肉的滋味，就在他吞下最後一口鼠肉時，後方傳來可怕的咆哮聲。

是狗！

第二十九章

高尾霍地轉身，一隻大狗陰森逼近，亮出尖牙、眼裡閃著怒火。

高尾及時低身閃過撲上來的狗，狗嘴猛咬肩膀，扯下一坨毛。高尾痛得尖聲大叫，衝向圍籬跳了上去，然後在另一頭落地。紅岩巢穴旁有條狹窄的通道，高尾衝過去沿著通道逃竄，腳爪濺起的小石子不斷往後方飛撒。另一道很高的木籬笆擋住通道盡頭，他攀上去再從上面跳下來。

前方是一條轟雷路，一頭怪獸正呼嘯而來。高尾愣住，毛髮倒豎，那條狗在他後面憤怒狂吠。牠會攀過籬笆嗎？**我可不要在這裡等著送死！**那頭怪獸才呼嘯而過，高尾就立刻飛奔穿越轟雷路，躲進兩座岩製巢穴間的縫隙，再穿過後面的灌木叢，飛奔越過另一座巢穴，然後轉向跑進一條岩面通道，通道兩旁是光禿的牆。他沒有停下腳步，上氣不接下氣地持續往前跑，四周景物變得模糊。怪獸不停呼嘯，擋路的圍籬也不斷出現，但他繼續閃躲、躍過，不給那條狗任何逮到他的機會。

高尾終於能喘氣、踉蹌地停下腳步，他回頭看去，沒有狗的蹤影、到處都是紅色岩牆。肩膀毛髮被扯落的那處傷口有鮮血汩汩流出，他跛著腳朝通道盡頭角落一堆發臭的東西走去。那味道聞起來像腐食區，但現在看起來卻像避難所，他蹲在那堆東西後面，試圖喘口氣。

陽光灑在兩座牆之間的通道中央，高尾抖著、全身痠痛且頭昏眼花，驚慌從他的肚子蔓延開來。**我怎麼找得到路穿過兩腳獸的巢穴？更別提想找到麻雀了。**他舔舔皮開肉綻的肩膀，要是有吠臉在這裡幫他敷藥就好了。**你得自己狩獵，受了傷，得自己醫治。沒有貓兒分享你成功的喜悅，或為你分擔失敗的痛苦。**楠星的話言猶在耳。**我辦得到**，他告訴自己。

突如其來的叮噹聲響嚇了他一跳，他扭頭去看、蓬著毛髮。那聲音來自轉角，接著又是一聲劃破空氣的碰撞聲。高尾開始後退。有條狗正興奮地狂吠，高尾感覺到自己背上的毛全豎了起來，有隻貓驚聲尖叫，顯然遇到麻煩了。

別管了。高尾望向聲音的方向，心緒紊亂。**我辦不到！**有貓兒遇到危險，戰士怎能坐視不管！他向前衝，繞過盡頭的轉角。一隻薑黃色公貓正縮在一個角落裡，驚恐地瞪大綠色眼睛。一條體型像獾一樣大、毛色棕白相間的狗正在他面前吠叫，公貓驚慌揮爪。

是另一條狗！兩腳獸的巢穴裡到處都是狗。但高尾不打算逃走，因為有貓兒身陷險境。

高尾眼裡湧出怒火，彷彿這場仗需要靠點運氣才能打贏。他跳上圍牆，邊跑邊找最佳的攻擊點，對準狗的後背，伸出利爪撲下去，剛好落在狗的肩上，張嘴直接撕扯牠的肉。狗兒在他身下弓背猛力彈跳、尖聲嚎叫。薑黃色公貓撐起後腿，揮動前爪，狠扒對方口鼻。高尾跳下來落在公貓旁邊。高尾從眼角觀察對方的揮爪動作，配合節奏一爪接一爪。狗兒開始後退，眼神先是困惑再轉為害怕，牠再次張嘴試圖猛咬薑黃色公貓，最後沮喪慘叫、轉身逃跑。

高尾四腳落地，公貓癱在他旁邊，上氣不接下氣。

「你還好嗎？」高尾嗅聞對方的身體，確定沒有血的味道。

公貓抬起頭，「我只需要喘口氣。」

「牠咬到你了嗎？」

「差一點就咬到，」公貓撐起身體，前腳一個踉蹌。高尾瞥了他的腳一眼。「只是扭到，逃跑的時候扭到的。」他看著高尾，「對了，謝謝你，我還以為我沒指望了。」

高尾瞪著他看，「沒指望？」

「我是說我以為我要變成狗食了，」公貓解釋，「死定了。」

「你不應該讓自己被追進角落。」高尾直言不諱。

「你這樣認為？」

高尾後臀蹲下來，準備跳上牆離開。開始下雨了，他得找個地方過夜。

「你叫什麼名字？」薑黃色公貓喊，「我叫傑克。」

「我叫高尾，」他跳上牆，「你最好離開這裡，那條狗可能再回來。」

「你是部族貓，對不對？」傑克上下打量他，「從籬笆外頭來的？我對樹林裡的野貓一直很好奇。」

「你說的是雷族。」高尾蓬起毛髮抵禦雨勢。

「所以你是雷族貓？」

「雷族？」高尾不屑，「門兒都沒有！又不是只有一個部族。」

「真的假的？」傑克的眼睛凸了出來。

「我得走了，」**我不是來這裡交朋友的。**「快離開這裡，免得狗……」

「……又回來了，我知道。謝謝你的幫忙。」

「下次小心點。」高尾跳下去，進入一棟紅岩巢穴的草坪。這塊草坪的邊緣長滿灌木，另一側有樹籬圍著。高尾匆匆穿過草坪，擠過樹籬底下來到另一塊草坪。他小心翼翼地瞥看盡頭的兩腳獸巢穴，搜尋狗的氣味。現在雨勢很大，他身上都濕了。他攀過盡頭的籬笆，進入另一個一模一樣的草坪。高尾納悶，為什麼兩腳獸要建造這麼多屏障，牠們沒有氣味記號嗎？

當他在另一塊濕漉漉的草坪上落地時，突然聞到寵物貓的味道。一隻黃黑相間的母貓正在附近的灌木下避雨，也許她可以告訴我方向對不對。他緩步朝她走去，從容地看著她，免得嚇到對方。但她一直往灌木裡鑽，毛髮倒豎、緊張地瞪大眼睛。

「我只是想請教妳一個問題。」高尾喊。

她瞪著他，「我的兩腳獸快回來了，他們會把你趕走。」她勇敢地抬起口鼻。

高尾停在離灌木約一條尾巴遠，「妳可不可以告訴我，最近有沒有在附近看見無賴貓？」

「只看過你。」母貓往後退。

高尾疲憊地看著她，「我是部族貓。」

「部族貓？」她豎起毛髮，「那更恐怖了！」她神色驚慌，趕緊奔向籬笆，一躍消失。

高尾甩甩毛髮。他又累又餓，完全不知道自己是否快找到無賴貓，也不知道能不能找到路離開這片兩腳獸的巢穴叢林。他的肚子又在叫了，他必須找到食物。他在雨中疾走，躍過另一道牆，灌木茂密的空地盡頭有座很小的木製巢穴，看起來很荒蕪，對兩腳獸來說空間太小、對嬌生慣養的寵物貓來說又太寒酸。**這地方適合獵物躲藏。**他偷偷走過去，尋找四周的縫隙。角落有個邊緣參差不齊的破洞，像是被小小的牙齒囓啃過。

是大老鼠嗎？他沒吃過大老鼠，但那也是食物。他偷偷爬進陰暗的巢穴裡。刺鼻的氣味頓時襲來，他皺起鼻子按捺心裡不斷冒出的疑問。那只是味道而已，傷不了他的。他繞著地板上散落的木屑嗅聞，尋找獵物的氣味，但心裡又想這裡這麼臭，不知道會不會蓋過獵物的氣味。他在幽暗的空間裡眨眨眼睛，有東西躺在角落的地板上。高尾慢慢走過去，鼻子不停抽動。在幽暗的光線裡，躺著一具柔軟的大老鼠屍體。有貓把獵物留在這裡。

寵物貓真笨！如果不吃，那為什麼要抓獵物呢？他蹲在大老鼠旁邊，咬了一口。很新鮮，甚至還很溫熱。不過它的肉有種怪味，可能是因為這裡充斥著各種濃烈的味道，所以很難察覺。**住在兩腳獸這裡的大老鼠味道本來就不太一樣吧。**饑腸轆轆的高尾又咬了一口，但覺得有點反胃。**我一定得吃，我的體力必須保持在最佳狀態。**

他強迫自己繼續咀嚼，別管味道，直到吞完最後一口鼠肉。他舔舔舌頭，總算安心了，但心裡不免懷念高地上的新鮮兔肉。飽脹的肚子令他昏昏欲睡，他蜷臥在硬實的地板上，閉上眼睛、貼平耳朵，擋掉如雷貫耳的雨聲。這裡可能臭了點，但至少很乾爽。他把鼻子塞進腳爪底下，試著不去理會肚子的隱隱作痛。**我吃太快了。**他將身體縮得更緊，被睡意緊緊包覆。

第三十章

高尾的肚子像被誰用尖牙緊緊咬住，戳進了毛裡、皮裡和肉裡。**這是怎麼回事？**他痛苦尖叫著想要擺脫，突然氣喘吁吁地驚醒，瞪著巢穴裡幽暗的空間，但仍然腹痛如絞，甚至痛到不停扭動。他一個抽搐、開始嘔吐，他撐坐起來，拖著身體爬出去。**好渴哦！**

痛到無法思考的他，蹣跚穿過濕漉漉的草地，一路舔著雨滴，直到抵達一處水坑。他拚命喝水，但才喝進肚子裡，又是一陣絞痛，接著又開始嘔吐，而且是完全止不住的大吐特吐。但他還是渴得難受，彷彿就算喝光了世上所有的水也無法澆熄他體內的火。極度驚慌的高尾蹲在潮溼的草地上，爪子戳進土裡。**星族啊，快救救我！**他發出一聲絕望的長嚎。

「高尾？」一個聲音在他上方響起。

是沙雀要帶他去星族了嗎？高尾虛弱地抬頭看，又張嘴吐了點膽汁出來。有腳爪站在他旁邊的草地上，口鼻朝他伸來。他隱約感覺到溫熱的鼻息吐在他鼻子上。

「你吃了那隻大老鼠，是不是？」驚愕的聲音在他的耳邊響起，「你不知道牠是被毒死的嗎？部族貓怎麼這麼笨？」

是傑克！高尾認出那個聲音，看見了那身薑黃色的毛髮，月光下的顏色很是淺淡，「快救救我。」他沙啞地說。

「你在這裡等我。」傑克往後退，隨即消失。

高尾虛弱到無法移動，他痛苦無助地不停扭動身體，根本沒有力氣止住身體的抽搐，嘴裡不斷有嘔吐物流出，接著又是一波痛苦的痙攣。**要是我死了，我會見到沙雀。**他痛到神智不清，隱約感覺到有白色的光芒閃現。**對不起，我沒能幫祢報仇。**憂傷淹沒了他，他又讓父親失望了。

他聽見低語聲，像是兩腳獸在低聲咕噥。**我在作夢嗎？**黑暗裡出現一個巨大模糊的身影，**發生了什麼事？**恐懼穿越痛楚攫住他，他試圖掙扎。**我得逃走。**光裸的大腳爪把他提起，高尾被抓到空中時，感覺就像地面消失一樣，但隨即被某種溫熱又軟綿的東西包覆，像他以前用來鋪臥鋪的羊毛，然後身體被裹住，感覺自己不停地上下晃動。很多身影包圍著他，這時突然砰的一聲劃破耳毛。他不斷咳痰，肚子裡已經沒有東西可吐了。

震動聲撼動四周空氣。**是怪獸！**高尾內心深處隱約恐懼，卻連害怕的力氣也沒有。他肚子的絞痛一次比一次厲害，痛到他什麼都看不見，只剩極度的痛苦。

高尾被一個刺鼻的氣味嗆醒，那味道令他想起了松樹林。難道他還待在那棵空心的樹幹裡，被影族巡邏隊困住？不，這味道有點不一樣，而且他是躺在羊毛上，絕對不同於樹幹裡的空間。他勉強睜開眼睛，但睡意黏住了眼皮，他眨了好幾次眼睛，視線才漸漸清楚。不管他現在身在何處，放眼所及都是深灰色的陰影。高尾撐起身體站起來，肚子感覺像被壓扁了一樣，但已經不再絞痛、也不覺得反胃或口渴。他在黑暗中窺看，這才發現筆直光滑的牆面，在離自己一個鼻子遠的距離外包圍住他。**我被困住了！**他開始恐慌、心跳加速，眼睛逐漸適應光線後看得比較清楚。原來他身處在一個很短的通道裡，有個正方形的網狀物擋住前面的光源。高尾放聲大吼，恐懼害他的肚子又開始痙攣，喚醒他對疼痛的記憶。

「沒事了！」一個熟悉的聲音隔著網狀物響起，「我保證你現在很安全。」

傑克！「我現在在哪裡？」

「你在我家。我發現你之後，就去找我家主人。」傑克解釋，「我假裝肚子痛，好讓他跟我過去。我知道只要他看見你病了，就一定會救你。」

高尾的口鼻抵住網狀物，「放我出去。」

「我不能，」傑克瞪大的眼睛滿是同情，「但沒關係，你是待在獸醫的貓籠裡。」

高尾吞吞口水，「獸醫的貓籠？」

「我家主人帶我去獸醫那裡時用來裝我的籠子。」傑克解釋，「我知道你討厭它、我也討厭它，不過我家主人很快就會放你出來。」

「什麼是獸醫？」這些奇奇怪怪的遭遇已經開始讓高尾嚇到腳軟。

「就是幫你解毒的無毛獸。」

「無毛獸？你是說兩腳獸把我醫好了？」高尾瞠目結舌，「就像巫醫貓那樣？」

傑克茫然地瞪著他，「我想他是救了你一命。」

高尾毛髮倒豎，為什麼兩腳獸要救一隻貓？他試圖隔著網狀物看看外面的世界，但被傑克擋住了。他只瞥到頂上的天花板，白色牆面上有挖空的方框，可以看見外面的樹頂和天空；而在他……被關的獸醫貓籠下方，有發亮的白色岩面地板。獸醫的貓籠似乎是平放在離地有段距離的牆面突狀物上。

「所以這裡是你的窩？」高尾粗嘎地問道。

「可以這麼說，」傑克喵聲道，「這是我和我家主人住的地方，這裡是我進食的房間。」

傑克的後面有巨大的腳爪笨重地踩踏地面，傑克趕緊跳起來，以免擋路。過了一會兒，兩腳獸的臉隔著網狀物窺看高尾。高尾嚇得心臟怦怦跳。兩腳獸寬闊的粉色大臉皺起眉頭，隔著網狀物發出低沉的聲音，接著伸進一隻粉色的巨大腳爪。高尾嘶聲喊叫，退後緊靠著貓籠。他伸出爪子，心想要是牠敢再靠近就耙牠一爪。但兩腳獸的腳爪拿著一個中間凹洞有裝水的石器，放在貓籠柔軟的地板上，就縮回腳爪、關上網狀物。高尾等兩腳獸一離開，立刻爬過去嗅聞那碗水。它聞起來酸酸的，不像泉水。

「沒關係，」傑克又跳到網狀物前面，「你可以喝。」

「味道聞起來好怪。」

「那是水龍頭裡的水，」傑克告訴他，「它雖然不像雨水那麼好喝，但也沒什麼壞處。」

高尾舔了一口，皺起鼻子。他繃緊神經，等著水流進胃裡，擔心著又要肚子痛了，但還好只是發出咕嚕聲。「你的兩腳獸要多久才會放我出去？」

「你是說我家主人？我想他只是要確定你已經好多了。」傑克告訴他。

高尾還記得鷹心在他受傷時，是如何要求他務必待在臥鋪裡，兩腳獸八成也一樣。

「我要出去了。」傑克突然告訴他。

「去哪裡？」

「只是出去走走。」

不要留我單獨在這裡！高尾眨眨眼，看著傑克跳下閃亮的白色地板，從牆上的一扇小活門鑽了出去。恐懼攫住了高尾，他到底可不可能離開這裡？在他被困住的時候，無賴貓可能會走得更遠。他躲進貓籠盡頭的陰暗處，僵硬地坐下來，不恥自己竟然妄想傑克快點回來。**勇敢點！你離開了你的部族，你不需要誰來幫你！**

像是過了一整個月那麼久，傑克又從那扇小活門鑽了進來，兩腳獸也同時大步跨進這間進食室還伸爪摸摸傑克。傑克弓起背、抬起尾巴，呼嚕地看著兩腳獸在地板上一只中間凹陷的石器裡撒下一堆棕色小石頭。傑克立刻探頭大啖。高尾聞到傑克的食物氣味，不禁皺起鼻子，他聽長老談過寵物貓吃的殘羹剩飯，只是沒料到自己竟然能近距離地目睹。他也從沒想過自己竟然會待在兩腳獸巢穴裡，而且還有一隻寵物貓作伴。

兩腳獸的臉又朝網狀物森然逼近，高尾嚇得嘶聲尖叫。兩腳獸喵嗚出聲，隔著網狀物丟了幾顆棕色石子進來。高尾又嘶聲大叫，兩腳獸這才離開。高尾走上前去嗅聞石子，它們聞起來有一點獵物的味道，但又不太一樣，就像那盆水。為什麼兩腳獸要在每樣東西裡加進奇怪的味道？牠們難道不喜歡原始的滋味嗎？

「你可以吃吃看。」傑克跳上突架，隔著網狀物看他。

高尾又嗅聞了一次。

「它沒有毒，跟兩腳獸給我的東西一樣。」傑克保證，然後坐在後腿上，開始舔洗自己。

高尾小心翼翼地用牙齒挑起一顆，用力一咬。那味道比獵物強烈，但還不算難吃。他又吃了一顆，然後靜候他的肚子會有什麼變化。結果只有一點點刺痛，他也不覺得反胃。他把剩下的幾顆舔進嘴裡，聽見自己的肚子滿足地消化它。

高尾在兩腳獸走回進食室時抬起頭，網狀物又被打開，高尾弓起背瞪著那個缺口，等著兩腳獸的腳爪出現。但什麼事情都沒有發生。

「你可以出來了。」傑克喵聲說道。

高尾小心翼翼地爬到貓籠前端往外窺看，兩腳獸站在幾條尾巴遠的地方。傑克從突架上跳下來，發出呼嚕聲繞著兩腳獸轉。兩腳獸彎下腰來，無毛的腳爪滑過傑克的毛髮。高尾不禁全身發抖，然後他瞄見傑克先前穿過的那扇小活門。這是他逃脫的機會！他往前衝，跳下突架，腳爪撞上滑溜的地面時滑了一下。他奮力站穩，四條腿微微發抖，蹣跚地往那扇活門跑去。

他一頭撞上那扇文風不動的活門，口鼻一陣劇痛，像撞上石頭的小貓般被彈了回來。困惑和羞恥讓他發燙，「它怎麼沒開啊？」他回頭對傑克嘶聲說道。

「我家主人讓你出貓籠前，就先把那扇活門鎖起來了。」

兩腳獸朝高尾彎腰。「走開！」高尾啐道，同時朝兩腳獸揮動著仍有點無力的腳爪。

傑克飛快擋在高尾面前，護衛著他的兩腳獸，「別攻擊他！」他吼，「他救了你一命！」

高尾一臉困惑。兩腳獸會救貓？長老從來沒說過這樣的故事，「反正別讓他碰我！」

兩腳獸的肩膀垮了下來，牠轉身推開另一面牆上的大活門，穿過後隨即關上。高尾的肚子一陣絞痛，無助地看著傑克那扇被鎖上的活門，「我想拉屎。」

傑克朝一個裝滿灰色細沙的亮紅色淺底臥鋪點頭示意，「就用那個吧。」

「在臥鋪裡拉屎？」寵物貓到底有沒有羞恥心啊？

「我們都是這樣啊。」傑克要他放心。

高尾走向那個有著硬邊的臥鋪，爬了進去，站在細沙上。先踢出一個洞，在裡面拉屎，再把沙蓋回去，整個過程傑克都坐在離他只有幾條尾巴遠的地方，這讓他很不自在。他爬了出來，回到房間角落，「然後呢？」

「你要多休息。」傑克告訴他。

高尾的腿還站得不穩，但是他不想休息。在兩腳獸的巢穴裡當囚犯的他怎麼可能休息？他不斷踱步，肚子微微悶痛，但不至於痛到不能走。他隔著牆上的透明方框，看著外面的天空。天色漸暗，他已經浪費了一整天。

兩腳獸不時回來倒食物和水或查看高尾，高尾總是嘶聲回應、不停踱步。等到外面全暗時，兩腳獸帶了一個又大又柔軟的東西進來，放在地上。「那是我的臥鋪！」傑克開心地喵道。

高尾瞇起眼睛。臥鋪通常都很小，而且是用枝條編織成再鋪上青苔，不可能是這種亮紅色的東西，而且足足有半個窩大。

傑克呼嚕著爬進臥鋪，開始不停地拍打底部，「如果你喜歡的話，也可以睡這裡。空間很大，而且真的很軟。」

高尾抬頭看看突架上的獸醫貓籠，他不想睡在小通道裡，可是他也不想睡在寵物貓旁邊，他怕從此身上會有揮之不去的刺鼻花香味。「我不累。」他撒謊。

「你怎麼可能不累。」傑克告訴他，「我每次去過獸醫那裡之後，都會很累。」他蜷伏進臥鋪裡。高尾試圖搜找夜空裡的銀毛星群，星族知道他在這裡嗎？可是那小方框只反射出室內的明亮牆面。高尾很生氣，他現在連外面都看不到了，「我必須離開這裡。」

「會的，」傑克保證，「等你好一點就讓你走了。」

我離開部族，可不是為了被關在這裡！高尾怒視傑克，「你的兩腳獸很殘忍。」

「不，他不殘忍。」傑克瞪著他，不停彈動尾尖，「他對你很好。」

「你怎麼受得了寵物貓的生活，」高尾根本沒聽進他的話，「吃那麼奇怪的食物，還對著一隻兩腳獸呼嚕，活像你們是至親一樣。」他不屑地說。

「他是很像我的至親，」傑克反擊，「我一出生就認識他。他總是怕我受凍挨餓，當他落單的時候，我會坐在他旁邊陪他。我們還會跟彼此說話。」

「說話？」傑克簡直是兔腦袋。

傑克聳聳肩，「我不完全懂他說的，不過我知道意思。不管他說什麼，我都說好，他似乎很喜歡我這樣。我還教他怎麼說食物這兩個字，有時候他會試著重複，不過腔調有點可怕。」

高尾幾乎不敢相信自己耳朵聽到的，「聽起來你好像很喜歡當寵物貓。」

「當然。」傑克又回去揉搓他的臥鋪。

「那你為什麼花那麼多時間看著樹林，滿腦子都在想部族貓？」高尾踩動著腳。閃亮的地板很冷，他站得腳都麻了。

傑克想了一下，「我猜我只是好奇你們沒有主人是怎麼生活的，就只是這樣而已。」他偏著頭，「你說過部族不只一個，到底有幾個？」

「三個以上。」

「你的部族叫什麼？」

高尾根本沒在聽他說，目光直接掃向傑克的臥鋪。它看起來遠比冰涼的岩石軟多了，也夠溫暖。渾身發抖的他慢慢走過去。傑克移動身體讓出空間，「你的部族叫什麼？」他又問。

高尾踏上臥鋪，「風族。」它的觸感比羊毛還鬆軟。他坐下來，暗自享受這舒適感。

「你住在哪裡？」

「高地上。」高尾蜷伏著，腳爪塞進身體底下，「高地下面是河族，他們住在河邊，很會抓魚。」

「怎麼抓？」

高尾瞥了他一眼。傑克真是笨。「他們會游泳。」

「那第四個部族呢？」傑克開始舔腳爪，清洗自己的臉。

「影族，住在雷族旁邊的松樹林裡。沒人喜歡影族，除了他們自己。」

傑克用腳爪搔搔耳朵，「所以其他部族之間都很相親相愛囉。」

「才沒呢！」高尾抽動尾巴，「要是有哪個部族敢越過我們邊界，我們就撕爛對方。」傑克瞪大眼睛。高尾想到夜空和狗魚牙，「好啦，也不一定會撕爛他們。」他心軟道，「不過我們本來就應該待在自己的領地裡。」他決定不提大集會的事，免得傑克愈聽愈糊塗。

「那你為什麼來這裡？」傑克放下腳爪，瞪著高尾看。月光透過牆上透明的小方框流瀉進來，他那雙綠色眼睛閃閃發亮。

高尾低頭看著臥鋪，「我必須做一件事。」他不想告訴對方他覺得跟部族住在高地有種被困住的感覺，所以很好奇邊界以外的地方。從傑克的角度來看，他的好奇只會招來麻煩。

「所以這是戰士的某種任務嗎？」傑克壓低音量問道。

高尾豎起耳朵。**任務？**他喜歡這個說法。「是啊。」這是戰士專屬的任務，不是嗎？或者說是他的任務，跟戰士一點關係也沒有？這想法令他有點不安，但他甩開這念頭，腳爪縮得更緊一些，然後閉上眼睛。

「我不敢相信自己竟然能睡在戰士旁邊。」傑克輕輕的喵聲裡充滿敬畏。

「我也不敢相信我竟然睡在寵物貓旁邊。」高尾咕噥道。在寵物貓的臥鋪裡睡覺，這算哪門子的戰士啊？而且還是在兩腳獸的巢穴裡。**可是戰士太疲倦啦！**他的頭垂了下去。

「高尾，」他似乎聽到遠方有沙雀的喵聲，「你是戰士，永遠都是。」

我是嗎？高尾沉入了夢鄉。

第三十一章

淺白的曙光透過牆上高處透明的小方框灑了進來。高尾伸個懶腰，仔細地確認自己的肚子。今天好多了，不再有被壓扁和悶痛的感覺。高尾小心地爬出臥鋪，留傑克在裡頭繼續打呼。傑克的石碗裡有新鮮的顆粒狀食物。高尾的肚子咕嚕咕嚕叫，可是他想在進食前先看看外面。他跳上突架，再跳到牆上透明方框旁的突架上。他用鼻子輕觸，很冰涼。**一定是冰塊。**高尾納悶，吐氣時這冰塊怎麼沒融化？他用前爪推它，希望它能應聲而裂，但質地太硬了。他看見外面有結霜的草地和白了頭的灌木一路往木籬笆延伸，盡頭處樹林的枝葉間正閃爍著陽光。

高尾的心隱隱作痛。他應該去那裡，而不是困在兩腳獸的巢穴裡。他四隻腳往後退，前額抵住透明的方框。

「那窗戶打不開啦。」傑克在下面說，他正坐在臥鋪，因為剛睡醒，毛髮還有些凌亂。

窗戶。高尾又回頭看著那片薄冰，寵物貓老愛幫東西取怪名字。

傑克跳上來站在他旁邊，朝盡頭的籬笆點頭示意，「我都在那裡望著部族貓。」

高尾用口鼻抵住玻璃，森林似乎很近，「那是雷族的領地嗎？」他喵聲道。

「是啊，」傑克對他眨眨眼，「你不知道嗎？」

高尾甩甩毛髮，「我怎麼可能知道？我被困在這裡，什麼味道都聞不到。」

「我家主人很快就會放你出去了。」

高尾低吼，「多快？」

「誰知道？」傑克聳聳肩，「等他認為你復原了，我猜。」

他話聲剛落，大活門就打開了，兩腳獸走了進來。牠開始對著他們發出低沉的聲音，兩眼發亮。牠拿著一個像藍色毛皮、又扁又軟的東西，眼睛緊盯著高尾。

「牠現在要幹什麼？」高尾低聲問傑克。兩腳獸朝他走來。他警覺地跳下窗架，退到角落。兩腳獸拿著那張藍色毛皮接近他，他試圖逃脫，但對方用強壯的腳爪裹住他。

「救命啊！」高尾不停扭動，恐懼穿透他全身。被包在藍色毛皮裡的他被塞進獸醫的貓籠裡，網狀物隨即關上。兩腳獸隔著網狀物看他，嘴裡咕噥出聲。

「我恨你！」高尾隔著網狀物嘶吼。

兩腳獸走向傑克專用的小活門，低身拉開旁邊的一根小棍子，轉身對傑克發出喵嗚聲。傑克似乎懂他的意思，立刻跳下窗架，從小活門鑽了出去。高尾撞著網狀物，大聲吼叫。他滿腔怒火，拚命扯著硬梆梆的銀色藤蔓，試圖扳開好讓他伸出腳爪。兩腳獸轉身對他喵喵叫。

高尾嘶聲回嗆，「我要撕爛你！」

兩腳獸輕聲喵嗚，隨即穿過牠的活門消失不見。高尾想盡辦法要扳開網狀物。它最後一定會被扳壞吧？但腳爪開始疼痛，銀色藤蔓仍完好無缺。當他的爪子開始流血、肉墊也像著火般，高尾終於倒在藍色毛皮上，鼻子抵著網狀物。他瞪著牆上那扇小活門，直到傑克回來。

「高尾？」傑克跳上突架，身上有風和土的味道。高尾動也不動。

「你還好嗎？又覺得不舒服了嗎？」傑克緊張地抵著網狀物，「要不要找我家主人來？」

「不要！」高尾坐起來怒目瞪他，「只要告訴我怎麼離開這裡就好！」

「你為什麼這麼急著走？」傑克環顧房間，「這裡又不差。有很多食物，而且很溫暖。」

「我不是寵物貓。」高尾吼。

「我沒有說你是。可是你不妨先把自己的身體養好，你之前差點死掉欸。」

高尾縮起爪子，「我沒有時間再待在這裡。」

「為什麼那麼急？」

「我有任務在身，記得嗎？」

傑克睜大眼睛，「哦，對！是什麼任務？」

「我在找一隻貓？」

「誰？」

高尾盯著傑克那雙熱切的綠色眼睛，他要怎麼向他解釋帶領他來到此處的那所有事情呢？

「真的很重要嗎？」傑克追問。

高尾將爪子戳進藍色毛皮裡，「比你所能想像的還要重要。我必須找到一隻無賴貓，」他喵聲道，「他害死了我父親。」

傑克毛髮倒豎，「害死他？」

「我父親沙雀是最厲害的地道工。可是麻雀慫恿沙雀帶他去看危險的地道，結果地道坍塌，他卻跑了。」高尾呼吸加速，那股熟悉的怨氣又回來了，「他把我父親丟在那等死。」

「所以你要復仇？」

高尾眨眨眼睛。傑克懂我！「我要趕在麻雀遠走高飛前追上他，我至少晚了兩個月。」

「這表示你必須盡快離開這裡。」

「沒錯！」高尾無助地推著那片銀色網狀物。

傑克想了一下，「我可以告訴你怎麼逃脫，但有一個條件。」

高尾瞇起眼睛。「什麼條件？」

「你得要帶我一起去。」

「我以為你喜歡當寵物貓，」高尾低頭瞥了那柔軟的紅色臥鋪一眼，「外頭沒有這些東西。」他朝那扇窗彈彈尾巴。

「我知道，」傑克告訴他，「我不想加入你的部族。但如果你有任務在身，我想幫你。」

高尾偏著頭，「為什麼？」

「你會需要我。」

「不，我不需要！」高尾毛髮倒豎。

傑克傾身向前，「是誰吃了毒老鼠，差點死掉？」他的眼裡閃爍著光芒，「在我看來，你的確需要幫手。」

「可是這很危險，」高尾喵聲說，「你為什麼要冒著生命危險幫我？」

傑克挺起胸膛，「雖然我是寵物貓，但這不代表我沒有夢想。」他的雙眼炯亮，「我不會想要一輩子待在野外，但我想到籬笆外面探險，看看其他貓兒是怎麼過活的。我很熟悉我家主人住所每個腳掌大的土地，但我想去更遠的地方看看。」

高尾抽動耳朵。也許這隻寵物貓很管用，「你知道怎麼走到兩腳獸地盤另一頭嗎？」

傑克滿腹狐疑地看著他。「那我可以跟你去嗎？」

「只到兩腳獸地盤的盡頭為止。」

「好，」傑克坐下來，「就這麼說定了。」

高尾看著他，「現在，我要怎麼離開這裡？」

「很明顯，不是嗎？」傑克站起來，弓起背。

「有嗎？」高尾低吼道。

傑克翻翻白眼，「只要對我家主人好，表現得好像你已經完全康復，而且好得可以外出。最重要的是，你要很友善。只要表現得友善，你可以從大部分的主人那兒獲得一切。」

「友善？」高尾瞇起眼睛，「怎麼友善？你是指對著他喵喵叫、繞著他的腿打轉？」

「沒錯。」

高尾全身雞皮疙瘩，「要是牠想摸我怎麼辦？」他一想到兩腳獸的粉色大掌滑過他的毛髮，他就全身不舒服。

「只是喵個兩聲，搞不好你還挺樂在其中的。」

高尾愣在原地。若這是唯一的逃脫方法，他也只好試了。他看著兩腳獸的活門，耳朵不安地抽動著。門終於開了，他的心頓時抽緊。兩腳獸咯噠一聲進門來，隨後關上活門，朝獸醫貓籠走來。高尾強迫自己不要一看見兩腳獸打開網狀物就躲到後面去。反而是走上前喵喵叫。

兩腳獸驚訝得眼睛發亮，牠發出低沉的聲音說著什麼，在高尾跳下地板時往後讓開，驚訝地低頭看著高尾在牠腿邊打轉。

高尾假裝兩腳獸是一棵樹。**我只是留下氣味記號。**「對，」傑克鼓勵，「別忘了喵幾聲。」

高尾這才發現他只顧著繞兩腳獸的腿轉，都忘了喵喵叫。寵物貓真的喜歡做這種事嗎？難道這是為了得到想要東西的唯一手段？他勉為其難地大聲喵嗚，扯著喉嚨叫幾聲。兩腳獸發出低沉的聲音，小心地跨過高尾後倒了一些食物到傑克的空碗裡。

「吃吧，」傑克命令，「如果你吃，他會認為你身體好了。」

高尾趕緊湊上石碗，大口吞下食物，吃到肚子都快漲破了後，強迫自己抬頭去看兩腳獸。他用小貓般的眼神看著兩腳獸，「拜託我可以去外面嗎？」他用最可憐兮兮的聲音喵道。

兩腳獸的神情溫柔，腳爪伸了下來。高尾愣在原地，當兩腳獸腳爪滑過他的背時，他強迫自己爪子別出鞘。**一開始先有寵物貓的味道，現在再加上兩腳獸的臭味。**高尾盡可能響亮地呼嚕，然後緩步走向傑克那扇小活門，用渴望的眼神望向兩腳獸，「求求你！」

兩腳獸也學他喵喵叫。

傑克哼了一聲，「我早就告訴過你，牠會學我們說話。」

「老實說，我覺得牠只是在叫我毛球。」高尾這次的語氣倒是挺樂的。

兩腳獸彎下腰，觸碰活門。

「就是這樣，拜託！」當兩腳獸拉開活門旁邊的鎖扣時，高尾簡直樂翻了。

傑克走上前來，「準備好了嗎？」

高尾看見活門彈開了，立刻鑽過去，衝上草地。他聽見兩腳獸在後面喊叫，活門喀噠響。

高尾回頭瞥看，傑克正追在後面。高尾一跑到草地盡頭，立刻跳上籬笆。

傑克也一躍而上，站在他旁邊，「跟我來！」說完便跳進下面的長草堆。

高尾跟在後面跳下來，雷族氣味立刻襲來，他毛髮頓時豎了起來，「我們不能走這裡！」

傑克轉身，「為什麼不行？」

「要是被雷族巡邏隊發現，一定會撕爛我們。」高尾輕推傑克柔軟的身體，「他們不喜歡寵物貓，也絕對不會喜歡風族貓。我們回籬笆後面去，待在寵物貓領地會比較安全。」

傑克一臉失望，「可是我以為我們可以逃進樹林裡。」

高尾搖搖頭，「你說你會告訴我怎麼走到兩腳獸地盤的另一頭，記得嗎？但這條路只會帶我回到部族貓的領地。」他沿著樹林邊緣快步走了幾條尾巴遠，直到確定自己已經離開傑克居住的巢穴，才又跳上籬笆。傑克尾隨其後。

「哈囉。」一個輕柔的喵聲嚇了高尾一跳。一隻年輕的灰色母貓在下方草坪抬眼看他。

「我們不是來找麻煩的。」他趕緊告訴她。

傑克跳到他旁邊，「哈囉，薔薇。」他呼嚕地喵道。

「哈囉，傑克，」薔薇也呼嚕地回應，「這位是誰？」她轉頭，琥珀色眼睛看著高尾。

傑克猶豫了一下，「他是高尾。」他喵聲道。

「高尾？」薔薇跳上籬笆，站在他們旁邊，嗅聞高尾，「這名字聽起來像野貓的名字。」她皺皺鼻子，「哦，他身上有快刀手的味道。」

「他不小心吃了毒……」

高尾趕緊打斷他，他不想讓寵物貓知道他是個兔腦袋，「我是風族戰士。」他挺起胸膛。

「真的假的？」薔薇懷疑地看他，「那你為什麼出現在傑克家附近，還去了快刀手那裡？我還以為戰士都……」

「他有任務。」這下子換傑克打岔，「我正在幫他，要去找那隻害死他父親的貓。」

薔薇瞪大眼睛，「哇嗚。」

高尾繞過她，沿著籬笆往前走，「我們是不是該走了？」他可不希望傑克邀請另一隻寵物貓同行。再說，他還聽得到傑克的兩腳獸正隔著籬笆朝他們喊叫。

傑克點點頭，「好吧，」他朝薔薇點頭示意，「再會囉。」

她看著傑克鑽過她旁邊，「你會再回來，對不對？」

「他當然會回來。」高尾躍過籬笆盡頭的木桿，再沿著下一道籬笆走。

「這排籬笆盡頭有條小巷子。」傑克在後面喊。

「太好了。」高尾完全不懂什麼叫做小巷子，不過傑克似乎認為那是個好方法。他掃了森林一眼，好奇會不會有雷族巡邏隊正在監看。下次大集會時，他們會跟風族八卦他的事嗎？就快要滿月了，楠星會告訴所有部族他離開的事嗎？

「到了！」他們一抵達最後一塊被圈圍著的草坪，傑克便立刻從他旁邊擠過去，然後跳下籬笆，站在紅色岩塊鋪成的通道上。高尾也跳了下來，「你知道我們在哪裡嗎？」

「知道啊。」傑克加快腳步，循著一條小溪走，這條小溪流經通道中央的裂縫。他不停地前後跳躍，小心避開尖銳的石頭，「別踩在碎玻璃上，」他用鼻子指著地上一堆發亮的綠色冰塊，「要是刺進腳爪，如果你想用舌頭舔出來，一定會被割傷，而且那種傷口很容易惡化。」

高尾點點頭，他以前從沒見過玻璃，不過他會留意避開那種東西。

「走這裡。」等到走到小巷的盡頭時，傑克轉向朝一道矮牆走去。他跳上矮牆，再往下跳到牆後方。高尾跟著跳，堅硬的地面讓他的腳爪微微刺痛。高大的巢穴前面是一大片岩地，一頭怪獸呼嘯而過，高尾嚇得心臟怦怦跳。又是轟雷路！

「跟緊點，」傑克回頭喊。他循著一條又寬又平的小路走，這條小路就夾在轟雷路和一排前面有大扇窗戶的兩腳獸巢穴之間。怪獸在他們旁邊低聲怒吼。太陽漸漸沉到巢穴後方，怪獸的眼睛開始發亮。轟雷路旁是一排頂端發著亮光、朝岩地投射出一圈圈光影的銀色纖細樹幹。

高尾對著它們眨眨眼，「那是什麼？」

「轟雷路的路燈。」傑克沒有慢下腳步，高尾只好加快步伐。噪音、亮光，還有陌生的氣味，這些都令他緊張不安得毛髮倒豎。他一聽到新的聲響，立刻轉動耳朵。但傑克似乎老神在在，毛髮平順、嘴巴微張，似乎正循著某種氣味而行。但高尾只聞得到怪獸和腐肉堆的臭味。

「等一下。」傑克突然停下腳步，把他推到後面，他本來停在兩座巢穴中間的缺口旁，缺口處有縱橫交錯的黑色枝條。「別動，不會有事的。」沒過一會兒，缺口處傳來吠叫聲，黑色枝條間伸出一個齜牙咧嘴的口鼻。**是狗！**高尾的利爪出鞘，那口尖牙在轟雷路路燈的照耀下閃閃發亮。這時一隻兩腳獸在缺口盡頭處大聲喊叫，狗兒轉身跑回暗處。

「我們現在可以過去了。」傑克緩步經過那道缺口。

高尾全身毛髮倒豎地快步跟上，「你怎麼知道那條狗會在那裡？」他氣喘吁吁。

「每次我來這裡，牠都會衝出來。」傑克快步走過更多有窗戶的巢穴，然後轉向離開轟雷路。當他們抵達另一排巢穴時，暮色已經降臨，這裡的巢穴後面都有小塊草坪被籬笆圈住。

「你知道你要去哪裡嗎？」高尾懷疑傑克只是漫無目的地亂逛一通。

傑克跳上籬笆，「我當然知道。」

高尾跟在後面攀上去，「你怎麼知道？」他嗅聞空氣。既然轟雷路已經在他們後方，應該有機會聞到無賴貓是否走過這條路。他從籬笆的另一邊跳下來，開始嗅聞草地邊緣的灌木。

傑克低頭看他，「你在做什麼？」

「尋找無賴貓的氣味啊。」寵物貓真是笨，難道他們不知道鼻子是貓最厲害的追蹤器嗎？

傑克在他旁邊落地，「別浪費時間聞了，」他喵聲道，「我帶你去找一隻貓，她對這附近的事情瞭若指掌。如果有無賴貓經過這裡，她一定會知道。」

高尾對他眨眨眼，「她是誰？」

「只是一隻流浪貓。」傑克彈彈尾巴，奔過草地，朝下一道籬笆前進。

等到他們抵達那排巢穴的盡頭時，夜空已經布滿星星。傑克跳下最後一道籬笆，轉向沿著一條很寬的巷子走。這裡有許多低矮的巢穴，就像傑克被狗困住的那個地方。

「這些巢穴是做什麼用的？」高尾問，「是給小兩腳獸住的嗎？」

「兩腳獸把怪獸放在這裡。」傑克邊解釋邊利用圍牆跳上屋頂。高尾也尾隨著跳上去。在他們前方，粗糙不平的石材像隆起的轟雷路一樣往前延展。他走在傑克旁邊，相偕而行。

「這裡最適合散步了，」傑克嗅聞空氣，「沒有狗、沒有自家主人、沒有怪獸，只有四面八方開闊的視野。」

高尾環顧四周，很訝異這些紅色石材和兩腳獸地盤的燈光竟然綿延到視線盡頭，「兩腳獸地盤的盡頭究竟在哪裡？」他深吸口氣。

「我們快到了，」傑克回答，「不過我們必須先找到那隻貓。」

「那隻無所不知的貓？」

「她住在這些巢穴的盡頭處。」傑克的語氣帶著敬意。高尾好奇難道連寵物貓也有領袖？

他們終於走到屋頂的盡頭，高尾往邊緣下方窺看，「在下面嗎？」那是一處開闊的空間，一半光線來自轟雷路的路燈，一半來自月光，有很高的網狀籬笆交錯其中，角落有黃色火焰在燃燒。高尾毛髮倒豎，「失火了！」

「那只是兩腳獸用來保暖的方法。」傑克解釋，「這裡也會有貓跑來要食物吃，不過我們得離遠一點。」他蓬起毛髮，「他們不是很友善。」

「誰？兩腳獸還是貓？」

「兩者都不友善。」傑克嚴肅地說。

高尾全身發抖，活像再次步入影族領地。他跟著傑克從屋頂往下跳，落在一面正方形的突架上，然後再跳到地面。地上有許多石子，四處可見叢生的野草，枯萎的草葉散落一地。高尾低頭看看自己的落地點，慶幸光線足以讓他看見哪裡有發亮的碎片。他停在原地等傑克爬進一道很高的網狀籬笆的中間缺口，然後自己也跟著鑽進去，地上的礫石不斷磨著他的肚皮。陰森高大的灰色巢穴矗立前方，看上去破破爛爛、沒有一點光，窗戶全破了，牆壁嘎吱作響。

高尾利爪出鞘，跟著傑克走進暗處，循著兩座巢穴之間的一條窄巷前進。盡頭處有亮光，高尾加快腳步，巴不得快點離開這極具壓迫感的幽暗空間。他只覺得這地方像地道，忍不住疾步快跑，傑克在後面嘶聲喊：「慢點！」

高尾瞄見巷子盡頭有動靜。幾個身影從暗處出來，背光站著。**是貓！**從飄送來的味道研判，那是一隻公貓和一隻母貓。高尾可以約略看出他們的耳尖參差不齊，毛髮糾結成團，看來並不好惹。他停下腳步，「現在怎麼辦？」他低聲問。

傑克還沒回答，那公貓就咆哮道：「我們有入侵者。」

「那可不太好。」他的同伴不屑地說。

「你錯了，琵希，」公貓的語調不懷好意，高尾全身繃緊。「這才好，我們或許可以跟他們找些樂子。先帶他們去見見小傑吧，看她怎麼說。」

高尾瞥了傑克一眼，背上的毛全豎了起來。**你這隻笨寵物貓，竟然讓自己誤入陷阱。**

第三十二章

「幹嘛帶入侵者來煩我？」一隻毛色黑白相間、身上長著疥癬的老母貓從一隻死鴿子身上抬起頭來。

她一定就是小傑。高尾不安地踩動著腳。他們帶著他和傑克走進一處空地，四周是黑漆漆的巢穴，地上零星散布著一堆堆發臭的烏鴉食物。

羽毛沾黏在小傑的灰色口鼻上，她甩掉羽毛，「我在想辦法吃東西。」當她掀起嘴唇，高尾這才發現她牙齒都沒了，如果她是在部族裡的話，現在應該算是長老了。

琵希把他往前推，「我們看到這兩傢伙在巷子裡鬼鬼祟祟。」他解釋。

高尾瞥了她一眼，全身極不自在，但又不想讓這些身形襤褸的流浪貓看出他在害怕。他收張著爪子，「你不需要推我。」

「你想單挑嗎？」琵希挑釁。

「不是現在。」他站在被月光照亮的空地

上，清楚看見她帶疤的口鼻和細長的黃尾巴，他猜她那條尾巴以前應該是白的。

傑克緩步走過高尾旁邊，「我們不是來打架的。」他對小傑喵聲說道。

高尾的眼角瞄見動靜，扭頭掃視暗處。有幾隻貓兒正悄悄地走上前來，眼睛在月光下閃閃發亮。有些還戴著項圈，但看起來不像寵物貓；他們的毛髮都雜亂不堪、跳蚤寄生、耳朵缺角、鼻頭刮傷。高尾小心翼翼地打量他們，納悶傑克到底知不知道自己的處境有多危險。

一隻毛色赤褐的母貓緩步走到小傑旁邊，「他們在這裡做什麼？」瞇起眼睛盯著高尾。

高尾全身緊繃。莫非得打上一架，才能離開這裡？

小傑聳聳肩，「別問我，小紅。是橘子醬和琵希帶他們來的。」她肢體僵硬地彎下腰去，試圖用牙齦咬下一塊鴿肉。

幫忙琵希將他們押送過來的薑黃色公貓，從高尾旁邊擠過來，「是我們抓到他們的。」

「做得好啊，橘子醬。」小紅狠瞪他一眼，「你以為他們是老鼠？」橘子醬背上的毛豎了起來，但沒敢吭氣。小紅開始嗅聞高尾，「你的味道很陌生，就寵物貓來說又太小隻了。」

「他不是寵物貓，他是部族貓。」傑克喵聲道。

小紅瞇起眼睛，「那他來這裡做什麼？」

「他跟我一起的，」傑克甩鬆毛髮，「我們有任務在身，想來請教小傑一個問題。」

高尾在他耳邊嘶聲說，「別什麼事都告訴他們。」

傑克眨眨眼，「他們不會感興趣的。」

高尾朝暗處走動的多隻貓兒點頭示意，「最好他們是沒有興趣，不然可能會攔阻我們。」

傑克皺皺眉，「可是也可能幫忙我們啊。」

高尾甩甩尾巴。幫忙？這些貓看起來跟影族巡邏隊一樣樂於伸出援手，「我來跟他們談。」他很堅持。

小傑抬起頭，「那正是我需要的，一個談話對象。」

高尾挺起身。**只要把她當成白莓就行了。**以前天氣一潮溼，長老們骨頭痠痛時，他都會哄他們開心，「很抱歉打擾妳，可是傑克說熟知這附近所有大小事情的唯一一隻貓就是妳。」

「這倒是真的，」小傑承認道，同時瞇起眼睛。

「我們正在追蹤幾隻無賴貓，他們兩個月前可能從這裡經過。」高尾盡量說得簡單扼要，「不知道您有沒有看到他們？」

「為什麼要看到他們？」小傑粗嘎說，「他們值得一看嗎？」

高尾聳聳肩，盡量不表現得太急切，「他們只是無賴貓。」

橘子醬豎起耳朵，「部族貓跟無賴貓有什麼瓜葛？」

小紅繞著高尾轉，「也許他想加入他們。也許他對部族膩了。」

高尾沒理她，「其中一隻叫麻雀。」

小傑用腳爪揉掉鼻頭上一根羽毛，「為什麼部族貓要跟寵物貓一起旅行？」她的目光落在傑克身上。

傑克瞥了高尾一眼，好像是向他徵詢開口說話的許可。高尾繼續把注意力放在小傑身上，「他喜歡部族貓，就這樣。」他喵聲道。

「部族貓，」小傑眼神一黯，彷彿想起很久以前的事，「我以前認識一隻貓，他也很喜歡部族貓。」她彎身用力撕扯鴿肉，但徒勞無功。

傑克快步走過去，「我幫妳。」

傑克從小傑嘴裡搶過那隻鴿子，高尾的心頓時抽緊，緊張地收張著爪子，隨時準備迎戰；小紅和橘子醬露出尖牙，暗處也傳來低吼聲，空地邊緣那些身上長滿跳蚤的貓兒正緩步逼近。

「我可以幫妳撕掉帶筋的肉，妳就能直接啃裡頭的嫩肉了，」狀況外的傑克愉快地說。

小傑瞪大眼睛看著正在撕扯鴿肉的傑克。「別擔心，我不會偷吃，我只是幫妳把最多汁的嫩肉挑出來。」他用鼻頭蹭掉鴿毛，一隻腳爪壓住鴿子，將肉撕下來，丟在小傑腳前，又撕下另一塊。然後把鴿子推還給她，「現在比較容易咬了。」

高尾眨眨眼。傑克真的是兔腦袋嗎？難道他不知道後面有一群貓正虎視眈眈？

小傑低下身去嗅聞那一坨肉，用舌頭舔了一塊到嘴裡，然後坐起來，掃了她的手下一眼，「為什麼你們沒有任何一隻想到這個方法？」

琵希毛髮倒豎，橘子醬怒目瞪著傑克。

「我相信他們有想到，」傑克告訴她。「只是他們太有禮貌，不好意思這麼做。」

小傑哼了一聲，「禮貌有屁用？我都快餓死了。」

她彎身咬了一口，傑克連忙挨過去，「高尾現在可以向妳請教那些問題了嗎？」

「你是說無賴貓嗎？」正在咀嚼的小傑偏著頭，「問吧！」

高尾豎起耳朵，也許傑克找到了請教問題的方法。**原來你沒那麼兔腦袋嘛，寵物貓！**「我聽說他們可能朝這個方向來，妳有看到他們？」

小傑吞下食物，「他們有名字嗎？」

「麻雀，」高尾再次緩緩說明，「棕色皮毛。他和貝絲、阿傑倫、鼴鼠、還有雷娜結伴同行。」

小傑漫不經心地拿腳爪戳著鴿子，「他們都是無賴貓嗎？」

「沒錯。」高尾爪子戳進地上裂縫。

傑克朝小傑點點頭，「要不要再吃一口鴿肉？」他提議，「可以幫助妳思考哦。」

「也許有幫助吧。」老母貓用牙齦死命拉扯鴿肉，好不容易撕了一小塊肉進嘴裡，開始咀嚼。「無賴貓啊……」她滿嘴是肉地喃喃，「你有沒有想過，無賴貓怎麼會取家貓的名字？」

「他們一起旅行，」高尾試圖把不耐煩藏在毛髮下，「他們兩個月前可能經過這裡。」

小傑緩緩點頭，把肉吞了下去，「哦，是啊，我記得他們。小紅發現他們在我們的巷子裡狩獵。」她看看黃褐色母貓，「是他們嗎？」

小紅皺皺眉，「其中是不是有一隻毛色黑白相間的母貓？」

高尾興奮地抽動耳朵，「還有一隻個子很小的灰色公貓，以及一隻黃白相間的……」

「那就是他們，」小紅點頭，「我們只讓他們各拿一小塊獵物的肉，就打發他們了。」

「那是什麼時候的事？」高尾的鬍鬚微微顫抖。

「橘子醬，是月圓時候的事嗎？」小紅問道

橘子醬看了天空一眼，「沒今天這麼圓。」

「是幾天前的事嗎？」高尾想知道他們是一個月前還是兩個月前走的。

「離這個月圓沒多久之前的事。」小紅告訴他。

「所以是上個月？」高尾追問。

小傑的尾巴開始彈動，「不管是什麼時候的事，反正他們都已經走了。」她低身又咬了一口鴿肉，「你們也該走了，免得我的耳朵被你的問題問到痛了。」

小紅和橘子醬往高尾靠近，尾巴不停彈動。

「好吧，我們走了。」高尾轉身離開老母貓，同時向傑克點了下頭。

「謝謝妳的幫忙。」傑克朝小傑喊。

小傑對寵物貓眨眨眼，「我也要謝謝你的幫忙。」

傑克喵嗚道：「我相信下次妳吃生鮮獵物之前，小紅或橘子醬一定會先幫妳處理過。」

「我們當然會。」小紅咬牙切齒地說道。

高尾推著傑克離開。「走吧。」**再不走，我看你就要跟這些獨行貓組成部族了。**他帶著他朝空地盡頭走去，經過那群虎視眈眈的流浪貓旁邊時，不安到身上毛髮上下波動。破爛的巢穴間有個缺口，剛好可以讓他們離開此處。

「我早告訴過你，她會幫我們忙。」傑克一走進缺口，立刻喵嗚說道。

「你先前沒告訴我，你要帶我去見的是一個很有敵意的幫派。」高尾嘀咕道。他鑽進巷子，加快腳步。愈早離開這裡愈好。

傑克疾步跟在後面，「你已經找到你想要的答案了，不是嗎？」

「是沒錯。但我們還是快離開這裡吧。」高尾停下腳步，回頭看，「謝謝你，傑克，你的確很不賴，竟然可以讓那隻老母貓告訴我們無賴貓的下落。」

傑克聳聳肩，「這就像對付我家主人一樣。只要友善，就能予取予求。」

巷子盡頭的外面是一排整齊、方正、長滿綠草的空地，和破敗的巢穴之間隔了大片的網狀物。高尾從網狀物底下鑽進去，看見前方小塊的草坪，不禁鬆了口氣。慶幸終於不必再閃躲碎玻璃，感受著腳下柔軟的草葉，「這裡離兩腳獸地盤的盡頭還有多遠？」

傑克朝草坪盡頭的那棟紅岩大巢穴點頭示意，「那棟巢穴後面有開闊的野地。」

高尾循著他的目光望過去，巢穴後方空無一物，只有廣袤的星空，星空下方漆黑空曠，「無賴貓應該會經過兩腳獸的地盤，」他猜測，「繼續往前走。」

「不然就是往回走，」傑克直言，「因為這裡溫暖又有避難所。」

「那是在有兩腳獸照顧的情況下，」高尾喵聲道。他快步走向紅岩巢穴，傑克待在原地。

高尾停下腳步，傑克要回去了嗎？他突然感覺怪怪的，似乎有什麼東西在囓啃他的心。

傑克正在嗅聞空氣，目光亢奮，「我聞到食物了。」他轉身消失在巢穴的角落。**他跑去哪裡了？**高尾環目四顧紅色岩石邊緣，剛好瞄見傑克的後腿鑽進一扇類似他以前住處的那種小活門。高尾緊張盯看，**他到底在做什麼？**他的目光不敢離開，心臟噗通噗通跳，以為馬上會看見傑克被一隻兇惡的寵物貓或一條狗給追出來。但什麼也沒有。

高尾的肚子咕嚕咕嚕叫，這時傑克的頭忽然探出活門，「快進來吃一點！」他喊，「有好多哦。」他舔舔嘴巴，那種小顆狀的棕色貓食氣味正隨風飄了過來。

「你要我去偷吃寵物貓的食物？」

傑克點頭，「為什麼不行？反正吃完還會有啊。」

「可是住在這裡的寵物貓怎麼辦？」高尾問，「他不會介意嗎？」

「味道聞起來像母貓，她一定在睡覺，不然就是出去了。反正食物旁邊看不到她。」

「不，謝了，我寧願去狩獵。」高尾嘀咕。既然已經快走出兩腳獸的地盤，就不需要再吃那種乾燥的貓食了。

「隨便你。」傑克又鑽了回去。

高尾低聲咆哮。他開始沿著草地上的灌木嗅聞，將頭鑽進月桂樹的葉子底下，結果聞到地鼠的味道。他流著口水，爬到枝葉底下，地面的土結霜，踩上去嘎吱作響。他循著味道，從一根粗壯的莖幹旁擠過去，一直追蹤到多刺的灌木再進入長草叢。他從中間鑽進去，草葉款擺撒了他一身的粉狀種子。地鼠的味道更濃了，高尾瞄到一個小身影正在一棵冬青樹底下移動，他趕緊將肚子貼在地上。上次把老鼠追進兩腳獸地盤裡的那個經驗讓他學會了一件事，要在濃密的灌木叢裡狩獵，耐心絕對比速度重要。

小身影疾步快走，然後停住。牠絕對是地鼠。高尾看見牠正在枯葉堆裡嗅聞。他偷偷爬上前，小心的不讓背脊碰到上方枝葉，然後在離地鼠一條尾巴遠時向前一撲。

地鼠在枯葉堆裡一陣亂耙，但高尾動作敏捷地及時按住牠的尾巴，拖過來致命一咬。他狼吞虎嚥的吃了那隻地鼠，這才洋洋得意地緩步走到月光下的草地上。

傑克正躺在兩腳獸巢穴旁，肚皮朝上，快樂地舔洗著自己的腳爪。高尾朝他走去，他趕緊撐起身體，打了個飽嗝，「有抓到什麼嗎？」

「一隻地鼠。」

「好吃嗎？」

「你應該自己抓一隻，吃吃看就知道了。」

傑克坐在後腿上，「你可以教我怎麼抓嗎？」

高尾聳聳肩，「我們已經到了兩腳獸地盤的盡頭，」他朝巷子點頭示意，那條巷子經過紅岩巢穴旁邊，直通開闊的野地，「你該回家了，不是嗎？」

傑克抬頭望著月亮，「早上再回去。我們先找個地方睡覺吧。」他的目光越過草地，望向一小棟木製巢穴，「那個棚子怎麼樣？」

高尾回頭瞥看。它看起來很像吃到毒老鼠的那種巢穴，「不，我寧願睡在矮樹下。」

「好吧，」傑克環目四顧，「哪一棵？」他緩步走向月桂樹，「這棵看起來應該可以讓我們睡一個晚上。」

「被你偷吃貓食的那隻寵物貓要是晚上跑出來尋仇怎麼辦？」

「那我們直接去野地好了，」傑克提議，「那裡總有樹籬還是什麼的可以睡吧？」

高尾瞇起眼睛，「你不是不想離開兩腳獸的地盤嗎？」

「我想體驗一下睡在野地的感覺。」傑克朝巷子走去，隨即消失在暗處。

高尾跟著傑克往巢穴前面走去，那裡有一小塊草坪銜接低矮的岩牆。他跟在傑克後面一躍而過，再快步越過另一小塊草坪，草坪盡頭是一條凹凸不平、靜靜躺在月光下的轟雷路。他們相偕越過轟雷路，長長的黑影被迤邐在乾泥巴地上，隨後又跳進後面的長草叢裡。

高尾衝到前面帶路，現在他們回到野地了。在經歷過兩腳獸地盤上的噪音和各種紛擾後，安靜又黑暗的野地反而令他覺得輕鬆多了。高尾穿梭草叢，越過溝渠，來到對面濃密的樹籬旁，他爬到樹籬底下，地表很乾。「我們睡這裡吧。」他開始用腳爪挖坑。

傑克看著他，「你自己挖臥鋪？」

「這裡沒有地方可睡。」高尾繼續挖，「睡在坑裡會比較暖和。」

傑克看了一會兒後開始學他，腳爪不停刨土，直到挖出一個淺坑，「這些根會不會很刺啊？」傑克氣餒地看著坑裡的樹根。

「不會傷到你的。」高尾蜷伏進他的坑裡。

「我不喜歡我的臥鋪裡有硬梆梆的東西。」

「你不是想體驗睡在野地的滋味嗎？」高尾也覺得那些樹根會壓到他，可是他不想抱怨，「再說，只睡一晚而已。我們明天再做一個舒服一點的臥鋪。」他保證，隨即閉上眼睛。

傑克沒有回答，可是高尾聽見他正磨磨蹭蹭地蜷伏進那個不是很舒適的坑裡。**我們明天再做一個舒服一點的臥鋪**。他為什麼要這麼說？傑克明天早上就要回家了。**我卻得繼續追蹤無賴貓**。高尾一想到麻雀，心情便激動到腳爪微微刺痛。他想像自己的利爪戳進無賴貓的皮肉裡，聽見他大聲討饒。他現在就追在麻雀後面，他知道他一定會找到他。再過不久，就能復仇了。

第三十三章

陽光喚醒了高尾。他睜開眼睛，是陽光照進了樹籬，他只好又瞇起眼睛。他從臨時臥鋪裡爬出來，伸個懶腰、甩甩毛髮。嚴霜來襲、地面變硬，連草地也白了頭。前方的大地往崎嶇的丘頂綿亙，太陽還在地平線上，晨光灑向銀色草地。他後面的樹籬咯咯作響。

「看起來今天很適合散步，」傑克從枝葉底下蹣跚爬了出來，喵聲仍有睡意。他打個呵欠，朝丘頂眨眨眼睛，「你要去那裡嗎？」

「可能吧。」那座丘頂應該是個不錯的起點，可以從那裡研判無賴貓可能走的路線。那地方看起來有很多裸岩、坡度很陡，比風族領地還要崎嶇不平。他有點擔心，曾有部族貓跋涉到這麼遠的地方嗎？

「你的語氣聽起來好像沒什麼把握。」寵物貓走到他旁邊，他感覺得到傑克的毛髮輕輕刷過他的。

「無賴貓也可能去了別的地方。」高尾的

目光越過兩腳獸地盤旁遼闊的草原。要是他們不想吹冷風，走的是平坦的道路，那怎麼辦？

「你總得有個起點吧。」傑克喵聲道。

「但是哪兒呢？」高尾皺眉。這裡對他來說或許是陌生的國度，但無賴貓搞不好這幾個月來都走同樣這條路，所以很清楚這裡的每一條秘道，也知道哪裡可以遮風蔽雨和找到食物。

「我們為什麼不像你剛剛說的，先爬上丘頂呢？」傑克喵聲道，「從那裡眺望，或許會比較清楚他們可能選哪條路。」

「我們？」高尾眨眨眼睛，「你不是應該回家了？」

「我當然會回去，」傑克迎視他的目光，「但先去看看山的另一頭有什麼，也沒差吧？」

高尾停下腳步，納悶自己怎麼不會覺得對方很死皮賴臉。這是他自己的任務，不需要幫手，尤其不需要一隻寵物貓的幫忙。然而此刻的他竟突然覺得那座陰森的山丘不再可怕，「好吧。」

他往上坡爬，風拍打著他的鬍鬚。傑克跟在後面，離他只有幾步之遙，並不時轉頭前後掃視風景。等到草地上開始出現尖銳的灰色突岩，坡度更形陡峭時，高尾才停下腳步，等傑克趕上，「你在發抖。」

傑克背上細軟的毛髮微微抖動，「我沒事，」他嘴裡嘀咕，緊繃神經，「另一頭應該有地方遮風蔽雨吧。」

「但願有。」高尾不太確定。不過他不覺得風大，因為他知道等爬到山頂，風勢會更強。山上的風會不斷地朝他們吹襲。**要是傑克因此想回家，那怎麼辦？**高尾緊張地回頭瞥了一眼，兩腳獸地盤就盤踞在樹籬後方，就算傑克想回去有岩牆和籬笆草地的避難所，也不用太久。

傑克從他旁邊跳上岩坡，腳爪在結霜的岩石上滑了一下。

「這邊比較好走。」高尾喊。他繞過突岩，循著草徑走；可是傑克還是固執地攀爬岩石。

「如果我能跳上兩腳獸的牆，我想這對我來說應該也不是難事。」他咆哮道。

高尾先抵達山頂，一陣冷風襲來，他差點招架不住。他瞇起眼睛，抵禦冷冽的寒風，試圖不去理會心裡隱約浮現的失落感。傑克現在應該要回去了。

他專心探查前方坡道，感覺好像又站在瞭望岩上。這裡的視野不太一樣，但他還是有著老鷹般的視力，只花了一點時間就掃視完整座山谷。其中一頭的地勢起伏不大，另一頭則顯得峭壁嶙峋，一條閃閃發亮的河流經山谷底部，還有一座濃密的森林宛如臥鋪裡的青苔夾在兩座矮丘之間的山凹裡。

「那是他們會走的路。」傑克氣喘吁吁的喵聲嚇了他一跳，高尾循著寵物貓的目光，看向林木蓊鬱的山凹。

「如果他們跟我想的一樣，一定會去找遮風蔽雨的地方。」傑克平貼耳朵，抵禦寒風。

高尾哼了一聲，「如果他們跟你一樣，一定會躲在兩腳獸的巢穴裡吃貓食。」他停下腳步，突然覺得自己的話很刻薄，緊張地豎起毛髮，「對不起，」他捕捉到傑克綠色的眼神，「我的意思是他們不是寵物貓，對於所謂遮風蔽雨的地方可能有自己的想法。」

傑克踩動著腳，「我知道我是寵物貓，我很滿意我的身份，」他開始朝通往山谷的坡道走，「但這不表示我不能花點時間到別地方逛逛。」

高尾跟在他後面跳，才剛追上他，就聽見山谷間有尖叫聲迴盪。傑克當場愣住，「有狐狸！」他嚇得瞪大眼睛，「怎麼會在這裡？我以為牠們只住在兩腳獸的地盤裡。」

「狐狸就像大老鼠一樣，到處都有牠們的蹤跡。」高尾仔細打量了一下山腰。那叫聲聽起來很近，一個紅色身影正疾步穿過下方草叢。

「我們要躲在哪裡？」傑克的毛髮倒豎，掃視前方大片的草叢。他朝一塊灰色平滑的大圓石點頭示意，「如果我們躲在後面，牠就看不到我們了。」

「只要原地不動就行了。」高尾下達指令。

「可是牠會看到我們，」傑克的喵聲帶著驚恐，「這裡沒有地方可以躲。」

高尾心想傑克現在八成很懷念那些陰暗的巷子和巢穴，「這裡有很多地方可以躲，」他朝大圓石後方的長草叢點點頭，長草一路往山谷底下綿亙，草葉如波浪般起伏。他們在草叢的掩護下越過山腰，盡頭處的河岸有排樹林和矮樹叢，「只要想像草叢和灌木是牆和籬笆就行了，再說，還有風可以保護我們。」

「風？」傑克眨眨眼，「怎麼保護啊？」

「風是朝這個方向吹，」高尾解釋，「所以我們會聞到狐狸的味道，但狐狸聞不到我們。」他打開嘴巴，讓狐狸的嗆鼻氣味灌入嘴裡，後者正朝蕨葉叢走去，消失其中，「你看，」他彈彈尾巴，狐狸的身影消失在黃褐色的葉叢間。「牠根本沒注意到我們。」

傑克朝長草叢走去，高尾蹦蹦跳跳地跟著他鑽進後方一條尾巴遠的草叢裡。他聞到傑克身上的恐懼氣味，甚至比他身上原來的香味還要濃烈，他得設法讓傑克冷靜下來，免得這味道引起狐狸的注意。「如果我們聯手的話，」高尾喊，「一定可以輕鬆地打敗狐狸。」

傑克慢下腳步，「是因為我們以前一起聯手趕走過那隻狗嗎？」

「如果你願意的話，我可以教你一點格鬥技。」他們離河岸愈來愈近，地勢變得更陡。

「格鬥技？」傑克腳突然一滑，發出很小的尖叫聲。

高尾將爪子戳進地裡，抓住地面，「我們被稱為戰士，不是沒有原因的。」

「你們跟誰作戰？」傑克跳下陡坡，在平地上蹣跚地煞住腳步。

「大多是影族和河族，」高尾回答，小心地跨過斜坡，「我們的邊界和他們的重疊。」

「就像在籬笆上打架一樣。」

高尾蓬起毛髮，「比那有意義多了，」他憤憤不平地說，「我們不是為了爭奪一小塊地盤而戰，而是為了部族的生存而戰。真正的戰士為了拯救部族，就算犧牲性命也在所不惜。」

傑克瞇起眼睛，「所以你才冒險來到這裡？」他問，「為了拯救你的部族？」

高尾疾步向前，草葉刷拂他的毛髮，「我是要為我父親復仇。」

「復仇跟你的部族有什麼關係？」

高尾轉身對著傑克嘶聲說：「我的部族和這件事一點關係也沒有。」

「應該有啊，因為你是戰士。」傑克眼神不解。

高尾心煩意亂。**戰士要為族貓的死復仇，不是嗎？而我是為了沙雀！**他緊繃起全身肌肉。

我父親要我為祂報仇。沙雀的琥珀色眼睛在他心裡炯炯亮起，但隨即又想到那雙眼睛淹沒在泥水裡，憤怒頓時衝上腦門。

「高尾？」傑克繞著他轉，「你還好嗎？」

高尾緩步走過他身邊，強迫自己的毛髮服貼下來，「我沒事。」他從長草叢裡鑽出來，這裡是常被牛隻踐踏的草地，灌木叢生，草地往下綿亙到河邊。

傑克站在他旁邊，目光越過山谷，望向林木茂盛的山凹，肚子卻突然咕嚕咕嚕叫。

「矮樹林裡會有獵物。」高尾朝河邊叢生的山楂樹點頭示意。光禿的枝椏後方有潺潺河水，陽光斑駁地撒在水面上，頭頂上方是冷冽的藍色天空綿延於丘頂之間。高尾嗅聞空氣，狐狸的味道已經不再新鮮，結霜的石頭上有羊的氣味。在聞多了兩腳獸的刺鼻味道後，反倒覺得這氣味清新多了。高尾一路躍過草地，傑克一馬當先地從他旁邊跑過去，在灌木叢邊煞住腳步。高尾停在他旁邊，很訝異自己竟然氣喘吁吁。

「你還好嗎？」傑克傾身靠近。

「沒事。」高尾上氣不接下氣。

「你看起來有點累。」

「我想我是還沒完全復元。」

「你要不要趁我狩獵的時候休息一下？」傑克提議。

高尾想笑又不敢笑，「你會狩獵？」

「我以前抓過一隻鳥，」傑克挺起胸膛。高尾偏著頭，對他刮目相看。「不過我發現牠的時候，牠其實已經受傷了，」傑克承認，「可是在我宰殺牠之前，牠還是有掙扎哦。」

高尾翻翻白眼，「我們還是一起去狩獵吧。」他提議。他低頭鑽進山楂樹叢，樹叢後方有河水拍打深棕色的堤岸，岸邊布滿動物足跡。高尾沿著河岸緩步前進，眼睛不忘打量四周，老鼠的氣味灌進鼻腔。「等一下，」他突然蹲下來，彈彈尾巴，示意傑克照做。有東西在前方枝葉底下疾走。他悄悄爬過去、繞過灌木叢，腳步輕得像是雪花落地。他停下來，從縫隙窺看，發現有隻老鼠正坐在枝葉底下，腳爪還抓著一顆莓果。高尾靜止不動，他看見傑克正從灌木的另一頭爬過來。**等一下！**他暗自祈禱傑克別驚擾了那隻老鼠。

老鼠往前快跑，味道竄進高尾鼻腔，再走幾步，就能抓到了。但他遲疑了一下。**乾脆讓傑克抓好了！每隻貓都該學會狩獵，即便是寵物貓。**

老鼠又往前跑，鑽進灌木底下。高尾看見牠跑到旁邊，心想得把牠趕到傑克那裡才行，否則寵物貓永遠也抓不到老鼠。他撲進灌木底下，同時瞇起眼睛，以防被枝葉扎到，伸長腳爪靠著肚皮滑行，從另一頭出來。

傑克被衝向他的老鼠給嚇了一跳，但仍敏捷地伸爪狠擊那隻小動物。

「咬牠的脊椎！」高尾喊。

傑克張嘴扣住老鼠頸子，死命一咬，老鼠當場斃命。高尾扭動身體從灌木底下出來，身上被刺扎得臉皺成一團，「做得好！」

傑克坐起來，眨眨眼睛，老鼠還叼在嘴裡。他的表情看起來就像老鼠一樣驚訝，他把老鼠丟在地上，開心地說：「我抓到了！」

高尾本來想告訴他，這老鼠根本是直接送進他嘴裡的，但他忍住沒說，「你反應很快。」

「謝謝，」傑克不知所措地看著老鼠，「現在該怎麼辦？」

「你可以吃掉它。」

「那你呢？」

「這是你抓的。」

「可是你幫了忙，」傑克將老鼠推到高尾面前，「我們一起吃吧。」

「可以嗎？」

傑克歪著頭，「你們在部族裡不是都共享食物嗎？」

「是沒錯，可那是因為我們願意付出。」高尾告訴他。

「我願意付出啊，」傑克朝老鼠點頭示意，「你可以先吃第一口。」

高尾低頭咬了一口溫熱的鼠肉，感覺到傑克一直盯著他看，鼠肉的味道很甜美，「你也吃吧。」他把鼠肉推到傑克面前。

傑克咬了一口，坐起來咀嚼。高尾看見他滿足的表情，「你喜歡這味道？」

「喜歡。」傑克喵嗚說道，又咬了一口，像天生的部族貓一樣嘎吱嘎吱地啃著骨頭。他把剩下的老鼠推給高尾，「你吃完牠，」他要求道，「你需要恢復體力。」高尾沒有爭辯，這場狩獵讓他的腿到現在都還在抖。「你要不要休息一下？」他吃完最後一口時，傑克這樣問他。

高尾掃視這片面向樹林的草原，「我們繼續走吧。」他想趕在天黑前抵達那片樹林。日正當中時，林地可以遮蔭；但是當暮色降臨時，就會像地道一樣感覺窒悶。他站起來甩甩毛髮，傑克舔舔嘴巴。他們相偕越過草原，四周草葉宛若寒風中的河水波瀾起伏。

等他們抵達樹林時，高尾已經累到腳爪不停顫抖，他蓬起毛髮，覺得全身冷到骨子裡。

傑克從旁邊扶著他，「你看起來很累。」

高尾聳聳肩，「我沒事。」

「我們找個地方休息，」傑克看著正西沉於後方山腰的太陽，「我們已經走了很遠了。」

高尾的毛髮微微抽動，「我們得追上無賴貓。」

「他們走不快的，」傑克很有自信地說，「他們是無賴貓。他們愛去哪就去哪，隨他們高興，又不趕時間。」高尾累得不想爭辯，他跟著傑克走到樹蔭底下。寵物貓滿臉驚訝地抬頭望著枝葉茂盛的樹冠，「哇，好像一座大巢穴哦。」

高尾沒有抬頭，光是聽枝葉的喀嗟作響聲就夠他心煩了。四周都是樹幹，樹幹間布滿灌木叢和陰影，連風也被擋在外面。有種氣味引起傑克的注意，他衝過去嗅聞樹幹間蔓生的刺藤叢，「這裡比兩腳獸地盤熱鬧多了！」他興奮地喵聲道，「到處都是獵物。」

高尾坐下來，「那很好啊。」他低聲道。

傑克回頭說：「我們來找個坑休息吧，」他朝橡樹樹根中間的坑點頭示意，「那裡也許可以做個好臥鋪。」然後低頭從山楂樹旁走開。

傑克的尾巴一消失在視線裡，高尾就開始焦慮，「你去哪裡？」

「我會回來，」傑克的喵聲從林間響起，「你先休息。」

高尾腳步沉重地走向橡樹根。那個坑很深，受潮的土都長出了青苔。高尾從邊緣爬進去，蜷伏其中。青苔很濕，但他累到無法在乎。他閉上眼睛，八成是打了瞌睡，因為接下來他只知道林地裡有腳步聲啪啪啪地朝他跑來，他神經緊繃地從臥鋪邊緣窺看。

傑克從樹林裡跳出來，嘴裡叼著一坨葉子和羽毛，停在凹坑邊緣，把它們往裡面丟，「你可以用這些東西來墊臥鋪。」葉子、嫩枝和羽毛像雨一樣灑在高尾身上，他趕緊低頭閃開，然後站起來甩甩毛髮，「謝謝你，」他低下身，用牙齒挑出裡頭的小枝條扔出臥鋪，「下次別把尖銳的東西也丟進來。」

「對不起，」傑克往下跳，站在他旁邊，幫忙撿拾裡頭的枝條丟到外面，再用腳爪刮鬆臥鋪，「這樣好多了。」

「我們在風族，都是拿羊毛墊在臥鋪上。」高尾說。

「我會再去拿一些過來。」傑克跳了出去。

「沒關係，不必那麼費心。」骨頭痠痛的高尾坐了下來。

傑克已經往樹林邊緣走去，「不會太久。」

高尾無視濕氣，將身體蜷伏在青苔上，鼻子塞進腳爪底下，閉上眼睛。他才睡了一會兒，就覺得精神好多了。黑暗吞噬他的思緒，將他拖進洶湧的夢境。

高尾！他父親的聲音在黑暗中迴盪，夢中的高尾環目四顧，他全身被黑暗包覆，空氣厚重到他必須費力呼吸，突然不知道什麼東西掉在他身上……是涼涼濕濕的泥巴，卻重如石頭，而且多到連嘴巴和鼻子都被堵住。他被困在峽谷地道裡！突然間，有雙眼睛在黑暗中眨呀眨的。

麻雀！高尾認出黑暗中那雙晶亮冷冽的琥珀色眼睛。

「沙雀呢？你是不是扔下他不管？」高尾驚恐不已，「沙雀呢？沙雀呢？」他從麻雀旁邊擠過去，朝著黑暗大聲呼喊。遠方有洪水怒吼，聲音愈來愈大，黏答答的泥巴拖住高尾的腳，

「你不顧他的死活！」高尾轉身面對麻雀，不停甩打著濕漉漉的尾巴。

可是那雙晶亮的眼睛已經消失了，他孤零零地待在地道裡，更多泥巴朝他湧來，他試圖踢掉淹到腳爪的泥巴。泥巴正拍打他的肚皮，拖扯他的毛髮，「沙雀！」他驚恐尖叫。

「高尾！」他的父親回應他，「高尾！高尾！」

有腳爪搖他肩膀，高尾扭頭一看，原來是傑克在臥鋪旁邊戳他，而且還興奮地瞪大眼睛，「你一定要來看看。」

高尾四周都是觸感柔軟的羊毛，「這些都是你收集的？」高尾瞪看著羊毛，剛剛那個夢讓他到現在都還有點頭暈目眩。

「是啊！」傑克跳出臥鋪，「而且我還找到其他東西，快來看！」

高尾勉強爬了起來，努力揮去濃重的睡意，勉強爬出臥鋪，跟著傑克走。

傑克腳步輕快地走在樹林裡，穿梭於刺藤和蕨叢間，躍過腐朽的木頭。高尾翻爬過去，仍然覺得昏昏欲睡，「到底是什麼？」他開始失去耐心。為什麼傑克不能讓他好好睡個覺？

「你看！」傑克停在一棵山毛櫸的樹幹旁，朝地上點點頭，「你聞聞看。」高尾的鼻子不停抽動，「是貓的氣味。」傑克得意地大聲說，「我來這裡找羊毛，心想四處聞聞看好了，結果就被我聞到這個味道。」

樹幹間的落葉堆裡有很多味道，高尾張開嘴巴湊近去聞。

「是無賴貓嗎？」傑克問道。

那氣味有點熟悉，「可能是哦。」高尾直起身看著傑克，覺得有種亢奮在他體內蠢動。雖然那味道已經被冰封到難以辨識，但絕對是貓的氣味，而且是熟悉的氣味，「這味道應該有一陣子了，」他伸出爪子，戳進冰冷潮溼的地面，「不過這代表我們沒有走錯路。」

第三十四章

高尾在鋪滿羊毛的樹根凹坑裡醒過來，感覺得到身旁傑克呼出的鼻息聲，他們彼此依偎、互相取暖。他抬起頭嗅聞空氣，已經沒有寒冽的空氣，取而代之的是很重的濕氣，臥鋪裡充斥著腐葉的嗆鼻味。

「傑克。」高尾推推寵物貓。冰融了之後，昨晚找到的貓味一定會更明顯。他跳出臥鋪，昨天腳下的枯葉仍十分鬆脆，此刻卻在濕滑的枯葉上打滑。

傑克眨眨眼睛，睜了開來，「怎麼了？」

「天氣變了，」高尾告訴他，「也許可以找到他們的蹤跡繼續追蹤下去。」

傑克爬出臥鋪，鼻子不停抽動。他瞥了吃剩的松鼠肉一眼，舔舔嘴巴，那是高尾昨晚抓到的松鼠，「我們應該先狩獵吧！」

「晚點再狩獵。」**我們必須先檢查那些氣味！**高尾心跳加快，趕緊走向傑克昨晚帶他去的小路，同時張開嘴巴嗅聞空氣。他聞到發霉的樹皮和潮溼的樹葉，空氣裡瀰漫著濃郁的獵物氣味和陳腐的狐狸味。

傑克快步走在他後面，「你記得那味道在哪裡嗎？」

我怎麼可能忘記？高尾背上的毛髮微微抖動。那是可以用來證明追蹤正確方向的第一個證據。**如果那氣味真是無賴貓留下來的……**他拔腿往前跑，還沒跑到山毛櫸那裡，便已聞到麻雀的味道。那氣味瀰漫在潮溼的空氣裡，雖然味道已經不再新鮮。高尾在被踏平的枯葉叢邊煞住腳步，顯然無賴貓不只在這裡逗留一晚，在淺白的曙光中，他看見附近有一堆獵物白骨，樹下粗糙的樹皮上也沾了些毛髮。

傑克氣喘吁吁地停在他旁邊，「我還以為跟你走散了。」他大口喘氣。

「我得確定這是不是他們留下來的味道。」高尾勉強撐住自己的腳，麻雀的味道充斥他的鼻腔，新仇舊恨瞬間全又回來了。他怎麼那麼笨，竟然輕易地相信一群無賴貓？他們一踏進風族的領地，他就該知道他們是麻煩製造者。為什麼他的族貓不明白讓陌生者踏進營地所帶來的隱憂？**免腦袋！**他們認為無賴貓是朋友，即便麻雀害死了沙雀，他們也仍然執迷不悟。高尾在鬆軟的地上收張著利爪，吼聲哽在喉間。**我要讓你後悔莫及！**

「高尾？」傑克瞪著他看，「你還好吧？」

高尾彈彈尾尖，「我很好。」他咕噥，「我只是想找到那些貓。」

傑克低頭，「我們會找到他們的。」他保證。

高尾在廢棄的臥鋪邊緣走動，最後在林間找到一條仍留有他們氣味的小徑。那味道已經不新鮮了，但還是可以追蹤下去。他緊張到身上微微刺痛，開始循著小徑走。

「我們要去哪裡？」傑克問。

「你聞不到他們的味道嗎？」

傑克趕上來，「我只聞得到樹和葉子的味道，這裡有這麼多氣味，很難分辨出來。」

「你以後會習慣的。」高尾瞥了傑克一眼，突然想到這隻公貓早該回家了。「你不是應該回兩腳獸地盤了嗎？」

傑克眨眨眼，「你在說什麼啊？都已經找到線索了，我怎麼可以讓你獨自面對麻雀？」

「可是這是我的任務，我應該……」高尾的喵聲愈說愈小聲。他不希望傑克離開，他搜尋寵物貓的綠色眼睛，「你不必跟我一起去。」

「我想去！」傑克踩動著腳，小聲補充，「如果你不介意的話，就讓我去吧。」

高尾看著地面，感覺全身發燙，「我不介意，有伴總是好的。」

「那就說定了。」傑克大步前進，抬高尾巴，「我知道這是你的任務，所以不該管的閒事，我不會管。」他從一坨枯萎的蕨葉叢旁邊跳過去，「可是我可以幫你繼續追蹤麻雀。等找到他，你再決定怎麼處置。」

高尾喵嗚道：「謝謝你，傑克。」他嗅聞空氣，「呃，你知道你走錯路了嗎？」留有氣味的小徑是沿著林地的山脊繞，傑克卻穿過樹林，轉向往山上跑。

傑克停下腳步，嗅聞空氣，「我走錯了嗎？」他貼平耳朵，「我看還是你來帶路好了。」

高尾覺得好笑，帶頭往山脊走去，腳爪在枯葉叢上有點打滑。他習慣走在草地和泥煤地上，就是腳下可以感覺得到彈性的那種地面。傑克快步走在他旁邊，現在他已經習慣這種濕滑的小徑，可是路上的刺藤愈來愈多。

「噢！」傑克被一根帶刺的藤蔓絆倒，只好用跳著前進，不停甩著那隻受傷的腳爪。

「你沒事吧？」高尾停下來嗅聞傑克的腿。**沒有流血的味道。**

「怎麼會沒事？我被絆倒了欸。」傑克怒瞪那株刺藤。

高尾掃視樹林，有氣味的那條小徑直穿蕨葉叢，林地裡到處布滿掉落的枝葉和枯木，與頭頂雜亂的樹冠互相輝映。無賴貓似乎可以無視眼前障礙，不斷往前行。

「來吧。」高尾留意著藤蔓上的刺，緩步繞過。他躍過地上的枝幹，鑽進蕨葉叢裡，斷裂的莖梗顯示出無賴貓曾經過此處，而且留下了氣味。一棵枯木橫在小徑上，他攀爬過去，腳爪在黏滑的青苔上打滑。枯木另一邊的地面相當泥濘，高尾慢下被泥巴拖住的腳步。

「我記得你說過無賴貓會挑好走的路。」傑克嘀咕，同時甩甩腳上的泥巴。

「他們經過的時候，這裡的路可能還結著冰。」高尾揣測。

「你能辨識出這味道有多久了嗎？」傑克爬上硬實的地面，甩掉鬍鬚上的葉屑。

「聞不出來。這味道很新鮮，」高尾告訴他，「不過可能是結霜的關係，所以沒走味。」他瞥了一眼天空，樹頂上方灰濛濛的，「來吧，」他把腳爪從濕黏的泥巴裡拔出來，「要是開始下雨，這些氣味就會被洗掉。」

這些樹木樹齡較小，樹幹粗大、光禿的枝葉離地面很近。高尾必須壓低身體像松鼠一樣在枝葉間鑽低或跳躍。傑克跟在後面，高尾不時聽見後面傳來木頭裂開和被劈斷的聲音。等到抵達一處空地，氣喘吁吁的高尾才停下來轉頭查看。

「這太難走了……」傑克的眼神驚恐，「小心！」他衝過高尾旁邊，蓬起橘色毛髮。**你要跑去哪裡？**高尾霍地轉身，一個深赤褐色的身影朝他們衝過來。

狐狸正要撲上高尾，卻被傑克擋住，寵物貓用後腿撐起身體，伸爪猛砍狐狸的口鼻。狐狸低身閃過，露出黃色尖牙撲向傑克。高尾飛快地衝上來，往狐狸的吻部一砍，狐狸尖叫著眼裡噴出怒火。高尾感覺有毛髮刷過他的腰腹，傑克跑到他身旁。狐狸再度展開攻擊，高尾以後腿撐著身體，不斷地朝狐狸發動猛烈攻擊；傑克也有樣學樣地加入其中。

狐狸朝他們四處猛咬。高尾的爪子勾到對方的皮肉，感覺鮮血噴到他的臉。狐狸尖叫一聲，瞇起眼睛咆哮怒吼。高尾頓時警覺，**我們只會把牠搞得更火而已。**傑克瞇起眼睛、貼平耳朵，像戰士一樣嘶聲嚎叫。他朝狐狸的口鼻甩了一掌，高尾也配合他甩出一爪。他們很有節奏地不停揮爪，但高尾一不小心被地上的樹枝絆了一跤，摔得四腳朝天，傑克也跌在旁邊。高尾順勢滾在地上、傑克也跟著滾，然後出其不意地跳起來猛砍狐狸腰腹，狐狸驚聲尖叫。

「牠打不過我們兩個！」高尾洋洋得意地吼道。

「你可以掩護我嗎？我去攻牠的尾巴。」傑克喊。

「擋不了太久。」高尾咬牙猛力揮爪，傑克趁機衝向狐狸的後臀，張嘴咬住牠的尾巴根部用力一扯。高尾只聽見嘎吱一聲，狐狸痛苦地翻滾、尖叫，傑克嘴巴一放開，牠就從高尾旁邊火速逃進樹林裡。高尾四腳落地站好，氣喘吁吁，被狐狸咬到的前爪感覺刺痛。

「牠傷到你了嗎？」傑克立刻來到他旁邊，嗅聞傷口。

「只是一點刮傷，」高尾給他看腳爪上的刮痕，「不深，吠臉都是用酸模治療。」

「我去找一些來。」傑克從羊齒植物旁快步走開。過一會兒，他嘴裡已經叼了一坨酸模回來，丟在高尾腳下。他脖子上的毛糾結成團，身上的橘色毛髮也染上了血漬。

高尾坐了下來，「你還好吧？」

「以前隔壁的公貓把我傷得更重。」他低頭讓高尾看他耳朵上一條很長的傷疤。

高尾嗅聞了一下，傑克身上的溫熱氣味襲上他的鼻子，他對他的感激之心油然而起，「謝謝你，傑克。」他低聲道。

「謝什麼？」傑克直起身。

「你救了我一命，」高尾頓了一下，「再一次。」

傑克喵嗚出聲，「這沒什麼。」他嗅聞酸模，「你要把它塗在腳爪上嗎？」

「你得先咬碎，再舔在我的傷口上。」高尾告訴他。傑克皺起鼻子。高尾覺得好笑，鬍子微微抽動，「沒關係，我自己來就行了。」他叼了一口在嘴裡，開始咀嚼。

傑克看著他把它嚼成葉泥，再用舌頭舔在傷口處，「這真的有效啊？」

「它會讓傷口不再惡化。」高尾喵聲道。

傑克等到高尾嚼完所有酸模葉子，才開口問：「你可以走路嗎？」

高尾的傷口隱隱刺痛，後腿肌肉也因為撐太久、過於緊繃，而有些痠痛。可是他想繼續追蹤無賴貓的氣味，因為只要一場大雨就能洗掉這些氣味。「我可以。」他堅持。他一跛一跛地穿過空地，嗅聞地面，在他聞到雷娜的氣味時抽了下尾巴。阿傑倫和麻雀的味道也混在其中，還有貝絲和鼴鼠的。他循著小徑穿過山楂樹叢，再從金雀花叢旁邊經過，腳爪在地上的枯葉叢蹣跚打滑。傑克趕緊衝到他旁邊扶住他。

「靠著我。」他命令道。

「我沒事。」高尾喵聲道，但還是微倚著傑克柔軟的肩膀，他們緩步相偕穿過森林。高尾負責嗅聞氣味，傑克則小心地避開地上的樹枝和坑洞。高尾看見前方樹林透著光線，立刻慢下腳步，因為一定是快走到樹林邊緣了。

他身旁的傑克突然愣在原地，「你有沒有聽到那聲音？」

高尾豎起耳朵，一種蜂鳴聲在遠方響起，「那是什麼？」轟雷路的臭味襲來，但那噪音不像是怪獸發出來的。

「聽起來好像是除草快刀獸。」傑克說。

高尾朝他眨眨眼睛，「什麼獸？」

「兩腳獸都用牠們來除草。」

兩腳獸是免腦袋嗎？高尾伸長脖子，想看清楚，「牠們為什麼要在這裡用這種東西？」

傑克哼了一聲，「也許樹林後面有巢穴。」

「我們去看看。」

他們從樹幹間穿過，等到接近樹林邊緣才慢下腳步。這裡的嗡鳴聲更大，尖銳到高尾必須貼平耳朵。腳下地面正在震動。他們走出樹林，高尾停下腳步。旁邊就是傾斜而下的坡地，坡上的草全被翻攪成泥巴地，彷彿被巨大的爪子耙抓過。轟雷路的臭味濃得傑克不禁咳嗽，「那不是除草快刀獸，」他咳到喘不過氣來，「到底是什麼啊？」

嗡嗚聲變成怒吼，而且是無數聲的怒吼朝坡頂的他們洶湧而來。

「我們應該待在樹林這頭，」傑克聲音沙啞地提議，「谷底可能比較安靜一點。」

高尾感覺到他在發抖，地面震動得更厲害了，「也許我們應該折回樹林，」他抬高音量蓋過噪音，「我們可以挑遠一點的那條路……」震耳欲聾的聲音從四面八方襲來。

三頭龐然大物加速奔向高處，顛簸地碾過被翻攪成泥巴的草地，一路朝他們衝過來。每一頭都不停地旋轉黑色腳爪，將泥巴捲到後面去。兩腳獸跨腿騎在牠們沾滿泥巴的身上。高尾瞠目結舌，轟雷路的臭味朝他襲來，嗆得他不停咳嗽。熱氣迎面撲來。

星族，救救我們！高尾閉上眼睛，一大坨泥巴濺上他的腰腹，然後更多泥巴噴上他的臉。他縮起身體緊挨著傑克，準備迎接地獄之火、等待黑暗吞沒他。

怒吼聲緩和下來，泥巴像下雨一樣打在他們四周，高尾從眼縫裡窺視。怪獸突然轉向朝下坡離去，消失在樹林轉彎處。高尾這才鬆了口氣，他的腰腹被泥巴拍打得微微抽痛，「傑克？」他抬起頭，「傑克，你受傷了嗎？」他感覺到寵物貓僵硬地緊挨著他。

「你們這兩個烏鴉腦袋！」

那不是傑克的聲音。高尾抬頭看見，斜坡上有隻公貓正俯瞪著他們。高尾倒抽口氣，認出了阿傑倫乳黃色的身影。

雷娜站在他旁邊，眼睛瞪得又圓又大，「你們為什麼不跑開？你們差點就沒命了。」

阿傑倫甩打著尾巴，「你們只會像木頭一樣站在那裡！」他眼睛突然瞪大，「高掌嗎？」

雷娜從他旁邊擠出來，「高掌！」她豎起耳朵，「是你嗎？」

第三十五章

怪獸的怒吼聲仍在迴盪，臭味還是很濃。

「高掌！」雷娜伸出口鼻朝他靠近，「你在這裡做什麼？風族還好吧？」

他朝她眨眨眼。**無賴貓？**他找到他們了！他簡直不敢相信。他還在想自己該說什麼，雷娜卻不停地嗅聞他，黃白相間的毛髮豎得筆直，「你為什麼在這裡？」她問。

傑克全身抖顫地抬起口鼻，「我們在找你們。」

高尾警告性的瞪了他一眼。**別再說了**。

「你們需要幫忙嗎？」雷娜的眼裡閃著憂色，「楠星派你來的嗎？」

怪獸的嗡鳴聲又變大，阿傑倫回頭看了一眼，「我們最好離開這裡，」他把傑克和高尾推進樹林裡，「我們的營地就在斜坡底下。」

高尾轉身，一跛一跛地走進樹林。

「你受傷了！」雷娜挨在他身邊。

「只是瘀青而已，」高尾告訴她。他被泥

水打得很痛，後腿也因為和狐狸大戰而痠痛不已。不過至少他前腿的傷已經被酸模治好，不再疼痛，「我沒事。」

「那就好。」雷娜帶著他穿過被冷空氣吹襲的枯的蕨葉叢。

阿傑倫在他們後面催促傑克跟上去，「你們難道不知道你們走進一群怪獸裡？」

「我以為那是除草快刀獸。」傑克告訴他。

「在這裡？」阿傑倫瞪著他看，彷彿對方是個瘋子。

雷娜停下腳步嗅聞，「你是寵物貓？」她的目光轉向高尾，「你跟寵物貓在一起幹什麼？」

高尾吞吞口水，「他幫我找路，好離開兩腳獸的地盤。」

雷娜皺眉，「我們最好繼續走，等到了安全的地方，再把事情經過告訴我們。」

「我來帶路。」阿傑倫從她旁邊擠過去，低頭鑽進蕨葉叢，往下坡走。

樹木之間長著許多的刺藤，為了跟山楂樹爭奪陽光而朝著樹林邊緣蔓生。高尾時時留意著阿傑倫，循著他的腳步穿越叢生的枝葉。

「噢！」傑克蹣跚地走在後面，上氣不接下氣。

「你還好吧？」高尾喊。

「他很好，」雷娜正在幫忙傑克站起來，「跟著我。」她低頭走在高尾和傑克之間，他們排成一列走在阿傑倫後面。

一條河穿林而過，彷若一座陡峭的迷你峽谷。阿傑倫輕鬆地躍河而過，高尾步履蹣跚地站在岸邊，看著腳下涓流的河水。

「跳過來就行了！」阿傑倫催促。

高尾縱身一躍，腳爪在泥地上滑了一下，落地時趕緊伸長利爪戳進土裡，將自己撐上岸。

「風族貓不應該來這裡，」阿傑倫搖頭，「你比較適合高地的生活。」

雷娜身手輕巧地在他旁邊落地，「你為什麼來這裡？」

後方突然傳來碰撞聲，然後是小小的水花聲。高尾回頭一看，傑克不見了。他趕緊跑回河岸，俯看陡峭的堤岸。傑克正在底下蠕動，試圖在泥地裡找到爪子的著力點。高尾伸出後爪戳進土裡，往前低身，一把勾住傑克的頸背，撐住他，寵物貓這才站穩腳步。

「謝謝你。」傑克咕噥。高尾往後一拉，傑克爬了上來，站在他旁邊。

雷娜一臉不解，「你為什麼要幫寵物貓？」她皺起鼻子看著傑克。

「他也幫過我。」高尾只是這樣簡單地告訴她。

「來吧，」阿傑倫點頭示意繼續前進，怪獸還在樹林邊隆隆作響。「等到了營地再聊。」

「這就是你們現在住的地方嗎？」高尾問。

「只是暫時住在這兒。」阿傑倫告訴他，同時緩步走開。

阿傑倫帶著他們穿過另一叢蕨葉，葉子不斷摩搓著高尾的鼻子。他瞇起眼睛，擋掉那些葉子，最後走進一小塊鋪滿枯葉的空地，他不禁眨眨眼睛。鼴鼠就躺在榆樹的樹根上，看上去像是一大坨灰色毛髮堆在暗綠色的青苔上。他抬起頭來，這時高尾正跟著阿傑倫從外面走進來，

「他來這裡做什麼？」

「誰啊？」貝絲從冬青樹底下探頭出來。她瞪大眼睛，趕緊鑽出來，黑白相間的毛色光滑如昔。高尾心想他們離開部族後，應該過得還不錯。

「高掌？」貝絲眨眨眼，「是你嗎？」

「我現在叫高尾。」

「你得到戰士封號了？」雷娜驚訝地說，「恭喜你。」

貝絲的目光移向雷娜，「妳們在哪裡找到他們的？」

「我想嚴格說起來，應該算是他們找到我們吧。」

傑克站在高尾旁邊，低聲在他耳邊問，「現在怎麼辦？」

「表現得跟平常一樣，」高尾低聲道。他抬起口鼻看著貝絲，「真高興終於找到你們。」這句話如果是在他們詢問前就先說出來，也許會比較有說服力一點。他的腦袋飛快地轉著，他該怎麼解釋追著他們到這裡的原因？

「風族遇到麻煩了嗎？」貝絲問。

「沒有，」高尾踩動著腳，「他們很好，只是……只是綠葉季末的時候，我看著你們離開，突然明白除了風族的領地之外，我還有很多地方沒去過。」他慢慢融入自己編造的故事裡，毛髮跟著平順下來，「我希望你們能讓我跟著你們一起旅行。」

阿傑倫看著傑克，瞇起眼睛，「那這隻寵物貓呢？」

「他叫傑克。」高尾喵聲道。

空地盡頭的矮木叢一陣晃動，麻雀鑽了出來，「高掌？」

高尾霍地轉身，迎視棕色公貓那雙冷漠的眼睛，「嗨，麻雀。我現在叫高尾。」他按捺下哽在喉間的怒氣，但心裡浮現一個影像：他把麻雀扣在地上，利爪戳進兇手的喉嚨，公貓的嘴不斷地流出鮮血。

「你在發抖，」麻雀冷漠的聲音打斷他的思緒，「你還好吧？」

高尾踩動著腳爪，思緒飛快地轉，「我們差點就被兩隻腳爪的怪獸壓扁。」

貝絲朝麻雀轉身，「他說他想跟著我們一起旅行。」

「那風族怎麼辦？」

「我已經厭煩了那些責任義務和一堆規矩，」高尾喵聲道，「我想體驗一下自由自在的生活，跟你們一樣。」

「那隻寵物貓怎麼辦？」麻雀的目光沒有流瀉出任何情緒，只是從高尾移到傑克身上。

「是他幫忙我找到你們，既然找到了，他也要回家了。」高尾發現身旁的傑克突然愣住。

「別忙著走，」貝絲嗅聞傑克泥濘身體，「你需要休息和飽餐一頓，你們兩個今晚都留下來吧。」她彈彈尾巴，「雷娜，麻煩妳去找點青苔來，幫他們準備臥鋪。」

高尾上前一步，「謝謝，我們自己準備臥鋪，」他告訴她，「我來這裡不是為了成為你們的負擔。」無賴貓都沒來得及回答，他就緩步穿過空地，鑽進蕨葉叢裡，他聽見傑克也快步跟在他後面，覺得鬆了口氣。

「我們在做什麼啊？」一走到可以私下談話的地方，傑克立刻喵聲問道。

「你回家吧。」高尾告訴他。

傑克眼裡出現受傷的神色，「你要留在這裡跟害死你父親的兇手一起生活？」

「當然不是，」高尾正色道，「我只是在等機會。」

「然後呢？」傑克挨近他，壓低聲音，「麻雀看起來不太好惹，你打算怎麼對付他？」

殺了他。恐懼掏空了他的心，他從沒殺過貓，他強迫自己想像被泥漿掩埋、被黑暗永遠封閉的父親發出恐懼哀號聲。他低聲咆哮。

「高尾？」傑克的眼睛瞪得像兩顆又大又蒼白的月亮，「你的計畫是什麼？」

「我要他招認是他害死了我父親。」

「然後呢？」傑克的耳朵不停抽動。

「你說過你不會多管閒事。」高尾朝樹根走去，開始刮樹皮裂縫裡的青苔。

傑克走在他後面，「高尾，那隻貓看起來很兇惡。」

「他只是一隻無賴貓。」高尾剝下一大坨青苔。

「跟我回去吧，」傑克懇求他，「這裡太危險了。」

「所以我才要離開部族啊。」高尾又刮下另一坨青苔，丟到腳邊的青苔堆裡。

「可是你還是可以回部族，不是嗎？」

「我不會再回去了。」高尾低吼。

「再也不回去？」傑克挨近他，高尾感覺到寵物貓的鼻息吐在他臉上，「但你是戰士。」

「戰士不一定要屬於任何部族。」高尾說出這句話時，很心虛。是真的嗎？

「那等麻雀死後，你要怎麼辦？」傑克問道。

第 35 章

「再說了。」高尾沒想那麼遠，他的復仇都還沒開始呢，「幫我收集青苔吧。」太陽正西沉到遠處丘陵的後方，當陰影籠罩著樹林時，高尾渾身顫抖。

傑克蹲在他旁邊撿拾樹根上的青苔，「如果你要留下來，那我也留下來。你需要幫手。」

高尾停下動作看著傑克，「這是我的任務，記得嗎。」

傑克用爪子從樹皮上扯了一大坨青苔下來，「現在變成我們的任務了。」

高尾沒有反駁。而且奇怪的是原本緊繃的肌肉竟然放鬆了，他愈來愈習慣傑克陪在身邊，「來吧，」他把收集到的青苔全堆成一坨，「我們最好回去了。」他不想讓無賴貓有太多時間在背後議論他突然出現的原因。他們可能已經開始懷疑，他確定麻雀尤其可能懷疑他，那隻眼神冷漠的公貓一直沒有表示歡迎的意思。

高尾叼起濕淋淋的青苔回到臨時營地，傑克也叼起剩下的跟在後面。一到蕨葉叢，高尾便刻意慢下腳步，悄悄鑽進去，小心地不碰到莖梗。

「我不贊成。」高尾聽見阿傑倫的喵聲，立刻停下腳步。

傑克停在他旁邊，「怎麼了？」

「他們在談論我。」高尾覺得很不自在。

「我們不能趕走他們，」貝絲的語氣堅定，「他們累壞了。」

高尾豎起耳朵。

「可是這裡的樹林沒什麼獵物。」鼴鼠咕噥道。

「暫時還夠。」雷娜爭辯。

阿傑倫哼了一聲，「早知道我們就別紮營，繼續往前走。」

「河裡有魚，在下坡那裡。」雷娜直言。

「你會游泳嗎？」阿傑倫嘀咕。

「這裡不像你想的那麼缺乏獵物，」麻雀的喵聲很有自信，「我今天抓到的鴿子就是從一大群鴿子裡頭抓到的。」

「真的假的？」鼴鼠抬高音量，很感興趣。

「我發現兩腳獸常到一個地方撒穀物，」麻雀告訴他，「只要有穀物，鴿子就常去。」

貝絲喵嗚道，「如果真是如此，再多兩張嘴也無妨。」

高尾緩步走進蕨叢，丟下嘴裡的青苔，「我們可以幫忙狩獵。」他喵聲道。

阿傑倫的目光越過他質疑地瞟向傑克，「真的嗎？」

「傑克學得很快，」高尾告訴他們，「他前幾天抓到一隻老鼠。」

傑克捕捉到他的目光，「我幫忙抓的。」他糾正。

「沒有寵物貓的幫忙，我們也應付得來。」鼴鼠咕噥。

雷娜緩緩走到冬青樹底下，「我已經用樹葉幫你們在這裡做了臥鋪。」她喵聲道。

「謝謝。」高尾在半隱晦的光線中迎視她的目光，試圖讀出她是否真的歡迎他們住這。

她偏著頭，「高尾，你好像有一點不一樣了。」

「是嗎？」高尾氣餒地叼起自己撿來的青苔，放在雷娜鋪好的樹葉堆上。

「你比較不愛生氣了，」雷娜喵聲道，「因為我們當初離開的時候，你……你好像希望我們別再回風族。」她的語氣聽起來很受傷，而且很迷惑。

高尾皺眉。他的憤怒還在，只是壓抑著。但他得讓無賴貓先接納他、信任他……才有機會為他父親的死復仇。而且在他的內心深處，他其實並不怪雷娜、貝絲、阿傑倫或鼴鼠。

「我……我想我是花了點時間才克服心理障礙，接受沙雀已死的事實。」他喵聲道，試圖讓語氣表現得好像這都是過往雲煙了，「如果我曾經冒犯到妳，我很抱歉。」

雷娜抽動耳朵，「你沒有冒犯我啦，」她的語氣聽起來很同情他，「我想那件事對你來說的確很沉重，沙雀就那樣死了，而麻雀卻逃過一劫。」

高尾偷瞪了她一眼。雷娜恐怕快發現真相了，他得說服她，他其實並不怪麻雀，「哦，那不是麻雀的錯。」他咬著牙說出這句話，「他只是僥倖逃過一劫，沙雀就沒那麼幸運。」他沒再說下去，只好假裝自己必須專心鋪青苔，並挪動身體讓傑克有空間鑽進來，再把剩下的青苔放進臥鋪裡。

貝絲嘴裡叼著鴿子穿過空地，擱在高尾腳下，「我稍早前抓到的，給你和傑克吃。」

高尾搖搖頭，「我們不能吃你的獵物。」

「沒關係，可以。」麻雀在空地另一頭的暗處大喊，「綠葉季的時候，風族也提供獵物給我們吃。」

阿傑倫點點頭，「所以我們請風族貓吃我們的獵物也是應該的。」

「我不再是風族貓了。」高尾告訴他。

阿傑倫彈彈尾巴，「胡說八道，」他哼了一聲，「你在風族出生，一輩子都是風族貓。」

雷娜從空地邊緣低矮的枝葉底下探腳進去，拉出一隻濕漉漉的地鼠和一隻吃了一半的松鼠。她把地鼠丟給麻雀，再叼起松鼠去貝絲那裡，「鼴鼠、阿傑倫，要不要一起吃？」

高尾彎下腰來，用下顎撕了一塊鴿肉下來，推到鼴鼠、阿傑倫面前，他們正蹲在雷娜的松鼠前，「這塊給你們，」他提議，「我們不需要這麼多。」

「再撕一塊給他們。」傑克在他耳邊低聲說。

高尾又撕了一塊肉下來，丟在阿傑倫腳下。他察覺到麻雀的目光，**他知道我來這裡的原因。**這念頭在他心裡一閃而逝，體內的恐懼蠢蠢欲動，於是吞吞口水走回傑克身邊。傑克已經在吃鴿子，高尾的胃緊縮，他怎麼吃得下去？**表現得像平常一樣。**他剛剛的話仍迴盪在腦海裡，於是強迫自己咬下一口鴿肉。

「淺鳥好嗎？」貝絲的問題嚇了他一跳。正埋頭吃松鼠的她抬起頭來，眼裡閃著興味。

「淺鳥？」高尾愣愣地重複一遍。直到剛才，他都還能設法讓自己不再想起風族的事。

「還有白莓？」雷娜喵嗚道。

「那些地道工已經習慣沒地道挖的生活了嗎？」鼴鼠問。

高尾眨眨眼睛看著他們，思緒澎湃。他從沒想過他還能再將族貓的名字掛在嘴邊，「淺鳥生了羊毛尾的小貓。」他告訴貝絲。

「那太好了！」貝絲的眼裡閃出喜悅的光芒。

高尾吐出一根羽毛，「是啊，太好了。」他說謊。

雷娜吞下一口肉，「他們多大了？」

「我離開時，已經四分之一個月大了。」他想像小鷦、小兔、小飛和小鬃擠在他腳邊，抬高尾巴興奮地吱吱喳喳的模樣。他們的聲音在他腦海裡迴盪。

我要你當獾給我騎！

我們可以去嗎？

我可以幫自己取戰士的名字嗎？

他閉上眼睛，很驚訝心裡竟隱隱作痛。

「你怎麼忍心離開他們？」雷娜的聲音打斷了他的思緒。

「我不在，他們會比較快樂。」他低吼，口鼻埋進軟嫩的鴿肉裡。

「雷娜，別再問了。」阿傑倫的喵聲輕柔，「有問題等他休息過後，明天再問好了。」

月亮隔著枝椏灑下月光，夜色靜悄悄地覆蓋整座森林，遠處樹林外面有狐狸尖聲嚎叫。

傑克舔舔舌頭，「我好累。」他伸個懶腰，爬進臥鋪。

高尾將剩下的鴿肉推給阿傑倫，「謝謝你們跟我們分享獵物。」說完也躺進傑克旁邊的臥鋪，毛髮與他的輕輕碰觸。傑克身上的體溫舒緩了他紛亂的心，他看著阿傑倫和鼴鼠將剩下的肉收集好，藏進冬青木底下。雷娜和貝絲在蕨葉叢旁邊的臥鋪安頓下來，阿傑倫蜷伏在橡樹的樹根間，鼴鼠睡在旁邊，麻雀則在營地暗處角落的樹葉堆繞了一圈後躺下來。

高尾瞇著眼睛看見麻雀在臥鋪裡動了一下，遠遠望去只看到黑暗裡一團身影。他瞪著麻雀，利爪一張一收，暗自齜牙咧嘴。**你害死了我父親**。他復仇的念頭更堅定了，就像一塊堅石在火裡鍛煉成形。**現在，換我來取你的性命了。**

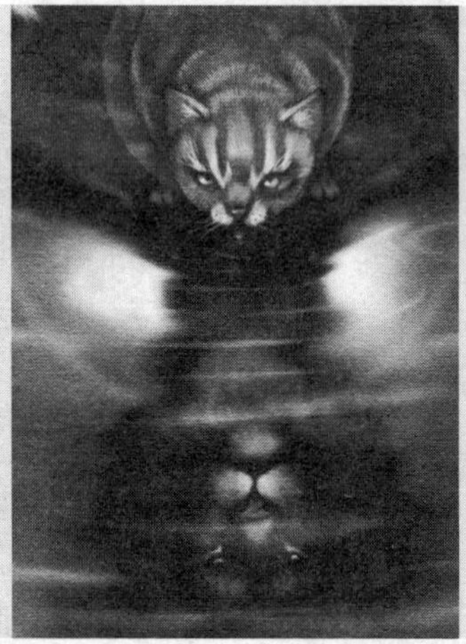

第三十六章

「你還不習慣森林裡的狩獵技巧嗎？」正在前方樹林裡迂迴行進的雷娜回頭喊，她正在追一隻松鼠。

高尾被腳下一顆晃動的石頭絆倒，傑克趁機追過他，他驚訝地眨眼，看見傑克躍過結霜的原木逼近雷娜。「你怎麼變得這麼厲害？」

「這有點像在小巷弄裡跑。」傑克消失在一大叢的蕨葉叢裡。

高尾跟在後面衝，他一鑽進去，莖梗隨即嘎吱作響。乳白色的陽光透過灰色雲靄灑落。刺骨寒風穿過樹林、打落雪花。蕨葉叢裡的他失去了雷娜的蹤影，他追在後面，聽見她在前面發出憤怒的喵聲。「狗屎！」

他衝出蕨葉叢，剛好看見她在白蠟樹下抬頭仰望，一根毛茸茸的尾巴在枝葉裡閃現。

傑克繞著她邊轉邊問，「妳有辦法爬上去追牠嗎？」

「我沒辦法爬那麼高。」雷娜很嘔地說。

高尾停在他們旁邊，「為什麼不去草原狩獵？」

傑克瞪著他，「有怪獸的草原？」

雷娜從已經逃脫的松鼠那裡收回視線，「牠們今天不在，」她喵聲道，「但偶爾會來。」

「太好了。」高尾搜尋青草的氣味，帶頭往樹林外走。他已經受夠樹林裡綁手綁腳的感覺，草原上的奔跑可以幫忙他舒展筋骨，睡在麻雀附近害他緊張得肌肉僵硬。**風或許可以讓我頭腦清醒點。**他整晚幾乎都在思考該如何展開復仇計畫，他想了各種方法，想到頭都痛了，但每個計畫似乎都不怎麼樣。唯一能確定的只有他先取得麻雀的信任，才有機會與他獨處。

他已經信任我了嗎？實在很難看出，那隻棕色的無賴貓在想什麼，他那雙淺色眼睛向來莫測高深。**我甚至不知道他到底曉不曉得沙雀是他害死的。**

高尾的怒氣無處發洩，只能拔腿往前飛奔，「我看到草原了！」他朝雷娜和傑克喊。淺色曙光照亮前方的樹林，高尾趕忙繞過蕨葉叢，腳爪在結冰的枯葉堆上打滑。他用爪子抓牢地面、奔向光源，亢奮地衝進霜白的草原裡。眼前坡地往前開展。他抬頭望向山腰，清楚看見怪獸留下的痕跡，他帶頭越過斜坡，轟雷路的臭味很是刺鼻。

「等等我們！」雷娜先追上來。沒過一會兒，傑克也趕上了。

「你真的要去抓兔子？」

「如果找得到的話。」高尾張開嘴巴，嚐到熟悉的兔子味，「來吧。」他帶頭穿越草原。

雷娜喵嗚道：「跟年輕的貓一起狩獵感覺真好，而且我很高興你的脾氣不再那麼壞了。」

傑克跑在她旁邊，「高尾的脾氣本來就不壞。」

高尾瞥了他朋友一眼。他應該提醒傑克，他被兩腳獸關在巢穴裡時，脾氣有多壞嗎？

「以前我去風族做客時，」雷娜回憶，「我都不太敢找他說話，我怕他把我的頭咬掉！」

「別忘了，我們是來這裡抓兔子的。」高尾嘀咕，因為過往的憂傷又湧回來了。

「看吧！」雷娜朝傑克彈彈耳朵，「我就說他脾氣壞吧。」

「他不會對我發脾氣。」傑克從高尾旁邊繞過去，抬起尾巴。

雷娜聳聳肩，坐了下來，「有兔子的蹤影嗎？」她問高尾。

「牠們都還在睡覺。」太陽正從地平線上升起，風吹打著結霜的草葉，濺起細雪。

「真希望牠們都醒了，」傑克嘆氣，「我餓了。」

「你可能在想念貓食吧。」雷娜舔舔腳爪。

「也許吧，」傑克承認，「自己找食物很累。」

如果還得餵養長老和小貓，那就更累了。高尾突然想到這個禿葉季不知道風族是否有足夠的獵物？天氣愈來愈冷，如果不能再到地道裡狩獵，獵物也許會比楠星預期得要少。

這是他們的問題，我現在只需要照顧好我自己，還有傑克就行了。他看了他朋友一眼，好奇在寵物貓回去找他的兩腳獸之前，還有多久的相處時間？一想到這，他的心便隱隱作痛。

「你不會覺得尷尬嗎？」雷娜突然問傑克。

傑克眨眼，「尷尬什麼？」

「當寵物貓啊？」

「為什麼要尷尬？」他的語氣不解。

「因為得跟兩腳獸乞討食物啊，」雷娜瞪大眼睛，顯得好奇，「這是很沒尊嚴的事。」

「是嗎？」傑克頭偏向一邊。

「生為一隻貓，應該靠自己，而不是靠兩腳獸的施捨。」雷娜爭辯。

「我生來就是寵物貓，」傑克直言，「又沒有做什麼壞事。而且我吃貓食，就表示有更多獵物留給像你這樣的無賴貓吃。」他的頭指向遠處的草叢，「那裡是不是有東西在動？」

高尾循著他的目光，「沒錯！」他看見兔子的耳朵在下坡的草叢裡抽動。他朝雷娜彈彈尾巴，「看到沒？」他挑釁，「就連寵物貓也跟我們一樣有狩獵的本能。」

雷娜的眼睛閃閃發亮，「可是我敢賭他抓不到兔子，」她緩步經過高尾旁邊，尾巴刷過他的腰腹，「他又不像你。」

高尾不自在地瞥了傑克一眼。可是傑克正凝神望著草原上那兩隻不斷抽動的耳朵。

「怎麼辦？」傑克問。高尾的尾巴朝上坡的方向揮了揮，「你們兩個到上面去包夾牠。」

「就像我們以前抓畫眉鳥那樣！」傑克兩眼發亮。

高尾點點頭，「我會從這裡偷偷過去，再看牠往哪個方向逃。」

雷娜和傑克往上坡走，高尾立刻蹲下來，低身往前奔，快如天空俯衝的老鷹。風在他耳邊呼嘯，雪花灌進雙耳，他只聽見自己噗通噗通的心跳聲。他一接近兔子，立刻停下腳步偷偷觀察。兔子正在用力咀嚼葉尖，不時抬起頭來緊張地張望。高尾瞥了上坡一眼，雷娜正推推傑克，要他蹲下來，兩隻貓兒壓低身體悄悄接近，繞著獵物走一大圈，停在一定距離之外。

高尾把頭抬到可以捕捉傑克目光的高度，傑克以探詢的眼神看著他，高尾點點頭。傑克和雷娜悄悄前進，高尾也慢慢靠近。兔子被他們夾在中間，低著頭、耳朵貼在背脊上。兔子的溫熱氣味在高尾的舌尖漫開，肚子不免咕嚕咕嚕叫。他緩步趨近，目光鎖在棕色的身影。他瞥了雷娜和傑克的身影一眼，再走幾步就進入可以飛撲的距離了。他加快腳步，渴望趕在雷娜之前抓到牠。他想帶兔子回去給那些無賴貓看，這樣一來，應該就能贏得麻雀的信任。

要是那隻棕色的無賴貓被兔肉噎到，該有多好。

高尾怒氣難消，這才明白自己想追捕的不是兔子，而是害死他父親的兇手。他悶聲低吼，兔子抬起頭，眼裡閃過驚恐。**牠聽見我的聲音了！**高尾憤怒地撲上去。兔子倏地閃開，卻又瞄見傑克和雷娜從另一個方向跑來，頓時瞪大眼睛，拔腿往山下衝去，在大雪中竄逃。

高尾疾奔追在後面，腳爪彈打地面，風在耳邊呼嘯。草原坡勢變陡，他瞇起眼睛，以防雪花飛進眼裡，目光緊盯兔子的棕色身影。

「高尾！」後面響起驚恐的喊聲。

是雷娜！風的呼嘯聲和腦門充血的脈動聲害他幾乎聽不見其他聲音。獵物的氣味直衝鼻腔，沒有枝葉絆腳，無須繞過樹木。他正輕鬆追上兔子，只要牠沒有兔子洞可鑽，一定能手到擒來。就算有，他也可以追進去，**我是地道工的兒子。**洋洋得意的高尾往前一躍，剛好撲上兔子。

「高尾！」雷娜驚恐的尖叫聲從風中傳來，這時他正往下坡滑、雪花飛濺。他張嘴咬住兔子，往上一甩，嘎吱一聲折斷背脊，兔子停止掙扎，動也不動地掛在高尾嘴裡。

雷娜朝他跑來，傑克的橘色身影在後面閃現，「不要動！」雷娜尖聲喊道。

「為什麼？」高尾丟下兔子，看見雷娜在離他一條尾巴遠的地方蹒跚煞住腳步。

「你只要往我這邊走過來就好了。」雷娜指示。高尾不懂為何她的眼神如此驚恐。

高尾叼起兔子，緩步朝她走去，她繞過他，毛髮豎得筆直地把他往上坡推。

「怎麼回事啊？」高尾問。

「你差點就從崖邊摔下去了。」雷娜粗嘎地說。

「什麼崖邊？」高尾在風雪中回頭瞥了一眼。

「那是懸崖。」

「就像峽谷？」高尾愣在原地，想起他當見習生的第一天，也是差點掉進河裡。

「比峽谷更可怕。」雷娜吞吞口水，小心翼翼地走上前。

她往陡峭的懸崖窺看，跟在後面的高尾也隔著風雪看見下面的怪獸正沿著一條很大的轟雷路飛奔，轟雷路宛如一條憤怒的大河貫穿峽谷，怪獸捲起的風吹亂了他的鬍鬚。

「還好你及時煞住，」傑克在他旁邊停住腳步往下看。他貼平耳朵，看見怪獸沿峽谷急奔，像河裡川流不息的魚兒，「如果你從這裡掉下去，絕對凶多吉少。」

高尾吞吞口水。大雪掩蓋轟雷路的聲響和氣味，好險他追上兔子，要是再多追一條尾巴的距離……他想像自己不斷下墜、再下墜。然後一頭怪獸朝他衝來……**我八成已經死了。**

他突然靈光一現，抖了一下，不是出於恐懼，而是興奮。**我想到辦法了！**只要把麻雀騙到這裡，然後往前一推，害死他父親的無賴貓就會掉到怪獸的腳爪底下了。

高尾的心在胸膛裡狂跳。**沙雀！我保證會幫祢報仇。讓麻雀再也傷害不了別的貓。**

第三十七章

夢境纏身，高尾在臥鋪裡不斷抖動。風揚起毛髮，他步上遼闊的高地。遠方的石楠微顫，腳爪間的草葉如水川流。地面有個裂洞，高尾發抖地往內窺看。黑暗頓時將他吸入，他難以掙扎起身，在泥濘的壁面上亂扒，嘴裡都是水和泥巴的味道。

「高尾！」沙雀痛苦的嚎叫聲在黑暗中迴盪。

黑暗中，高尾可以看見父親表情痛苦地半埋在泥巴裡。他往前撲，搆住沙雀的頸背往後拖，將如石頭般沉重的沙雀不斷往有光線和風的地方拉，好不容易爬上高地，才將父親平放在草葉如波浪般起伏的草原上，「沙雀！」

沙雀嘴裡溢出泥水泡沫，腹部虛弱地顫動，閉著眼睛、身體抽動了幾下，然後一動也不動。

「祢不要死！」高尾蹲下來，鼻子抵著沙雀的臉。

沙雀的眼睛眨了眨，倏地睜開。

高尾嚇得往後一彈，毛髮倒豎，「祢沒死！」

沙雀茫然地瞪著他，眼睛黑如夜色。

「沙雀？」高尾的口鼻抵住他父親的毛髮，「是我，高尾。我會為祢報仇，我不會讓祢白白犧牲，我要麻雀付出代價。」

沙雀的頭倚在地上，眼神空洞地看了他一會兒後閉上。高尾感覺到他父親的身體倒向他。**現在只剩下我了**。高尾朝無星的夜空大吼一聲，傷痛宛如無情的火舌，炙燒他的心。

「高尾？」不知是誰在戳他的肩膀，高尾倏地睜開眼睛，只覺得頭昏眼花。「高尾！」上方是傑克那張放大的臉。

高尾猛地抬頭，「天亮了嗎？」他睏倦地環顧無賴貓的營地，黑暗吞沒了空地。

「還沒，」傑克安慰，「你睡得很不安穩，我有點擔心。」

「我在做惡夢。」高尾凝神看著傑克那雙可靠的眼睛，好友的溫暖氣味和惺忪睡意讓他頓時安下心來。

傑克在他旁邊蜷伏下來，「快睡覺吧。」

高尾挨近他閉上眼睛，感謝傑克的溫暖。那個夢在他心裡浮現，他一次又一次地目睹沙雀的死亡，每次都令他不忍卒睹。他身邊的傑克早就全身放鬆，進入了夢鄉。高尾的尾巴不停抽動。

空地另一頭的臥鋪窸窣作響，高尾睜開眼睛，看見麻雀的臥鋪裡有身影在移動。那隻無賴貓要去哪裡？高尾屏住呼吸、繃緊神經，隔著黑暗窺看。他只看得到麻雀鑽進蕨葉叢裡，他要去狩獵嗎？

這是我的機會。高尾跳起來，腳下枯葉窸窣作響。**我可以要求加入。**他跳出自己的臥鋪，**我要帶他去懸崖。**他亢奮到背上毛髮上下起伏。

「高尾？」臥鋪裡的雷娜對他眨眼，黑暗中眼睛尤其炯亮，「你要去哪裡？」

高尾愣住，「我看見麻雀往樹林裡去，」他低聲說，「我想看看他是不是要狩獵，我可以幫忙。」

「麻雀一大早出門，通常不喜歡有同伴。」雷娜警告他。

高尾沮喪到毛髮豎了起來，「也許他喜歡我陪他。」

「我不會去冒那種險。」雷娜站起來，伸個懶腰，「你願意的話，可以跟我一起狩獵。」

高尾搖搖頭，「不，謝了，我還是回去睡回籠覺好了。」說完便自顧自地爬回臥鋪，無視雷娜那雙瞪大的眼睛。他蜷伏下來時，並沒有吵醒旁邊的傑克。高尾只覺得腳爪刺癢，到底還要等多久呢？

等到無賴貓回到營地時，天已經亮了。微弱的光線透過枝葉滲進來，厚雲遮住太陽，森林裡雪花點點飛舞，輕輕落在昨天的薄雪上。高尾在臥鋪裡伸個懶腰、假裝打呵欠，快步地走進空地。

麻雀嘴裡正叼著一隻很肥的鴿子，他丟下鴿子迎視高尾的目光，「你才剛起床？」

「是啊，」高尾說謊，他瞥了麻雀的獵物一眼，「又抓了一隻？」他記得無賴貓說過的話。**我發現一個地方，兩腳獸常在哪裡撒穀物。只要有穀物，鴿子就常去。**

「兩腳獸都把食物留在草原上餵鴿子。」麻雀提醒他。

高尾豎起耳朵，「草原上？」

「靠近轟雷路的地方。」麻雀緩步朝樹根間的小凹坑走去，低頭喝坑裡融化的雪水。

高尾的思緒飛快地轉著，**我可以說服他帶我去那裡狩獵嗎？**

「鴿子！」貝絲愉悅的喵聲打斷了他的計畫。她跳出臥鋪，嗅聞新鮮獵物，鴿身溫熱到連地上的薄雪都被融化。雷娜快步走過來，舔舔嘴巴，臥鋪裡的鼴鼠伸了個懶腰。傑克還在睡，落在他身上的雪花宛若毛上的斑點。

「你可以帶我去那裡嗎？」高尾朝麻雀喊。

「哪裡？」麻雀回頭瞥看。

「鴿子會去的那個地方。」高尾按捺著亢奮的情緒。

麻雀聳聳肩，「好啊。」

高尾自覺有必要先解釋一下，「我想幫你們狩獵，答謝你們的收留。」

臥鋪裡的傑克被吵醒，他抬起頭問，「誰收留我們啊？」

麻雀面無表情地看著傑克，「沒有誰收留誰，」他舔掉唇上的水，「你們只是暫時跟我們住。」

高尾低頭，「說的也是。」

雷娜把鴿子翻過來，「但是如果他們想長住也可以，不是嗎？」

貝絲的目光一黯，「戰士和寵物貓是不可能成為無賴貓的。」她低聲說。

「我不是戰士，我是……」高尾遲疑了一下，他話說得太快了。

傑克跳出臥鋪，「高尾，你永遠都是戰士；」他甩掉身上的雪花，「就像我永遠都是寵物貓一樣。」

阿傑倫從臥鋪裡緩步走出，「而我們永遠都是無賴貓。」他伸伸懶腰，抽動鼻子，「是誰抓到鴿子？」

「麻雀。」貝絲一臉崇拜地看著棕色公貓。

高尾毛髮倒豎，「來吧，傑克。」他緩步朝蕨葉叢走去，「我們去練習你的潛行技巧。」

「潛行技巧？」傑克朝他眨眨眼，「我們不先吃早餐嗎？」他瞥了鴿子一眼。

「晚一點，」高尾看著傑克。**我想跟你談一談，私下談！**他希望傑克懂他的意思，還好傑克識相地跟來，「我們練習的時候，也許可以順便抓點獵物。」高尾繼續說。他帶頭走進樹林，低頭鑽進蕨葉叢，穿梭於莖梗間，雪花在他背上飛舞。

「我們要潛行追蹤什麼？」傑克問，這時他們正走進一處狹窄的空地。

高尾在鋪滿枯葉的林地上踱步，「你聽到了嗎？」他問。

「聽到什麼？」傑克心不在焉地環顧林地。

「麻雀！」難道傑克忘了他們此行的目的？

「什麼？」

「他要帶我去懸崖邊狩獵。」

傑克愣住，「你該不會是想……」

「當然想！」高尾打斷他，「我們來這裡不就是為了這個？這地方太適合了，我不用跟他決鬥，也無須多做解釋，只要算好時間，推他一把就行了。」

「推下轟雷路？」傑克驚恐地瞪大眼睛。

「這計畫很完美！」高尾堅持，「怪獸會讓他為我父親的死付出代價。」

「高尾，別這麼做！」

高尾瞇起眼睛，「你說過你會幫我。」

「你真的想殺死一隻貓？」

「如果我還待在風族，我現在恐怕已經在戰場上殺死一隻了。」

「那是在戰場上，」傑克直言，「那不一樣。在戰場上為了保護自己的族貓而相互廝殺……那還說得過去，但在幾個月後殺死一隻貓……」

「他從來不知道他帶來的傷害有多大，」高尾齜牙咧嘴，「所以他一定要被懲罰，讓他後悔莫及。」

「那就直接告訴他啊！」傑克背上的毛豎了起來，「讓他明白沙雀的死對你的傷害有多大，你覺得他應該負責。」

高尾瞪著傑克，「你以為我沒試過嗎？他根本不承認。就算我當面告訴他，沙雀是他害死的，他也只是聳聳肩、完全不在乎，就像他平常遇到什麼事都一副無所謂的樣子。他根本不在乎。所以我一定要教訓他。」

「殺了他，就叫教訓他？」傑克搖搖頭，「我很瞭解你。高尾，你不是個殺手。你願意為你所愛的貓犧牲生命，但要你去殺一隻你根本不熟的貓？」他搖搖頭，「我覺得你辦不到」

「他必須付出代價！」高尾嘶聲道。為什麼傑克要跟他爭辯？這是他陪他來的目的嗎？阻止高尾做一件他發誓要做的事？而且對他來說是件很有意義的事？「如果誰都不需要為沙雀的死付出任何代價，這未免太不公平了。」

「這世界本來就不公平！」

「對我來說的確不公平！」高尾發現自己氣到發抖。

傑克看著他，「別這麼做，高尾。」他輕聲懇求他，「求求你。」

「我一定要做！」高尾吼，「如果你不同意，你可以回家。反正你對我來說也沒有用處了。」他憤怒地跺腳離開，鑽進刺藤叢，氣到從山楂樹旁經過時，連口鼻被刺到都沒感覺。現在連傑克也背叛了他！高尾當初為什麼要相信他呢？這世上根本沒有誰是可以相信的！他難道還沒學會一切只能靠自己的道理嗎？**我來這裡是為了復仇，而且我一定會辦到。**

大雪下了又停，寒風愈來愈冷冽。高尾全身發抖、餓腸轆轆地回到營地，「我們現在可以狩獵了嗎？」他走進營地時，詢問麻雀。

麻雀從臥鋪裡抬起頭來，「冬青樹底下還有生鮮獵物。」

「那鴿子呢？」高尾問。

「早上過後，牠們會變得神經兮兮，」麻雀警告，「得等到明天早上。總不能嚇走牠們，害牠們以後都不敢來了。」

高尾沮喪地在營地裡踱步。

「我跟你去狩獵吧。」雷娜的提議讓他輕鬆多了，但林地裡的狩獵卻反而害他更焦躁不安，即便最後和雷娜一起抓到一隻松鼠和一隻很肥的黑鳥，心情也沒好起來。回到營地後，高尾盡量避開傑克的目光，不過感覺得到寵物貓一直默默盯著他。暮色被夜色取代，他們與無賴貓分享食物。吃完後，高尾爬進自己的臥鋪。

「你累了嗎？」雷娜喊，「我還在想要不要一塊出去散散步」

「夜裡散步太冷了。」他咕噥，口鼻倚在腳爪上

「雷娜，我跟你去。」傑克提議。

雷娜眨眨眼睛，「不用了，謝謝。」她嘆氣，「高尾說得對，是太冷了點。」

傑克的毛髮抖了抖，他轉頭看看四周的無賴貓，最後爬進臥鋪，蜷起身體，與高尾保持一個口鼻的距離。

高尾強壓下想吼叫的衝動，怒瞪著麻雀。無賴貓正在自己的臥鋪裡舔洗身體。**明天**。高尾激動到難以入眠。怒火在體內悶燒。他縮張著微微刺痛的爪子，想像麻雀在懸崖上失足，掉進峽谷裡硬實的岩地上，一頭怪獸朝他衝來。

樹林上方的天空亮得很慢，黎明剛趕走黑夜，月亮還掛在天上。地平線上才剛轉為魚肚白，高尾就從臥鋪跳出來，穿過空地，鼻子探近麻雀的耳朵，「我們去狩獵吧！」他喵聲道。

麻雀抬起頭，眼睛眨呀眨的，「現在？」他看了一眼深藍色的天空，「太陽都還沒起來呢。」

「我以為你喜歡清晨狩獵，」高尾往後退，揮揮尾巴，「鴿子可能還沒醒，如果我們趕在牠們之前先過去，就能選個好位置藏匿。」

「你這話聽起來很像戰士在規畫巡邏路線，」麻雀瞇起眼睛，「我還以為你離開部族的目的是想擺脫規矩和責任。」

「狩獵不是責任，」高尾咕噥，「而是樂趣。」

麻雀打個呵欠，爬出臥鋪，「那就走吧。」他朝森林走去。

高尾小心地保持一個口鼻的距離，尾隨著走進寂靜的黎明。他耳朵充血，現在麻雀是他的獵物了，他比任何一隻老鼠或鴿子都該死。高尾的心噗通噗通跳到整個身體都像是隨著脈博在跳動。他的腦海裡閃現幾個影像，看見沙雀死命地想逃出坍塌的地道，卻陷在泥漿裡，泥水淹沒了他的吼聲。前方的麻雀在濃密的月桂樹叢裡穿梭，尾巴跟著消失。莫非麻雀的尾尖是沙雀生前的最後一眼？高尾奮力穿過油亮的葉叢，咬緊牙根，以免低吼出聲。

他們一抵達草原，麻雀便慢下腳步，「穀物在那裡。」他朝下坡一處平坦的草地點頭示意。微風中起伏的草浪，在魚肚白的曙光下顯得灰暗。

高尾朝懸崖走去，「我們先去看看轟雷路。」

「為什麼？」麻雀喊道，快步跟在後面。

「烏鴉都會撿拾轟雷路上被碾死的獵物回家。」**家？**他趕緊糾正自己。「我是說，回風族領地。」

「這跟我們有什麼關係？」麻雀走在他旁邊，「我們又不吃腐肉，也不吃烏鴉，更何況懸崖也陡到爬不下去。」

「是嗎？」高尾故作無知地說。

「來吧。」麻雀轉向朝平坦的草地走去，「我們去等鴿子吧。」

「我們先看看轟雷路。」高尾努力不讓自己咆哮出來。麻雀會不會不理會他的要求？搞砸他的計畫？他伸出爪子，必要時，乾脆直接找他單挑。

「好吧，」麻雀聳聳肩，「如果你那麼想看的話。」

高尾回頭瞥看，慶幸麻雀又跟著他往懸崖走。他聞得到岩石和怪獸的刺鼻氣味，一靠近邊緣，立刻慢下腳步。

「有看到什麼屍體嗎？」麻雀咕噥，同時緩步走到他身邊，也低頭俯看。

高尾情緒激動。

麻雀向前傾身，「我什麼也沒看見。」

高尾舉起腳爪，準備推麻雀下去。他全身發燙，機會來了。他終於可以為沙雀復仇。**沙雀，祢在看著我嗎？我要幫祢懲罰這隻貓！祢看得到嗎？**

「高尾！」麻雀轉身，腳下崖邊的沙土有點鬆動，「你怎麼了，看起來有點怪。」

高尾伸出腳爪，「麻雀，你好好看著我，因為我會是你這輩子看見的最後一隻貓。我帶你來這裡，是想殺了你。」他嘶聲道。

「殺了我？」麻雀毛髮豎起，「為什麼？」

高尾感覺到冷空氣刺穿他的毛髮，「你不知道嗎？」他放下腳爪站好，這隻沒心沒肺的無賴貓竟然猜不出來。

麻雀的眼神裡首度閃現情緒，「你倒是說說看。」

「你害死我父親。」高尾脫口而出。

「沙雀？」

「是你要祂去那條地道！」高尾發現自己正在發抖，「你把祂丟在那裡等死。」

麻雀眨眨眼，「事情不是你想的那樣。」

高尾嘶聲說道：「我看見你像隻受驚的兔子從地道裡跑出來！你把我父親丟在裡面！」

「當時我不知道該怎麼辦。我不是戰士！」麻雀看了懸崖一眼，「我沒有受過訓練，你父親很明白這一點。他為了讓我逃出來而犧牲自己，所以他死了。他硬撐住那些土石，讓我有足夠的時間逃跑。」

他硬撐住那些土石。高尾開始頭暈。一頭怪獸的聲響自遠處響起，吼聲迴盪在黎明寂靜的空氣裡。

麻雀往前移動，「高尾，祂死得像英雄。」

「我憑什麼要相信你？」憤怒橫掃他全身。為什麼現在才告訴他？**這隻無賴貓一定在撒謊。**

「你不相信沙雀會為了救我而犧牲自己？」怪獸在峽谷遠處隆隆怒吼，麻雀轉頭探看。

他把我當獵物耍。高尾的利爪戳進草地裡。這一刻他等太久了，絕對不能讓麻雀輕易逃掉。怒吼聲愈來愈近，高尾的耳毛微顫，怪獸黃色眼睛射出的光束隱約掃向崖面。

只要把他推下去。

「所以你打算殺了我？」麻雀深吸口氣，「一命換一命嗎？這也是戰士守則之一嗎？」

「你根本不懂戰士守則。」高尾怒吼。

「但我知道什麼是勇敢。你父親很英勇地救了我一命，讓我逃過一劫。」

高尾倒吸口氣。沙雀是很英勇，他會為了救別隻貓而犧牲自己。

「高尾，你這種行為不叫勇敢。」麻雀強調，「殺了我，無法讓沙雀起死回生。」

傑克的話在高尾心裡閃現。**我很瞭解你，高尾，你不是殺手。**沙雀的聲音和傑克的合在一起。**別隻貓的生命也跟你的生命一樣寶貴。**高尾的思緒紛亂。**要是他說的是實話呢？**他突然驚恐地趕到胸口悶漲。**對不起，沙雀，我下不了手。**

他從麻雀身邊退開，地面微微震動。高尾瞥了轟雷路一眼，怪獸正衝過來，地面為之撼動。

麻雀瞪大眼睛，「救命啊！」腳下的崖壁正在坍陷，他小心地扭頭張望，「我快掉下去了。」

高尾趕緊伸出腳爪，想搆住無賴貓，卻只在稀薄的空氣裡感覺到對方毛髮刷過他的爪尖。

然後麻雀就消失了。

第三十八章

高尾撲上草地，爬向前窺探崖邊。麻雀正滑下崖坡，他試圖抓牢，腳下的沙石卻像雨般往下飛灑。「高尾！」他嚎叫，沒多久，便砰地一聲跌在轟雷路上。

世界頓時寂靜，接著怪獸轟然逼近的聲響突然迴盪峽谷。麻雀蹣跚地爬了起來，貼緊崖壁。高尾驚恐地往下瞪看，平滑的黑色岩壁緊挨著轟雷路，麻雀根本無處可藏。

怪獸的眼睛在轉彎處亮起。

「救命！」麻雀伸出前爪，試圖抓住他，「拉我上去！」他的喵聲驚恐尖銳，不斷地想要攀住沙岩。但岩塊一碰即碎，他又跌回硬實的灰色轟雷路上，「高尾！快救救我！」

我必須救他！高尾絕望地四處張望。**怎麼救？**突然他靈光一現。**這條轟雷路上一定有溝渠，就像風族領地附近那條轟雷路一樣。**要是沒有溝渠，一下雨，轟雷路就會積水成河。要若有溝渠，怪獸經過時，他們就可以躲在裡面……假如能趕在怪獸抵達前找到溝渠……假如溝渠大到能讓兩隻貓躲在裡面……假如……

高尾蹣跚地攀過崖邊，連滑帶跌地溜下陡峭的砂質崖壁，笨拙地跌在麻雀旁邊。

麻雀眨眨眼，「你在做什麼？」

「跟我來！」高尾沿著轟雷路跑。他回頭看見麻雀緊跟在後，瞪大的眼睛滿是恐懼。在他後方是一頭黑色怪獸，龐大的頭顱正繞過轉彎處朝他們逼近。「快跑！」高尾在黑色的硬實岩面上狂奔，峽谷裡充斥著怪獸的怒吼聲。高尾貼平耳朵，奮力奔逃，加大每個步伐。

他掃視轟雷路邊緣，想在岩壁間找到可以藏匿的凹洞。前方貼近崎嶇岩壁的地方有塊陰影，高尾精神一振，跑近去看，發現地面鑿出一條渠道，寬度剛好夠容納一隻貓。高尾隨即跳進去，同時回頭瞥看麻雀。

驚慌失措的無賴貓離他幾條尾巴遠，怪獸就追在後面，體型巨大到連天空都被遮住。

「快點！」高尾尖聲大喊。

麻雀一跑近，高尾立即將無賴貓拖進狹窄的溝渠。小石子霹霹啪啪地撒向他的腰腹，地面開始搖晃，惡臭的熱風拉扯著毛髮，他嚇得全身發抖。怪獸呼嘯而過，他全身肌肉繃緊。

「麻雀？」高尾蹣跚地爬起來，看著被他壓在下面的無賴貓。

麻雀抬起頭，「我們還活著！」

高尾試著不讓自己發抖。曙光點亮了天空，不久轟雷路上就會有更多怪獸，「我們得離開這裡。」不知道在他們抵達峽谷盡頭前，會不會又遇到別的怪獸？

麻雀似乎猜到他在想什麼，無賴貓的目光越過高尾，「走那條路怎麼樣？」

高尾在狹小空間扭動身體去看。原來有條小地道與溝渠相通，那一定是用來疏通雨水的。高尾緩步走去，嗅聞暗處，新鮮空氣漫進嘴裡，「好主意。」他點頭示意後爬進地道。

他沒聽見跟上來的腳步聲，於是停下來回頭查看，這才發現麻雀瞪大眼睛站在地道入口，全身毛髮倒豎、爪子緊張地出鞘。高尾看看地道，又看看麻雀，心裡百味雜陳……裡頭有憐憫、有難過，甚至也有愧疚。麻雀上次走進地道，差點逃不出來……另一隻貓則命喪其中。

「來吧，」高尾喵聲道，「我保證非常安全。」麻雀上前一步，毛髮依舊倒豎。

「你跟緊我，」高尾告訴他，「不會有事的。」他低頭走進地道。地道壁面很圓很光滑，是以硬質的灰色岩石建造，不是從潮溼的土裡鑿出來的。高尾的爪子在地面打滑，他收起爪子小心地踩在地上，同時聽見身後麻雀的毛髮輕輕刷過壁面。黑暗吞沒他們，高尾加快腳步，在心裡告訴自己這條地道不會垮，他們很快就能走出去，因為他感覺得到有新鮮空氣朝他迎面撲來，而且帶著濃郁的青草味。他一度想到峽谷地道坍塌時，麻雀一定也很害怕。高尾自己很清楚被泥漿淹沒的感覺有多可怕，只是那次的地道事故，並沒有造成任何貓兒傷亡。

「你表現得不錯。」他回頭喊。

「謝謝你。」麻雀的喵聲在後方近處迴盪，熱熱的鼻息吐在高尾的後腿上。

高尾全身發麻。因為他的關係，麻雀差點掉進懸崖喪命。而現在，也因為他的關係，麻雀活了下來。這不在他的計畫中，他覺得自己似乎身不由己。

麻雀的口鼻輕觸他的尾尖，「我很抱歉你父親走了。」無賴貓的聲音低到幾乎聽不見，卻像旋風般在高尾四周迴盪，「那是場意外，沙雀救了我一命。我永遠感念他。」

沙雀當然救了他一命。高尾的喉頭一緊。

「當我們不知道真相是什麼時，就會編造故事去填補缺口。」麻雀繼續小聲地說，「有時候也只能靠這方法，才能理解自己為何而活。」

「你當時為什麼不告訴我事情的真相？」高尾問。

「我不認為你會相信我。」麻雀承認，「你怨恨難平……堅持要把這件事怪到我頭上。」

高尾沒有爭辯，他說的是實話。

地道盡頭有光透了進來，從小光點隨著腳步趨近而愈來愈亮，最後終於走進空氣冷冽、光線眩目的白晝裡。剛從幽暗處出來的高尾眨眨眼適應陽光。他們離轟雷路很近，但已經沒有峽谷，取而代之的是兩旁遼闊的草原。麻雀站立不動，深吸一口閃爍發亮的空氣。

「我們在哪裡啊？」高尾喵聲道。

麻雀彈彈尾巴，遠方有片林地夾在兩座山巒之間，「營地在那裡。」他躍過長草叢，鑽進樹籬。高尾尾隨其後，一路跳躍。

他們默默地穿過霜白的田野，抵達樹林。麻雀對這裡很瞭解，高尾樂得由他帶路。他蹣跚地爬過多根原木，試圖趕上麻雀。當他們快走到大片的銀色蕨葉叢時，他聞到了營地的味道，還有橘色身影在前方閃現。

高尾衝了過去，「傑克？是你嗎？」傑克來回踱步，眼睛瞪得像月亮一樣圓。

高尾一走到面前，他立刻停下腳步問道：「結果怎麼樣？」

高尾瞥了麻雀一眼，無賴貓也趕上他。傑克驚訝地眨眨眼。

「你沒有下手？」傑克等麻雀從旁邊走過，鑽進蕨葉叢後，才低聲問。

高尾疲累地坐下來，「沒有。」

「為什麼？」

「當初是沙雀救了他。」

傑克的眼裡滿是疑問，「祂救了他？」

「沙雀的確會這麼做。」不再憤怒的他不免開始好奇自己當初為何會這麼想殺了麻雀？難道是悲痛的情緒害他失去理智，再也不相信戰士守則？

「我就知道！」傑克繞著他轉，「我就知道你不會下手！」

高尾毛髮倒豎。**要是麻雀剛剛沒時間跟我解釋……要是我真的趁怪獸衝進峽谷時推麻雀下去……要是他……**高尾不安地踩動著腳。不過現在事實擺在眼前，他總算明白就算殺了麻雀也無濟於事，「我讓憤怒改變了真正的我。」他無助地看著傑克。

「不，你沒有！」傑克反駁，「你還饒了麻雀一命。這才是真正的你，比當初想殺麻雀的那個你還要真實。」他目光溫柔，「高尾，我瞭解你。你希望麻雀得到報應，你堅信只有他死了，才能改變你的感受……而那從來就不是真正的你。」

高尾對著他朋友眨眨眼睛，「你說得對。只是我長久以來一直處在那種心情下，現在我該怎麼辦呢？」他覺得虛弱，彷彿眼前的路突然消失不見。

傑克朝營地瞥了一眼，「麻雀知道你曾打算殺他嗎？」

高尾抽動鬍鬚，「知道，」他嚴肅地說，「他知道。」

「那我們最好離開這裡。」傑克低聲說，「就算你已經改變心意，不想殺他了，我們也不能寄望他再供我們吃住。」

高尾木然地點頭，「但我得先跟他們道別。」

「真的假的？」傑克背上的毛豎了起來，「都已經這樣了，你還要跟他們道別？」

「沒錯，」高尾只知道他不能不告而別。他不能讓他們以為是他們做了什麼事冒犯了他或傑克，這對他們來說不公平。「你在這裡等著。」他穿過枯萎的蕨葉叢進入營地，麻雀坐在遠處，正在舔洗腳爪。

「高尾，」貝絲快步走來，「麻雀剛告訴我們，你們兩個差點命喪怪獸腳下。」

雷娜躍過空地，「你有受傷嗎？」

阿傑倫坐起來，耳朵豎得筆直，「麻雀說差點就被碾了。」

鼴鼠聞了聞高尾，「你身上還有怪獸的臭味。」

「我沒事。」高尾看著麻雀。

麻雀目光冷漠地盯著他看，又像從前一樣的莫測高深。

高尾垂下頭，「我和傑克必須離開了。」

「現在？」貝絲語帶驚訝。

「你不能走！」雷娜眼裡有受傷的神色。

麻雀停下舔洗的動作，「他們的確得走了。」

阿傑倫回頭看著棕色公貓。

高尾踩動著腳，「傑克得回家了。」他解釋。

「那你呢？」雷娜的口鼻只離他一根鬍鬚遠，「你也要回風族嗎？」

「我先送傑克回家。」高尾喵聲道。**送完之後呢？誰知道？**

「我可以幫你們帶路，」雷娜提議，「我很熟兩腳獸的地盤。」她繞著他轉，「如果我們現在出發，可以在……」

高尾打斷她，「我們會自己找路回去。」雷娜像被他的利爪耙到鼻子一樣縮起身體。

貝絲扶著她，「雷娜，他已經說得很明白了。」母貓語帶同情。高尾不免懷疑難道雷娜希望他當她的伴侶貓？然後一起生小貓、一起旅行？莫非她已經開始想像他們未來的新生活？

他感到愧疚，「雷娜，對不起。」一部份的他希望自己能帶給雷娜幸福，他相信他們生的孩子一定會很勇敢、很強壯。但高尾甩掉這個想法，雷娜和他終究得分道揚鑣。他注定得獨自流浪，一輩子孤獨，「我會想念妳的。」他有點尷尬地說。

她用口鼻碰觸他的臉頰，「我也會想念你。」

麻雀站了起來，「我們下個綠葉季不會再去風族了。」

「真的嗎？」**是因為我嗎？**高尾覺得有罪惡感。

「時間改變了一切，」麻雀喵聲道，「我們需要新的旅行路線，舊的已經不適用了。」

阿傑倫驚訝地瞪大眼睛，「你是現在才決定的，對不對？」

麻雀搖頭，「不是現在才決定，不過我認為這決定很正確。我們有我們自己的生活，風族有他們的生活。像我們這種無賴貓並不歸屬於任何部族，戰士守則也不是為我們量身訂做的。

對吧，高尾？」

高尾愣愣地點點頭。

說完麻雀又回去舔洗他的腳爪，「請代我向楠星和鷹心問好，」他喵聲道，「告訴他們我們祝他們一切都好。」

「我相信他們也會這樣祝福你們。」高尾粗嘎說，他朝鼷鼠低頭，「保重囉。」他懷疑這隻年紀已長的公貓還能再多撐幾個禿葉季。

「高尾，一路平安。」鼷鼠粗聲回答。

「我會的。」高尾轉身，走出營地。

「再見囉，再見！」貝絲和雷娜在後面喊。

「小心路上的狗！」阿傑倫警告。

「我會的。」高尾咕噥。

要是無賴貓下個綠葉季沒有來訪，風族怎麼想？他們會以為他們遭遇不測嗎？還是他們會想起沙雀的死，以為是無賴貓不好意思再回來叨擾？高尾甩甩身體，他已經離開風族了。不管他們以後對什麼事情有什麼想法，都與他無關了。

他一從蕨葉叢裡出來，傑克便快步趕上來會合，「一切都還好嗎？」

高尾點點頭，朝樹林走去。

傑克走在他旁邊，「沙雀真的救了麻雀？」

高尾一陣難過，「真的。」他啞著聲音說。

傑克緊挨著他，「你父親是個英雄。」他喵聲道。

高尾無法回答，眼裡盡是愁雲。

他們緩步穿過樹林往上坡走，抵達第一次紮營的空地。橡樹樹根間的凹坑裡仍鋪著羊毛，高尾暗自慶幸地爬了進去，累到不想狩獵。傑克回來時已經日正當中，嘴裡叼著一隻身形枯槁的老黑鳥。

高尾皺皺鼻子，「你大概也抓不到比這隻更老的鳥了。」他揶揄，同時爬出臥鋪嗅聞那隻一把年紀的獵物。

傑克抬起口鼻，「反正被我抓到了。」他咬了一口，但鳥肉硬到他臉都皺了起來。

高尾也咬了一口鳥肉。黑鳥的筋比肉還多，不過他還是囫圇吞了下去，感激傑克的付出。

「你會回家嗎？」傑克嘴裡含著羽毛，聲音像被蒙住了一樣。

「我不知道我是不是還有家。」高尾又咬了一口。

「你當然有！」傑克費力吞下鳥肉，「風族是你的家！」

「我離開了風族。」

「他們會讓你回去的。」

「我想我會流浪一陣子，」高尾咕噥，「你想流浪嗎？」

傑克又咬了一口鳥肉嚼著，「我認為你應該回家。」

「回家？」高尾眨眨眼睛看著他，「我沒有家，我甚至不知道自己是誰。」

傑克挨過去，將口鼻擱在高尾頭上。「我知道你是誰。你是我最好的朋友，永遠都是。」

第三十九章

高尾正在做夢。星群繞著他盤旋，他被甩出黑暗後快速墜落，直到風扯著他的毛髮、吹得他淚水直流。墜落時的他，情緒異常激動，直到腳爪觸到泥煤，才知道自己踩在地上。他眨眼驅走黑暗，四周光線迤邐漫向周邊景物。頭頂上方是一望無際的藍色蒼穹，如暮色般的紫色石楠叢沿著丘陵起伏擺盪。矮木叢間蔓生的雜草比傑克的眼睛還綠，氣味濃郁到高尾昏昏欲睡。有黃褐色的身影正在石楠叢裡穿梭。

蕨翅！

高尾的心揪了一下，他往母貓的方向跑去。可是她的移動速度太快，身邊還陸續出現其他身影……有黑、有灰，還有玳瑁色，他不認得他們，但對他們身上的氣味就像對自己的一樣熟悉。**星族**。他站在星族的狩獵場上。

「蕨翅！」他朝石楠叢的方向大喊，可是蕨翅沒有停下腳步。高尾快步跟上，一路上試圖捕捉其他貓兒的目光，但祂們似乎都沒注意到他。一隻虎斑貓的目光直接穿過他，彷彿他不存在。高尾從一隻條紋貓的旁邊跑過，對方也沒被嚇到。

我一定要追上蕨翅！她會認得我。

他從石楠叢裡衝了出來，奔向長滿草的坡頂，蕨翅正在那裡往下眺望山谷。

高尾跑到她旁邊，「是我，高尾！」他喊。

蕨翅沒有反應，依舊看著下面的山坡。高尾循著她的目光，看見那裡的草地有貓兒走動，**淺鳥、曙紋、兔飛和胡桃鼻**。高尾一認出他們，心頓時揪緊，原來蕨翅正看著風族領地裡的各種動靜。高尾心裡出現一股莫名的渴望，腳爪微微刺痛。他開始往前走，起初走得很慢，但愈走愈快，四隻腳正不由自主地帶著他往前，直到他發現自己正跑下山坡、奔向族貓。

「淺鳥！」他大喊母親的名字。她的身影深印在他腦海，肚子彷彿被她的腳爪勾住，愈拉愈近。但淺鳥並未回頭張望。

「曙紋！」她應該會跟他說話吧？可是他的導師還是緩步走在草原上，垂著尾巴。

高尾加快速度，他必須讓他們看見他！但是他的腳步愈來愈沉重，他愈賣力前進，速度就愈慢，彷彿周遭的空氣變成了水，將他往後拖。

「曙紋！」他的腳還是不由自主地往前走，那隻勾住他的無形腳爪拉扯得更用力，他怎麼樣也無法靠近，讓他們注意到他，「曙紋！」

有腳爪正在戳他的肩膀，「起床了！」

高尾猛地抬頭，原來傑克正用腳爪推他，「又做惡夢啦？」

高尾皺眉，「也不算是啦。」在夢裡他清楚看見族貓活生生地站在眼前。他突然感覺肚子好像又被誰的腳爪勾住，趕緊縮起身體。

傑克挨近他，「你還好嗎？」

高尾抬起口鼻看著傑克，「我肚子痛、腳也痛，好像被某種無形的東西拉扯一樣。」

傑克坐回去，點點頭，「你的家鄉在呼喚你。」

「這話什麼意思？」高尾撐起身。

傑克忍住笑，「你不懂嗎？」

高尾偏著頭，「不懂。」

「我猜部族貓並不習慣離開家園，」傑克帶著被逗樂的語氣，「我知道你的感覺是什麼。這就像心裡好像有什麼在囓啃、身體和四隻腳好像被什麼拖住。每次我離開家太久，都會有這種感覺。」

「真的假的？」高尾眨眨眼，「為什麼？」

「萬物都需要找到自己的歸屬，」傑克告訴他，「你的腳爪知道那個地方在哪裡，即便你自己不知道。」

高尾突然焦躁起來，他跳出臥鋪，「可是我不屬於任何地方。」

「你確定？」傑克喵聲道，「你的部族呢？」

「我離開了我的部族，」為什麼大家的說法都像是他只是暫時流浪而已？高尾怒瞪傑克，「我的腳爪一定是在呼喚我去別的地方。」

傑克聳肩，「不管是哪裡，就讓它們帶你去吧。不然這種痛不會有結束的一天。」

高尾不安地繞圈，「你會跟我一起去嗎？」

「我會再陪你一陣子吧。」傑克表情謹慎地看著他。

高尾停下腳步，「我剛剛的那種感覺……你也有，對吧？」傑克點點頭。高尾頓時覺得肚子裡像吞了顆冰冷的石頭，「你想回去找你的兩腳獸，是不是？」

傑克沉默了很久，然後用一隻前爪輕輕劃著地面，「我屬於那裡，」他喵聲道，「我不可能永遠不回去。」

「我不會阻止你，」高尾低聲說，但他懷疑這句話的真實性。他不喜歡腳爪上的那種刺痛感，也不喜歡肚子被腳爪勾住的感覺。他的未來頓時一片黑暗，而他都還沒展開自己的未來呢……他甚至連麻雀都沒殺。他知道他沒殺麻雀是正確的決定，但又覺得一事無成。這就像去參加狩獵隊伍卻空手而回的道理一樣。他覺得失落和空虛，而他的四隻腳爪又拖著他不知道要往哪裡去。他真的能放手讓傑克離開嗎？

「來吧，」傑克朝田野走去，「我們先去抓隻兔子，最慢跑到草叢那裡的是狐狸屎！」

⚡⚡⚡

傑克抓到了兔子，高尾對他刮目相看。追兔子的雖然是他，但卻是傑克繞過去截斷牠的逃生之路，一口咬死牠。寵物貓看起來很興奮，叼兔子回來找高尾的時候，兩眼炯炯發亮。

「我可以教你們這些戰士一、兩招狩獵技巧。」他們進食時，傑克揶揄道。

他們將兔子的殘骸埋好後，相偕爬上之前去山谷時曾越過的崎嶇山頂。雲層遮住天空，擋住了禿葉季裡奄奄一息的太陽。空氣不再寒冽刺骨，但又冷又濕的風從四面八方翻飛著高尾的毛髮。吃飽後，他覺得好多了，生鮮獵物的濃郁香味使他忘了那些無形的腳爪。

他們一抵達山頂，傑克就坐下來望著前方的風景，「你看到什麼？」

正被風拍打著鬍鬚的高尾瞇起了眼睛，他覺得自己好像回到瞭望岩接受測驗一樣，「田野，」他認出他和傑克一起橫越的第一塊草坪，附近還有多塊草坪綿亙，將眾多深色牆壁和巢穴圈圍其中，「還有兩腳獸的巢穴。」那些巢穴宛若一座醜陋森林矗立於山谷正中央。

「再遠一點呢？」傑克問道。

高尾凝視著遠方模糊光禿的樹林，「我猜是雷族的領地吧。」

「那再遠一點呢？」

高尾瞇起眼睛。遠方地平線連著天空的地方，看得到一叢叢的棕色石楠。再過幾個月，石楠就會冒出嫩芽，變得比綠草還綠。**高地**。一看到老家，他的腳爪就癢到想即刻奔上前去。他強迫自己鎮定，但那顆心卻被壓抑得好痛。

「如果我們循著飛鳥的路線走，」傑克鼻子指向高地，「那麼在抵達部族貓的領地前，只需要先穿越兩腳獸地盤的邊緣。」

「我們為什麼要去部族貓的領地？」高尾朝那些往四面八方綿亙的田野點頭示意，「還有很多我們可以去的地方。」

「可是我一直想去看看部族貓居住的地方，」傑克提醒他，「我都是從我的籬笆那裡看。

現在既然有你作伴，當然就可以近距離地拜訪一下囉。」

「我不認為雷族會樂於讓我帶一隻寵物貓去參觀他們的家。」

「別這樣嘛，」傑克哄他，「我們又不會被逮到。我只是想看一眼而已。」他朝傑克眨眨眼。

高尾覺得有點不安。他實在很難拒絕他的朋友，畢竟他們一起經歷過這麼多事，「我們只是去看看，」他咕噥，「然後就去別的地方囉。」

傑克沒有回答，而是跟著高尾繞過岩石，往後方平坦的草地走去。他們避開樹籬，沿著兩腳獸地盤的邊緣走，直到有排巢穴擋住去路。

高尾停在木籬笆底下，「你來帶路吧。」他彈彈尾尖，「這是你的地盤，不是我的。」

傑克輕鬆地跳上籬笆、站穩腳步，高尾也跟在後面爬上來。蜿蜒曲折的籬笆像迷宮一樣等在前面。傑克緩步走在籬笆上，左轉右繞地越過成排花園。高尾跟在後面，小心翼翼地行走於狹窄的木條上，深怕被迎面而來的風吹得重心不穩。

穿過兩腳獸的地盤，走得他的腳爪都痛了。他瞄見籬笆外有林木叢生，趕緊快步向前，從傑克旁邊鑽過去，到前面帶路。他一靠近樹林，便隱約地聞到雷族的氣味。

高尾跳下林地，開始嗅聞一棵榆樹的根。沒有雷族戰士摩搓過這棵樹的樹皮。他繼續緩步前進，朝樹林深處走去。

傑克趕了上來，地上枯葉嘎吱作響，「我聞得到轟雷路的味道。」

高尾愣了一下。他們一定是很靠近雷族領地和影族樹林間的那條轟雷路，再過去就是四喬木了。曾在他夢中抓著他肚子的那些腳爪，感覺好像抓得更牢了。

傑克繞著他轉，尾巴興奮地彈動，「高地很近了嗎？」

「夠近了。」風吹進樹林，上方的枝葉窸窣作響。

「我們去看看吧。」傑克提議。

「那太危險了，」高尾告訴他，「我們得沿著雷族邊界的那條轟雷路走。」

「我們以前做過更危險的事，」傑克開始朝轟雷路的隆隆聲走去，「我們再走遠一點，我想看看風族的領地。」

高尾不知道自己是否該出言制止，只是肚子裡被腳爪緊緊勾住的那種感覺使他無法開口。也許看一眼老家可以提醒自己離家的初衷，然後他會繼續往前走，經過風族領地、經過高岩山，終於可以自己親眼見識那些山巒。

他跟著傑克走，深入部族貓的領地，思緒像身邊環繞的各種熟悉氣味一樣紊亂。各式回憶在他的心底湧現：高地上追逐兔子、坐在瞭望岩上守夜、與母鹿春相偕鑽進石楠叢、第一次跑得比雄鹿躍還快。他還想到小鶇和小跳笨拙地爬過草叢，求他當獾讓他們騎。他的心突然揪緊，覺得好痛。

「現在該走哪條路？」傑克的喊聲嚇了他一跳。

高尾嗅聞空氣，他們現在離轟雷路很近。他瞥了林地邊緣那排為了爭奪光源，蔓生而出的矮木叢，「我們沿著那裡走。」矮木叢可以幫忙掩飾他們，以免曝露在轟雷路上，萬一雷族巡邏隊經過，也可以就近掩護。

他帶著傑克穿過滿是落葉的林地，鑽進結霜的蕨葉叢，來到一長排刺藤叢。他豎直耳朵傾聽雷族戰士的動靜，張嘴嗅聞氣味，慢慢往前推進。天空漸漸清明，強勁的風勢將雲層掃向遠處的地平線。過了一會兒，微弱的陽光隔著枝葉灑落。等到太陽落在他們後方時，高尾聞到更熟悉的氣味。除了雷族的刺鼻味和影族的臭味外，他還聞到石楠的香甜味。即便已是禿葉季，那氣味仍在空氣中瀰漫著。除此之外，還有泥煤味及兔子的麝香味朝他襲來。高尾想都不想地立刻加快腳步，轟雷路在這時轉向，他們只好穿過濃密的樹林。高尾腳下的地面陡峭，沒多久便走得氣喘吁吁。他一路摸索，穿過蕨葉叢，終於看見坡頂樹林有光從縫隙透出。

他聞到雷族邊界的氣味，不禁皺起鼻子，「我們快到了。」他們終於走出樹林，前方是座很深的山谷，高尾看著山谷中央的四棵橡樹。

「四喬木！」他的心頓時飛揚，「來吧！」高尾疾步奔下坡，「這塊領地是屬於所有部族的！」他突然覺得這是他幾個月來第一次感到無拘無束，他奔跑在橡樹間的空地，腳下踩的是熟悉的地面。他繞著空地轉，開心地凝望巍峨的四喬木，緊勾住他肚子的那幾隻腳爪似乎鬆開了，他的腳步頓時輕盈起來。

「這些樹木好巨大哦！」傑克站在山谷中央，瞪大眼睛看著樹頂的枝葉，然後環顧四周，「哪一條路通往風族？」高尾朝遠處的山坡點頭示意。傑克朝它跑去，「來吧！」

高尾追在他後面，一路躍過枯萎的蕨葉叢。

傑克停在山頂眺望高地，「你怎麼會想離開這裡？」他低聲道。狂風四起，石楠叢搖擺起伏，大片長草如波起伏。

高尾答不出話來。邊界只剩幾條尾巴的距離，風族氣味似乎灌進了他的胸膛。**我離開是因為我不屬於這裡。**但如今這些話卻空洞地迴盪在他耳裡，他的鼻腔充滿狂風和石楠的氣味，他感覺到一種前所未有的強烈歸屬感。雲跑最近從這裡經過，還有曙紋。他聞得到他們的蹤跡。還有雲雀點。高尾的心開始狂跳，「我不能回家！」他驚恐地瞪著傑克，「他們不會想要我回去！我離開部族的時候，就已經打破戰士守則。他們會把我趕走！」

「你確定？」傑克繞著他轉，毛髮被風吹得凌亂不堪，「你不回去，怎麼知道？」

高尾閉上眼睛，是風把他拉來高地嗎？還是因為家的呼喚？他好想再看看營地，想到心都痛了。他也想看看淺鳥。小貓都長大了嗎？他們應該長大了吧，應該在吃生鮮獵物了吧？也許現在讓他們嚐嚐田鳧的滋味，還不算太晚。

「這是你的老家，高尾。」傑克的鼻息吐在他耳邊，綠色眼睛閃閃發亮，「你屬於這裡，你要傾聽自己的心。」

風族！那股渴望燒灼著他的胸膛，「我知道。」高尾低語。

傑克的口鼻輕觸高尾的面頰，「我會想念你的。」

高尾倒抽口氣，「別走！跟我一起回去！去見見我的族貓！」

傑克後退，「你屬於這裡！但我不屬於這裡。」他的喵聲小到幾乎聽不見，「我的家在我的主人那裡，他會擔心我跑哪兒去了。」

高尾的喉嚨一緊，「我會再見到你嗎？」

傑克回頭望向遠方的地平線，「誰知道呢？也許吧。」

他的心燃起希望，「你來當戰士吧！」他脫口而出，「你一定可以成為很厲害的戰士！你的狩獵技巧學得很快，而且還會和狐狸格鬥！」

傑克垂下眼睛，「不，高尾。我不會快樂的。」

「你跟我在一起不會快樂？」高尾的心被刺痛。

傑克抬眼道，「我不可能當戰士。」他別過臉去，喵聲嘶啞，「但我永遠不會忘了你，你給了我一段我夢想中的生活。但現在我知道哪裡是我真正的歸屬。」

「不然我跟你回去好了，我可以住在兩腳獸的地盤裡！」為了止住心痛的感覺，他什麼事都肯做。

「別兔腦袋了！」傑克的眼睛閃著光芒，「你討厭那裡！你不會快樂的。」他停頓一下，語氣溫柔，「我討厭你不快樂。」

「那你為什麼要離開？」高尾懇求，「你是我這輩子最好的朋友。」

「高尾，我永遠都是你的朋友。」傑克喵聲道，「可是我是寵物貓，而你是戰士，」他走上前來，將口鼻擱在高尾的頭上，「永遠都是戰士。」

第四十章

你永遠都是戰士。高尾上山朝風族營地走去時，心裡不斷迴盪著傑克這句話。寵物貓向他保證自己可以穿過樹林回家去。

「我會循著你的足跡，穿過刺藤叢。」傑克保證，「我不會有事的。」

高尾相信他。傑克不是兔腦袋。他已經學會如何悄聲潛行，靠聽覺和嗅覺來查探戰士巡邏隊的蹤跡。**我也會沒事吧？**走進老家的這個念頭似乎變得比原路折返，穿過敵營領地更可怕。**他們會接納我嗎？**

高尾強力壓平背上的毛髮，他聞得到四周族貓的味道。每一株石楠都沾著熟悉的氣味，紅爪、楊秋、霧鼠和蘋果曙不久前才沿著這條草徑走過。他的目光越過昏暗的石楠叢，前方出現更深色的金雀花叢，那是風族營地的盡頭之一。

他心跳快得像坑裡的兔子在刨抓。他豎起耳朵，風在高地頂端呼嘯著，遠方天空有隻禿鷹正在鼓翅，附近有小貓興奮的尖叫聲劃破空氣。**小鶴！**

快樂頓時流竄高尾的身體。他離開時，那隻棕色小母貓還不到一個月大，現在應該已經兩個多月大了。他聽見她正在呼喚其他小貓。

「小飛，快來看！」

「我來了啦！」

高尾停下腳步。聽起來小貓顯然跑到營地外面了，他們的喵聲像石楠叢外的鳥叫聲一樣清晰可辨。他鑽進樹叢裡，悄悄走上前，隔著枝葉往外窺看。

小鶴正在嗅聞兔子洞的入口，「我們要不要進去？」

小飛眨眨眼、瞪大眼睛，「裡面很暗欸。」

「我們可以利用鼻子和鬍鬚來找路啊。」

「可是要是遇到兔子怎麼辦？」高尾看得出來小飛毛髮豎得筆直。他的體型根本不及一隻還沒完全長大的兔子，可是他該害怕的不是兔子。高尾背上的毛髮上下起伏，他們根本不懂地道的危險，很可能在裡頭迷路。更何況這些地道已經荒蕪了好幾個月，不再有地道工前往查看坑頂和坑壁的狀況，或是修繕被雨水、冰霜摧殘的支架。高尾低頭鑽出石楠叢，他得趕在小貓鑽進坑裡前阻止他們。

黑影掠過草地，頭頂上的拍翅聲劃破空氣。高尾猛地抬頭，一隻老鷹在上空低飛。他看見老鷹微偏著頭，目光鎖定下方的小貓。對猛禽和牠的幼禽來說，小貓可是美味的大餐。高尾正張嘴想警告小貓，老鷹已經收起翅膀俯衝而下。

「小鵪！」高尾往前衝，「小心！」

小鵪扭頭往上看，嚇得瞪大眼睛；小飛跳了回去，嘴裡嘶聲尖叫。老鷹急速下降，空氣颼颼作響。

高尾趕緊伸長前爪抓住小貓，拉過來推進兔子洞，再一個箭步躍向空中，伸爪狠毆正朝他頭顱撲撲拍打的老鷹。巨大的棕色翅膀頓時亂了節奏，羽毛四散飛落。

高尾硬從空中將大鳥猛力扯下，壓制在地上，張口狠咬老鷹脖子，利牙直穿頸骨，腳下的老鷹癱死在地上，一動也不動。

小鵪從洞口探出小臉，「你抓到牠了！」她尖聲大叫。

小飛也爬出暗處，全身沾滿泥巴，「高尾？」他眨眨眼，神色滿是不解，「你在這裡做什麼？」

「他回來啦！」小鵪兩眼發亮，「我就知道他會回來！」她朝高尾跳了過去，趁他蹲伏在老鷹屍體上時，爬上他的肩膀，「而且他還救了我們！」

「從來沒有貓抓過老鷹欸！」小飛瞪看著那隻死禽的金色羽毛。

「白莓恐怕不會同意你這句話。」高尾喵嗚說道。他很開心又有小貓趴在他肩頭上，這種感覺真棒。他瞥了小飛一眼，「你想騎獾回家嗎？」

小飛看起來垂頭喪氣，「我們本來要從廁所的那條通道溜回去，」他喵聲道，「我們不能離開營地。」

「沒錯！你們的確不可以。」雲雀點嚴厲的聲音在山腰上響起，她朝他們大步走來，尾巴憤怒地擺動。

高尾屏息旁觀，母貓的目光緊盯著小貓。

「淺鳥都快擔心死了……」雲雀點突然住口，「高尾？」她不敢相信地眨眨眼睛，「你回來了？」她的目光落在他腳下的老鷹屍體上。

「沒錯，我回來了。」高尾低身推推老鷹的屍體，「還帶了隻獵物回來。」

小鶽攀住他的肩膀，腳爪緊緊勾住，「他救了我們！」她尖聲喊，「那隻老鷹飛下來要抓我們，高尾跳出來，把牠當燕子一樣從空中打下來。」

雲雀點停下動作，滿臉狐疑。

「沒關係，」高尾告訴她，「妳不必強迫自己歡迎我回來。當初是我自己決定要離開部族的。」

小鶽在他肩上動來動去，「你去探險了嗎？」

小飛笨拙地爬上老鷹的屍體，試圖跳上高尾的肩膀。高尾蹲下去讓他爬上來。

「你應該跟楠星談一談。」雲雀點低聲道。

「我知道。」高尾緩步小心前進，深怕小貓掉下來。他們緊靠著他的背，他感覺得到小貓溫暖的肚皮，他們比上次騎在他身上時來得重。

「你要跨大步伐啊！」小鶽懇求。

「我們保證不會摔下來。」小飛喵聲道。

高尾抬高腳，用力踏在地面上，震得背上的小貓搖搖晃晃、開心大叫。高尾才走到營地外面的空地，一個黑白相間的身影就從石楠叢裡鑽了出來，停在草地上。

「原來你們在這裡！」氣呼呼的淺鳥目光越過高尾的頭顱，「楠星都要出動搜索隊了。」

「高尾回來了。」小鶫從高尾肩上爬下來，跑去找她母親。

「他救了我們，我們才沒被老鷹吃掉。」小飛也跟著跳下來，在淺鳥的腳下鑽來鑽去。

「高尾？」淺鳥瞪著她兒子。

他看著她。難道她已經忘了他？

淺鳥別開目光，「高尾，你又不是不知道他們不應該離開營地，」她快速舔舔小鶫的頭，「為什麼你還陪他們玩？」她厲色道，「你應該直接帶他們回家的。」

高尾眨眨眼，淺鳥表現得好像他從來沒離開過部族。**可是我離開過啊。**他抬高下巴，「我是在帶他們回家啊，」他喵聲道，「倒是妳怎麼可以讓他們離開營地？他們差點就被老鷹抓走了。」

雲雀點在他旁邊停下腳步，「淺鳥，他說得沒錯，」她喵聲道，「要不是高尾回來救了小貓，妳恐怕已經失去他們了。」

小鶫抬頭用圓亮的眼睛看著她母親，「他把我們推進兔子洞，然後抓住那隻老鷹。」

「你抓的？」淺鳥很驚訝地喵聲問道。

高尾回頭看了一眼，「妳們得先派幾位戰士去扛回來，大家就有大餐可享用了。」他垂著頭，緩緩走過他母親身邊，「很高興見到妳，淺鳥。」他低聲說完就鑽進石楠叢，朝營地走去。

「高尾？」吠臉正叼著一坨滴著水的青苔，朝長老窩走去。他扔下青苔，躍過草叢，「你回來了！」他的喉間有快樂的呼嚕聲。

高尾嗅聞他老友的面頰，「是啊。」他的目光掃視營地。

在禿葉季冷冽的光線下，石楠圍籬顯得陰暗。草地已經結霜枯萎，充當地道工臥鋪的蕨葉坑也已經乾枯，只有高岩石一如往常地矗立在會議坑之上。

蕨葉一陣窸窣，胡桃鼻從坑裡站了起來，「梅爪，快來看誰回來了。」他推推他的室友，目光一直盯著高尾。

白莓從長老窩裡往外窺看，「吠臉，青苔呢……」他一看見高尾，後面的話就忘了說了。

百合鬚從他旁邊擠出來，「我聞到高尾的味道了！」她的眼睛一亮，「你回來了！」

「誰回來了？」尖鼠爪睡眼惺忪地從長草叢裡緩步走出。

麥桿跟著出來，「是高尾嗎？」

「高尾？」雄鹿躍爬出會議坑，跑過正急忙從空地邊緣暗處現身的楊秋和雲跑。

「你找到他了嗎？」吠臉在高尾耳邊小聲急切地問，「你殺了麻雀嗎？」他眼帶憂色。

「我找到他了，」高尾告訴他，「可是我放過他了。」

吠臉閉上眼睛，「感謝星族。」

「地道坍塌時，沙雀為了救他而犧牲生命，」高尾繼續說，「知道了這件事之後，我怎麼可能再殺他？」

「高尾！」雄鹿躍將吠臉推到一旁，「你看起來好極了！」

尖鼠爪也跑過來，「大蟲回來啦？」他上下打量高尾，「我還以為你這輩子都不回來了。」他語帶奚落。

「不，我回來了。」高尾環顧營地，「前提是如果楠星肯讓我回來的話。」她在哪裡？他伸長脖子，望向高岩石後面陰暗的族長窩。

「她帶隊去狩獵了。」雄鹿躍喵聲道。

麥桿在尖鼠爪旁邊停下腳步，「真高興又見到你，高尾。」

「我也很高興再見到妳，麥桿。」高尾垂頭。麥桿的身體輕觸尖鼠爪，不時用鬍鬚刷拂他的。她和尖鼠爪是伴侶貓了嗎？想到他不在部族的這段時間可能發生的事情，這種感覺有點奇怪。

「高尾！」曙紋從會議坑跳出來，「你回來了！」她眼帶喜色。

她朝他跑來，高尾站著不動，「我離不開部族。」

她停在他面前，目光熱切地看著他，「那麼我對你的訓練就沒白費了。」

「絕對沒白費，」他輕聲說，「一點也沒有。」

他身後的淺鳥正氣呼呼地穿過石楠叢，一邊責罵小鶇和小飛，「我的眼睛真是一刻都不能離開你們。」

小鬃和小兔從育兒室衝出來，「你們去哪裡了？」小兔怒瞪著小鶇，一開口就質問，「你們為什麼不帶我們去？」

小鬃推推他弟弟，目光緊盯著高尾，「別管那個了，他回來了！」

雲雀點緩步走進營地，「要是他沒回來，你們就看不到小鵪和小飛了。」她眼神嚴峻地看了淺鳥一眼。

麥桿豎起耳朵，「發生什麼事了？」

「他們差點被老鷹抓走，高尾救了他們。」雲雀點解釋。

「太厲害了！」雄鹿躍用肩膀頂頂高尾。

雲雀點朝入口點頭示意，「你和雲跑何不出去把老鷹扛回來？這樣今晚大家就有大餐可吃了。」

「別麻煩了，」楠星的聲音嚇了高尾一跳。他一轉身，風族族長剛好走了進來，蘆葦羽跟在後面。「紅爪和兔飛正在扛呢。」她眯起眼睛，「高尾，我就覺得我在老鷹身上聞到你的味道。看來你離開之後，學到了新的狩獵技巧。」

蘆葦羽停在族長旁邊，「希望他學到的不只是技巧而已。」他嘀咕。

高尾目光緊盯著楠星，心跳加快。她會讓他重回部族嗎？

尖鼠爪朝他靠近，「高尾，你回來這裡做什麼？是部族外面的世界把你嚇壞了嗎？」只不過這揶揄的語氣裡帶著一些好奇和哥倆好的親膩味道。

「我的心想回家，」高尾垂下頭，「我的腳就帶我走回來了。」

楠星慢慢地眨了眨眼睛。她身後的枝葉正窸窣作響，兔飛氣喘吁吁地拖著老鷹的屍體進來。紅爪跟在後面，嘴裡咬著鳥爪，幫忙兔飛將鳥屍扛回營地。

他們把牠擱在草叢上，白莓繞著鳥屍轉，「你抓到的？」

「我只是趁其不備而已，」高尾承認，「老鷹自以為是狩獵者而非獵物，所以很容易把牠從空中抓下來。」

白莓嗅聞那血淋淋的頸子，「你八成是趁牠還來不及脫逃，就身手俐落地先宰了牠。這翅膀大到足以打斷戰士的背脊。」

高尾當時沒考慮到危險性，他只是想救小貓。他吞吞口水，終於明白星族有多厚待他。這莫非是歡迎他回家的預兆？他瞥了楠星一眼。

楠星朝入口彈彈尾巴，「高尾，陪我走一走吧。」她轉身停在蘆葦羽旁邊，「我不在的時候，麻煩你幫我組織一支黃昏巡邏隊。」

楠星不發一語地帶頭爬上坡，她穿梭在矮樹叢裡，循著一條舊兔徑走。高尾快步跟在後面，享受莖梗拂在身上的快感，用舌尖品嚐自小就熟悉的氣味。他爬上高地頂時，風襲上他的臉。看來快下雨了。他打開嘴巴，嗅聞遠方高岩山的氣味。灰雲盤旋峰頂，山巒藏在後方。楠星繼續往前走，抬高頭，毛髮滑順。**她是往瞭望岩的方向走去。**

曾經熟悉的突岩出現在高地上，淺灰色的輪廓襯著深灰色的天空。高尾緩步朝岩架走去，感覺到自己踩在平滑的岩面上。他曾經來過這裡多次，夢想到極目以外的地方旅行。他曾經認為地平線困住了他，令他窒息；而如今他去過了，最後還是回來了。

楠星坐在岩石邊緣，眺望山谷，「你很高興回到這裡嗎？」

離她身後一個口鼻遠的高尾停下腳步，張嘴讓風灌進來。他曾到遠地旅行，非常遠，遠到每個腳步都覺得陌生和新奇。如今他又走在高地上，自有部族以來，貓兒就行走在這片高地上。沙雀和其他無數的貓兒曾在高地底下建築地道。這是他的家，他屬於這裡，他的部族需要他。就算他們不知道，但他比誰都清楚，就像他知道每次太陽出來，陽光便會遍灑高岩山一樣。

「是的，我很高興回到這裡。」他低聲道。

「很好，」她還是眺望著遠方的山峰，「你一向喜歡這地方。」

「我以前很喜歡這裡。」每次坐在這座岩石上，就覺得前所未有的自由，頭上是一望無際的蒼穹，遠處是廣袤的大地。

「你找到你要找的東西了嗎？」楠星的語氣隨興，但高尾從她僵硬的肩膀看得出來她很清楚自己在問什麼。

「還沒。」

「所以麻雀還活著？」

高尾吞吞口水，「沒錯。」

「你找不到他嗎？」楠星的語氣溫和。

「我找到他了，」高尾回答，「但是他告訴我，沙雀在地道裡是為了救他才犧牲自己，所以我不能殺他，不然沙雀的犧牲就沒有意義了。」

「所以你其實不必離開部族的？」楠星問道。

「也不見得，」高尾咕噥，「我離開不光是為了復仇，我覺得自己不屬於這裡。」

「有時候我們必須離開，才能為自己的心找到歸屬。」楠星低聲說。

高尾的毛髮豎了起來。他離開時，楠星也說過同樣的話。**她是不是有什麼事沒告訴我？**不過此刻的他完全不在乎了，她當初很清楚他必須離開，這一點比什麼都重要。他頓時放下了心，「我學到很多，」他告訴她，「友情和親情比冒險更重要。界線只存在於心中。就算不移動腳步，心也能旅行到遠方。而且我還交到別的貓兒交不到的好朋友。」

楠星回頭看了他一眼，「但你還是對風族忠心不二吧？」

高尾不悅地豎起毛髮，「我回來了，不是嗎？」

「永遠不再離開？」

高尾皺眉，她有權質疑他的忠誠度，「沒錯。」他喵聲道。

楠星再度轉頭望向遠方的地平線，「我以前就知道你會離開。」

高尾愣了一下，「這話什麼意思？」他走上前去，在她旁邊停下來。

「我在得到九條命的時候，蛾飛曾警告我有位戰士會離開部族。」楠星的喵聲帶著一絲笑意，「那時我還不信。我告訴蛾飛，不會有戰士敢棄部族而去。」她垂下頭，「但蛾飛說對了。有時候貓兒是需要走過一段很長的路才會明白，他真正的家原來就在旅程的起點。」

高尾抽動耳朵，「妳怎麼知道那隻貓是我？」

「你從小就浮躁不安。你是地道工的兒子，卻不喜歡地道。你是高地跑者，卻不懂疆界的意義何在。我照著蛾飛的指示放你走，你才會明白綁住我們的不是領地上的邊界，而是心裡更深層的牽絆。」

高尾突然傷感。**傑克。**那是他心底最深最深的牽絆，可是高尾還是讓他回到他所屬的地方。他踩動著腳，「我交了一個好朋友，是他叫我回來的。」

楠星點點頭，「看來他很有智慧，」她低聲道，「比你自己還瞭解你。」

高尾轉過身去，心隱隱作痛。

他緩步走下岩石，楠星朝他喊：「你得重新贏回族貓對你的信任。」

高尾遲疑了一下，「我知道。」

「你必須證明你願意為族貓犧牲性命，」楠星喵聲道，「即便是尖鼠爪。」她的聲音帶著一點消遣的意味。

「我盡量。」高尾承諾。他踏上草地，享受腳下柔軟的觸感。楠星在後面喊。

「我很高興你回來了。」

曾經緊緊箝住他肚子的那幾隻腳爪似乎最後一次收緊，然後完全放開。「我也是。」他回答。

第四十一 章

雨下個不停，丘陵灰濛濛一片。自從高尾回來後，雨就沒停過，原本熟悉的小徑成了流竄於石楠叢間的小溪流。在營地外空地上的高尾正朝峽谷走去，腳下沾滿泥巴。

蘆葦羽在他旁邊舉步維艱，「如果再嚴重降霜，石楠的幼株就死定了。」他們繞過正在滴水的矮木叢，雨水沖走了表土、樹根曝露在外。

高尾瞥了陰霾的天空一眼，「暫時不會降霜了。」

蘆葦羽甩甩身體，「我倒寧願下雪，」他咕噥，「至少不會黏在毛上。」風族副族長一拐一拐地走。他半個月前扭傷肩膀，到現在還沒痊癒。

高尾注意到他每走一步，就皺一次眉頭，「你要不要找個地方休息一下？」他提議，「我可以自己狩獵。」

「我還是可以為我的部族狩獵，」蘆葦羽

瞪他一眼，「就算只剩三條腿也可以。」

「你又沒只剩三條腿。」高尾眺望前方草原。一隻畫眉鳥無視雨水，忙著啄食蟲子，「你看到了嗎？」他朝那隻鳥點頭示意。

蘆葦羽停下腳步，「你的眼力向來很好。」

「你繞過去從後面趕牠，」高尾低聲道，「趕到我這裡，我來解決。」

蘆葦羽遲疑了一下。

「快一點，」高尾催促，「我沒辦法自己抓到牠。」

蘆葦羽轉身離去，低身繞了一大圈，走到畫眉鳥後面，雨水從他的鬍鬚上滴了下來。高尾靜靜等候。那隻鳥啄到一隻蟲，在地上拚命地拉。蘆葦羽靠近時，高尾也悄悄前進。他留意副族長的動靜，老戰士一定會知道什麼時候該出手。

高尾的腳步聲被淅瀝嘩啦的雨水聲掩蓋。畫眉鳥並沒察覺到蘆葦羽，直到他衝過來的時候才知道危機當頭。牠尖聲一叫，拍翅逃離風族副族長，朝高尾飛了過來，高尾立刻一躍而上，伸出前爪狠擊。鳥掉在地上，還頭暈著就被高尾一咬斃命。

蘆葦羽跛著腿過來跟他會合，「這招很管用，」他低聲道，「就連長老也能靠它捕抓到獵物。」

「小貓也可以。」高尾想起傑克抓到第一隻老鼠時臉上的驚喜表情，不免惆悵卻不敢洩露在言詞裡。

等他們抵達營地時，雨勢已經緩和。蘆葦羽帶頭穿過石楠叢，先朝高尾點點頭，才叼著獵物到獵物堆。高尾掃視營地，見習生窩已經被雨水積成池塘。少了見習生，金雀花圍籬缺乏修繕，臥鋪泡在水裡腐爛。草滑在育兒室外休息，淺鳥坐在她旁邊。百合鬚正從長老窩裡拖出舊臥鋪。楠星在高岩石下方避雨，楊秋和母鹿春也在那裡。狩獵石上，小鶇、小飛和小鬃正在吵誰可以坐在那塊最高的岩石上。

「該我坐了。」小兔的語氣聽起來很委屈。

「你上次才坐過。」小鶇不服氣地說。

「我從來沒坐上去過。」小鬃抱怨。

高尾轉身離開，免得他們看見他，又拜託他來當仲裁。他朝長草堆緩步走去，希望能找個地方避雨，清理身上的雨水。這時小跳從育兒室裡爬了出來，再過一個月就要當見習生的他，體型已經大到幾乎不適合住在金雀花叢的窩裡。也許是時候清理一下見習生窩裡的那些舊臥鋪，順道修補一下屋頂。

「高尾！」小跳繞過會議坑邊緣跑來。他動作敏捷，雖然只有三條強壯的腿可以敏捷活動，卻行動自如到高尾有時候都會忘了他有一隻歪扭的前爪。「你可不可以幫忙我練習攻擊前的準備姿勢？你答應過我的。」小跳因為擔心前爪的問題，可能害自己沒有導師願意教導，因此急著在離開育兒室前學會所有技巧。

高尾瞥了天色一眼。烏雲漸散，隱約可見塊狀的藍天，這是好天氣快到的第一個徵兆，

「好啊。」

黑色小貓興奮地彈彈尾巴。

「我們去會議坑練好了。」高尾跳進坑裡，感覺到腳爪下的泥巴有點黏滑。多日來的雨水已經將坑底沖洗乾淨，太陽從雲間探出頭，幾個月來被塵土掩蓋的石頭如今在陽光底下閃閃發亮。

小跳爬了下來，擺出攻擊前的準備姿勢，為了穩住重心，他的身體微微發抖。

「把你的後腿盡量撐開，」高尾教他，「這樣比較能有力地往前蹬。」他用口鼻壓低小跳的肩膀，「下巴要盡量貼住地面，這樣一來，要是對方先撲過來，你可以隨時躲開。還有記住要用後腿來推進。」他繞著年輕的公貓轉，彎腰檢查那根扭曲的爪子，「記住，前爪的功能是用來平衡。」

小跳往旁邊倒，因為他那根歪扭的腳爪無法撐住自己的重量。年輕公貓哼了一聲坐起來，「我就知道不行。」他憤憤不平地瞪著那條畸形的腳爪。

「別擔心，」高尾安慰他，「兩隻前爪必須互相配合。只有在兩邊出力不均的情況下，才可能重心不穩。」

小跳皺眉，「可是本來就有一隻的力氣比較大。」

高尾聳肩，「那就讓有力氣的那隻不要出太大的力。」

小跳豁然開朗，「我懂了。」他又蹲了下來，慢慢調整腳爪的力道，直到自己的重心穩若磐石。

「非常完美。」高尾對他刮目相看，現在根本看不出來小跳的腳爪有毛病了，「我們現在試著跳躍。不要忘了，耳朵要貼平，還有眼睛要瞇起來。因為作戰時，隨時會有爪子從四面八方揮過來。」

小跳的眼睛瞇成一條細線，兩耳平貼頭上。他微微發顫地蹲了一會兒，便往前騰空一躍，身手俐落流暢。

「非常好！」他一落地，高尾就讚美他。

「噢！」小跳絆了一跤，趕緊站起來，抬高其中一隻前腳。

「怎麼了？」高尾衝到他旁邊，「你的落地有問題嗎？」高尾看見地上有幾滴鮮血，強烈的血腥味漫進他嘴裡。

「我的腳扎到石頭了。」小跳啜泣。

高尾看見被連日雨水沖刷掉表土的地上裸露出尖銳的礫石，「快點，我們快去巫醫窩。」小跳的腳掌鮮血直流，腳爪四周的毛被染得鮮紅。高尾不敢看那傷口到底有多深，他張嘴叼住小跳的頸背拉出坑底，無視他的抗議，快步朝巫醫窩走去。「看在星族的份上，別再亂動了。」他從牙縫裡低聲吼道，然後在巫醫窩入口放他下來，將小跳推進金雀花的縫隙裡。

吠臉從一堆藥草裡抬起頭來，「我聞到血腥味。」他快步走過去，聞聞小跳的腳爪。

「很嚴重嗎？」

「傷得很深。」吠臉衝到洞穴後面，伸爪從枝葉縫隙裡拉出一坨蜘蛛絲和一些葉子，「我得盡快治療他。」

「那就好，」小跳伸出腳爪，「我想趕快回去上課，我才剛剛學會攻擊前的準備姿勢要怎麼蹲。」

「你得等這隻腳痊癒後，才能再上課。」吠臉開始用藥草敷塗傷口。「怎麼會刺到呢？」

「會議坑裡有尖銳的石頭。」高尾瞥了入口一眼，剛好瞄見尖鼠爪。他朝外頭低身喊道：「尖鼠爪！」

戰士正緩步走向長草叢，麥桿在他身旁。他一聽見高尾喊他，立刻停下腳步問道：「什麼事？」

「會議坑裡到處都是尖銳的石頭。」高尾朝凹洞點頭示意。

尖鼠爪循著他的目光，「那裡怎麼會有那種東西？」

「雨水把表土都沖掉了，」高尾解釋，「小跳剛扎到腳。」

麥桿皺眉，「那很危險。」

高尾朝尖鼠爪點點頭，「你可不可以找幾隻貓兒一起去清除那些石頭？」

尖鼠爪瞇起眼睛，「為什麼你不自己去？」

「我得照顧小跳。」

麥桿推推尖鼠爪，「走吧，高尾說得沒錯。我們是得趕在其他貓兒受傷之前先把坑裡的石頭清掉。」她疾步穿過草叢，去找正在石楠圍籬底下分食獵物的雄鹿躍和蘋果曙。

尖鼠爪緩步跟在後面，「我們應該拜託胡桃鼻和霧鼠來幫忙的，」他咕噥道，「他們才知道怎麼挖啊。」

高尾轉身回到巫醫窩。地面微微震動，營地圍籬外有隆隆腳步聲傳來，石楠叢一陣窸窣，梅爪衝進營地裡。羊毛尾、雲雀點和雲跑跟在後面衝了進來，在濕滑的草地上煞住腳步。

「影族！」梅爪上氣不接下氣、氣喘吁吁。

楠星沿著會議坑邊緣跑了過來，停在高尾旁邊，「出了什麼事？」

蘆葦羽一跛一跛地走出長草叢，毛髮豎得筆直，「他們越過邊界了嗎？」

「跟越過邊界沒兩樣，」雲跑吼，「他們在四喬木的刺藤叢上留下氣味記號。」

楠星的目光銳利，「這有什麼問題嗎？」

羊毛尾抬起下巴，「他們留下大量的氣味記號，把那地方搞得濕淋淋的，就在邊界上。」

「這是蓄意挑釁。」雲雀點補充。

楠星瞇起眼睛，「可是他們沒有越界。」

「他們不需要，」梅爪吼，「他們的氣味已經幫他們越界了，我們的領地聞起來就像影族的領地。」

尖鼠爪毛髮豎得筆直，「我們應該派一支隊伍去他們的邊界留下氣味記號。」

麥桿抽動尾巴，「我去！」

「不，」楠星瞪著她的戰士們，「誰都不准越過邊界，」她下令，「他們只是想激怒我們，我們不能掉入陷阱。」

「這不是陷阱，」雲跑甩著尾巴，「這是警告。我們必須讓他們知道我們根本不怕他們。」

「我們可以表現得跟平常一樣，用這樣的方式來告訴他們，他們嚇唬不了我們。」楠星告訴他，「我們照常巡邏，一樣留下氣味記號，就讓他們白費功夫把邊界搞得惡臭不堪。只要他們不越過邊界，我們就不採取行動。」

高尾不安地看了她一眼，影族戰士不會只是故作姿態而已，他擔心到腳爪微微刺痛。他們以前曾越過邊界。上次，他們攻擊了營地；這次他們又有什麼好怕的呢？可是高尾才回來沒多久，沒有資格挑戰族長的權威。再說，她的判斷也可能是對的，何必主動挑釁，讓戰事一觸即發？

他轉身朝巫醫貓走去，「小跳？」他往內窺看。

小跳從暗處眨眨眼，「發生什麼事了？」他的尾巴不安地彈動，因為吠臉正在他的腳爪四周敷蜘蛛絲。

「坐好，不要動。」吠臉命令。

小跳嘟囔著，「可是我聽見梅爪說影族越過了邊界。」

「他們在四喬木的刺藤上留下氣味記號。」高尾告訴他。

「楠星要組織戰鬥隊伍嗎？」小跳拖著兩條後腿動來動去。

「我叫你不要動！」吠臉低吼，皺起眉頭忙著敷蜘蛛絲。

高尾低頭鑽進來，「沒有組織戰鬥隊伍，還沒有。」

小跳肩膀垮了下來，「我真希望我是見習生，」他咕噥，「我就能好好教訓影族，叫他們從我們的邊界滾開。」

吠臉抬頭看了他一眼，眼裡閃著興味，「如果你不乖乖讓我敷完藥，到時你就沒有四條腿可以攻擊他們了。」

高尾點點頭，「小跳，他說得沒錯。你不要動。你的族貓需要你快點痊癒，才能上場作戰。」他捕捉到吠臉的目光，喵嗚回應他。

小跳趕緊坐直，態度認真到身體竟微微哆嗦，「像石頭一樣完全不動，對吧？」他喵聲道，「吠臉，快點塗吧。」

〰〰〰

高尾在臥鋪裡伸個懶腰後跳了出來，他緩步越過結霜的草地，瞇起眼睛，擋住從營地圍籬滲入的曙光。小鴿和小栗已經醒來，正在狩獵石四周追逐淺鳥的小貓。

「救命啊！」小鴿撲上小鶇時，小鶇快樂地尖聲大叫，她鑽過岩縫，逃到遠處。

淺鳥蜷伏草叢邊，滿臉慈愛地看著她的小貓們，毛髮在清晨的陽光下閃閃發亮。

小跳呢？高尾尋找小公貓的黑色身影，慶幸他沒跟室友們玩在一起。**他一定在休息。**小跳受傷後，還是堅持每天早上都要練習格鬥技，根本無視吠臉的警告。每次都得等到鷹心厲色下令他回臥鋪去，不然就不升他當見習生，那隻小貓才肯乖乖聽話。

母鹿春正站在入口處，兔飛陪同在旁，「高尾，你要一起來嗎？」

「要啊。」他穿過空地。

自從影族在刺藤叢那裡用大量的氣味記號標示後，楠星便固定在日正當中時，加派一支邊界巡邏隊。日出前，蘆葦羽已經帶著霧鼠、蘋果曙和雄鹿躍去巡邏過了，現在則是尖鼠爪、麥桿和母鹿春準備出發巡邏。

「小跳！」

高尾聽見草滑焦慮的喵聲從育兒室傳來，立刻停下腳步。

「小跳，你聽得到我的聲音嗎？」金雀花叢的窩裡傳來石楠枝葉嘎吱作響的聲音，「你身上好燙，你可以爬出來嗎？你需要退燒。」

沒有回應。

高尾愣了一下，「我不去了。」他朝母鹿春喊，「我參加下一梯次的巡邏好了。」

母鹿春皺眉，「怎麼了？」

「我想去看看小跳。」

尖鼠爪嘟囔，「是蘆葦羽告訴我們，高尾也會加入的。」

兔飛哼了一聲，「高尾就是愛我行我素。」戰士的喵聲帶了點不滿。

「是啊，戰士守則這一套對高尾來說從來不管用。」尖鼠爪鑽進入口，走了出去。

「快進來！」草滑的喵聲緊張，帶著恐懼。

高尾鑽進金雀花圍籬，鼻子皺了皺，窩裡充斥著生病的氣味。「快去找鷹心來，」他指示。草滑有點遲疑，「快去！」

她鑽出窩外。高尾在小跳的臥鋪前低身探查，小公貓的身上發燙，眼睛半閉、眼神呆滯。

「小跳？」高尾的口鼻挨近，膿水的腐臭味令他作嘔。他一把叼住小跳的頸背，將他拖出臥鋪。**他在發燒！**他趕緊將小跳帶到外面結霜的空氣裡。

鷹心快步經過會議坑，草滑跟在後面，他停下來看了小跳一眼，「把他帶進巫醫窩。」

「他需要退燒。」他隔過牙縫嘟囔。

「我會先給他一點東西退燒。」鷹心先走進窩裡，清開地上正在曬乾的藥草，讓高尾將小貓放在平坦的沙地上。

草滑從他旁邊鑽了進來，「怎麼了？」

「感染擴散了，」巫醫貓嗅聞小貓的腳爪，「我來做個藥糊。」他低聲咕噥，隨即轉身離開。

「吠臉呢？」高尾全身發抖，他希望能聽見他朋友跟他保證小跳不會有事。

「他去採集藥草了。」鷹心回頭喵聲說。

「要我去找他回來嗎？」高尾提議。

「他馬上就回來。」

這時窩外入口一陣窸窣，吠臉低頭鑽進來，他看見高尾、小跳和草滑，不禁瞪大眼睛，丟下嘴裡叼著的藥草，「怎麼了？」

鷹心忙著混合藥糊，沒有抬眼，「你找到金盞花了嗎？」

「沒有。」吠臉彎身嗅聞小跳的腳爪，「感染擴散了，是不是？」

「我們需要盡快治療。」鷹心瞥了草滑一眼，「高尾，」他嘟囔道，「帶草滑出去，這裡太擠了。」

「可是我想陪我的小貓。」草滑抗議。

「你不在這裡擋路，對他會比較好。」鷹心喵聲道。

吠臉緩步繞過小跳，開始將鷹心的藥草咀嚼成糊。高尾試圖捕捉他的目光，但年輕的巫醫貓目光一直盯在小跳身上，他只好轉身將草滑推向入口，「如果我們都擠在這裡，會太熱了。」他低聲哄她出去，外頭的空氣新鮮冷冽。

他在外面結霜的草地上緩緩踱步，草滑蹲坐在石楠圍籬旁。地平線上方的太陽在禿葉季的淺色天空裡閃閃發亮。**要是現在有雪可以幫小貓降溫就好了。**高尾想道。**鷹心知道自己在做什麼。**但他還是不免擔憂，心空得發慌。**吠臉也在裡面陪他，小跳應該不會有事。**

「高尾？」吠臉從巫醫窩裡鑽出來。

草滑跳了起來，「他怎麼樣了？」

「你可以進去看他了。」吠臉點頭示意她進去。他轉向高尾，眼神一黯，等母貓消失在金雀花叢裡，他才穿過草地走過來，「他的血液也被感染了。」他低聲對高尾說。

「情況很糟，是不是？」

吠臉神色沉重，「他可能熬不過去。」

「你們各種方法都試過了嗎？」

「我們什麼方法都試過了。」吠臉瞪大眼睛，滿是憂慮，「可是現在是禿葉季，我們只有枯萎和曬乾的藥草，藥效不如新葉季的藥草那麼強。」

巫醫窩裡傳來呻吟聲。

「他很痛苦！」高尾想起那個雨夜，他因為誤食毒藥，痛苦地在地上扭動的經驗，「你不能幫忙止痛嗎？」

「鷹心已經給他罌粟籽了，可是只能緩和一點點。」
「我在兩腳獸那裡的時候，也病得很重。」
吠臉扭頭看他，「你病重？」
「一隻兩腳獸救了我。」
「兩腳獸？」吠臉挨近他，「怎麼救？」
「我也不知道，」高尾承認，「我不太記得整個過程。可是傑克告訴我他們有巫醫兩腳獸專門幫貓兒治病，」他的心裡燃起一線希望，「也許我們可以帶小跳去找兩腳獸。」
吠臉退後幾步，「不行！」
「為什麼不行？」高尾甩著尾巴，「我可以把他帶到兩腳獸的地盤，放在會被發現的地方，就可以像我一樣被治好。」
吠臉愣了一下，「你當初是運氣好，」他嘟囔，「可是小跳會發生什麼事就很難說了，他搞不好撐不到兩腳獸那裡。」他背上的毛都豎了起來。
高尾縮起身體，「我只是想幫忙。」
「我知道，」吠臉的目光溫柔，「但這不是好方法。」
高尾無奈地看了巫醫窩一眼，轉身離去。白莓和百合鬚正忙著把污穢的石楠拉出長老窩。
白莓停下動作，坐下來喘口氣，「為什麼一定得等營地裡有見習生才能清理我們的臥鋪，我等不下去了。」
百合鬚拖著一坨石楠梗穿過草地，然後又回去拖其他的，「只要再等一個月就行了。」她氣喘吁吁。

亂足鑽出長老窩，費力地拉出一坨羊毛，「我只希望雄鹿躍出去巡邏時別忘了帶點新鮮羊毛回來，不然我們今晚就只能睡在硬梆梆的石楠上了。」

「我來幫忙。」高尾快步走過去。他從亂足腳下勾了那團羊毛過來，丟到旁邊。一隻跳蚤跳出來，叮了他的腳一口。高尾不悅地嘀咕，低頭張牙咬扁它。

百合鬚搖搖頭，「我們盡量保持臥鋪的乾淨，」她瞥了老貓們一眼，然後壓低音量，「可是他們的眼力大不如前了，很難抓到跳蚤。」

啖皮從窩裡緩步走出，橘色毛髮在陽光下閃閃發亮，「我昨天就在你的尾巴上抓到一隻壁蝨。」

「可是你都抓不到跳蚤，」百合鬚的毛髮上下起伏，「牠們一整個晚上都在咬我，害我睡不好。」

白莓搔搔耳朵，「跳蚤的動作比壁蝨快多了。」

「讓我看看。」高尾開始在百合鬚的腰腹上翻找。

「巫醫窩裡是怎麼回事？」亂足問，同時伸長脖子，目光越過空地想探個究竟。

高尾從齒間吐出一隻跳蚤，直起身，「小跳病得很嚴重，他腳爪上的傷口感染擴散了。」

百合鬚貼平耳朵，「他在發燒嗎？」

高尾點點頭，「吠臉不確定他的藥草有沒有效……」

「高尾！」

高尾的眼角餘光有棕色身影閃現，吠臉朝他跑來。年輕的巫醫貓緊急煞住打滑的腳步，「我有個點子。」

高尾豎起耳朵，「什麼點子？」

「我記得棘莓有一次在月亮石那裡提到過莎草，」他看著楠星，「禿葉季的時候，莎草也可以生長，對不對？」

「沒錯，你可以在峽谷的河族營地附近看到它。」楠星附和。

「棘莓說過，有一種莎草可以治好感染的問題。」吠臉雙眼炯亮，「甜莎草，我記得她是這麼說的。她使用的是它的根，也許她有收藏一些。」

「我們要怎麼拿到呢？」楠星毛髮豎了起來，「我們總不能派支巡邏隊過去吧，河族會以為我們想攻擊他們。」

「我們又不是去偷，」吠臉繞著她轉，「如果我親自去拜託他們，河族可能會願意。我是巫醫貓，不是戰士，我們的守則之一是盡量救治小貓，不管是哪一族的小貓。」

楠星瞪著他看，「你要自己去河族領地？」

高尾上前一步，「我可以陪他去。」

楠星抬高下巴，「風族貓不可以越過邊界，而且我們也不會去求其他部族幫忙。」

「可是小跳怎麼辦？」高尾懇求，「如果我們不想辦法，他可能會死掉。」

「他有星族守護。」

「有時候光靠星族是不夠的，」高尾收張著爪子，「祂們就沒有救沙雀。」

「或蕨翅。」吠臉插嘴。

楠星看著年輕的巫醫貓，「你在質疑星族嗎？」

「我認為他們相信我們會自救，」吠臉輕聲說，「如果有辦法可以救小跳，我願意試試看。」

高尾心跳加快，「我們不能讓邊界阻擋我們。」為什麼部族貓都這麼執著於氣味標記呢？它們可以用來決定誰該在哪裡狩獵，可是當小貓命在旦夕時，為什麼還是認定無形的邊界比什麼都重要？

楠星看著長老們，他們也默默地看著她。

最後亂足說，「高尾說得沒錯。」

百合鬚點點頭，「星族是不講邊界的。」

「要是吠臉和高尾願意代表風族向河族求援，我們應該對他們表達敬意。」白莓垂下頭。

「很好，」楠星很快地點頭，「如果這件事非做不可，那就去做吧。別浪費時間了。」她朝巫醫窩轉身，回頭下達指令，「快去吧！」

高尾轉身衝向營地入口。當他鑽出通道時，感覺得到吠臉緊跟在後，鼻息就吐在他的尾巴上。

「別這麼快！」吠臉衝下山坡、氣喘吁吁。

他回頭瞥了一眼，吠臉跟在他後面跑向邊界，高尾慢下腳步，「我們要怎麼過河？」他詢問趕上來的吠臉。

吠臉皺眉，「我們也許可以在河的這一頭，先跟河族的巡邏隊打聲招呼。」

「這主意不錯。」高尾可沒打算把自己搞得濕淋淋的，他甚至不知道自己會不會游泳。**希望到時會有河族的巡邏隊經過。**

他們直接越過邊界時，高尾的態度毫不猶豫，完全無視舌尖嚐到的河族氣味。他們在峽谷盡頭爬下陡徑，來到河岸，懸崖間原本湍急的河水，來到這裡後因為河道變寬而平緩了下來。

「河族營地應該就在對岸的某處。」吠臉用尾巴指著深綠色的燈芯草叢。

高尾舔嚐空氣，潮溼的青草味在他舌尖滾動，他掃視河對岸的平坦草岸，希望能在長草叢間找到移動的身影，「沒有巡邏隊的影子，我們得游過去。」

「你會游泳嗎？」吠臉問。

「到時就知道了。」高尾緩步穿過礫石灘，走進水裡。他很驚訝水流的力量，寒冽如冰的河水沖刷著他的腿、拉扯著他的腹毛。他全身發抖，「你要在這裡等嗎？」他想沒必要叫吠臉也陪他冒險。

吠臉踩進水裡，水花四濺，站在他旁邊，「如果我陪著你，他們比較不會冒然攻擊，」他喵聲道，態度堅定地往水裡走。

高尾看著河水吞沒吠臉的肩膀，「你在游泳嗎？」

「我的腳還踩得到底。」

高尾的心燃起一線希望，也許河水淺到他們可以涉水而過。

「我現在在游了！」吠臉的叫聲突然止住，消失在水面。過了一會兒又浮現，一邊咳嗽一邊拍打水花。

「吠臉！」高尾跟在他朋友後面潛進水裡。寒冽的河水穿透毛髮，瞬間冷得刺骨。他腳下突然踩不到底，頓時驚慌。他在水裡不停地踩，試圖往前游，並伸長脖子，讓口鼻可以呼吸到空氣，「吠臉！」

「我沒事！」巫醫貓的深色毛髮在他前面移動，吠臉現在已經不再濺打水花，而是穩健地划水前進。

高尾的四條腿不停踩水，努力追上吠臉。可是河水似乎一直把他拖往下游，不停拉扯著後臀，害他覺得自己老在水裡原地打轉。他的前爪更用力地划，試圖保持直線前進，目光緊盯吠臉。他大口吞進空氣，焦急地往前划。**想像你在跑步，四條腿踩在水裡就像踩在地上一樣。**他強迫自己划出平穩的節奏，一路逆流而游。

他發現原本遙遠的對岸已經愈來愈近。過了一會兒，吠臉涉水而出，全身淌水。高尾感覺到腳下有礫石在滾動，於是在水裡胡亂扒幾下，站了起來，終於可以走在水裡，頓時鬆了口氣。當他從河裡蹣跚爬上岸時，覺得自己就像空氣一樣輕。

「我們成功了！」吠臉站在岸邊，甩掉身上的水。

高尾低身躲開水珠，他從來沒這麼冷過。他全身發抖、打了個噴嚏，「我們離開這裡，去找巡邏隊吧。」他牙齒發顫地說。

吠臉目光越過他，瞪大眼睛，滿臉懼色，「高尾……」

凶狠的怒吼聲打斷了他，「入侵者，如果你們在找巡邏隊，你們現在找到了。」

第四十二章

高尾後退一步，擋在吠臉前面，「我們是來找棘莓的。」

三名河族戰士瞪著他，他認出對方是大集會上曾見過的獺潑、波爪和鴞毛。

波爪是毛色黑銀相間的公貓，他偏著頭，眼裡閃著敵意，「是楠星派你們來的嗎？」

「是的，」吠臉從高尾後面低身鑽出來，「我是風族的吠臉，我必須找你們的巫醫貓談一談。」

「我知道你是誰。」獺潑齜牙咧嘴，「如果我是你，我會滾回河裡去。」

「不然就等著被撕成碎片吧。」鴞毛上前一步，棕白相間的毛髮起伏波動。

「沒時間跟你們吵，」吠臉斷聲說，「有一隻小貓快死了，我需要棘莓幫忙。」

「小貓？」獺潑瞥了波爪一眼。

波爪的尾巴動也不動，「快死了？」

鴞毛露出尖牙，「那你為什麼帶個戰士過

來？」他上前一步，離高尾口鼻只有一根鬍鬚的距離，滿嘴都是魚腥味。

「我是來這裡保護他的，」高尾的爪子戳進卵石灘裡，「難道你會願意讓你的族貓獨自進入敵營嗎？」

棕白相間的公貓眼裡有光芒閃現，「所以你承認你進入了敵營的領地裡？」

「你以為我們游泳是游好玩的嗎？」高尾看著河族戰士那身光滑的毛髮，「又不是每個戰士都像條魚。」

「高尾！」吠臉尖銳的喵聲劃破冷冽的空氣，「我們是來拜託他們的！」

高尾垂下頭，突然想起傑克對兩腳獸地盤的那隻老母貓小傑畢恭畢敬的樣子，那反倒幫助他們得到了想要的資訊，「對不起，」他瞪大眼睛，「可不可以讓我們見見棘莓，小跳的性命就掌握在她的腳爪裡了。」

「讓他們見見她吧。」一個粗啞的聲音從蘆葦叢裡響起，狗魚牙鑽了出來。他一臉戒慎地迎視高尾的目光。高尾突然好奇，狗魚牙的族貓是否都知道，他曾在風族領地裡捕捉過獵物。

吠臉傾身向前，「如果棘莓拒絕我們，我們會馬上離開。」

「這得由霰星來決定。」波爪從旁邊跑開，鑽進蘆葦叢裡。

高尾緩步跟在後面，「跟緊點。」他對吠臉嘶聲說。在他用力推出前進路徑時，可以感受到蘆葦桿堅硬的質地。狗魚牙的尾巴消失在幾步之外，吠臉、獺潑和鶚毛跟在後面，蘆葦莖桿窸窣作響。他們沿著河邊走了一會兒，高尾總覺得他的腰腹一直被蘆葦彈打。最後終於走進一處空地，其中一側有河水拍岸，濃密的蘆葦叢間也有河水流竄，沼澤地上水光粼粼。貓窩分布在營裡各處，全用枝條編織。

「那些窩看起來很像鳥窩。」高尾在吠臉耳邊低聲說。

「這種窩如果淹水了，就會浮起來。」吠臉小聲說。

高尾眨眨眼，很佩服河族貓的精巧設計，難道他們也像風族貓一樣聰明？

「等一下。」波爪先朝吠臉點頭示意，然後才低身鑽進一座糾結成團的貓窩裡。

河族貓都站在空地邊緣，驚訝地眨眼瞪著這兩名不速之客。

「雨花，你看！」一隻赤褐色的小貓對著一隻灰色母貓吱吱尖叫，「怎麼了，小橡？」

「有入侵者！」小貓蓬起毛髮嘶聲說道。

獺潑緩步越過空地，「他們是來求助的。」

雨花哼了一聲，「憑什麼要我們幫助風族貓？」

「他們說他們有一隻生病的小貓。」鶚毛在蘆葦圍籬旁徘徊，頸毛豎得筆直。

波爪又出現了，霰星跟在後面。河族族長瞪大眼睛，神情焦慮，「你來求解藥？」

吠臉快步上前，「現在是禿葉季，我們的藥草功效不強。我們希望棘莓可以分一點甜莎草給我們，就算季節嚴寒，這種藥草的生命力還是很強。」

棘莓的那張白臉從枝條製成的窩裡探出來，「發生什麼事了？」她鑽了出來，身上黑點宛若白雪沾了污點。

「棘莓！」微弱的聲音從窩裡傳出。

吠臉伸長脖子，試圖查看究竟，「妳好像有一隻小病貓。」

「是小暴。」棘莓面有愁雲，「他跌倒了。」

「我能幫忙嗎？」吠臉提議。

「該做的都做了，」棘莓回頭瞥了暗處一眼，「現在只能靠時間和休養了。」她轉身對吠臉說，「你來這裡做什麼？」

「小跳的腳受到感染，擴散的速度很快。」

棘莓打斷他，「你想要甜莎草？」

吠臉的眼睛一亮，「妳有多餘的嗎？」

棘莓瞥了她的族長一眼，霰星點點頭。「我還有一些。」棘莓喵聲道，轉身回自己的窩裡，「跟我來。」

高尾看著吠臉跟在河族巫醫貓後面消失在暗處，他感覺得到河族戰士們正好奇地打量他，他全身發燙。身上有灰色斑點的副族長貝心，坐在柳樹的拱形樹根上，瞇著眼睛觀察他。夜空出現在狗魚牙旁邊，她在室友耳邊說了幾句話之後就朝高尾垂頭致意，他也點頭回應。當初他讓他們穿過邊界捕捉獵物是正確的決定，如今河族也湧泉以報。**多虧星族保佑。**

霰星抬起下巴，「風族以前從沒對外求助過。」

高尾迎視他的目光，「風族以前從不需要幫助。」

鶚毛嘟囔：「可是你現在不就跑來求助了？是禿葉季把你們整慘了嗎？」

高尾豎起頸毛，河族戰士是在挑釁嗎？他的利爪深深地戳進沼澤地裡。**高尾，你根本寡不敵眾。**傑克的聲音在他腦海裡響起。**你真的想和對方衝突嗎？**他的心裡升起一股暖意，毛髮服貼了下來，「風族很感激你們的仁慈。」他朝霰星垂首致意。

「沒有戰士願意眼睜睜地看著小貓死掉，不管哪個部族都一樣。」霰星說話的同時，吠臉從棘莓的窩裡慢慢走出，嘴裡叼著一大坨白色的根。

「務必要他把汁液吞下去！」棘莓在他後面喊。

吠臉彈彈尾巴，因為嘴裡咬著東西，根本無法回答。

霰星上前一步，「獺潑和波爪可以協助你們渡河。」

「我們是自己游過來的。」高尾直言。

「那是你們運氣好，」霰星厲色說，「下雨河水暴漲的時候，會出現危險的漩渦。」

高尾忍住咆哮的衝動，他討厭被當成小貓。他懷疑河族族長只是想確保他們真的離開河族領地，而不是想保護他們的安全。可是他們已經拿到想要的東西，這就夠了。他停下腳步讓波爪先鑽出去，再跟著他沿著曲折的小徑穿過蘆葦叢，吠臉快步跟在後面，獺潑殿後。

吠臉走進水裡時，波爪緊跟著他，河族戰士領著吠臉渡河，不時用肩膀推他前進。

「我可以自己游。」高尾告訴獺潑。

獺潑冷眼看著他，「你會讓我自己去鑽那些兔子地道嗎？」

高尾愣了一下，難道河族知道風族地底下有迷宮一樣的地道？**不可能吧，她一定是以為我們總是把兔子追進洞裡。**

「來吧！」獺潑已經走進水裡。

高尾繃緊神經，等著冰冷的河水浸上肩膀。他笨拙地踩著水，旁邊的獺潑像條蛇似地在水裡靈活游動。他費力地想讓自己浮在水面上，她卻是輕輕划動，水面幾無波紋。這時突然有漩渦拉住他，害他偏了方向，他被往下拉扯，快要被吞沒！他嚇得拚命拍水、扭頭四處張望，獺潑在哪裡？難道河水也把她吞沒了？

突然間有硬硬的東西頂住他的肚子，原來不知道是誰從水底下用背撐住他，幫他穩住重心找回平衡，然後才消失不見。過了一會兒，獺潑破水而出，水從鼻孔裡噴出來。

「霰星警告過你，這裡有漩渦。」她低聲道，貼著高尾游動，直到上岸為止，吠臉和波爪正在岸上甩著身體。

高尾伸長腿，踩到礫石，這才鬆了口氣跟在獺潑後面，蹣跚地爬出水面，「謝謝你。」

獺潑聳聳肩，「風族貓竟然能游泳，這一點倒也很讓我刮目相看。」

波爪朝那條通往峽谷的小徑點頭示意，「我們會看著你們離開，」他喵聲道，「確保你們路上不會遇到麻煩。峽谷旁邊的路很陡峭。」

他只是想確定我們回到邊界的另一頭。高尾豎起毛髮，為什麼隱形的氣味標記這麼重要？

「謝謝。」吠臉甩掉身上的水，向河族戰士垂頭答謝，嘴裡仍叼著珍貴的藥草。

高尾甩著尾巴，拍打身後的小石子，「謝了。」他低聲道，然後朝峽谷走去。

到了山頂，吠臉將草根丟在高尾腳下，「盡快將它們送到鷹心那裡。你的速度比我快，他會知道該怎麼做。」

「沒問題。」高尾叼起草根，衝上通往營地的坡道。寒風在耳邊呼嘯，耳尖感覺快被凍僵了。他衝進營地、越過空地。

鷹心從巫醫窩裡探頭出來，「你拿到了！」他從高尾嘴裡接過草根，隨即消失在窩裡。

高尾在外頭繞著圈子踱步。草滑和她的伴侶貓胡桃鼻快步走了過來，胡桃鼻盯著高尾濕淋淋的毛髮，「你游泳渡河？」他瞪大眼睛。

「那是唯一的路。」

「謝謝你，高尾。你的膽識或許能救我們家的小貓一命。」胡桃鼻的目光越過高尾望向巫醫窩。

高尾循著他的目光，「希望真的有效。」

「我聞到松雞的味道。」曙紋朝石楠叢扭頭，結霜的樹叢在清晨的陽光下閃爍著微光，她旁邊就是四喬木邊界上的刺藤叢，那裡仍有影族的臭味。

楊秋嗅聞空氣同時點點頭，「絕對是松雞。」

梅爪抬起尾巴，「可以抓來給長老們當大餐。」

高尾很是佩服地道工，自從地道被封之後，地道工們就很積極地融入高地跑者的角色。以前的地道經驗早將他們訓練得身手矯健有力，很容易轉化為高地上的狩獵技巧。

曙紋帶頭穿過草地，「也許今天小跳會有胃口吃點松雞。」

高尾和吠臉從河族回來之後，小跳又昏迷不醒了幾天。莎草根並沒有讓他一夕之間就痊癒，但似乎減緩了感染的速度，讓小公貓有機會戰勝病魔。吠臉甚至告訴大家，小跳腳爪上的腫脹現象已經緩和，或許可以完全復元。

「高尾？」曙紋打斷高尾的思緒，梅爪和楊秋已經低頭鑽進石楠叢，「你要一起來嗎？」

高尾抽動鼻子，他聞到兔子的味道，「你們自己去抓松雞，我聞到這裡有其他獵物。」

「你喜歡自己狩獵？」曙紋瞇起眼睛，但沒等他回答，就跟著隊友走了。

抓一隻獵物為什麼要動用四個戰士呢？高尾看著曙紋的尾巴消失在石楠裡，這才開始嗅聞草地。刺藤叢外的影族臭味還在，因此很容易忽略掉兔子的氣味，可是當他循著微弱的兔味走下坡往轟雷路而去時，味道竟愈來愈強烈。他開始流口水。他以前沒在這裡抓過兔子，兔子很少離開兔子洞這麼遠，他才往下坡走了一半，就停下腳步感到不安。

他抬起頭嗅聞空氣，這裡不是只有一隻兔子，而是很多隻。難道牠們在山坡上挖了新的兔子洞？他掃視草地，尋找兔子洞口，但草坡平坦、沒有裂縫，可是為什麼會有這麼多兔子從這裡經過？他不由得緊張起來。

轟雷路繞行著草坡底部，不時有怪獸呼嘯經過，咆哮聲迴盪在冰冷的空氣裡。高尾刻意不理會轟雷路的臭味，專心搜找兔子的氣味。突然間，他發現這味道混雜著血腥味，原來他聞到的不是活生生的獵物，而是已被獵殺的新鮮獵物！他貼平耳朵繼續往下坡走，他在兩腳獸地盤學到的經驗是，只要他不擋怪獸的路，怪獸其實並不危險，頂多很吵而已，

他愈接近，血腥味愈濃，也許這裡有很多兔子被怪獸殺害，但是沒有腐屍的痕跡。他一邊聞一邊沿路追蹤血腥味。他慢下腳步，現在他正趨近轟雷路下方的一條地道，這條地道也是風族領地與影族邊界的交界，地道裡不時迴盪著上方傳來的怪獸呼嘯聲。他已經很久沒來這裡。

以前還是見習生的時候，曙紋曾帶他到地道口查看，但是風族戰士鮮少到這裡巡邏。因為這裡沒什麼獵物可抓，而且影族的氣味標記是起自於轟雷路的另一頭。

好奇心驅使著高尾繼續前進，血腥味瀰漫空氣，而且愈來愈濃。他爬下轟雷路邊緣的溝渠，鑽進擋住地道入口的長草叢裡，莖梗上滿布血痕。當他走進陰冷惡臭的地道時，竟看見更多血漬積在底部的泥水裡。到底有多少隻兔子被殺，然後被拖著經過這裡？高尾吞吞口水，空氣中瀰漫著新鮮的影族氣味。

他全身起雞皮疙瘩，轉身衝上坡，鑽進野草叢裡，朝石楠叢的方向跑去，「曙紋！」他的喊叫聲嚇得松雞從矮樹叢裡振翅竄飛。他不管三七二十一地鑽了進去，沿著兔徑往前跑，口鼻被枝葉不斷刮磨。

「你在搞什麼鬼啊？」曙紋從石楠叢裡衝出來，把他攔下。

高尾連忙煞住腳步，「影族一直在偷獵物，而且從地道帶走。」

曙紋毛髮直豎，「你看見了？」

「我看見血跡，而且到處都是影族的氣味。」

梅爪從曙紋後面衝出來，「你把松雞嚇跑了啦！」她眼裡燃著怒火。

楊秋從她旁邊跑出來，「我本來要出手了。」

高尾挺起胸膛，「影族利用轟雷路底下的地道，偷取高地上的獵物。」他瞪著楊秋，「快去告訴楠星，帶些戰士過來。我們需要重新標上氣味標記，警告他們要是敢再越界，絕不輕饒。」

楊秋轉身從石楠叢跑開。

「我帶妳們去看。」高尾轉身朝地道走回去，同時示意曙紋跟上。

他帶著她走下山坡，梅爪緊跟在後，「別理會那些怪獸。」他們趨近轟雷路時，高尾這樣低聲說，「牠們不會離開轟雷路。」他緩步朝地道走去，用腳爪撥開草叢，讓曙紋探身進去嗅聞血跡。

「有影族的臭味。」她低吼，身體縮了回來。

梅爪嗅聞了一下也皺起眉頭，「他們幹這種勾當多久了？」

曙紋甩打尾巴，「從這味道判斷，應該有好一陣子了。」她嘶聲道。

高尾用爪子撕扯著地上的草葉，「楠星應該派巡邏隊來這裡日夜巡守，」憤怒在他的腳爪間蠢動，「我們應該給影族一點教訓，讓他們知道風族的獵物不是他們想拿就可以拿的。」

曙紋瞪他一眼，「你不是也把風族獵物給了河族嗎？」

高尾豎起毛髮，「那一開始就是河族的獵物，」他提醒她，「而且他們是在我允許的情況下拿走的，並沒有在我們背後偷拿。」他怒視著轟雷路的盡頭，怪獸的強光亮得他什麼也看不見，「挨餓的部族和專門偷竊的部族是不一樣的。」

梅爪繞著曙紋轉，毛髮蓬得筆直，「他們好大膽……」

「噓！」高尾要她安靜。有雜沓的腳步聲正穿過地道而來，聲音在岩面迴盪。

「上！」一聲尖吼劃破空氣，影族戰士魚貫鑽出地道，眼裡燃著恨意。

高尾伸出爪子，「入侵者！」

第四十三章

「影族，上！」杉星率眾嘶吼，衝上山坡。他貼平耳朵、露出尖牙，衝向曙紋。高尾立刻擋在她前面。

「我不需要你幫忙！」她嘶聲道，閃過他直接迎戰影族族長。

有腳爪朝高尾腰腹狠揮過來，白色毛髮在他眼前閃現的瞬間，暴翅已經用腳爪把他撞倒在地，還撲上他的喉嚨。高尾翻滾在地，有對利牙朝他面頰喀嚓一咬，鬍鬚硬生生被拔扯下來。高尾爬起來用後腿撐起身體，腳爪往暴翅的耳朵狠毆。梅爪正在泥濘的下坡處與一隻薑黃色的虎斑貓扭打。地道工的格鬥技足以擊退對方嗎？曙紋痛苦尖嚎，高尾趕緊轉身。原來蠑螈斑正在和杉星聯手對付她。毛色黑黃相間的母貓痛毆曙紋的口鼻，杉星則趁機使出尖銳的爪子劃她腰腹。

「你救不了她的，兔腦袋！」暴翅咆哮。

高尾一把怒火，「你再說一次！」他衝上

去猛撞暴翅的肩膀，影族戰士不敵他的力道，往後踉蹌。高尾趁機低頭往他的前爪一咬，公貓當場四腳朝天。高尾撲上去壓住他的肩膀，利爪猛毆暴翅的肚子。暴翅張嘴想咬，他及時偏頭閃開跳了下來，以防公貓又扯掉他的鬍鬚。

梅爪憤怒尖叫，因為一隻叫鋸掌的影族見習生也加入戰局，與薑黃色的公貓聯手攻擊她。地道工拳腳並用地狠毆對方，但是他們步步進逼，將她往山坡下趕，離不斷呼嘯而過的怪獸愈來愈近。就在不到一條尾巴遠的地方，杉星將曙紋摔得四腳朝天，蠑螈斑猛咬她那兩條不停揮打的後腿，曙紋的口鼻上染著血。

曙紋！高尾試圖朝她衝去，但暴翅的利爪抓住他的腰腹，將他往後拖。他絕望地瞥了山坡一眼，楊秋到底有沒有說服楠星派戰士前來支援？曙紋尖嚎。如果援兵再不到，他們就只能投降撤退了。高尾轉身往暴翅的喉嚨揮出一爪，怒火流竄全身。

暴翅踉蹌後退，鮮血從他的白色後頸噴出，眼裡布滿驚恐，「風族貓竟然會這一招？還不賴嘛！」他嘶聲道。

高尾齜牙低吼，撲上公貓。暴翅用後腿撐起身體。高尾見他因坡度落差而重心不穩，立刻空中扭身，對準公貓踉蹌的後腿狠咬。暴翅憤怒尖嚎，彎身猛咬高尾的肩膀。他一陣劇痛。

「高尾！」曙紋的驚叫聲劃破空氣。

高尾扭身擺脫暴翅，驚見杉星朝草地上掙扎的曙紋逼近，蠑螈斑得意地齜牙退後，高尾以為自己就要眼睜睜看著影族族長使出致命一擊。突然驚覺到腳下地面震動作響，雜沓的腳步聲正穿過高地朝他們奔來。**救兵到了！**要是他們能再拖住影族巡邏隊一段時間，那就好了。高尾精神一振，無視毛髮被扯落的燒灼感，奮力擺脫暴翅。

熟悉的身影正從山腰快速地往下朝他們奔來，蘆葦羽一馬當先地穿過草地，沸騰的熱血讓他的四隻腳不再跛行。兔飛、雲跑、紅爪和尖鼠爪緊跟在後。高尾旁邊的暴翅瞪大眼睛，驚見紅爪正嘶聲吶喊地朝他撞來。雲跑狠力痛擊，蠑螈斑蹣跚後退遠離曙紋，蘆葦羽和兔飛則衝去援救梅爪。

尖鼠爪怒瞪著將曙紋壓制在地的影族族長，高尾看著眼裡滿是恨意的室友撲上杉星的背，將他從曙紋身上拖開，利爪戳了進去，「我要為我的母親報仇，你還記得蕨翅嗎？」尖鼠爪怒吼。把杉星扭了過來，往他臉上狠毆。杉星倒地，鮮血濺上草地。尖鼠爪餘恨未消又撲了上去。

高尾瞪看著眼前景象，驚訝尖鼠爪的攻擊竟如此凶狠。**這就是所謂的復仇吧**。他的憤怒並不冷血，也未經事先盤算，而是被戰火點燃，如火燎原。這是一場屬於真正戰士的戰役。高尾跳到尖鼠爪旁邊，痛毆試圖掙脫的影族族長。尖鼠爪驚訝地瞥了高尾一眼。

「我幫你殺了他。」高尾嘶聲道。

尖鼠爪抬起前爪，與高尾聯手狠毆滿身是血的公貓，將他往轟雷路趕。

「杉星！」虎斑戰士蠑螈斑衝上前來援救她的族長，嘶吼聲劃破空氣。她貼平耳朵，齜牙咧嘴地撲向尖鼠爪，黃牙戳進尖鼠爪的肩膀，利爪抓著風族戰士從杉星身上拖開。尖鼠爪怒吼、掙扎，試圖去抓杉星。但紅爪逮住了杉星，將他壓制在地。

「撤退！」杉星好不容易擺脫紅爪，逃向地道。

他的戰士聽見指令紛紛撤退，正當逃竄的身影全消失在地道時，高尾聽見呻吟聲，他轉身，「尖鼠爪！」

兔飛蹲看著風族戰士。高尾朝他們跑去，腳爪在濕滑的草地上差點滑倒。他往下瞥看，驚見腳爪全被染紅，那是一灘血！鮮血正像泉水一樣從尖鼠爪的腹部湧出，「快去找吠臉來！」他朝曙紋尖聲喊。曙紋瞪看著他，眼裡閃著驚恐，拔腿衝上坡。

「你要撐住，尖鼠爪。」高尾低身朝他的室友說，心揪成一團。

兔飛直挺挺地蹲在他旁邊，「他就像他母親一樣逃不過死劫，」戰士的喵聲粗啞，「為保護高地而戰死在影族爪下。」

「他不會死！」高尾怒吼，「他不能死！不能這樣死掉，這不公平！」

這世界本來就不公平。傑克的話在他耳裡響起。

尖鼠爪一陣顫抖，嘴裡發出呻吟。高尾用腳爪緊按住尖鼠爪的傷口，但鮮血還是從毛髮間不斷地流出，「血止不住！」

「大蟲？」尖鼠爪用粗嘎的聲音虛弱地說，「幫我為蕨翅復仇。」

「你可以自己幫她復仇！」高尾厲聲道，「不要死，尖鼠爪。我們還有好多仗要一起打。」

尖鼠爪顫抖著，他的眼睛一翻，便再也不動了。

兔飛垂下肩膀，「尖鼠爪，」他嗚咽喊道。棕色戰士渾身發抖地彎身下去，用舌頭輕舔尖鼠爪的眼皮，為他闔上，「你是我的得意門生，」他低聲道，「也是偉大的戰士。風族以你為榮。」

高尾轉身走開，淚眼模糊。這場仗是為了爭奪兔子，卻犧牲了尖鼠爪的性命。影族戰士難道已經餓到不惜大開殺戒也要偷到獵物嗎？還是他們對風族的恨意已經深到他難以想像？

第四十四章

高尾伸個懶腰，享受新葉季的陽光灑在身上暖呼呼的感覺。旁邊的石楠正冒出嫩綠的新芽，高地上方萬里無雲、天空蔚藍。再過半個月，金雀花叢就會像著火一樣，被黃色的花朵淹沒。

他聽見小跳在巫醫窩外喵喵叫，鷹心正從小公貓的背上抓出跳蚤。小跳已經康復到可以自己舔洗毛髮，所以應該可以回育兒室了。影族之戰結束後的那個月，他就漸漸退燒。可是育兒室太過擁擠，小鴿和小栗已經大到無法共睡一張臥鋪，草滑總是睡不好。而肚子裡懷著小貓的麥桿才又剛搬進去。

「坐好，不要動。」鷹心嘟囔著，同時用牙齒咬碎跳蚤，吐在草地上。

「鷹心？」小跳慵懶地翻身，「要是楠星說我不能當戰士，你覺得我可以當巫醫嗎？」

「不行，」鷹心坐了起來，「你太浮躁了。」他目光掃過空地，朝吠臉那裡張望，他正在檢查曙紋的傷口，「再說風族不需要再多一位巫醫貓。」

小跳抬起那隻腳爪。雖然痊癒了，可是他的腳已經跛了，變得很扁平，不再有任何知覺，「可是我這樣怎麼當戰士啊？」

「你可以用它走路，不是嗎？」鷹心一點也沒心軟。

「可是會跛啊。」

鷹心哼了一聲，「如果你會跛，就會走，如果你會走，就可以狩獵。」

「可是要怎麼作戰呢？」小跳執拗道，「萬一我格鬥技不好怎麼辦？」

「你就跟你的對手爭辯啊，用口水把他淹死。」鷹心側躺下來，半閉起眼睛，「你不是一向伶牙俐齒？」

「我才沒有。」

高尾的鬍鬚微微抽動。他好奇是不是因為鷹心現在年紀大了，才變得這麼有耐心。但他懷疑是小跳的熱情，融化了老巫醫貓頑固的心。

吠臉穿過空地。他一走近，高尾立刻坐起來，「曙紋好一點了嗎？」

「她好多了。口鼻上多了一道疤，不過已經痊癒了。」吠臉在高尾旁邊坐下，瞇起眼睛擋住刺眼的陽光，「我擔心的是蘆葦羽的肩膀。」他喵聲道。「這場戰役讓它更惡化了，更何況他也不再年輕。要是再扭到，這輩子恐怕就會瘸了。」

高尾的目光越過會議坑，望向風族副族長，他正坐在楠星旁邊，與她分食啄木鳥，蘆葦羽的淺色虎斑毛像老貓一樣凌亂不堪。高尾突然為這位老戰士感到難過，他對部族向來忠心耿耿，若有朝一日當上族長，絕對實至名歸；可是就算再有八條命給他，他恐怕也熬不到了。

石楠叢一陣窸窣，淺鳥緩步走進營地，嘴裡叼著一隻老鼠。小鶇本來在狩獵石後面跟蹤小飛，聞聲抬頭，趕緊朝她母親跑過去，「那是給我們的嗎？」

小飛追在後面。小鬃和小兔從草地裡跳出來，蹣跚攀過草叢。淺鳥將老鼠丟在小鶇腳下。小鶇用爪子勾過來，「別擔心，淺鳥，」她以熱切的語氣告訴她母親，「我一定會公平地分給大家。」

「妳是很棒的小戰士，」淺鳥喵嗚道，然後才朝高尾走去。

高尾抬起下巴，「嗨，淺鳥，狩獵順利嗎？」

淺鳥舔舔嘴巴，「很順利。」

高尾很高興看見淺鳥終於又能自己去抓獵物。自從她開始離營狩獵後，心情似乎變得好多了。

羊毛尾在蕨葉坑那裡喊她，「妳有帶點東西回來給我嗎？」

淺鳥深情地望著他，「你這隻老獾，不會自己去抓啊，我要餵四張嘴已經夠忙了。」

羊毛尾開心地彈彈尾巴，根本沒打算從臥鋪裡出來。

「妳覺得他會不會懷念以前地道工的日子？」高尾問他母親。

「當然會，」淺鳥喵聲道，「我們都很懷念，但至少我不必再擔心坍方問題。」

高尾踩動著腳，對戰士來說，坍方不是唯一該擔心的事，地面上的生活也有很多風險得面對。尖鼠爪的死再次浮現心頭，公貓的血漬早已從爪間清洗乾淨，但驚恐的回憶只怕永遠洗不掉。他試圖去想別的事，「麥桿安頓得怎麼樣？」他朝育兒室點頭示意。

「還可以，只是有點擠。等楠星升小鴿和小栗為見習生後，她就可以住得舒服一點了。他們現在應該有六個月了，個子像兔子一樣大。」

「麥桿還在為尖鼠爪的事難過嗎？」高尾喵聲道。

「當然，」淺鳥告訴他，表情看起來很驚訝，「可是等她看見她和尖鼠爪的小貓出生，就不會那麼難過了。」

當族貓們得知死去的戰士在麥桿肚子裡留下後代時，都感到很欣慰。他們小心地呵護她，簡直把她當成一顆很珍貴、即將孵化的蛋。年輕貓后窩裡的羊毛比長老的還多，而且身邊總是有伴陪著。百合鬚要求一定要有貓兒隨侍在旁，肚子餓了就送上食物，一喊渴便送上泡了水的青苔。

高尾總覺得有罪惡感，「當時在戰場上要是我再拚命一點，也許尖鼠爪就不會死了。」在巫醫窩外，鷹心丟出一坨青苔讓小跳接，小跳不停地往上跳躍，但方向老是有點偏。高尾直起身，靈光一現，「也許我不會成功，但至少可以試試看。」他快步穿過草地，走向會議坑，「楠星，」他停在她旁邊，「我可以跟妳聊一聊嗎？」

蘆葦羽費力地站起來，「我該迴避嗎？」

「不用。」高尾告訴他，「這件事讓風族副族長知道也無妨。」

「什麼事？」楠星坐起來，舔掉嘴上的羽毛。

「我願意當小跳的導師。」高尾宣布。

楠星眨眨眼，「你覺得他適合受訓嗎？」她目光越過高尾，望向巫醫窩。小跳正扭身追著空中的青苔球，想用瘸了的腳爪把它拍下來。

高尾循著她的目光，「妳覺得不行嗎？」

蘆葦羽踩動著腳，「他看起來身手挺靈活的。」

「他可以玩耍，」楠星承認，「但他可以狩獵或格鬥嗎？他能上場作戰嗎？」

「那你或許也得擔心小鴿能不能上場作戰，」高尾直言，「因為他的腿很短，而小栗跑步的速度永遠追不上雄鹿躍。」

「也追不上你。」蘆葦羽朝高尾垂首。

「我們都有自己的缺點，」高尾緊接著說，「可是我們都克服了。」他突然想到傑克，他朋友是寵物貓，但嬌生慣養的他還是義無反顧地加入狐狸大戰，「有時候，是我們的缺點造就了現在的我們。」

小跳為了拍到青苔，一次又一次地往上跳，即便拍不到也不死心。

蘆葦羽朝小公貓點點頭，「他在部族出生，除了當戰士，還能做什麼呢？難道要他一輩子被關在長老窩嗎？」

楠星迎視副族長的目光，然後轉身對高尾說：「很好，」她伸個懶腰，「那就這麼說定了。」她跳上高岩石，向族貓們喊，「請所有會狩獵的成年貓到高岩石底下集合。」

羊毛尾旁邊的胡桃鼻在蕨葉坑裡坐了起來，「發生了什麼事？」

羊毛尾抬起頭，「我們去看看。」

「我想我知道怎麼回事。」胡桃鼻匆匆往育兒室走去，草滑已經從那裡鑽出來。

她滿懷期待地迎視胡桃鼻的目光，「你想的跟我一樣嗎？」

他目光越過她，「我想是吧。他們在哪裡？」小鴿和小栗也從金雀花叢裡爬了出來。

「輪到我們了嗎？」小鴿對著楠星眨眨眼。

胡桃鼻順順他胸前的毛髮，「沒錯。」

小栗看著巫醫窩，「那小跳怎麼辦？」她小聲問。小跳停止遊戲，一臉惆悵地看著高岩石上方的楠星。

「你弟弟知道他不能像你們一樣當上見習生。」草滑坦白地告訴她。

「我會教他一些狩獵技巧，」胡桃鼻承諾，「他雖然當不上見習生，但不表示他只能待在營地裡。」

高尾無意中聽到這番話，氣惱地彈著尾巴，為什麼大家都輕易地放棄小跳？他跳進會議坑，豎直了耳朵坐下，族貓們聚在他四周。他會證明給大家看，小跳一樣可以當一名出色的戰士。

楠星跳下高岩石，緩步走進會議坑中央，「小栗、小鴿。」她喊。

小栗和小鴿爬進坑裡，快步走向族長。

「這個禿葉季很艱辛，我們的損失慘重。」楠星向麥桿垂頭致意，後者在育兒室那裡眼神茫然地看著她，「但今天風族有了新的見習生，鴿掌。」她的尾巴沿著灰色小公貓的背脊彈動，「你的導師將是母鹿春。」

母鹿春一臉驕傲地走上前來，鼻子輕觸鴿掌的頭。鴿掌興奮地耙抓地面。

「這是妳的第一個徒弟，不過我相信妳一定會把他調教得很好。請傳授妳的勇氣和速度給他。」楠星指示母鹿春。淺棕色母貓開心地喵嗚。

風族族長轉向小栗，「栗掌，妳的導師將是雄鹿躍。」

小栗瞪大眼睛，看著肩膀厚實的公貓緩步朝她走來。當他輕觸她的額頭時，她的尾巴緊張地抽動。

「別擔心。」雄鹿躍低聲道，「妳會是很棒的見習生，而且我保證我不會吃掉妳。」

「希望妳可以從他身上學到膽識和忠誠。」楠星雙眼炯亮。

「我會的。」栗掌承諾。

楠星抬起頭，看著巫醫窩，「小跳，過來這裡。」

小跳瞪大眼睛看著她。「我？」

楠星點點頭，她捕捉到高尾的目光，尾尖輕輕彈了一下，邀他也上前來。高尾走上沙地，興奮到心跳加速。小跳一跛一跛地爬進坑裡，朝楠星蹣跚地走過去。

「歡迎你成為見習生，你將改名為死掌。」楠星大聲宣布。

「死掌？」草滑的喘息聲在坑裡迴盪，「楠星，不行。妳不能用他身上的缺陷來為他命名。」

死掌抬起頭，「沒關係，我不介意！我要成為戰士，我的腳掌也許死了，可是其他地方都還完好。」

「說得好，死掌！」白莓粗嘎地說道。

胡桃鼻若有所思，「這樣的名字會讓敵營誤以為你無法上場作戰，但你會證明給他們看。對不對，死掌？」

黑色小公貓熱切地點點頭，族貓間響起讚賞的喵嗚聲。

楠星繼續說，「你的導師將是高尾。」她點頭示意高尾上前來，但他已經早一步穿過沙地上前，「高尾，請把你的冒險精神和勇氣傳授給他。」

死掌抬起頭碰觸高尾的口鼻，「真高興是你當我的導師。」

「死掌！」

「栗掌！」

「鴿掌！」

族貓們抬高音量，大聲呼喊新見習生的名字。

「我會教導你，讓你有朝一日成為偉大的戰士。」高尾在死掌耳邊低語。**我是導師了！**幾個月前，他還在部族的邊界外過著無賴貓的生活，但如今已經在幫忙打造更強大的風族。死掌現在要靠他來學會狩獵和格鬥技巧。**我們會證明給他們看。就算只有三條腿，也能打贏影族戰士！**死掌的喵嗚聲在他身邊大聲響起。

高尾抬頭看，目光越過石楠叢的樹頂，遠望綠色高地之外的世界。**傑克，真希望你能看到這一切。**他的老友若是看見他改變了這麼多，一定會為他感到驕傲。**你總是說我是戰士。**他的心澎湃飛揚，**現在我是真正的戰士了。**

第四十五章

「你準備好了嗎？」吠臉停在地道入口，眼睛在星光下閃閃發亮。慈母口就在上方，黑色穴口洞開於銀白色的懸崖上。

高尾點點頭，「我準備好了。」

這趟穿越山谷的旅程充斥著各種回憶。當高尾經過幾個月前才走過的田野時，不免想到那段年輕懵懂的日子。只不過當時自認被邊界困住的他，現在反而矢志守護它們。要是星族肯接受他，他將在黎明來臨前正式升任風族族長。

憂傷宛若利爪攫住他的心，楠星去世前的最後一刻痛不欲生，綠咳症重創她的身體，被咳嗽纏身的她，最後痛苦地死去。

「高尾。」躺在臥鋪裡的她曾示意他走近。當時她全身發燙、毛髮凌亂糾結，發出陣陣惡臭。高尾按捺住難過的心情，蹲在她旁邊。

「高尾，你要勇敢。」楠星沙啞地說，

「你曾經聽從自己的心，變得堅強，從此為你和風族之間打造出一條永遠不會斷裂的鎖鍊。」她一陣猛咳，虛弱的她無力招架。等到終於不咳了，才顫危危地用最後一口氣對他說：「高尾，永遠聽從你的心，像以前一樣，讓它帶領你日後的行事作為。」她費力呼吸、胸膛劇烈起伏，「現在風族是你的了。」然後低吼一聲，撒手西歸。

吠臉從高尾身邊擠過去，用口鼻輕推楠星，拉直她扭曲的身體，將尾巴繞過她的腳爪，讓她看起來像是舒服地睡著了。「泥爪！」他隔著入口喊，「告訴族貓們該為族長守夜了。」他推推高尾，叫他起來，帶他離開族長窩。

外頭西沉的夕陽染紅草地，冷風襲過石楠叢，「我們該去月亮石了，你才能得到九條命。」吠臉告訴他。

高尾點點頭。他看見族貓們緩緩走向族長窩，感覺到自己的力量又一點一滴地回來了。從現在起，他們就是他的責任了。

小一跟在鶇飛後面蹦蹦跳跳地跑過來，「她真的死了嗎？」

「噓！」他的母親斥責他，「要尊敬死者。」

「可是她會在星族啊！」小一吱吱叫，他抬頭仰望正現身夜空的星星，「你覺得她是不是在看著我們？」

「走吧，高星，」吠臉朝營地入口彈彈尾巴，「如果現在走，還來得及回來參加守夜。」

而此刻。高尾正渾身發抖地站在高岩山上……一半是因為太冷，另一半是因為害怕……慈母口就在面前敞開。他這一生，似乎都被地道左右著命運。如今這條地道將指引他成為風族族長。他瞥了一眼天空，好奇沙雀是否正看著他？或者幾個月前才剛離世的淺鳥是否正看著他？他挺起肩膀，緩步走進黑暗中。吠臉跟在身後，鼻息如煙裊裊地吐在冷空氣裡，被黑暗吞沒。高尾的腳爪似乎是不假思索地帶著他往前走，繞過每個彎道和轉角，彷彿月亮石正領著他前進。

前方有光線透出，月光已經灑在月亮石上。高尾轉過一個彎，瞬間出現的亮光令他目眩，恐懼在身上流竄。上次他來到這裡，星族什麼話都不肯對他說。當時他還只是個見習生，對於未來的路感到迷惑，懷疑自己是否真的屬於風族，而現在他的祖靈又會對他說什麼呢？

當他還猶豫不決時，吠臉已經緩步從旁邊走過，黑影掠過晶亮的岩面，「時候到了，」他喵聲道，聲音迴盪在看不見的穴壁間。

高尾緩步上前，在耀眼奪目的岩石旁找好位置。他閉上眼睛，向前伸出口鼻輕觸月亮石。身下的岩地搖晃著，他扭動身體、眨眨眼睛，發現自己竟站在高地上。星群不停地向下盤旋，像銀色火焰般在石楠叢間化身為一隻又一隻的貓兒。高尾張大嘴巴，看著無數閃著星光的身影排排站在山腰上。

鼴鼠從那群閃閃發亮的身影裡走出來，「歡迎來到這裡，高尾。」

高尾不敢置信地瞠目結舌，「祢在星族！可是……可是祢不是戰士！」

「我相信星族，」鼴鼠回頭看著成排發光的貓兒，「祂們也相信我。」

「祢在世時，從來沒提過這件事。」高尾不明白，「如果祢的信仰跟我們一樣，為何不加入風族？」

「我怎能遺棄我的同伴？」鼴鼠反問他，「他們就像我的至親。」他傾身向前，鼻子與高尾互觸。

比風還要強勁的能量立刻貫穿高尾，讓他像石楠一樣不停晃動。

「高尾，這條命賜給你勇氣。」鼴鼠的喵聲穿透咆哮的風聲，「你要有勇氣去做你認為對的事。」

寂靜像鳥翅的陰影般包覆他，高尾睜開眼睛，鼴鼠已經消失，「祂在哪裡？」高尾喊。

「回到祂所屬的地方。」

高尾認出他母親的聲音，淺鳥從星光閃爍的族貓裡走出來，身上釋出溫暖的光芒，刺得高尾眼睛好痛。她傾身靠近，輕觸他的口鼻，他趕緊瞇起眼睛。

「我將母親對子女的愛賜予給你。」她低聲道。

高尾的心漲得好滿，暖意在他心裡流竄。他感受到淺鳥對他無與倫比的愛……這種愛紮實地烙印在心裡，再無懷疑。當她離去時，他突然覺得空虛，四隻腳搖搖晃晃。他面前的淺鳥漸漸消失。他感覺自己又變回小貓一樣。

「高尾？」一隻小貓緩步上前，毛色比天上任何一顆星星都還要閃亮。

「你是誰？」高尾瞪著她，納悶星族怎麼會有這麼小的貓？然後恍然大悟，「小雀！」那是他妹妹，年紀還是跟死去的那天一樣。

「我曾經看著你，」她喵聲道，「嫉妒你有機會當風族貓。」

高尾頓時慚愧。他以前多希望死的是他，因為他總認為淺鳥對她的愛勝於他。他當時真是笨，而且笨得離譜，自己有幸活在世上卻不領情。「沒錯，我很幸運，」他同意，「我再也不會浪費任何時間。」他凝視著她，「我很遺憾從來沒有機會好好認識祢。」

「總有一天你會認識我。」她輕聲呼嚕，伸著懶腰，高尾得彎下身才能碰到祂的鼻子。「我賜給你這條命，讓你像被追捕的兔子一樣懂得及時抓住眼前的機會。我賜給你力量，讓你行事毫無畏懼、毫不猶豫。」

高尾全身每根毛髮都激動不已，強度大到令他驚駭。小雀離開時，他仍在氣喘吁吁，「謝謝祢！」這幾個字哽在喉嚨裡，他只能眼睜睜看著小雀緩步離開，回到淺鳥身邊。

一隻母貓接著現身，發亮的身軀就像草地上的緲緲微光。高尾驚訝地眨眼，她的光怎麼這麼微弱？只要一陣風吹來恐怕就會煙消雲散。

「我是蛾飛。」

高尾踩動著腳，他聽過一些和這位古老的風族巫醫貓有關的故事，「很榮幸見到你。」他喵聲道。

蛾飛的眼睛閃閃發亮，「我以前跟你一樣也是一隻貓，雖然我現在在星族，但也還是一隻貓。唯一不同的是，我看過太多代的貓，以後你也會跟我一樣。」

「祢以前有注意到我嗎？」高尾感覺這句話有點尖銳，因為他以前總覺得星族根本不在乎他，「我第一次來月亮石時，祢不在這裡。」

「我們一直都在，」蛾飛柔聲回答，「只是你還沒有準備好要見我們。在你見到我們之前，你得先找到自己的路。」祂的眼睛比身體還要亮，「高尾，你做得很好，我們以你為榮。

你的旅程才剛要開始而已。」

高尾對祂眨眨眼睛，祂這話什麼意思？

「你會遇到一個更大的挑戰，不只是對風族的挑戰，也是所有部族的挑戰。」蛾飛警告，「你要對自己的未來有信心，唯有如此，才能帶領風族找到真正的依歸。千萬不要忘了你在邊界以外的經驗，你很清楚部族貓到任何地方都能生存。」祂傾身向前，輕觸他的口鼻。一股能量宛如閃電貫穿高尾全身，他一陣痙攣，咬牙忍住痛，幾乎聽不到蛾飛最後那幾句話，「第四條命將賜給你冒險的精神，讓你下定決心擁抱更大的挑戰。」

全身星光的貓兒漸漸離開，能量消逝，他好不容易穩住自己的腳步。這時換楠星走上前來，高尾激動到心臟都快跳出來。她看起來年輕又強健，毛色光滑閃亮，完全沒有臨終前的病態。她用口鼻碰觸他的。

「我以你為榮，我知道你會好好帶領風族。這條命將賜給你判斷的智慧，尤其要知道如何看穿擋在部族前面的阻礙，才能正確地選擇前進的道路。」高尾突然有了滿滿的自信，而且無比愉悅，他的心頓時澄明，宛如月亮石般晶瑩閃爍。

「羊毛尾！」楠星消失了，高尾開心地和老地道工打招呼，他怎麼沒在陰暗處看見閃閃發亮的祂？

「高尾，真高興又見到你，」羊毛尾喵聲道，「你很清楚地道工是如何造就風族的歷史。我們也許不再挖地道，但絕對不要忘了這個曾經保護和餵養過部族的古老技能。」他用那陽光般和煦的目光穿透高尾，「風族千萬不要害怕尋找新的庇護所和新的狩獵地點。我代表未來賜你這條命，希望你懂得尊重古老的傳統。」他的鼻子輕觸高尾，擦出火花。高尾感覺到一股重力將他往下拉，但智慧如磐石般穩住他的腳，一開始或許很沉重，但他知道這種智慧將在未來為他帶來力量與視野。

羊毛尾緩步離開，高尾頓時一身輕盈、無比歡喜，這時曙紋上前一步。他傾身與她招呼。

「高尾，我為你感到驕傲。」她喵聲道，「我從以前就知道你一定會成為偉大的戰士。當初你決定接受高地跑者的訓練，拒絕成為地道工，就是正確的選擇。」她回頭瞥了一眼。她是在跟羊毛尾示威嗎？高尾的鬍鬚微微抽動，莫非就算到了星族，貓兒們還是會彼此較勁？

曙紋回過頭來，用跟風一樣冰冷的口鼻輕觸他的鼻子，「這條命將賜給你耐心。訓練年輕小夥子，需要靠仁慈、憐憫與寬容。這些雖然都是小恩小惠，卻能得到很多報酬。」她的鼻息輕輕吐在他的口鼻上，高尾覺得周身平靜。

「謝謝祢，」他喃喃地說，「謝謝祢的仁慈和耐性，謝謝祢教會我的一切，這些對我來說意義重大。」

曙紋轉身離開時，眼裡淚光閃爍；尖鼠爪走上前來，取代她的位置。

高尾驚訝地倒退一步，「祢是來這裡賜予我生命的嗎？」他從沒料到他舊時的對手也會在今晚出現。他打量尖鼠爪的深棕色身軀，尋找當年致命的傷口。可是公貓發亮的毛髮上沒有任何傷疤，只有閃爍的星光。

尖鼠爪抬起口鼻，「大蟲，我知道我們從來不是朋友。」

「我很快就會是星字輩的大蟲了。」高尾喵嗚地糾正他。

尖鼠爪抽動耳朵，「但忠誠不是根植在友誼裡，而是來自更堅固的源頭……在同一個天空下出生和長大，走在我們祖靈曾經走過的道路上、共同遵守戰士守則。」他的鼻子抵住高尾的，「藉由這條命的賜予，我希望你不管遇到任何挑戰，都要堅守戰士守則。這是屬於我們祖靈的智慧，是代代傳承的精華。堅信戰士守則將帶領你走上正確的道路。」當那條命貫穿他時，星群盤旋飛舞，直穿高尾的心，讓他與尖鼠爪合而為一。雖然他們不是朋友，但任何戰役都可以並肩作戰。

尖鼠爪垂頭退下。高尾深吸口氣，這麼多條命進入他的體內，這麼多影像在他的腦海裡盤旋，他早就累到腳爪痠痛，但還有一條命得領受。

一隻寬肩的公貓現身，琥珀色眼睛如星星般閃耀。**沙雀！**高尾認出了他父親，眼睛頓時一亮。

「高尾，我知道你會成為偉大的戰士。」沙雀喵聲感性。

「真的？」高尾低聲道。

「真的，」沙雀的眼眸更亮了，「你沒有必要藉由殺死麻雀來證明這一點。」

「祢不希望我替你報仇嗎？」

沙雀搖搖頭，「沒什麼好報仇的。」

「所以祢真的是為了救麻雀而犧牲自己？」高尾的心裡一直有個疑問，他懷疑無賴貓是為了自救才刻意騙他。

「如果答案是否定的呢？」沙雀動也不動，「你會殺了他嗎？」

高尾的思緒紊亂，「我不知道。」他仍清楚地記得當時的恨意，真實到他差點喘不過氣來，但他也想起恨意消失時，那一身輕盈的感覺，他甚至還救回了困在轟雷路上的麻雀。他垂下頭，「我想無論你在地道裡發生了什麼事，我都很慶幸自己沒有殺了麻雀。」

「高尾，我的確救了他一命。」沙雀告訴他，「麻雀說的是實話。」

高尾的心裡像是放下了一顆大石，彷彿古老的咒語被破解。沙雀上前一步，用鼻子抵著高尾的鼻子。星群往下流竄，將他捲入闃黑的天空。他只覺得天旋地轉，聽見沙雀的聲音在銀色的風裡迴盪。

「我賜你這條命，讓你從此懂得寬恕。沒有任何的死亡需要復仇。寬恕比復仇更能帶來平靜。」

高尾感覺到凌亂的毛髮平順了下來，利爪縮了回去，呼吸跟著平穩。他終於懂得寬恕，而且永遠不會忘記。

「高尾，很抱歉得讓你費一番苦功才學會這一切。」沙雀說。

高尾睜開眼睛，成排的星族貓在他父親後面的石楠叢間閃閃發亮。高尾的目光逐一掃過每一隻貓，「我向祢們保證，我會像嚴父也像慈母一樣地領導風族。對我來說，最重要的是讓風族更強大、更茁壯，讓未來的子孫都活得有尊嚴，過著平靜祥和的生活。我這輩子認識的每一隻貓……」他突然住口，因為他想到了傑克，他想像他老友那雙滿是驕傲的綠色眼睛，「我這輩子愛過的每一隻貓都教會了我友誼的真諦，以及戰士守則不屈不撓的精神。」

沙雀傾身向前，用粗糙溫暖的舌頭舔舔高尾的面頰，「高尾，這是我最驕傲的時刻。」他低聲道，「去吧，用你堅強的意志領導他們，保護風族不受風暴摧殘。不管星族如何努力，該來的終究會來。」他退後一步，用慈愛的目光看著高尾，「未來將有隻小貓，他是你最要好的朋友所生的小貓，這隻小貓並不知道他需要你的幫助。請多關照他、帶領他，這對所有部族來說很重要。」

高尾瞠目結舌地看著他的父親。**我最要好的朋友？**難道傑克有小貓了？他抬起下巴，相信自己一定能好好照顧傑克的小貓，把他當成自己的孩子一樣。

沙雀眼有愁雲，「我不能再多說了，不過等你見到他時，就會知道他是誰。只要記著，無須害怕火焰，火可以帶來生命、溫暖、新的成長以及死亡。」

高尾眨眨眼睛，貓兒的身影正從他眼前慢慢消失。他只看見月亮石眩目的光芒穿透黑暗，「我會記住，」他發誓，「我會永遠記住。」

國家圖書館出版品預編目資料

高星的復仇 / 艾琳・杭特（Erin Hunter）著 ； 高子梅
譯. -- 初版. -- 台中市；晨星 2015. 03
面 ;公分. --（貓戰士外傳 ； 6）（貓戰士 ； 30）

譯自 ： Tallstar's Revenge

ISBN 978-986-177-966-9（平裝）

874.59 103027140

貓戰士外傳6 Warriors Super Edition

高星的復仇 Tallstar's Revenge

作者	艾琳˙杭特（Erin Hunter）
譯者	高子梅
責任編輯	郭玟君
校對	郭芳吟
封面插圖	萬伯
封面設計	許芷婷
創辦人	陳銘民
發行所	晨星出版有限公司 407台中市西屯區工業30路1號1樓 TEL：04-23595820 FAX：04-23550581 行政院新聞局局版台業字第2500號
法律顧問	陳思成律師
初版	西元2015年03月15日
再版	西元2021年04月15日（三刷）
總經銷	知己圖書股份有限公司 （台北公司）106台北市大安區辛亥路一段30號9樓 TEL：02-23672044 / 23672047 FAX：02-23635741 （台中公司）407台中市西屯區工業30路1號1樓 TEL：04-23595819 FAX：04-23595493 E-mail：service@morningstar.com.tw 網路書店 http://www.morningstar.com.tw
讀者專線	02-23672044
郵政劃撥	15060393（知己圖書股份有限公司）
印刷	上好印刷股份有限公司

定價 399元

（缺頁或破損的書，請寄回更換）

ISBN 978-986-177-966-9

Warriors Super Edition: Tallstar's Revenge
Copyright © 2013 by Working Partners Limited
Series created by Working Partners Limited arranged through Andrew Nurnberg Associated International Ltd.
All rights reserved. No part of this book may be used or reproduced in any manner whatsoever without written permission except in the case of brief quotations embodied in critical articles and reviews.
Traditional Chinese edition Copyright © 2015
by Morning Star Publishing Inc.
Printed in Taiwan
All Right Reserved
版權所有，翻印必究

□ 我已經是會員，卡號 ____________________

□ 我不是會員，我要加入貓戰士會員

姓　名：________________ 性　別：_________ 生　日：________________

e-mail：____

地　址：□□□ _______ 縣／市 _______ 鄉／鎮／市／區 _______ 路／街

_______ 段 _______ 巷 _______ 弄 _______ 號 _______ 樓／室

電　話：____

我要收到貓戰士最新消息　□要　□不要

我要成為晨星出版官網會員　□要　□不要

貓戰士鐵製鉛筆盒抽獎活動

請將書條摺口的蘋果文庫點數與貓戰士點數黏貼於此，集滿2個貓爪與1顆蘋果(點數在蘋果文庫書籍)後寄回，就有機會獲得晨星出版獨家設計「貓戰士鐵製鉛筆盒」1個!

點數黏貼處

若有問題，歡迎至官方Line詢問

請填妥後對折裝訂，再貼妥郵票寄出

請黏貼
8 元郵票

407

台中市工業區30路1號

晨星出版有限公司

TEL：（04）23595820　FAX：（04）23550581
e-mail：service@morningstar.com.tw
http://www.morningstar.com.tw

請沿虛線摺下裝訂，謝謝！

加入貓戰士俱樂部

【貓戰士會員優惠】

憑卡號在晨星出版社購書可享優惠、擁有限定商品、還能獲得最新消息等會員福利。

Line ID：
api6044d

【三方法擇一，加入貓戰士會員】

1. 填妥本張回函，並寄回此回函。
2. 拍照本回函資料，加入官方Line@，再以Line傳送。
3. 掃描後方「線上填寫」QR Code，立即填寫會員資料。

「線上填寫」
QR Code

★寄回回函後，因郵寄與處理時間，需2～3週。